Karen-Susan Fessel

Bis ich sie finde

SERIE PIPER

Zu diesem Buch

Als Uma die blonden Haare und markanten Züge der Schwedin Jane zum erstenmal erblickt, weiß sie, daß diese Frau etwas in ihr berührt, was sie ihr ganzes Leben lang beschäftigen wird. Jane ist kühl und unnahbar, sie erschüttert Uma, den Frauenschwarm, in ihren Grundfesten. Uma will etwas, vielleicht alles von Jane, aber Jane weist Uma unmißverständlich zurück. Jane ist anders, besonders. Jane war früher ein Mann. Uma geht zurück nach Berlin, zurück in ihr wildes Leben. Sie lernt Marianne kennen, verliebt sich in sie und lebt mit ihr und ihren beiden Kindern Lucie und Hugo zusammen. Aber sie kann Jane nicht vergessen. Uma kann nicht anders, auch wenn der Schmerz sie schier zerreißt: Sie sucht Jane, die ihren eigenen Weg geht, und findet eine Antwort. – »Bis ich sie finde« ist die Geschichte einer scheinbar unmöglichen großen Liebe, einer Liebe, die zehn Jahre und fünfzigtausend Kilometer überbrücken und der Hitze des australischen Outbacks wie der Kälte des lappländischen Winters standhalten muß.

Karen-Susan Fessel, geboren 1964 in Lübeck, Studium der Theaterwissenschaften, Germanistik und Romanistik in Berlin, seit 1994 Schriftstellerin und freie Journalistin. Sie veröffentlichte Romane und Jugendbücher und lebt in Berlin.

Karen-Susan Fessel

Bis ich sie finde

Roman

Piper München Zürich

»Bis ich sie finde« ist ein Roman. Das bedeutet, daß Handlung und Personen erfunden sind. Die Örtlichkeiten hingegen entsprechen weitgehend der Wirklichkeit.

Von Karen-Susan Fessel liegen in der Serie Piper vor:
Bilder von ihr (2701)
Bis ich sie finde (3947)
Moira (4091)

FSC

Dieses Taschenbuch wurde auf FSC-zertifiziertem Papier gedruckt. FSC (Forest Stewardship Council) ist eine nichtstaatliche, gemeinnützige Organisation, die sich für eine ökologische und sozialverantwortliche Nutzung der Wälder unserer Erde einsetzt (vgl. Logo auf der Umschlagrückseite).

Ungekürzte Taschenbuchausgabe
Piper Verlag GmbH, München
1. Auflage März 2004
2. Auflage November 2005

Umschlag/Bildredaktion: Büro Hamburg
Isabel Bünermann, Julia Martinez/
Charlotte Wippermann, Kathrin Hilse
Foto Umschlagvorderseite: David Roth/Getty Images
Foto Umschlagrückseite: Christiane Pausch
Papier: Munken Print von Arctic Paper Munkedals AB, Schweden
Druck und Bindung: Clausen & Bosse, Leck
Printed in Germany
ISBN-13: 978-3-492-23947-9
ISBN-10: 3-492-23947-1

www.piper.de

In Erinnerung an
Sybille Berke

Teil I

Alice Springs

August 1992

Woran ich mich am besten erinnere, das ist der Staub. Roter Staub, überall, in der Luft, sirrend und schwebend. Roter Staub, der das Atmen schwermachte, der sich in dichten Schwaden über die Kühlerhaube legte, zur Windschutzscheibe hinaufkroch und hinter uns aufstob, in einer Wolke aus gebrochenem, rötlich funkelndem Licht, das die gleißende Sonne verdeckte. Staub und Sand, nichts als Staub und Sand um uns herum. Und das Pfeifen des Windes, das unablässige Pfeifen des Windes auf unserem Weg durch die Wüste.

Kate fuhr. Eva saß auf der anderen Seite, und ich in der Mitte, eingeklemmt zwischen Kates knochiger Hüfte und Evas fleischigem Schenkel. Wir waren seit eineinhalb Stunden unterwegs, zuerst auf einer gut ausgebauten Asphaltstraße, dann auf einer holprigen Schotterpiste. Vor einer Weile hatten wir Berge gesehen, eine langgestreckte Bergkette, die sich weit entfernt parallel zur Sandpiste entlangzog, bis sie sich gen Boden senkte und schließlich darin verschwand. Seitdem war nur noch Wüste um uns herum, endlose Wüste. Und Staub, der die Frontscheibe hochkroch und die Sicht versperrte.

„*Shit!*" sagte Kate und schaltete die Scheibenwischer ein. Träge kratzten die rissigen Gummis über die Scheibe und hinterließen halbkreisförmige Streifen, die der Fahrtwind im nächsten Moment davonblies.

Zufrieden beugte Kate sich nach vorn. Ihre ausladenden Brüste in der engangliegenden Bluse streiften das Lenkrad. Für einen Moment sah ich die winzige Schweißspur in ihrem Dekolleté aufglänzen, und dann Kates katzenähnliche Augen, die mich von der Seite musterten.

„Nicht schlecht, was?" sagte sie in ihrem kehligen Englisch.

Ich mußte lächeln. Kates Augen verengten sich.

„Wann immer du willst, Cowboy. Du mußt nur zugreifen", raunte sie.

Der Wagen donnerte über ein Schlagloch, und die Schwerkraft zog uns für einen Moment aus unseren Sitzen und drückte uns dann wieder zurück. Eva an meiner anderen Seite schrie erschrocken auf.

„Keine Angst, *honey*." Kate bleckte die Zähne. Der Wagen schlitterte schräg über die Schotterpiste. Mit einem häßlichen Knirschen spritzten Kieselsteine hoch und knallten gegen die Karosserie. Dann griffen die Räder wieder. „*Four-wheel drive, hon*. Da passiert so schnell nichts."

„*Four-wheel drive*?" Evas Stimme zitterte leicht.

„Allradantrieb", erklärte ich.

„Natürlich", sagte Eva gehässig. „Du weißt mal wieder bestens Bescheid."

Kate sah kurz zu ihr hinüber, dann gab sie Vollgas. Der Wagen schoß vorwärts, direkt auf ein kleines, sandfarbenes Tier zu, das gerade über die Piste setzte. Lässig ließ Kate das Lenkrad nach rechts und wieder zurück gleiten, und das Tier huschte dicht vorm linken Kotflügel vorbei und zwischen zwei verdorrten, kniehohen Sträuchern davon.

„Ups! Das war knapp!" Kate lachte vergnügt und zwinkerte mir zu.

Eva atmete hörbar aus.

„Warte nur, bis wir auf die Sandpiste kommen, Schätzchen", sagte Kate gleichmütig und schaltete einen Gang herunter. „Dann wird es erst richtig lustig."

Eva preßte die Lippen zusammen und starrte angestrengt in die endlose Weite. Sie und Kate waren wie Katz und Hund. Das war vom ersten Moment an so gewesen, von dem Moment an, als Kate sich im *Doppio's* über den Tresen gebeugt und grinsend einen ihrer langen Finger in Evas fleischigen Arm gebohrt hatte. „Soso, und du kommst aus Deutschland und willst der armen alten Sue auf die Nerven gehen, ja? Hast dir über tausend Ecken ihre Adresse besorgt und gedacht, in Alice Springs ist ja sowieso nichts los, die freuen sich, wenn ich da ankomm, ja? Bring ich gleich noch 'ne Freundin mit, die Aussies sind doch so gastfreundlich, stimmt's?" Dann hatte sie ihr toupiertes Blondhaar in den Nacken geworfen und schallend gelacht, in diesem rauhen, schrill und zugleich dröhnenden Timbre, und Eva hatte stumm und verbiestert Kates auf und ab hüpfenden Adamsapfel betrachtet. Eva verstand nicht viel Spaß, und sie verstand erst recht keinen Spaß, wenn er mit der Wahrheit jonglierte. Und genau das war Kates Spezialität.

Vor uns verengte sich die Fahrbahn, und Kate trat auf die Bremse. Die Schotterpiste ging in einen unbefestigten Sandweg über, der sich vor uns in der Ferne verlor. Langsam zockelten wir über ein Schlagloch und gleich darauf ein weiteres, und Kate lehnte sich lässig nach hinten und schob einen Arm hinter mir auf die Rücklehne.

„*There you go!*" sagte sie befriedigt und gab wieder Gas. Das Lenkrad vibrierte zwischen ihren langen Fingern. „Reise nach Santa Teresa, Teil drei."

Bei der Erwähnung unseres Reiseziels vergaß Eva ihre Ressentiments. „Hach, ist das spannend! Ein Aborigines-Reservat zu besuchen, zu dem Weiße eigentlich keinen Zutritt haben!"

„Eine Community", korrigierte Kate. „Nicht Reservat, sondern Community. Ein selbstverwaltetes Gebiet."

Eva winkte unwirsch ab. „Jaja. Und wir sind wirklich die einzigen Weißen da?" fragte sie aufgeregt.

„Nein. Liesl ist auch da", erwiderte Kate trocken. „Und Jane."

„Jane?" Seit Eva und ich nach Alice Springs gekommen waren, war von vielen Frauen die Rede gewesen. Aber diesen Namen hatte ich noch nicht gehört.

Kate warf mir einen kurzen Blick zu. „Ganz genau. Jane", sagte sie und hob die Brauen. Das Sonnenlicht warf glitzernde Reflexe auf ihr blondiertes Haar.

„Wer ist Jane?"

„Jane ist Jane. Jane ist *special*."

Eva, ungeduldig wie immer, lenkte uns ab. „Aber sonst dürfen da nur Weiße hin, die mit den Aborigines arbeiten, oder? So Leute wie Liesl?"

Liesl, Sues Mitbewohnerin, arbeitete als Kunsttherapeutin in einem Art-Center für Aborigine-Frauen in Santa Teresa und hatte uns auf einen kurzen Besuch dorthin eingeladen – eine seltene Ehre. Eva hatte sich kaum mehr eingekriegt vor Begeisterung; mir dagegen war Santa Teresa lange nicht so wichtig wie die Aussicht, einen Ausflug mit Kate zu unternehmen, die angeboten hatte, uns hinzufahren.

„Leute, die sich der armen Eingeborenen annehmen, richtig", sagte Kate und trat wieder energisch aufs Gas. „Die sollten mal lieber mich studieren. Ich bin schließlich auch ein besonders seltenes Exemplar, oder, Cowboy?"

Eva, unempfänglich für Kates Spitzfindigkeiten, sah nachdenklich vor sich hin. „Hoffentlich wirken wir nicht zu touristisch", sinnierte sie.

„Ach?" fragte Kate und umkurvte gekonnt ein riesiges Schlagloch. „Und du meinst, du bist keine Touristin? Klar bist du eine. Du bist doch genauso wie all die anderen. Nur daß du nicht mit Schlapphut, rotem Gesicht und ohne Wasserflasche *Uluru* raufkletterst."

„*Ula* was?"

„*Uluru*. Ayers Rock. Dieser dicke, rote Haufen, den irgendein Supergott vor Millionen von Jahren mitten in die Wüste geschissen hat." Kate verdrehte die Augen, und ich unterdrückte mühsam ein Grinsen.

„Also wirklich, Kate, das ist ja geschmacklos", sagte Eva schockiert und sah konsterniert aus dem Seitenfenster. Ihre rundlichen Wangen erzitterten, als der Wagen holpernd über ein paar kleine Gesteinsbrocken setzte.

„Du bist vielleicht anders angezogen", nahm Kate das ursprüngliche Thema wieder auf und gab ruckartig Vollgas, und Eva klammerte sich an den Türgriff, als der Wagen kurzzeitig auf der höckerigen Fahrbahn ins Schleudern geriet. „Und du hast keine Dauerwelle wie die anderen Touristinnen hier, aber an sich bist du genauso. Du bist ja sogar hetero." Sie zog das Wort in die Länge, und vor meinem inneren Auge sah ich die Silben sich dehnen und dann wieder zusammenschnellen, als Kate den letzten Vokal ausspie.

Eva sah jetzt stur geradeaus, ihr Mund ein weißer Strich.

Kate warf ihr einen lauernden Blick zu. „Ui!" sagte sie, so laut, daß Eva erschrocken zusammenzuckte. „Hab ich dich etwa verletzt, *hon*? Das tuuuut mir aber leid!"

„Ich kann ja auch nichts dafür, daß ich hetero bin", sagte Eva wütend. „Ich komme mir ja schon völlig ..." Sie suchte krampfhaft nach dem richtigen Wort. „Völlig unnormal vor."

Kate warf mir ein verschmitztes Grinsen zu. „Verkehrte Welt, was, *darling*?" sagte sie zu Eva und wich erneut elegant einem Schlagloch aus. „Müßte doch eigentlich andersrum sein, oder?" Sie legte den Kopf in den Nacken und lachte vergnügt. Dann trat sie aufs Gas. „*Hey-yoh!* Santa Teresa, wir kommen!"

Eva kniff wieder die Lippen zusammen. Den Rest der Fahrt schwieg sie verbissen.

Alice Springs war die Endstation von Evas und meiner gemeinsamen Reise, und ich hatte den Verdacht, daß es auch die Endstation unserer ohnehin nicht sonderlich intensiven Freundschaft sein würde. Über Sydney und Canberra waren wir nach Alice Springs gekommen und von Sue, deren Adresse sich Eva bereits in Berlin auf Umwegen besorgt hatte, mit offenen Armen empfangen worden.

Sue entpuppte sich als quirlige Anthropologin, und, was mir sehr gelegen kam, als zentrales Bindeglied einer schier unüberschaubaren Gruppe von zumeist lesbischen Frauen aller Nationalitäten, die Alice Springs aus den unterschiedlichsten Gründen bevölkerten. Die meisten von ihnen waren in der Tat gastfreundlich und sehr interessiert an neuen Bekanntschaften, und binnen weniger Tage wurden Eva und ich von Einladungen zu Partys, Essen und Ausflügen überhäuft. Eva hatte sich irritiert an Liesl gehängt, eine der wenigen Heterofrauen weit und breit, während ich mich mit Wonne ins gesellige Leben stürzte. Am liebsten hing ich im *Doppio's* herum, einem Hippie-Restaurant, und sah amüsiert zu, wie Kate volle Tabletts durch den Raum balancierte und schwungvoll vor den hungrigen Gästen absetzte, nicht ohne mir verschwörerisch zuzublinzeln.

Wir hatten uns auf Anhieb gemocht. Als Sue uns am ersten Abend zu *Doppio's* geführt hatte, um uns wie zwei Trophäen ihren zahlreichen Freundinnen zu präsentieren, hatte sich Kate zielstrebig einen Weg durch die dichtgedrängt stehenden Tische und Stühle gebahnt und war vor mir stehengeblieben. Mit einem theatralischen Seufzen hatte sie mir tief in die Augen gesehen. „Auf dich habe ich mein Leben lang gewartet, Cowboy! Ich liebe dunkelhaarige Butches!" Ihr breiter amerikanischer Slang war einfach köstlich. Ich mußte lachen, und Kate grinste erfreut. Dann hatte sie sich zu Eva gedreht und ihren langen Finger gehoben, und ich sah das verräterische Glitzern in ihren Augen und Evas abweisende Miene und ahnte, was kommen würde. Und so war es dann ja auch gekommen.

Das war vier Tage her. Eva und ich hatten noch eine Woche vor uns, eine Woche in Alice Springs, bevor wir nach Deutschland zurückfliegen mußten. An diesem heißen Nachmittag in der staubigen Wüste erschien mir diese eine Woche noch unendlich lang, so unendlich lang wie die sandige Piste, die sich schnurgerade vor uns erstreckte und weit in der Ferne von Sand und Staub verschluckt wurde, bevor sie den Horizont erreichte. Aber ich irrte mich. Kurz darauf begann die verbleibende Zeit immer schneller und schneller in sich zusammenzuschnurren, wurde knapper und knapper und sollte am Ende nicht reichen. Doch das wußte ich noch nicht, als Kate sich plötzlich vorbeugte und angestrengt durch die Windschutzscheibe spähte.

„Darf ich vorstellen – Santa Teresa." Sie zeigte nach vorn, wo ich nach einem Moment eine schemenhafte Kulisse entdeckte, die sich wie eine Fata Morgana allmählich aus dem rötlichen Staub herausschälte. Ich erkannte den undeutlichen Umriß einer halbverfallenen Hütte und, weiter hinten, ein größeres Gebäude, das in der staubigen Luft zu flimmern schien.

„Da! Ich seh was!" rief Eva triumphierend und setzte sich kerzengerade hin. Aufgeregt sah sie nach rechts und links.

Wir kamen an einem ausgeschlachteten Autowrack vorbei und passierten die Hütte und ein paar weitere ärmliche Behausungen, die still im diesigen Sonnenlicht lagen. Von den Wänden blätterte der Putz ab, und zerfetzte Jalousien waren schief über die schmutzstarrenden Fenster gezogen, hinter denen sich nichts regte. Als ich zur Seite blickte, sah ich in der Ferne einen alten Mann, der gebückt davonschlurfte, mit hängenden Armen, eine Wollmütze bis über beide Ohren gezogen. Am Straßenrand lag ein gelblicher Hund, flach ausgestreckt, mit aufmerksam erhobenem Kopf. Ein Ohr stand ab, das andere hing ausgefranst zur Seite. Aus schmalen Augen starrte er uns nach, als wir vorbeirollten. Meine Nackenhaare stellten sich auf.

„Dingo?" fragte ich.

„Bingo", sagte Kate.

Ein verdreckter weißer Toyota stand auf dem Vorplatz des großen Gebäudes, das wir von weitem gesehen hatten. Kate parkte mit einer rasanten Drehung daneben ein, zog ruckartig die Handbremse an und sprang aus dem Wagen. Noch während Eva die Beifahrertür aufstieß, war Kate bereits die Treppe zur Veranda hinaufgestürmt.

„Juhu!" schrie sie fröhlich. „Niemand da? Wir sind's! Wo steckt ihr denn alle?"

Während Eva eilig hinter ihr her die Treppe hinaufhastete, steckte ich die Hände in die Hosentaschen und sah an der Fassade des *Women's Art Centers* hoch. Das Gebäude war offensichtlich erst vor kurzem frisch geweißt worden, und das Dach, anstatt wie in dieser Gegend sonst üblich, nicht mit Wellblech gedeckt, sondern mit roten Schindeln, die in der Sonne glänzten. An die rechte Seite des Hauptgebäudes schloß sich ein langgezogener niedriger Wohnblock mit einem knappen Dutzend Wohnungen an. Die überdachten Eingänge waren von jeweils zwei Fenstern flankiert. Nur eine der Wohnungen wirkte bewohnt. Hinter halbwegs sauberen Fenstern konnte ich einen nachlässig gestapelten Bücherhaufen erkennen.

„Uma!"

Ich drehte mich um. Kate beugte sich über die Verandabrüstung und winkte mir zu.

„Komm schon! Du sollst doch was sehen für dein Geld!"

„Hab doch gar nichts bezahlt", brummte ich, während ich die Treppe hochstieg.

„Kommt noch", sagte Kate, die oben auf mich wartete. „Irgendwie bezahlt man immer. Für alles." Ihr Gesicht lag halb im Schatten, und als ich zu ihr aufsah, wirkte sie androgyner denn je. Und mehr noch: Für einen Moment verwischten sich ihre Züge; ich konnte sie nicht mehr richtig erkennen. In diesem Moment hätte sie alles sein können: Frau, Mann, halb Mensch, halb – *Gott*, dachte ich und spürte, wie ein Schauder mich durchfuhr. Dann war es wieder vorbei. Kate lächelte mich an.

„Komm schon, *sugar*", sagte sie weich. „Das mußt du gesehen haben."

Irgendwo in der Nähe heulte ein Hund, ein einsames, trostloses Geräusch. Kate legte mir den Arm um die Schulter und zog mich mit sich durch die offenstehende Tür, hinein in ein ruhiges Halbdunkel.

Zuerst sah ich Eva, die sich mit großen Augen über eine langgestreckte Theke beugte, auf der zahlreiche Kunstgegenstände ausgestellt waren. Handbemalte Töpfe und Becher lagerten neben bunten Hemden und Tüchern, alle in der unverwechselbaren Tupftechnik der Aborigines gestaltet. Auch die Bilder an der Wand zeigten denselben, naiv und doch kunstfertig zugleich wirkenden Stil. Ich sah Schlangen und Känguruhs und Beuteltiere mit seltsamen Namen wie Wallabys und Tasmanische Teufel; ich sah bunte Muster und in sich verschlungene Formen, und als ich mich leicht umdrehte, sah ich auch Liesl, die an der Stirnseite des Raumes stand und mir lächelnd zunickte. Ich nickte zurück, und dann, erst dann, fiel mein Blick auf die Frauen, die vor ihr um einen überdimensionalen runden Tisch herum saßen. Es waren sechs oder sieben, große, kräftige Aborigines-Frauen mit dunklen, alterslosen Gesichtern. Jede hatte ein halbfertiges oder gerade erst angefangenes Bild vor sich liegen und eine Art Pinsel in der Hand, aber keine von ihnen rührte sich. Reglos wie Statuen saßen sie da und blickten zu Kate und mir herüber.

„Hallo", sagte ich, und meine Stimme verlor sich im dichten Schweigen der Frauen, einem Schweigen, so tief wie ein dunkler, undurchdringlicher Wald. Kates Arm um meine Schultern zuckte, und auf einmal war ich dankbar für die Wärme, die er in meinen Nacken ausstrahlte. Ich fröstelte, und um das Frösteln zu verscheuchen, nickte ich den Frauen zu, aber sie reagierten nicht. Mit steinernen Gesichtern sahen sie mich an, Gesichtern, auf denen sich keine Regung abzeichnete, geschweige denn ein Lächeln. Es waren Gesichter, an denen ich rein gar nichts ablesen konnte, kein Erkennen, kein Verstehen, keine Ablehnung, nichts. Ich hätte nicht im geringsten sagen können, was in diesen Frauen wohl vorging, nichts an ihnen vermochte ich einzuschätzen, nicht einmal ihr Alter; für mein Gefühl hätten sie Jahrmillionen alt sein können.

Evas laute Stimme durchbrach das Schweigen. „Was kostet denn dieses Tuch hier?" rief sie, hob ein buntes Stück Stoff in die Höhe und wedelte damit herum.

„Ich komme, Eva", sagte Liesl und dann, zu mir gewandt, „schau dich nur um, Uma, du kannst dir ruhig alles ansehen. Die Frauen stört das nicht. Stimmt's, Cindy?"

Die Frau, die direkt vor ihr saß, eine große, massige Frau mit dichtem, an den Schläfen ergrautem Haarschopf, sah mich ein paar weitere lange Sekunden unbewegt an, dann senkte sie den Kopf und tupfte langsam mit dem Pinsel auf die Leinwand. Nach einem Moment folgten die anderen ihrem Beispiel, und kurz darauf war die bleierne Stille einer ruhigen Betriebsamkeit gewichen.

„Los", sagte Kate, nahm den Arm von meinen Schultern und klatschte mir auf den Hintern. „Zier dich nicht. Guck dich um, so was siehst du nie wieder."

Jetzt, wo die Aufmerksamkeit von mir genommen war, entspannte ich mich ein wenig, aber nicht sehr. Unsicher ging ich auf den Tisch zu. Keine der Frauen sah auf, als ich näherkam und vorsichtig hinter ihnen vorbeischlenderte, während Evas und Liesls Stimmen zu mir herüberdrangen.

Erstaunt sah ich, daß es sich bei den Malgeräten, die ich aus der Ferne für Pinsel gehalten hatte, um eine Art Tintenroller handelte, die mit der Spitze voran aufs Papier gedrückt wurden und dabei Farbpunkte hinterließen. In den breiten Fingern der Frauen wirkten sie wie futuristische Spielzeuge, und als ich mich ein wenig vorbeugte und entdeckte, daß die Farbpunkte wie gepinselte Öltupfer aussahen, empfand ich eine vage Enttäuschung. Ich mußte an all die Touristen denken, die sich in den vielen Souvenirläden um diese handgefertigten Arbeiten rissen; hier saßen diese Frauen und tupften in unendlicher Langsamkeit wie beiläufig Punkt um Punkt aufs Papier, mit modernen Stiften, wie ein Betrug kam es mir vor. Aber natürlich, es war Handarbeit, und doch auch wieder nicht. Ich wußte selbst nicht, was ich davon halten, und noch weniger, was ich von meinen eigenen Gedanken dazu halten sollte.

Plötzlich spürte ich, daß eine der Frauen, vielleicht ein wenig jünger als die anderen, langsam den Kopf hob und mich ansah. Sofort fühlte ich mich unbehaglich. Während ich ihrem reglosen Blick auswich und mich schnell aufrichtete, errötete ich. Noch nie zuvor war ich fremdartigeren Menschen begegnet. Und obwohl ich nicht viel gestikuliere und mich eher ruhig bewege, kam ich mir hysterisch und hektisch vor in ihrer Gegenwart.

Plötzlich stand Eva neben mir, ihr rundliches Gesicht vor Aufregung gerötet. „Toll, oder? Total genial! Und die haben alle eine tiefere Bedeutung, die Bilder, meint Liesl." Sie beugte sich vor und grinste breit in die Runde, während sie mit einem ihrer dicklichen Finger auf eins der Bilder zeigte. „Super!" rief sie auf Englisch, so laut, als wären die schweigenden Frauen allesamt schwerhörig. „Ganz prima! Diese Farben! Und was bedeutet das hier? Ist das eine Eidechse oder was?"

Peinlich berührt wandte ich mich ab und schlenderte zum offenen Fenster hinüber, das auf den Vorplatz hinausging. Mit halbem Ohr hörte ich zu, wie Eva fortfuhr, mit schriller Stimme zu jubeln und zu loben, während ich die verlassen wirkende Ansammlung von Hütten betrachtete. Dahinter, in der Ferne, sah ich eine Bewegung in der vor Hitze flimmernden Luft. Nach einem Moment erkannte ich, daß es ein Fahrzeug war, das rasch näherkam und eine Staubwolke hinter sich herzog. Kurz darauf hörte ich Motorengeknatter, unverkennbar von einem Motorrad.

Kate lehnte sich neben mich. Ihre Schulter berührte meine, als sie sich auf den Ellbogen aufstützte. Gemeinsam beobachteten wir, wie das Motorrad näherkam, in einer schwungvollen Kurve auf den staubigen Vorplatz fuhr und hielt. Roter Staub wirbelte auf und hüllte für einen Moment alles in ein unwirkliches rötliches Licht, aus dem sich schließlich eine schemenhafte, hochaufgeschossene Gestalt abzeichnete, die steifbeinig vom Motorrad stieg, sich den Helm abnahm und den Kopf schüttelte. Langes, blondes Haar wirbelte durch die staubgeschwängerte Luft.

Kate gluckste leise. „Jane", sagte sie zufrieden.

Jane stand einen Moment da, den Helm in der Hand, die langen Beine fest in den sandigen Boden gestemmt, und sah ruhig in die Ferne, in die Richtung, aus der sie gekommen war. Ich sah ihr Profil an, die hohe Stirn, die ausgeprägten Wangenknochen und das kantige Kinn, und auf einmal spürte ich mein Herz schlagen, heftig und pochend.

Feiner Staub sank herab und legte sich auf meine Lippen, als ich den Mund öffnete. *Jane*, wiederholte ich leise und spürte dem Klang ihres Namens nach. *Jane*. Und ich schmeckte den Staub auf meinen Lippen, für immer und ewig mit ihr verbunden.

Jane. Heute noch ist sie der Staub in der Luft, der sich auf meine Lippen legt, in meine Lungen stiehlt und mich begleitet. Roter Staub, wohin ich auch gehe.

Plötzlich drehte sie den Kopf und blickte zu Kate und mir hoch, und wir sahen uns direkt in die Augen.

Es war, als ob ich in einen Blitz gesehen hätte. Ich schloß die Augen, kniff sie zusammen und machte sie wieder auf. Janes Blick lag immer noch auf mir. Im gleißenden Licht stand sie da und sah zu mir hoch, ihr blondes Haar glitzernd im stetigen Strahlen der Sonne, leicht schimmernd, rötlich vom Staub.

„Hey, Janie-Baby!" schrie Kate vergnügt.

Statt einer Antwort hob Jane bloß die Brauen und begann sich den Staub von ihrer Jeans und der alten Lederjacke zu klopfen.

„Ich hab dir was mitgebracht", rief Kate zu ihr hinunter und legte mir den Arm um die Schultern. „'ne richtig klasse Butch, ganz frisch aus Deutschland, hat noch keine hier abgekriegt! Was sagst du dazu!"

Ein schmales Lächeln war auf Janes Lippen, als sie wieder zu uns aufsah. Einen Moment begegneten sich unsere Blicke. Ich versuchte ein Nicken, aber es gelang mir nicht recht. Dann war ihr Lächeln fort.

„Ach, komm schon, Janie. Sag, daß du dich freust!" kreischte Kate. „So ein richtig leckerer Sonntagsbraten, hmm!"

„Kate, laß doch mal", murmelte ich verlegen, und Kates Kopf fuhr herum. Ihre grünen Augen blitzten mich an. „Was denn, was denn? Auf einmal so schüchtern? Was ist denn los mit meinem Cowboy?"

„Kate", sagte Liesl beschwörend hinter uns. „Bitte, sei ein wenig leiser, ja? Die Frauen ... Würdest du bitte ..."

Im Halbschatten hinter ihr sah ich Eva, die immer noch am Tisch stand und tadelnd den Kopf schüttelte.

Kate drehte sich um und musterte die unbewegten, dunklen Gesichter der Frauen, die zu uns herübersahen. Sie grinste, hob eine Hand und knickte sie affektiert ab, wobei sie den kleinen Finger nach oben abspreizte. „Okay, *girls*! Bin schon fast wieder weg. Komm, Uma!" Und während sie sich vom Fensterbrett abstieß und mich am Ärmel mit sich zerrte, schrie sie über die Schulter nach draußen: „Juhu, Janie, warte auf uns! Wir kommen!"

Dankbar ließ ich mich mitzerren. An der Tür warf ich einen letzten Blick zum Tisch hinüber. Die Frauen sahen jetzt schweigend zu Eva auf, die wieder angefangen hatte, auf sie einzureden, scheinbar völlig unberührt von der mangelnden Reaktion. Nur die Jüngste von ihnen blickte zu mir hinüber. Unter ihrem echsenhaften Blick spürte ich plötzlich ganz deutlich, daß nicht sie fremdartig waren. Ich selbst war es; ich war hier fremd. Ich gehörte nicht hierher, genausowenig wie Eva und Kate und letztendlich auch Liesl. Wir waren Eindringlinge in der Welt dieser Frauen, Eindringlinge, die nur vorgaben, sich anzupassen – Liesl mit ihrer verständnisvollen Art, Eva mit ihrer vorgeblichen Unbefangenheit und ich mit meiner Zurückhaltung. Nur Kate, laut und schrill, war ehrlich und benahm sich unmöglich wie immer.

„Wiedersehen", sagte ich und räusperte mich, und dann zog Kate mich auch schon durch die Tür.

Von Jane war nichts mehr zu sehen, als wir auf den Vorplatz traten. Aber eine der Türen im Wohnblock neben dem Art-Center stand offen, und Kate griff nach meiner Hand und steuerte zielstrebig darauf zu. Es war die Wohnung mit dem unordentlichen Bücherstapel im Fenster, der mir vorhin aufgefallen war.

„Janie-Baby!" brüllte sie und zog mich hinter sich her. „Setz schon mal den Kaffee auf, wir kommen!"

Plötzlich hatte ich ein enges Gefühl in der Kehle. „Kate", sagte ich und stemmte die Hacken fest in den staubigen Boden. „He, Kate, warte mal."

„Was ist denn?" Sie blieb stehen und drehte sich erstaunt zu mir um. „Was ist los? Du hast doch nicht etwa Angst?

Jane beißt nicht, echt nicht." Sie zog ihre säuberlich in Form gezupften Augenbrauen so hoch, daß sie unter ihren struppigen Stirnfransen verschwanden.

„Unsinn", sagte ich unwirsch, verärgert darüber, daß sie mein Sträuben auf Anhieb richtig interpretiert hatte. „Es ist nur – dein Haar sitzt nicht so richtig." Das stimmte sogar. Kates kunstvoll toupierte Mähne stand an der linken Seite wirr vom Kopf ab.

„Ach ja. *Gone with the wind.*" Kate griff sich mit beiden Händen ins Haar und zupfte es halbwegs in Form. Ihre grünen Augen funkelten belustigt. „Gut so, Cowboy? Können wir dann?"

„Gut so. Wir können", sagte ich und gab mir einen Ruck.

Das Reihenhaus bestand aus einem einzigen, spartanisch eingerichteten Zimmer, das sich im hinteren Teil zu einer Kochnische verengte. Dort, mit dem Rücken zu uns, stand Jane und hielt ein Glas unter den laufenden Wasserhahn.

„Ihr wollt doch sowieso keinen Kaffee", sagte sie, ohne sich zu uns umzudrehen. „Niemand will Kaffee bei dieser Hitze."

Der Klang ihrer Stimme versetzte mir einen Stich. Sie war rauh, als hätte sich der ewige Wüstensand in ihrer Kehle festgesetzt, und zugleich sprach Jane in einem weichen, ungewöhnlich melodischen Tonfall, mit einem Akzent, den ich nicht einzuordnen wußte. Ich betrachtete ihren kleinen, festen Hintern, die schmalen Hüften und ihre langen Beine mit den sehnigen Oberschenkelmuskeln, die sich unter der zerschlissenen Jeans abzeichneten, als sie das Gewicht verlagerte, und dann sah ich weg. Mit einem schnellen Blick registrierte ich das ungemachte Bett an der Längsseite des Raums, die wenigen Kleidungsstücke in dem schlichten Holzregal daneben und den Tisch vorm Fenster, auf dem Bücher und Papiere kreuz und quer durcheinander lagen.

„Was hast du denn dann anzubieten? Und komm mir nicht mit Leitungswasser, Schätzchen." Kate hatte sich neben Jane an die Spüle gelehnt und winkte mir, näherzukommen. Aber ich blieb, wo ich war, dicht bei der Tür. „Bei den ganzen uralten Bleirohren hier, das ist doch die reinste Vergiftung!"

Jane lachte leise, und bei dem Geräusch wurde mir noch wärmer, als mir ohnehin schon war. „Als wenn es darauf noch ankommt, *sweetheart*. Bei dem Zeug, was wir schlucken." Sie drehte sich halb zu Kate um. Die beiden waren gleich groß, ein gutes Stück größer als ich. Dann schwang sich Jane ganz herum und sah zu mir herüber. Ihre Augen waren blau, so hellblau, daß sie fast grau wirkten. Sie nickte mir kaum merklich zu, auf eine ernste, seltsam förmliche Art, und verlegen nickte ich zurück.

„Ich habe nichts anzubieten außer Wasser. Möchtest du?"

Ich wollte antworten, aber mein Mund war plötzlich ganz trocken. Wieder nickte ich.

„Spielverderberin", brummte Kate, riß die Kühlschranktür auf und spähte neugierig hinein.

Janes kühler Blick lag immer noch auf mir. Ihre Miene war ebenso undurchdringlich wie die der Aborigines-Frauen oben im Art-Center. *Vielleicht macht das die Wüste*, dachte ich, während ich befangen die Schultern hochzog und mich im gleichen Moment für diese verräterische Geste verwünschte. Vielleicht versteinert hier das Mienenspiel, wenn man länger bleibt. Vielleicht verlernt man hier unweigerlich das Lächeln.

„Ha!" rief Kate. „Wußte ich's doch! Du hast doch noch Cola!" Triumphierend zog sie eine halbleere Colaflasche aus den Tiefen des Kühlschranks, und Jane sah sie ruhig an.

„Die steht da seit mindestens vier Wochen. Ich glaube nicht, daß noch Kohlensäure drin ist, aber bitte, bedien dich." Lässig griff sie hinter sich ins Regal, nahm zwei Gläser heraus, von denen sie eins Kate reichte. Das andere füllte sie mit Leitungswasser und hielt es mir wortlos entgegen.

Jetzt konnte ich nicht anders, ich mußte mich von der Stelle bewegen. Auf staksigen Beinen durchquerte ich den Raum. Meine Hand zitterte, als ich Jane das Glas abnahm. Kate beobachtete mich belustigt.

„Sie kann reden, Jane, ehrlich. Sie kann sogar englisch, und das richtig gut", sagte sie zu Jane. „Ich weiß nicht, was mit meinem Cowboy jetzt los ist. Aber normalerweise sprüht sie nur so vor Charme. Die Frauen in Alice liegen ihr allesamt längst zu Füßen, das kannst du mir glauben."

„Ich glaube es dir", sagte Jane nüchtern. Wieder flog ihr kühler, hellblauer Blick über mich hinweg. Ich stürzte das Wasser hinunter und verschluckte mich fast.

„Kann ich mal ... äh, kann ich ...?" Vielleicht kamen die Worte so ungeschickt aus mir heraus, weil Kate soeben meine Sprachkenntnisse gelobt hatte. Auf jeden Fall kam ich nicht weiter, aber Jane verstand mich auch so. Sie deutete mit dem Kinn nach rechts, wo eine schmale, offenstehende Tür in ein winziges Badezimmer führte, und ich flüchtete hinein und zog die Tür hinter mir zu. Dunstiges Licht fiel durch ein kleines Fenster und beleuchtete eine schäbige Duschkabine, eine Toilette ohne Deckel und ein zerkratztes, aber sauber geputztes Waschbecken, über dem ein schmales Regal angebracht war. Vorsichtig setzte ich mich auf die Toilettenbrille und preßte eine Hand fest auf mein heftig klopfendes Herz.

Ich wußte nicht, was genau an Jane mich derart aus der Fassung brachte. Ich wußte nur, daß es so war. Während ich verstört die Kosmetika und die Medikamentenfläschchen über dem Waschbecken betrachtete – wie im Rest der Wohnung herrschte auf dem Regal eine ziemliche Unordnung –, lauschte ich Janes und Kates dunklen Stimmen, die gedämpft durch die Tür zu mir hereindrangen. Ich verstand kein Wort von dem, was sie sagten, aber das war auch nicht wichtig. Wichtig war nur, daß ich meine Haltung wiedergewann.

Ich klopfte mir auf die Wangen, schüttelte den Kopf und ließ mir ein paar Sekunden lang Wasser über die Hände rinnen, das trübe und lauwarm aus dem Hahn tröpfelte. Dann drückte ich auf die Toilettenspülung und straffte die Schultern. Im Spiegel sah ich für einen Moment mein Ebenbild. Seit ich in Australien war, hatte ich ein paar

Pfund abgenommen, aber das stand mir nicht schlecht. Mein Gesicht wirkte schmaler, und die Schatten unter den Augen paßten gut zu meinen nach hinten gestrichenen dunklen Haaren und gaben mir einen verwegenen Anstrich, wie ich fand. Jetzt mußte ich mich nur noch entsprechend verhalten. Ich holte tief Luft und öffnete die Tür.

Jane stand immer noch an die Spüle gelehnt da, aber Kate war verschwunden.

Verunsichert machte ich ein paar Schritte und blieb dann einfach stehen. „Wo ist denn Kate?" fragte ich und versuchte, beiläufig zu klingen. Jane trank einen Schluck Wasser und betrachtete mich über den Rand ihres Glases hinweg.

„Sie sieht sich mein Motorrad kurz an. Der Motor stottert."

„Ich wußte gar nicht, daß sie sich mit Motorrädern auskennt", sagte ich und fand gleich darauf, daß das allzu vertraulich klang. Immerhin kannte ich Kate erst seit drei Tagen.

Jane schwieg. Sie stellte ihr Glas ab, verschränkte die Arme vor der Brust und sah an mir vorbei aus der offenstehenden Tür.

Ich steckte die Hände tief in die Taschen meiner Jeans und zog die Schultern hoch. „Wohnst du allein hier? Ich meine, hier in dem Wohnblock?"

Jane sah mich kurz an, dann blickte sie wieder zur Tür. „Ja", sagte sie knapp.

„Und du arbeitest hier?"

„Ja", sagte sie wieder.

„Als was?"

Diesmal blieb ihr Blick ein wenig länger auf mir haften. „Ich bin Soziologin."

Das sagte mir nicht sonderlich viel. Trotzdem nickte ich lässig, so als wüßte ich bestens über ihr Fachgebiet Bescheid. „Und da arbeitest du also hier mit Aborigines."

Sie nickte. Ich sah sie auffordernd an, aber sie machte nicht den Eindruck, als hätte sie vor, dem noch etwas hinzuzufügen. Ganz im Gegenteil, sie wirkte vollkommen desinteressiert. Als wäre ich ein Möbelstück, das man ihr kurz ins Zimmer gestellt hatte, um es gleich wieder abzuholen.

Auf einmal wurde ich wütend. Ihre Art, mich zu behandeln, verletzte meinen Stolz. Sie konnte mir doch wohl eine Frage stellen, irgendeine, wenn schon nicht aus Interesse, dann zumindest aus Höflichkeit.

Aber sie tat es nicht. Gleichgültig, ohne mich weiter zu beachten, stand sie mit vor der Brust verschränkten Armen da und sah an mir vorbei aus der Tür in die staubgeschwängerte Hitze hinaus.

„Und du wohnst hier allein?" fragte ich, und die Frage kam aggressiver heraus, als ich beabsichtigt hatte. Aber es wirkte. Jane drehte den Kopf und sah mich an. Ich hatte den Eindruck, daß sie lächelte, ganz leicht nur, und nur für einen Moment, und Hitze stieg in mir auf, ob vor Wut oder Erregung, konnte ich selbst nicht entscheiden.

„Stimmt genau", sagte Jane in ihrem weichen Tonfall und sah mir direkt in die Augen. Ich fühlte mich wie paralysiert, und das Schlimmste war, daß Jane das ganz genau zu wissen schien. Hilflos hing ich in ihrem hellblauen Blick fest. Ein Strom begann zwischen uns zu fließen, aber Jane schnitt ihn ab, indem sie abrupt wegsah.

„Entschuldige mich", sagte sie und stieß sich von der Spüle ab. „Ich hab noch was zu erledigen." Und dann ging sie einfach hinaus. Als sie an mir vorbeikam, stieg mir ihr Duft in die Nase, ein Duft nach Hitze und Staub und etwas Mildem, Leichtem, Unbekanntem. Ihr Duft. Dann war Jane fort, und mit ihr dieser Duft.

Verwirrt schüttelte ich den Kopf und schloß für einen Moment die Augen, um mich zu besinnen. Als ich sie wieder öffnete, stand Kate in der Tür und grinste mich an.

„Na, Cowboy, hat sie dich stehengelassen wie bestellt und nicht abgeholt?"

„Ganz genau." Unmutig drängte ich mich an ihr vorbei. Das helle Licht draußen blendete mich, und ich blinzelte in die schräg stehende Sonne. Kate lachte hinter mir. „So ist sie eben. Hab dir doch gesagt – Jane ist *special*."

„Allerdings", sagte ich. Verstohlen sah ich mich um, aber Jane war nirgends zu entdecken.

„Tja, die siehst du so schnell nicht wieder", sagte Kate. „Wenn Jane erst mal weg ist, taucht sie so schnell nicht wieder auf."

„Du scheinst sie ja ziemlich gut zu kennen."

„Oh ja!" sagte Kate zufrieden. „Immerhin sind wir vom gleichen Stamm."

Ich kam nicht dazu, sie zu fragen, wie sie das meinte, denn in diesem Moment schritten Liesl und Eva die Treppe vom Center hinunter und direkt auf uns zu. Eva hatte sich ihr neuerworbenes Seidentuch um den Hals gewunden, hielt ein zusammengerolltes Bild in der Hand und sah aus wie einem Touristenprospekt entsprungen.

„Sieh da, unsere Anti-Touristin!" sagte Kate hinter mir, und dann, laut, zu den beiden: „Kann's wieder losgehen?"

Mit leuchtenden Augen schwenkte Eva das Bild. „Toll war das, oder? Also echt irre, die Frauen. So eine Ausstrahlung!" Ihre feisten Wangen waren vor Aufregung gerötet, und obwohl ich mich mehr denn je fragte, was in aller Welt mich eigentlich dazu gebracht hatte, ausgerechnet mit ihr zu verreisen, fand ich sie plötzlich herzerfrischend natürlich und naiv.

„Ja", sagte ich, „wirklich toll."

Eva strahlte entzückt, und Kate klatschte mit einem süffisanten Grinsen in die Hände. „Auf geht's. Ich muß schließlich noch arbeiten. Also Liesl, bleibt es dabei? Morgen Essen bei dir und Sue?"

„Ja", sagte Liesl mit ihrer sanften Stimme und streckte mir die Hand hin. „War schön, daß ihr da wart." Sie starrte mir intensiv in die Augen, wie es so ihre Art war, und ich drückte ihre schlaffe Hand und ließ sie schnell wieder los.

„Danke für die Einladung. Und – grüß Jane noch mal von mir. Richte ihr meinen herzlichen Dank für das Wasser aus, ja?"

„Mach ich, natürlich", sagte Liesl verständnisvoll.

Kate grinste breit. „Wenn du schon dabei bist, dann sag Jane gleich noch, daß ihr Vergaser neu eingestellt werden muß. Sie soll am Donnerstag, wenn sie in der Stadt ist, an der Tankstelle vorbeifahren."

Und dann sah sie mich verschwörerisch an. „Donnerstag!" flötete sie mit gespitzten Lippen. „Dohonnerstag, hast du gehört?"

„Ja doch", sagte ich grimmig. „Ich hab es gehört, Kate."

„Dohohonnerstag!" trillerte Kate und tänzelte in Richtung Auto davon. Beim Anblick ihrer durch die Gegend wedelnden langen Gliedmaßen konnte ich einfach nicht anders; ich mußte lachen.

Eva und Liesl sahen sich verwundert an, dann zuckte Eva mit den Schultern und seufzte. „Also, ihr beide – ich weiß nicht. Ihr seid irgendwie komisch. Euch muß man auch erst mal verstehen."

„Ach, weißt du, das muß man vielleicht auch gar nicht", sagte ich und lächelte sie versöhnlich an. „Das muß man auch gar nicht."

Als wir losfuhren, sah ich mich noch einmal um. Von Jane war weit und breit nichts zu sehen. Das Dorf lag still und schweigend in der schwächer werdenden Sonne. Das einzige, was sich bewegte, war Liesl, die neben Janes Motorrad stand und uns zum Abschied nachwinkte. Als wir die letzte Hütte passierten, trat Kate voll aufs Gas und schaltete hoch. Roter Staub wirbelte hinter uns auf und verdeckte mir die Sicht, und ich drehte mich wieder nach vorne.

„*Hey-yoh!*" brüllte Kate und beugte sich vor. „*Here we go!* Alice, wir kommen!"

Als ich am nächsten Nachmittag im *Doppio's* auftauchte, fegte Kate gerade mit vier Tellern in jeder Hand mitten durch die vollbesetzten Tischreihen.

„Hi, Cowboy! Ich komm gleich zu dir! Kannst dich schon mal ausziehen!" rief sie anzüglich und warf mir einen Kußmund zu. Ich schob mich in die Bank an der Kopfseite des Tresens und bestellte eine Cola bei Lisa, die dabei war, die dampfende Geschirrspülmaschine auszuräumen. Ohne innezuhalten, nahm sie mit einer Hand eine Büchse aus dem Kühlfach und ließ sie quer über den Tresen zu mir hinüberschlittern, während sie mit der anderen Hand weiter Gläser ins Regal stellte.

„Prost!" sagte sie in akzentfreiem Deutsch und sah mich erwartungsvoll an. Ihr rundes, trotz der geschlitzten Augen eher orientalisch wirkendes Gesicht mit dem kleinen, perfekt geschminkten Schmollmund verzog sich zu einem stolzen Lächeln, als ich anerkennend den Daumen hob. Dann rief einer der thailändischen Köche aus der Durchreiche nach ihr, und Lisa trippelte eilig hinüber. Ihr kleiner Hintern wippte bei jedem Schritt, und ihr dunkles, glattes Haar schwang in einer Welle herum, als sie sich kurz nach mir umsah. Ich riß die Büchse auf und trank einen Schluck eiskalte Cola. Dann legte ich erschöpft das Kinn auf die verschränkten Arme und sah mich um.

Das *Doppio's* war eines der beliebtesten Restaurants in Alice Springs, zumindest bei jungen Leuten und den zahlreichen Esoterikern, die die Stadt bevölkerten. Das Essen, hauptsächlich asiatische Kost, war gut und billig, die Bedienung flott und geschickt und der Umgangston locker, wenn auch für manch zartbesaitete Seelen sicher gewöhnungsbedürftig. Selbst hier, auf der anderen Seite des Raumes, war Kates forsche Stimme deutlich zu hören.

„Nummer 36, Laksa mit Shrimps, drei Dollar vierzig, Nummer 49, Chicken Curry, vier Dollar sechzig, macht zusammen acht. Mit ordentlich Trinkgeld sind's zehn. Komm schon, *honey*, rück raus damit, meine Fans stehen schon Schlange dahinten."

Belustigt sah ich zu, wie der Gast, ein rotgesichtiger Rucksackreisender in Aborigines-Hemd und Birkenstock-Latschen, in seinem Lederbeutel kramte und Kate schließlich ein paar Scheine in die fordernd ausgestreckte Hand drückte.

„Danke, Schätzchen! Und guten Appetit, die Herrschaften!" brüllte sie, nahm ihr Tablett und eilte zum nächsten

Tisch. Nachdem sie auch dort abkassiert hatte, kam sie mit langen Schritten auf mich zu und stieß mir ihren spitzen Ellbogen in die Seite.

„Rutsch mal ein Stück, *darling*. Oder soll ich auf deinen Schoß? Das geht aber nicht, ich hab heut kein Höschen an." Ich rutschte ein Stück, und Kate ließ sich aufatmend neben mich fallen. „Puh!" stöhnte sie und wischte sich den Schweiß von der Stirn. „Warum die Leute immer soviel essen müssen, ist mir ein Rätsel. Kommen hierher, gaffen alles und jeden an, als ob es hier sonst was zu sehen gäbe, fressen sich die Wampe voll und hauen wieder ab. Wenn sie wenigstens hübsch aussehen würden!" Angewidert betrachtete sie drei verschwitzte junge Männer am Nachbartisch, die gierig gewaltige Currygerichte in sich hineinschaufelten. Dann sah sie mich an, und ihre grünen Augen verengten sich herausfordernd. „Na ja, aber dafür hab ich jetzt ja dich. Wie geht es dir denn heute? Was hast du so getrieben?"

„Och", sagte ich und zuckte mit den Schultern. „Bin nur ein bißchen rumgelaufen und hab gegafft. Gab aber nicht viel zu sehen, wenn ich ehrlich bin."

Kate guckte verdutzt, dann fing sie an zu grinsen. „Uh, sieh an, ein richtiger Schlaumeier hier!" grölte sie und schlug mir mit ihrer großen Hand aufs Knie. Als ich zusammenzuckte, schlug sie gleich noch einmal zu. „'tschuldigung", sagte sie mit heuchlerischem Augenaufschlag. „Manchmal gehen mit mir einfach die Kräfte durch. Kommt von früher, weißt du, da kann ich nichts gegen machen. Das ist einfach der Mann in mir, der seinen Tribut fordert, verstehst du." Sie winkte Lisa, die soeben in der Küchentür erschienen war, einen dampfenden Teller in der Hand. „He, Lisa! Ich mach jetzt mal Pause. Zehn Minuten, okay?"

Lisa nickte, drehte sich zur Küche und rief in scharfem Befehlston etwas auf thailändisch. Kurz darauf kam ein schmaler, asiatisch aussehender Junge herausgeschossen, nahm ihr den Teller ab und eilte damit zu einem der Tische.

Kate griff nach der Wasserflasche, die Lisa ihr hingeschoben hatte, und nahm einen großen Schluck. Dann drehte sie sich wieder zu mir. „Und, was treibt unsere Anti-Touristin?"

Ich zuckte mit den Schultern. „Keine Ahnung. Ist vielleicht mit Sue unterwegs." Ich hatte Eva den ganzen Tag über nicht gesehen und, wenn ich ehrlich war, auch nicht vermißt. Wir kannten uns zwar schon lange, waren aber nicht sonderlich eng befreundet und hatten uns zu der gemeinsamen Reise eher aus praktischen Gründen als aus gegenseitiger Zuneigung entschlossen. Es war kein Fehler gewesen, es hatte einfach gepaßt; aber dennoch – nach dreieinhalb Wochen waren wir beide froh über jede Minute, die wir ohne die andere verbrachten.

„Keine große Liebe zwischen euch beiden, nicht wahr?" erkundigte sich Kate neugierig.

Ich schüttelte den Kopf und betrachtete Lisa, die geschäftig verschiedene Getränke eingoß und auf einem Tablett bereitstellte. Als sie merkte, daß ich sie ansah, warf sie mir ein kurzes, strahlendes Lächeln zu und widmete sich dann wieder ihrer Arbeit.

„Gefällt sie dir?" fragte Kate lauernd und trommelte gleichzeitig mit ihren langen Fingern auf den Tresen, so daß ich nicht umhin konnte zu grinsen.

„Ich mag sie", sagte ich amüsiert. „Und du?"

„Lisa? Oh nein, *honey*, das wäre doch Inzest!" sagte Kate lachend und schüttelte so vehement den Kopf, daß ihre blonden Haare mir ins Gesicht flogen. „Lisa und ich, wir sind doch Schwestern."

„Wo habt ihr euch eigentlich kennengelernt?"

„In Washington D.C. Stell dir vor, uns hat der gleiche Doktor umgepolt. Doc Bernhardt mit den flinken Fingern und dem scharfen Skalpell. Unser aller Übervater, der Mösenmacher für alle armen, verunstalteten Ich-möchte-so-gern-eine-Frau-sein-bitte-helfen-Sie-mir, die schon anderswo irgendwelchen Stümpern unters Messer geraten sind." Kate lachte, aber in ihren Augen war Bitterkeit. „So was schweißt zusammen."

Ich versuchte mir einen Moment eine jüngere Kate und eine jüngere Lisa vorzustellen, mit männlichen Körpern und Gesten, aber es gelang mir nicht richtig. Nur ihre Augen konnte ich sehen, Kates grüne, hell blitzende und Lisas dunkle, brennende Augen, und die Angst darin, versteckt hinter aufgezwungener Härte. Im Laufe der Jahre waren aus dieser Angst Mißtrauen und Sarkasmus geworden.

„Daddy Doc Bernhardt hat uns zu Schwestern gemacht, Lisa und mich", sagte Kate neben mir. „Wir mußten uns eine neue Familie suchen. Weißt du, *hon*, jeder braucht eine Familie. Meine ist Lisa."

Ich nickte; ich wußte nicht, was ich sagen sollte. Kate schob eine Hand auf mein Knie und sah mich schräg von der Seite an. „Nur nicht trübsinnig werden, Schätzchen. Jedenfalls stehe ich nicht auf kleine asiatische Bräute, sondern auf dunkelhaarige, gutaussehende Butches. Nach solchen bin ich richtig verrückt." Bei den letzten Worten ließ sie ihre Stimme in einen tiefen Bariton absinken und kniff mich zärtlich ins Knie. „Und du stehst auf große Blonde, nicht wahr?"

Ich lächelte, aber als ich ihren bohrenden Blick sah, begriff ich, daß sie nicht sich selber gemeint hatte. Schlagartig wurde mir heiß. Hastig nahm ich einen Schluck von meiner Cola, aber Kate ließ mich nicht aus den Augen.

„Große Blonde", insistierte sie.

Ich nickte vage und sah unbeteiligt über die Tischreihen hinweg.

„Große Blonde mit Motorrädern."

„Ach, das muß nicht unbedingt sein. Und wenn, dann reicht eins", sagte ich.

Kate kniff mich so fest ins Knie, daß es weh tat.

„Okay, okay", sagte ich und hob ergeben die Hände. „Ich geb's zu."

„Große blonde Transen mit Motorrädern", sagte Kate und lächelte triumphierend.

„Was?" Ich starrte sie an. Mir war plötzlich ganz schummerig.

„Wie, was?" Kates Lächeln fiel in sich zusammen, und sie ließ mein Knie los. „Oh, Baby, *sorry* – ich dachte, du weißt das."

Ich trank meine Cola aus und setzte die leere Büchse mit einem harten Knall auf dem Tresen ab. Lisa sah mit hochgezogenen Brauen zu mir herüber, und ich versuchte ein Lächeln, das mir nicht richtig gelang. Bei Lisa hatte ich es gemerkt, zwar erst auf den zweiten Blick, aber trotzdem, ich hatte es gemerkt. Bei Kate hatte ich es sofort gesehen. Wieso nicht bei Jane? Wieso hatte mich Kate erst drauf stoßen müssen? Und warum, verdammt, hatte sie mich überhaupt drauf gestoßen?

Kate seufzte gequält, und ich sah sie an. Plötzlich sah ich die Ähnlichkeiten zwischen ihr und Jane: den hochaufgeschossenen Körper, die großen, kräftigen Hände, die sehnigen Muskeln. Es paßte; alles paßte zusammen. *Vom gleichen Stamm* – das war es also. Janes lange Beine fielen mir ein, ihr fester, kleiner Hintern, die sehnigen Oberschenkelmuskeln, die sich unter ihrer Jeans abgezeichnet hatten, als sie das Gewicht von einem Bein aufs andere verlagert hatte.

Jetzt war ich es, die seufzte. „Also, Jane ist also auch ..."

„Genau, Cowboy. Sie ist! Genauso wie ich und wie Lisa. Das gleiche Kaliber. Nur etwas ... feiner. Irgendwie gelungener." Kate kicherte, und ihr scharfes Gesicht mit der großen Nase verzog sich zu einer amüsierten Grimasse. Dann wurde sie wieder ernst und sah mich aufmerksam von der Seite an. „Und nun?"

„Nichts", sagte ich und bedeutete Lisa, mir noch eine Cola zu bringen. „Es ist nur – ich bin ein bißchen verwirrt. Weil ich nicht von selbst drauf gekommen bin."

„Tja, weißt du, ehrlich gesagt, das ist doch das Beste an der ganzen Sache", sagte Kate und grinste traurig.

Nach einem Moment begriff ich: Ihr würde das niemals passieren. Kates Vergangenheit war nicht zu verbergen. Sie trug sie sichtbar mit sich herum.

Als Lisa mit meiner Cola kam, beugte Kate sich vor und flüsterte ihr etwas ins Ohr. Lisa nickte lächelnd, griff zielsicher drei Schnapsgläser hinter sich aus dem Regal, zog eine Flasche unter der Theke hervor und schenkte uns ein.

„Prost!" sagte sie stolz.

Bis zum Essen bei Sue und Liesl war es noch ein wenig hin, und so schlenderte ich in der rasch einsetzenden Dämmerung gemächlich durch die Innenstadt, nachdem ich das *Doppio's* verlassen hatte. Die Hitze des Tages war bereits abgeflaut, und nach den Stunden in der klimaanlagengekühlten Luft des Restaurants spürte ich die wohlige Wärme draußen angenehm auf meiner Haut. In den reißbrettförmig angeordneten Einkaufsstraßen mit den vielen kleinen Geschäften und Cafés liefen zahlreiche Touristen herum, in der Überzahl jüngere Leute mit langen Haaren, bunten Klamotten und staunenden Augen. Alice Springs' Ruf als magischer Ort zog hauptsächlich Esoterik-Fans an, die mit Ehrfurcht im Blick lächelnd umherliefen und zu erwarten schienen, daß sich an jeder Ecke spirituelle oder gar göttliche Kräfte in Gestalt eines Wunders offenbarten, sofern man nur genau genug hinsah.

Ich zweifelte nicht daran, daß Alice Springs tatsächlich ein magischer Ort war – schon als ich aus dem Flugzeug gestiegen war, hatte ich diese ganz besondere, eigenartig gespannte Atmosphäre gespürt, die genauso unverrückbar über dem Land lag wie das unglaublich strahlende Licht und die reine Luft –, aber Wunder hatte ich noch keine gesehen. Es sei denn, man bezeichnete die Anwesenheit der einheimischen Aborigines als Wunder, und insgeheim neigte ich längst zu dieser Ansicht. Nach jahrhundertelanger Verfolgung waren sie immer noch da, trotz allmählich voranschreitender Zerstörung ihres Lebensraumes und der epidemischen Verbreitung von Alkoholismus und Krankheiten, gegen die ihr Immunsystem nicht im geringsten gerüstet war. Immer noch waren sie da, lebten in einigermaßen stabilen Familien- und Stammesverbänden und setzten sogar Kinder in diese ihnen so feindlich gesonnene Welt.

Vom gleichen Stamm – ich sah Janes Gesicht vor mir, während ich langsam die Straße entlangging, ihr klares Gesicht mit den scharfen Zügen, ihre hellblauen Augen, ihren ernsten, reglosen Blick. Für den Bruchteil einer Sekunde tauchte eine andere Jane vor mir auf, der Mensch, der sie einmal gewesen sein mochte, eine verschwommene Erinnerung an ein jungenhaftes Lächeln und die Unbeholfenheit langer Beine. Dann verschwand dieses Bild, und ich sah wieder Janes Augen vor mir. Hellblaue Augen, kühl wie eine plötzliche Brise am offenen Meer, die einen zittern läßt.

Ich merkte, daß ich die Hände in meinen Hosentaschen zu Fäusten geballt hatte. Langsam entspannte ich meine Finger und bog von der Parsons Street zum ausgetrockneten Flußbett des Todd River ein, das sich mitten durch die Stadt zog. In der Zwischenzeit war es fast vollständig dunkel geworden. Ein paar mächtige Eukalyptusbäume streckten vom Flußbett ihr weitverzweigtes Geäst in den nachtblauen Himmel, an dem unzählige Sterne leuchteten.

Als ich meinen Blick wieder nach unten gleiten ließ, bemerkte ich eine Bewegung im Flußbett, ein Stück weit von mir entfernt. Ich blieb stehen und sah angestrengt in das Dunkel zwischen den Bäumen. Nach einem Moment konnte ich ein paar Schemen ausmachen, schattenhafte Gestalten, die sich langsam bewegten. Dann loderte eine Flamme auf; ein Feuer wurde entzündet, das flackernd verlosch und gleich darauf wieder hell aufflammte. Jetzt sah ich noch mehr Gestalten, einige hockten im Kreis, andere standen still da, unbeweglich zwischen den Bäumen. Es waren Aborigines-Männer, die sich im Flußbett versammelten, um dort gemeinschaftlich zu saufen. Sue hatte mir davon erzählt. Ich hörte das Knistern des Feuers bis zu mir herüber, als die Flammen hoch aufzüngelten. Eine tiefe Stimme rief etwas, gleich darauf begann einer der Männer zu singen, ruhige, düstere Töne, die mir einen Schauder den Rücken hinunterjagten. Der Gesang brach ab, und ein rauhes Lachen schwebte durch die Dunkelheit.

Unvermittelt mußte ich an meinen Vater denken, an seinen hager gewordenen Körper und sein knochiges Gesicht. Als junger Mann hatte er gut ausgesehen, freundlich und offen, mit klaren blauen Augen, die er Markus und mir vererbt hatte. Aber in den letzten Jahren, seit das Alter seinen früher so geradegereckten, langen Körper unerbittlich nach unten zog, hatte das Gesicht meines Vaters zusehends einen mürrischen Ausdruck angenommen. Ich sah ihn vor mir, wie er brummend durch die Zimmer seiner Wohnung ging und aus dem Wohnzimmerfenster in den Wald hinunterstarrte, der sich dunkel und dicht unterhalb des Hanges ausbreitete und in der Ferne mit dem düsteren Herbsthimmel verschmolz. Mein Vater war Förster gewesen, der Wald dort unten über Jahrzehnte hinweg sein Reich. Davon geblieben waren ihm nur mehr der Anblick und der alte, rheumatische Dackel, der den größten Teil des Tages in seinem Lieblingssessel verschlief. Der Wald war das Land meines Vaters gewesen, so wie die Wüste das Land dieser Männer im Flußbett war, die ich jetzt aus sicherem Abstand betrachtete. Ich stand mit verschränkten Armen da, sah zu ihren dunklen Schatten hinüber und fragte mich, wann ich meinen Vater das letzte Mal hatte lachen sehen.

Und dann dachte ich wieder an Jane, die mit diesen fremden Menschen dort drüben zusammenlebte, weit draußen in der Wüste, in einer schäbigen Baracke, durch deren Ritzen der allgegenwärtige Staub drang. Warum? Was bewog sie dazu?

Ich legte den Kopf in den Nacken und sah in den Himmel. Direkt über mir leuchtete das Kreuz des Südens. Ich spürte deutlich, wie allein ich war. Es fühlte sich gut an, richtig gut. Für einen Moment schloß ich die Augen, dann setzte ich mich in Bewegung. Langsam wurde es Zeit.

Als Jane am nächsten Nachmittag endlich mit ihrer Yamaha in die Auffahrt zur Tankstelle einbog, hatte ich schon über eine Stunde unter dem schattenspendenden Eukalyptusbaum auf der gegenüberliegenden Straßenseite gehockt. Ein alter Aborigine, der eben vorbeischlurfte, wandte den

Kopf und betrachtete mich ausdruckslos, als ich mich hastig hinter den Stamm zurückzog, dann trottete er weiter. Mit klopfendem Herzen beobachtete ich, wie Jane von ihrem Motorrad stieg, den Helm abnahm und ihre langen Haare schüttelte, bevor sie mit weit ausholenden Schritten auf die Tankstelle zuging. Ich wartete ab, bis sie im Innern verschwunden war. Dann schlenderte ich hinüber.

Jane hob nur eine Augenbraue, als sie zurückkam und mich entdeckte. Aber ich sah das winzige Zucken um ihren Mund.

„Hi", sagte ich und legte eine Hand auf den Motorradsattel. „Ich kam gerade vorbei und hab gedacht, die Maschine kenn ich doch irgendwoher."

Jane nickte. „Gutes Gedächtnis. Hallo." Sie griff an mir vorbei nach dem Lenker und bedeutete mir mit einer knappen Drehung des Kopfes, aus dem Weg zu gehen. „Entschuldige", sagte sie über die Schulter hinweg, klappte den Ständer hoch und begann das Motorrad in Richtung der Werkstatt zu schieben, die in einem kleinen Verschlag neben der Tankstelle untergebracht war. Lässig ging ich neben ihr her.

„Ist was kaputt?"

Jane wandte den Kopf und sah mich an. „Der Vergaser ist nicht in Ordnung. Aber ich denke, das weißt du, oder nicht?"

Sie hatte mich durchschaut, na gut. Doch so leicht gab ich nicht auf.

„Ach, richtig, Kate hat so was erwähnt", sagte ich achselzuckend. Jane sah mich noch einen Moment an, dann schob sie das Motorrad kopfschüttelnd in die Werkstatt hinein, stellte es ab und besprach sich kurz mit einem jungen Mann in ölverschmiertem Overall, der sie für meinen Geschmack ziemlich aufdringlich anstarrte. Ich konnte sehen, wie er anerkennend Janes Hintern musterte, als sie wieder herauskam.

„Du bist ja immer noch da." Sie blinzelte gegen die Sonne an, und als ihre hellblauen Augen sich auf mich richteten, konnte ich für einen Moment kaum atmen. Erst jetzt, aus der Nähe, sah ich, wie lang ihre fein geschwungenen Wimpern waren. Feiner Staub schien auf ihnen zu liegen, rötlicher Staub, Staub aus der Wüste.

„Na ja, ich dachte", sagte ich, als ich mich wieder gefangen hatte, „ich dachte, ich könnte dich zu einem Kaffee einladen." Ich versuchte ein charmantes Lächeln, das sie glatt zu übersehen schien.

„Wer will denn schon Kaffee bei dieser Hitze?"

„Niemand", sagte ich und grinste verlegen. „Natürlich, niemand will Kaffee. Aber vielleicht eine Cola?"

Jane zog eine Sonnenbrille aus ihrer Brusttasche, setzte sie auf und sah mich wieder an. Statt ihrer Augen sah ich jetzt mein monströs verzerrtes Gesicht in ihren verspiegelten Gläsern, und plötzlich mußte ich lachen.

Janes Miene blieb unbewegt. Sie wartete, bis ich mich beruhigt hatte, was nicht lange dauerte. „Na gut", sagte sie dann. „Okay. Gehen wir was trinken."

Schweigend gingen wir einen Block nebeneinander her zum *Zella's*. Jane hob überrascht die Brauen, als ich ihr die Tür aufhielt.

„Nicht ins *Doppio's*?" erkundigte sie sich, und wieder hatte ich den Eindruck, daß sie mich genau durchschaute. In der Tat hatte Kate mir das *Zella's* empfohlen, weil es eines der wenigen Cafés in Alice ohne Restaurantbetrieb war und von daher etwas ruhiger zu sein versprach.

„Obwohl ich ja liebend gerne zusehen würde, wenn ihr zwei Königskinder euch begegnet", hatte Kate mit treuherzigem Augenaufschlag geflötet. „Aber nun ja, ich will dem jungen Glück nicht im Wege stehen." Ich hatte ihr einen Vogel gezeigt, aber natürlich war ich ihr äußerst verbunden. Schließlich hatte ich es ihr zu verdanken, daß ich wußte, wo und wann Jane auftauchen würde.

Das *Zella's* lag ein wenig versteckt in einer Seitenstraße mit Blick auf den ausgetrockneten Todd River. Es war tatsächlich bei weitem nicht so überfüllt wie die anderen Cafés in Alice. Ein paar erschöpfte Touristenpärchen saßen vor ihren Getränken und starrten schweigend aufs Flußbett hinaus, und hinterm Tresen hockte ein übergewichtiger Jüngling und las in einem japanischen Comic.

Jane steuerte zielstrebig auf den nächstbesten Tisch zu, setzte sich hin und schlug ihre langen Beine übereinander. „Ich nehme ein Wasser", erklärte sie und sah zu mir auf.

„Kommt sofort, Madam", sagte ich und ging zum Tresen hinüber. Als ich mit zwei Wasserflaschen zurückkam und eine mit einer galanten Verbeugung vor ihr abstellte, sah ich das erste Mal an diesem Tag ein winziges Lächeln auf ihrem Gesicht aufblitzen.

Ich zog meinen Stuhl zurück, setzte mich und hob meine Flasche. Schweigend tranken wir und beobachteten uns dabei. Jedenfalls ich beobachtete sie. Was unter ihren verspiegelten Brillengläsern vor sich ging, konnte ich nicht erkennen.

Jane stellte ihre Flasche mit einem Knall auf dem Tisch ab und wischte sich ein wenig Staub von ihren Jeans. Fasziniert sah ich zu, wie ihre langgliedrigen Finger mit einer beiläufigen Geste über den verschlissenen Stoff strichen.

Jane hob den Kopf. „So, jetzt trinken wir also etwas zusammen. Darf ich fragen, was du eigentlich von mir willst? Und sag jetzt nicht, du möchtest mich näher kennenlernen."

Genau das hatte ich vorgehabt. Schweigend sah ich sie an. Sie warf mir einen kurzen, prüfenden Blick zu und drehte dann den Kopf weg. Nicht nur ein bißchen, sondern ganz und gar, überaus demonstrativ, so demonstrativ, daß es mich zum Lachen reizte. Ich verbarg mein Grinsen hinter der Hand.

„Lach nicht", sagte Jane, ohne mich anzusehen.

„Ich lache ja gar nicht." Ich bemühte mich, ernst zu bleiben, aber es fiel mir schwer. Als sie mich wieder ansah, war ich immer noch damit beschäftigt, mein Grinsen zu unterdrücken.

Jane hob die Brauen, bis sie über dem Rand ihrer Sonnenbrille sichtbar wurden. Nach einem Moment mußte sie ebenfalls lächeln.

„Vielleicht hilft es", sagte ich, „wenn du die Brille abnimmst."

Wortlos nahm sie ihre Sonnenbrille ab und legte sie zwischen uns auf den Tisch. Ihr strenger Blick bewirkte zwar, daß mein Grinsen verflog, aber dafür starrte ich sie jetzt hingerissen an. Sie war so wahnsinnig schön.

„Hattest du eigentlich vor, dich mit mir zu unterhalten, oder wolltest du mich nur anstarren?" fragte Jane plötzlich in fließendem Deutsch.

„Ja", sagte ich verdutzt. „Äh, ich meine, nein. Das heißt … also, ich würde mich gerne mit dir unterhalten … Aber wieso kannst du deutsch?"

Jetzt lächelte Jane wirklich. „Meine Mutter war Deutsche", sagte sie, weicher als zuvor. „Und ich habe eine Weile in Wien studiert."

„Und woher kommst du ursprünglich?"

„Ich bin aus Schweden."

Daher rührte also ihr weicher, fast singender Tonfall, der mir schon im Englischen aufgefallen war. Sie sprach deutsch mit schwedischer Sprachfärbung und einem leichten österreichischen Akzent; eine ungewöhnliche Mischung, die ich zauberhaft fand.

„In Schweden war ich noch nie", sagte ich.

„Ach nein?"

„Nein." Unter Janes leicht spöttischem Blick fühlte ich mich sofort unbehaglich. „Und wie lange bist du schon in Australien?"

„Seit knapp eineinhalb Jahren." Jane zog ihre Jeansjacke aus und hängte sie über die Stuhllehne. Darunter trug sie ein weißes T-Shirt. Ich versuchte, nicht auf ihre Brüste zu starren, die sich deutlich darunter abzeichneten.

„Die ganze Zeit in Santa Teresa?"

Jane nickte.

„Was machst du denn dort eigentlich genau?"

„Ich habe einen Forschungsauftrag, zur Vorbereitung meiner Habilitation."

„Habilitation?"

„Die Lehrberechtigung an der Universität, oder auch Professur. Mein Schwerpunkt liegt auf der Untersuchung von Familienstrukturen unter extremen Rahmenbedingungen, sowohl klimatisch als auch von der Bevölkerungsdichte her gesehen. *Hitze, Kälte und Einsamkeit* ist das Thema."

„Oh. Hm, ja, das ist sicher spannend", sagte ich, weniger beeindruckt von Janes akademischer Laufbahn als von der Tatsache, daß sie sogar derart komplizierte Dinge in perfektem Deutsch ausdrücken konnte.

Jane nickte und trank ihr Wasser aus. Eine feuchte Spur blieb auf ihrer Oberlippe zurück, und ich konnte nur schwer den Blick davon abwenden. Schnell trank ich mein eigenes Wasser ebenfalls aus.

„Wie lange dauert es noch, bis du damit fertig bist?"

Jane zuckte mit den Schultern. „Vielleicht noch ein Jahr", sagte sie vage.

„Und danach?"

„Mal sehen", sagte sie. „Vielleicht wieder New York, vielleicht Schweden."

„Kannst du dir vorstellen, ganz hier zu bleiben?"

Sie schwieg und sah auf ihre Brille herab. „Eigentlich", antwortete sie nach einer Weile, „eigentlich kann ich mir das nicht vorstellen. Das hier ist nicht mein Land. Meine Heimat. Und wird es nie werden."

„Warum nicht?"

Jane dachte eine Weile nach, und ich sah ihr dabei zu. „Ich sehne mich nach der Kälte", sagte sie schließlich langsam. „Am meisten sehne ich mich nach der Kälte. Manche Dinge sind hier wie in Schweden, nur anders … anders gefärbt." Sie zog die Nase kraus, vermutlich wegen ihrer etwas unbeholfenen Wortwahl, dann fuhr sie fort: „Die Leere. Die Stille. Oder diese ganz bestimmte Ruhe, die die Tiere ausstrahlen. Tiere, die den Menschen nicht als ständige Bedrohung erleben. Weißt du, in Lappland hüpfen die Schneehasen völlig unbefangen herum, und hier unten die Känguruhs. Alles ist irgendwie gleich, es sieht nur anders aus." Sie lächelte leicht und sah mit schiefgelegtem Kopf zu mir herüber. Zum ersten Mal fielen mir die winzigen Grübchen rechts und links neben ihren Mundwinkeln auf, und ein heißes Gefühl von Sehnsucht stieg in mir auf. Ich mußte mich sehr zusammenreißen, um mich nicht über den Tisch zu beugen und sie zu berühren, die Grübchen in ihrer Wange, ihren Mund, ihre Hand, egal was. Ich wollte sie einfach so gerne berühren.

„Und außerdem", sagte Jane abschließend, „gehören wir nicht hierher. Wir Weißen, meine ich, oder zumindest wir weißen Europäer. Dieses Land ist nicht unseres. Dieses Land gehört, wenn überhaupt, den Aborigines. Und wir sind hier nicht erwünscht. Und damit meine ich nicht etwa, daß die Einwohner uns hier nicht haben wollen. Sondern das Land selbst. Die Wüste. Wenn du verstehst, was ich meine."

„Ja", sagte ich. Genau so empfand ich es selbst.

Wir lächelten uns an, und dann sahen wir beide gleichzeitig weg. Der Kellner kam zu unserem Tisch, räumte die Flaschen ab und fragte, ob er noch etwas bringen sollte, aber Jane schüttelte den Kopf. Er ging, und Schweigen machte sich zwischen uns breit, aber es war ein angenehmes, aus Vertraulichkeit geborenes Schweigen.

„Wann fliegst du zurück?" fragte Jane nach einer Weile.

„Montag. In vier Tagen."

Für einen Moment schien sich ihr Gesicht zu verschließen. „Und was machst du beruflich?" fragte sie.

„Ich bin Schuhmacherin. Am Theater." Das war nicht ganz richtig; ich war zwar Schuhmacherin, aber seit zwei Monaten arbeitslos. Zuvor hatte ich vertretungsweise an der Deutschen Oper gearbeitet, und ich hoffte, dort irgendwann wieder arbeiten zu können.

„Klingt interessant." Jane nickte und stieß ihre Sonnenbrille mit einem Finger an. Wir sahen beide zu, wie die Brille auf dem Tisch herumkreiselte und langsam wieder zum Stillstand kam. Die Spannung zwischen uns wuchs mit jeder Sekunde.

Jane blickte auf. „Heißt du wirklich Uma?"

Auf diese Frage war ich nicht im geringsten gefaßt. „Nein", sagte ich zögernd.

„Wie denn?"

Ich räusperte mich. „Miranda."

„Und warum gerade Uma?"

Ich zuckte mit den Schultern. Irgendwie war es mir peinlich, die schlichte Wahrheit zu sagen: Daß ich den Namen vor Jahren in einer Zeitschrift gelesen und gut gefunden hatte. Uma klang geheimnisvoll, cool, nicht so lieblich und feminin wie mein richtiger Name. Mir ging plötzlich auf, daß das vermutlich das einzige war, was Jane und ich wirklich gemeinsam hatten: ein neuer Name.

Jane sah mich lange an, ohne eine Miene zu verziehen. Mir war ohnehin schon warm, aber unter ihrem forschenden Blick wurde mir heiß. „Und selbst?" fragte ich unbehaglich zurück.

Janes Augen wurden ganz schmal, und dann wandte sie den Kopf und sah auf die Straße hinaus. Eine Ewigkeit verging. „Das ist vorbei", sagte sie schließlich. Aus ihrer Stimme war alle Weichheit verschwunden.

„Aber ich hab es dir doch auch gesagt." Ich versuchte ein Lachen und schämte mich im gleichen Moment meiner Kindsköpfigkeit.

Jane schlug ein Bein über das andere. „Das ist nicht das Gleiche."

„Nein, ist es nicht, klar", setzte ich an, aber dann wußte ich nicht mehr weiter.

Jane nahm ihre Sonnenbrille und wog sie unschlüssig in der Hand. Verzweifelt überlegte ich, was ich sagen könnte, um die Situation zu entschärfen, aber zugleich wußte ich, daß es zwecklos war. Die Stimmung, zart und zerbrechlich, war unwiederbringlich dahin. Mit einer einzigen unbedachten Frage hatte ich sie zerstört.

Jane steckte sich die Brille vorn in den Ausschnitt ihres T-Shirts. „Paß auf", sagte sie scharf und sah mir direkt in die Augen. „Ich hab keine Ahnung, was du in mir siehst,

Uma, und was du von mir willst, und es ist mir auch völlig egal. Aber eins sollte dir klar sein: Ich bin nicht wie Kate. Ich bin nicht im geringsten wie Kate. Kate ist großartig; sie ist völlig offensiv mit dem, was sie ist und wer sie ist oder nicht ist und wo sie herkommt und all das. Aber ich bin nicht so. Überhaupt nicht, klar?"

„Kein Mensch sagt, daß du wie Kate sein sollst", sagte ich, überrumpelt von der Heftigkeit, mit der sie gesprochen hatte.

„Das braucht mir auch niemand zu sagen." Jane taxierte mich. Dann, im Bruchteil einer Sekunde, entschied sie sich. Sie straffte die Schultern, warf einen Fünf-Dollar-Schein auf den Tisch und stieß sich aus dem Stuhl hoch. „War nett, dich kennengelernt zu haben."

Ich stand ebenfalls auf. „Bitte", sagte ich. „Ich wollte nicht ... Ich wollte dich nicht brüskieren."

Jane zog die Brauen zusammen und sah mich fragend an. Nach einem Moment begriff ich, daß sie den Ausdruck nicht kannte.

„Ich wollte dich nicht verletzen." Das paßte noch weniger, aber zumindest bewirkte es etwas. Janes Miene entspannte sich ein wenig. Für einen Moment sah sie sehr traurig aus, dann holte sie Luft.

„Schon gut", sagte sie. „Also, guten Flug."

Sie setzte sich in Bewegung, und ich ging vor ihr zur Tür und hielt sie ihr auf. „Jane", sagte ich. „Sue und Liesl geben übermorgen eine Party, eine Art Abschiedsparty für uns. Ich würde mich freuen, wenn du kommst – trotzdem."

Sie blieb stehen und sah mich noch einmal an. In ihrem Blick lag etwas, das ich nicht deuten konnte. „Vielleicht", sagte sie langsam. „Vielleicht."

Und dann ging sie zügig davon. Ich sah ihr nach, bis sie um die Ecke verschwunden war.

Die Zeit zog sich dahin. Verlorene Zeit war es, vertane Zeit ohne Jane. Mir war fast schlecht vor Aufregung. Unerbittlich zerrannen die Minuten, rannen mir durch die Finger und versickerten zu meinen Füßen im roten Staub der Erde. Ich wußte nicht, was ich mir mehr wünschen sollte: Daß die Zeit bis zur Party, zu der Jane – vielleicht – kommen würde, schneller verging oder daß sie sich verlangsamte.

Am Freitagabend war ich dermaßen nervös, daß es niemandem mehr entgangen sein konnte. Den ganzen Tag über, während eines Ausfluges mit Sue und Eva und Liesl zum Ayers Rock, war ich einsilbig gewesen, und beim Abendessen hatte ich nur noch vor mich hingestarrt. Als wir uns schließlich zur Nacht zurückzogen, war Eva richtig beleidigt.

„Du bist echt komisch geworden in letzter Zeit", sagte sie giftig, während sie sich über das kleine Waschbecken in unserem Zimmer beugte. „Redest keinen Ton, guckst gelangweilt und interessierst dich für gar nichts. So kenne ich dich gar nicht."

„Tja. Bin eben immer für eine Überraschung gut." Ich zuckte mit den Schultern, zog meinen Schlafsack hoch und verschränkte die Arme unter dem Kopf. Als ich noch einmal zu Eva hinübersah, sah ich im fleckigen Spiegel über dem Waschbecken ihren zusammengekniffenen Mund. Schweigend bürstete sie sich die Haare, stieg ins Bett und knipste das Licht aus. Ihr Mißfallen schwebte zu mir herüber und legte sich über mich wie eine Wolke. Still sah ich zur Decke empor.

Wir waren in einem kleinen Anbau hinter Sues und Liesls Haus untergebracht, in dessen Dachschräge ein großes Milchglasfenster eingebaut war. Das große, durchgelegene Bett in der Mitte des Zimmers, dessen Sprungfedern bei jeder Bewegung quietschten, hatte ich Eva überlassen und mir die schmale Gästematratze an die Außenwand geschoben. Von dort aus konnte ich durchs Dachfenster verschwommen den Mond sehen, dessen gedämpftes Licht durch die Zweige des riesigen Flaschenbaums schien, der geisterhaft über dem Anbau aufragte.

Nach einer Weile verdichteten sich Evas Atemzüge zu kleinen regelmäßigen Schnaufern. Ich drehte mich auf die

Seite und dann wieder zurück, aber ich wußte, daß es sinnlos war. Ich kannte mich; ich würde nicht einschlafen können. Noch lange Zeit nicht.

Irgendwann stand ich auf, zog mir leise meine Jeans an und die Trainingsjacke über mein T-Shirt und ging auf Zehenspitzen zur Tür, meine Stiefel in der Hand. Eva lag auf dem Rücken, den Kopf zur Seite gedreht, mit geöffneten Lippen und weichen, vom Schlaf entspannten Zügen. Ihr Anblick rührte mich, und Traurigkeit stieg in mir hoch. Traurigkeit über die Entfremdung, die sich zwischen uns auszubreiten begonnen hatte und uns immer weiter auseinanderdrückte, bis wir uns eines Tages kaum noch erkennen würden, so weit weg voneinander wären wir dann. Mit einem sentimentalen Gefühl im Bauch sah ich Eva noch einen Moment beim Schlafen zu, dann zog ich die Tür auf und schlüpfte hinaus.

Die Luft draußen war mild, aber die Hitze des vergangenen Tages war immer noch darin spürbar. An einem Stein neben dem Anbau klopfte ich meine Stiefel gründlich aus, bevor ich sie anzog. Sand rieselte heraus, aber zum Glück keins von den allgegenwärtigen kleinen Insekten, die so gefährlich werden konnten.

Das Haus war dunkel und still, und als ich auf die Straße trat, war auch dort alles ruhig. Langsam schlenderte ich die Straße hinunter in Richtung Innenstadt, die gleich hinter dem ausgetrockneten Flußbett begann. An der Ecke zum Flußbett bewohnten Lisa und Kate ein kleines, windschiefes Häuschen, und als ich näher kam, sah ich Licht hinter den zugezogenen Vorhängen in der Küche. Und dann hörte ich auch die Stimmen, leise, düster klingende Stimmen, die durch das Fliegenfenster hinaus in die Nachtluft schwebten.

Ich blieb mitten auf der Straße stehen und lauschte dem Auf und Ab der dunklen Stimmen, die einst Männern gehört hatten und jetzt Frauen und in ihrer Gedämpftheit trotzdem noch immer so klangen, als hätte sich nichts verändert. Ich hörte das an- und abschwellende Gemurmel und das plötzliche Auflachen dazwischen, Lisas Lachen, schrill und viel zu laut, und dann hörte ich es noch einmal, und wieder, bis ich endlich begriff, daß es kein Lachen war, sondern ein Weinen.

Ich schloß die Augen und drehte mich weg. Der Sand auf der Straße knirschte unter den Sohlen meiner Stiefel. Meine Gedanken flogen zu Jane. Ich hatte Jane getroffen, und Jane hatte mich getroffen, etwas in mir; wie ein Pfeil hatte sie sich in mich gebohrt, mitten hinein in mein Herz. Ich fragte mich, ob ich auch etwas in ihr getroffen hatte. Ich hatte keine Ahnung.

Die Stimmen aus dem Haus wurden lauter. Ich hörte Lisa etwas rufen und aufheulen, dann knallte eine Tür und dann noch eine, und alles war still. Ich hob den Kopf und sah zum Himmel und direkt auf einen Stern, der sich bewegte. Nach einem Moment merkte ich, daß sich nicht nur dieser, sondern auch alle anderen Sterne bewegten. Und dann fiel ich um.

Als ich die Augen wieder aufschlug, war Kates besorgtes Gesicht dicht über meinem. „He", sagte sie, „he, Cowboy, mach doch kein' Scheiß! Was ist denn los?"

Benommen stützte ich mich auf den Ellbogen auf und versuchte mich aufzurichten, aber Kate drückte mich vorsichtig in den Straßenstaub zurück.

„Langsam", sagte sie. „Sachte, nicht so schnell. Kippst hier einfach so aus den Latschen, als ich gerade rauskomm, um noch eine zu rauchen. Also wirklich! Soll ich das persönlich nehmen?"

Ich mußte lächeln, aber Kate lächelte nicht mit. Ernst musterte sie mich. Vorsichtig befühlte ich meinen Hinterkopf, aber da war alles okay. Auch sonst konnte ich keine Blessuren feststellen. Wie es schien, war ich völlig in Ordnung. Noch nicht einmal schwindlig war mir.

„Keine Angst, Kate, es ist alles okay. Ich hab einfach das Gleichgewicht verloren beim Hochgucken. Euer Sternenhimmel ist eben zu schön."

„Haha", sagte Kate und schüttelte den Kopf. „Erzähl das wem anders."

„Na okay, vielleicht hab ich auch zuwenig gegessen", gab ich zu. „Passiert mir manchmal, dann sackt mir der Kreislauf weg. Kein Grund zur Sorge."

„Und dann die Aufregung, hä?" Ich sah den Schalk in ihren Augen aufblitzen, und als ich mich aufrichtete, reichte sie mir die Hand und zog mich hoch. „Was machst du überhaupt zu dieser Zeit hier auf der Straße?"

„Ich konnte nicht schlafen."

„Du könntest wenigstens sagen, daß du Sehnsucht nach mir gehabt hast." Sie drohte mir spaßeshalber mit dem Finger, und ich warf ihr einen Kußmund zu, den sie mit einem breiten Grinsen quittierte.

Ich klopfte mir den Staub vom Hintern und deutete mit dem Kinn zum Haus herüber.

„Was ist mit Lisa?"

Kate seufzte, dann verdrehte sie die Augen zum Himmel und führte mich zur Verandatreppe hinüber. Wir setzten uns nebeneinander auf die oberste Stufe, und Kate zog ein kleines Döschen und ein Päckchen Tabak aus ihrer Rocktasche und fing an, einen Joint zu bauen.

„Lisas dunkle Seite zeigt sich eben nur nachts, wenn es dunkel ist und die Scheinwerfer aus sind", sagte sie, während sie das Blättchen sorgfältig auf ihrem nackten Knie glattstrich und Tabak und Marihuana darauf verteilte. „Ihr Lächeln ist genauso süß wie ihre Zukunft düster. Du weißt schon, schreckliche Kindheit, prügelnder Vater, keine Ausbildung, dann noch Schlitzauge, das ganze Programm. Nur von HIV ist sie genau wie ich verschont geblieben, zum Glück. Aber sonst – fiese Blicke, böse Worte, Schläge, Ablehnung, Ablehnung, immer und überall, so ist es doch. Und so bleibt es auch. Ich meine, mir macht das nichts aus, aber Lisa dreht immer mal wieder durch. Regelmäßig bei Vollmond."

Ich sah zum Himmel auf, aber vom Mond war nichts zu sehen. In der Nähe bellte ein Hund und verstummte gleich wieder.

„Bemüh dich nicht. Wir haben Neumond", sagte Kate ruhig und leckte den Joint an, um ihn dann zu einer perfekten Tüte zu drehen. Sie grinste, als sie meinen irritierten Blick spürte. Dann ließ sie ein Streichholz aufflammen und sog am Joint. Würziger Marihuanageruch stieg auf und verdrängte den feinen Duft von Eukalyptus, der bislang in der milden Nachtluft gelegen hatte.

„Und dann wird es von selbst wieder besser?" Ich sah Lisas brennenden Blick vor mir, ihre dunklen Augen mit der verborgenen Trauer darin. Depressionen ließen sich so leicht mit Melancholie verwechseln.

Kate nickte und sog genießerisch den Rauch ein. „Irgendwie geht es doch immer weiter, nicht wahr? Ab und zu läuft es auch schief. Aber dann bin ich ja da. Bis jetzt bin ich immer rechtzeitig gekommen."

Unwillkürlich zuckte ich zusammen. „Und jetzt?" fragte ich beunruhigt und nickte zur Tür. „Hast du keine Angst, daß sie jetzt auf dumme Gedanken kommt?"

Kate hielt mir den Joint hin, aber ich schüttelte den Kopf. Sie inhalierte erneut und sah mich nachdenklich dabei an. „Weißt du", sagte sie schließlich und stieß seufzend den Rauch aus, „sie braucht jetzt ein bißchen Zeit für sich, um wieder runterzukommen. In einer halben Stunde oder so ist es wieder einigermaßen okay, und dann wird sie mich suchen. Ich kenne Lisa. Ich weiß, wann es gefährlich wird. Ich kannte sie gerade mal eine Woche, da hab ich sie in der Badewanne gefunden, mit 'ner leeren Dose Schlaftabletten daneben. Das ist über zehn Jahre her, mittlerweile weiß ich einfach Bescheid. Vielleicht ist das meine Lebensaufgabe." Kate lächelte bitter und sog erneut an ihrem Joint. „Auf jeden Fall ist es mein Schicksal. Und weißt du was, Cowboy? Eines Tages werde ich zu spät kommen."

Ich starrte sie an, aber Kate sah unverwandt geradeaus, auf die still daliegende Straße hinaus. Ihr Gesicht ließ keinerlei Regung erkennen.

„Das ist völlig normal", sagte sie gleichmütig. „Unter Transen ist die Selbstmordrate so hoch wie der Ayers Rock im Verhältnis zur Wüste."

„Gibt es keine Hilfe? Ich meine, das ist doch verdammt schwer. Für dich. Für euch beide."

Kate streifte den Aschenkegel vorsichtig an der Sohle ihres Segeltuchschuhs ab. „Sicher ist das schwer. Aber weißt du, Cowboy, Lisa und mir geht es ja noch gut. Wir sind nicht allein, verstehst du? Immerhin haben wir uns."

„Na ja, aber …", setzte ich an, aber Kate unterbrach mich mit einer energischen Handbewegung.

„Nichts aber. Solche wie wir bleiben fast immer allein. Uns will keiner so richtig, verstehst du, Schätzchen? Nur Perverse, Transenficker, Sensationslüsterne und welche, die einen Knall haben. Gaga." Kate wedelte mit einer Hand vor ihrem Gesicht hin und her, und ihre dicken Silberringe blitzten auf. „Verstehst du das, Uma? Du solltest das besser verstehen. Denn dann verstehst du auch Jane."

Bei der Erwähnung ihres Namens zog sich mein Magen zusammen. Reflexartig preßte ich mir die Hand auf den Bauch. Kate sah schmunzelnd von meiner Hand zu meinem Gesicht, dann sog sie ein letztes Mal an ihrem Joint und trat ihn sorgfältig aus.

„Okay", sagte ich und holte tief Luft. „Aber verrat mir eins, Kate. Was macht ihr dann hier in Alice Springs? Hier ist die Chance, alleine zu bleiben, ja wohl noch größer als irgendwo sonst auf der Welt. Was macht ihr bloß hier, am Arsch der Welt?"

Kate lachte und legte mir einen Arm um die Schulter, um näher an mich heranzurutschen. Ihre knochige Hüfte stieß gegen meine, und dann spürte ich die wohltuende Wärme ihrer weichen Brust an meiner Schulter. „Sieh es mal so", sagte Kate amüsiert. „Alice Springs ist nicht der Arsch der Welt, sondern ihr Nabel. Der Nabel der Welt!" Sie sah mich herausfordernd an, und ihre grünen Augen funkelten im Dämmerlicht. „Ja, wirklich, du mußt dir nur mal eine Weltkarte ansehen: Nimm Australien, und dann in der Mitte, wie mit dem Fingernagel reingepiekst, da liegt Alice Springs. Wie ein Bauchnabel, den Gottes gnädiger Finger hineingedrückt hat." Kate lachte, wölbte ihren Bauch über dem Rock vor und rieb ihn mit der flachen Hand. Die Geste wirkte so anzüglich, daß ich verlegen grinsen mußte.

Kate lehnte sich schwer an mich und rieb ihre Wange an meiner. „Soll ich dir was sagen, Cowboy?" sagte sie zufrieden. „Dich lieben die Frauen. Sie laufen dir hinterher, alle. Fast alle. Aber ein paar gibt es, ganz seltene Exemplare, die sind überaus scheu. Die laufen dir nicht hinterher, die mußt du selbst fangen. Die kriegst du nur, wenn du vorsichtig bist. Ganz behutsam, Cowboy. Das kann dauern."

Hinter uns, aus dem Haus, kam ein leises Klappern. Ich schob einen Arm unter Kates hindurch und legte ihn um ihre Taille. „Und wenn ich mich nicht geschickt genug anstelle?"

Ich spürte ihr Schmunzeln an meiner Wange. „*So what*, Cowboy", sagte sie leise. „Bei uns in Texas, woher ich komme, da gibt es diesen Spruch: Willst du ein wildes Pferd fangen, dann wirf dein Lasso eben oft genug aus. Und vor allem weit genug."

„Danke für den Tip."

Kate rückte noch näher an mich heran, und ich drückte sie an mich. Während wir schweigend auf die stille Straße hinaussahen, näherten sich Schritte hinter der Tür, und dann ging das Licht über der Veranda an.

„Kate?" rief Lisa leise und machte die Tür auf. „Kate, bist du da draußen?"

„Keine Sorge, ich beeile mich", sagte Eva und zog die Tür zur Außentoilette hinter sich zu. Ich lehnte mich gegen die Holzwand des Anbaus und sah zum Lagerfeuer in der Mitte des Gartens, von dem lautes Lachen zu mir herüberschallte. Sue gestikulierte wild, und eine der Frauen schrie mit überkippender Stimme etwas Unverständliches. Noch während ich hinsah, löste sich Lisa aus der Gruppe und kam mit unsicherem Gang auf mich zu. Dicht vor mir blieb sie stehen.

„Probier das mal hier!" Sie hielt mir auf der geöffneten Handfläche zwei Pillen hin, aber ich schüttelte den Kopf.

„Was ist denn das?"

„Beste australische Ware", sagte Lisa und hickste. Mit einer affektierten Geste schlug sie sich eine Hand vor den Mund und sah mich aus schrägen Augen an. „Ups! Ach je! *Goodness me!*"

Ich sah an Lisa vorbei zu der bunten Lichterkette, die Sue vorhin mit viel Aufwand im Flaschenbaum neben dem Anbau drapiert hatte, und dann wieder zu Lisa zurück, gerade rechtzeitig, um zu sehen, wie sie sich beide Pillen in den Mund warf und mit einem kräftigen Schluck Bier nachspülte. „*Goodness me!*" sagte sie noch einmal und fing an zu grinsen, aber es gelang ihr nicht recht. Einen Augenblick später ging hinter uns die Toilettentür auf, und Eva kam heraus.

Lisas Lächeln verrutschte endgültig. „*Shit!*", sagte sie, drehte sich um und ging zum Lagerfeuer zurück.

„Was war denn das?" Eva zupfte ihre Bluse in Form und sah Lisa neugierig nach, die leicht schwankend auf die Gruppe Frauen am Feuer zusteuerte. „Die ist aber auch nicht mehr ganz nüchtern, oder? Komische Type." Sie ließ verächtlich die Mundwinkel sinken, und sofort überkam mich das Bedürfnis, Lisa zu verteidigen.

„Ich glaube eher, ihr geht es nicht so gut." Ich griff an Eva vorbei zur Toilettentür, aber Eva machte keine Anstalten, beiseite zu gehen. Aus zusammengekniffenen Augen musterte sie mich.

„Sag bloß, dieses schräge kleine Huhn gefällt dir auch noch?"

„Ich mag sie, ja. Na und?" Ich zog an der Klinke, aber Eva gab den Eingang immer noch nicht frei.

„Hauptsache schrill und schräg, was? Alles andere ist dir wohl zu langweilig."

„Das hast du gesagt, ich nicht." Langsam wurde ich wütend. Es war elf Uhr durch, meine Nerven waren bis zum Zerreißen gespannt, und Evas schnippische Bemerkungen waren das Letzte, was ich jetzt gebrauchen konnte.

„Ich hab dich heute abend nur lächeln sehen, wenn deine komischen Transen-Freundinnen wieder einen ihrer albernen Witze gerissen haben", sagte Eva und fixierte mich mit eindeutiger Feindseligkeit. „Meinst du nicht, du könntest wenigstens unseren Gastgeberinnen zuliebe mal ein wenig freundlicher sein?" Drüben am Feuer schwollen die Stimmen an, bis sich ein lautes, kreischendes Lachen daraus abhob, ein Lachen, schrill wie ein Schrei. Lisa, unverkennbar.

„Ich bin freundlich, wenn ich freundlich bin", sagte ich barsch. „Und nur dann."

„Aha. Na, wenn das so ist." Eva schüttelte den Kopf, musterte mich ein letztes Mal mißbilligend und marschierte dann davon.

Ich zog die Toilettentür auf, knallte sie hinter mir zu und verriegelte demonstrativ das rostige Schloß. Beim Pinkeln ließ ich mir Zeit, und als ich fertig war, klappte ich den Klodeckel herunter und setzte mich hin. Erschöpft stützte ich den Kopf in die Hände. Ich spürte die drei Bier, die ich getrunken hatte, und meine Wangen fühlten sich viel zu heiß an. Gedämpftes Lachen und Stimmengewirr drangen durch die morsche Holztür zu mir herüber. Die Party war schon längst in vollem Gange, aber von Jane war immer noch keine Spur zu sehen. *Sie kommt nicht*, dachte ich und drückte mir die Fingerspitzen fest in die Schläfen, um das wehe Gefühl in meinem Bauch zu vertreiben. *Sie kommt nicht, finde dich damit ab. Du siehst sie nicht mehr wieder. Vergiß es. Vergiß sie.*

Aber das wehe Gefühl ging nicht weg. Es fühlte sich an wie Magenschmerzen, nur hohler, und als ich es nicht mehr ertragen konnte, stand ich rasch auf und trat gegen die hölzerne Wand, so fest ich nur konnte. Die dünnen Bretter knackten, aber sonst geschah nichts. Ich fühlte mich nicht einmal besser. Entnervt entriegelte ich die Tür und trat in die warme Nachtluft hinaus.

Drüben am Lagerfeuer hatten sich neue Konstellationen gebildet, Eva hockte zwischen Sue und Liesl auf einer Bank und gab, umringt von zahlreichen Zuhörerinnen, mit kreischender Stimme irgendeine Geschichte zum Besten. Lisa tanzte um das Feuer herum, eine Whiskyflasche in der Hand, und Kate schien sich mit einer Gruppe älterer Frauen blendend zu amüsieren. Das flackernde Lagerfeuer warf einen goldenen Schein auf die verschiedenen Gestalten und Gesichter und gab dem Ganzen einen unwirklichen Anstrich. Unschlüssig blieb ich stehen und sah zu dem Treiben hinüber.

„Sieht ganz schön aus, so aus der Ferne."

Ich versuchte Luft zu holen, aber es ging nicht. Ich schluckte und schluckte noch einmal, und endlich gaben meine schmerzhaft zusammengepreßten Lungen wieder nach und weiteten sich. Möglichst lautlos atmete ich ein.

Jane schob sich neben mich, die Hände tief in den Taschen ihrer Jeans. „So schön heiter und unbeschwert, aber dann, aus der Nähe ... Manchmal möchte ich immer nur zusehen."

Sie stand sehr dicht neben mir. Ich spürte die Wärme ihres Körpers an meiner Seite so deutlich, als ob sie mich berührte.

„Und warum machst du das nicht?"

Jane schnaubte leise. „Der Mensch ist ein soziales Wesen. Niemand kann sich immer nur fernhalten. Selbst ich nicht." Sie lachte verhalten.

Vorsichtig sah ich sie von der Seite an. Ihr Gesicht war weich im Halbdunkel, ein schwacher Lichtschein flackerte vom Feuer herüber und betonte die Rundung ihres Kinns. Ich spürte das Verlangen, darüber zu streichen, diese anmutige Linie mit den Fingerspitzen nachzufahren, wieder und wieder.

Jane drehte den Kopf und sah mir direkt in die Augen. „Kommst du mit rüber, oder bleibst du hier stehen?" fragte sie ruhig.

Wieder mußte ich schlucken, bevor ich mühsam nickte. „Ich komme mit", sagte ich mit belegter Stimme.

Jane sah mich weiterhin an. Ihre Augen hielten mich fest in ihrem Bann. Nach einem Moment, der eine Ewigkeit zu dauern schien, gelang es mir, mich wegzudrehen, nur um zu sehen, daß Kate sich von der Gruppe am Lagerfeuer gelöst hatte und auf uns zukam.

„Na?" fragte sie gedehnt, als sie uns erreicht hatte. „Was treibt ihr denn so hier im Dunkeln?"

„Wir haben uns unterhalten", sagte Jane knapp. Kate grinste breit.

„Na endlich! Was kommst du überhaupt so spät? Du wurdest schon sehnsüchtig erwartet."

Die Schamesröte stieg mir ins Gesicht, und ich sah verlegen zur Seite, während Kate Jane rechts und links auf die Wange küßte. Als sie mir anschließend einen Klaps auf die Schulter gab, verlor ich fast das Gleichgewicht.

„Also, ich geh dann mal für kleine Jungs!" sagte Kate und lachte vergnügt, und ich registrierte mit einer Mischung aus Verwunderung und Erfreutheit, daß Jane ebenfalls lächelte. „Also, Cowboy! Führ du unseren Stargast doch schon mal zum Buffet!" Gackernd verschwand sie in Richtung Toilette.

„Es gibt gar kein Buffet", stellte ich richtig.

„Ich bin auch nicht des Essens wegen gekommen", sagte Jane und setzte sich in Bewegung. Langsam gingen wir nebeneinander her auf das Lagerfeuer zu.

Lisa war die Erste, die uns bemerkte. Schlenkernd kam sie auf uns zu.

„Hallo, Jane! Wills du … Wills du hier ma trinken?" Sie schwenkte wieder die Whiskyflasche, aber Jane lehnte dankend ab. Ich fing Lisa gerade noch rechtzeitig auf, bevor sie stürzte, und schwer atmend ließ sie sich gegen mich fallen. Ihr alkoholgeschwängerter Atem stieß mir ins Gesicht.

„Warum wills du'n die, is die was Bessares?" nuschelte Lisa und schielte zu mir hoch. Ich hatte Mühe, sie zu verstehen, aber Jane ging es anscheinend nicht so. Über Lisas Kopf hinweg sahen wir uns kurz in die Augen, dann drehte Jane sich zu den anderen Frauen um. Mir blieb nichts anderes übrig, als mich um Lisa zu kümmern, die schwer an meiner Schulter hing. Vorsichtig führte ich sie zu einer der Bänke, die ums Feuer herum aufgestellt worden waren. Lisa plumpste darauf nieder und lachte schrill auf. Ich fing Evas griesgrämigen Blick auf, doch es war mir egal.

Während ich Lisas kaum verständlichem Gelalle zuhörte, sah ich immer wieder zu Jane hinüber. Sie stand lässig am Feuer, die langen Beine leicht gespreizt, die Hände in die Seitentaschen ihrer ausgeblichenen Jeansjacke gesteckt, und unterhielt sich mit einer Frau, die ich nicht kannte. Während die Frau schnell und eindringlich auf sie einsprach, hörte Jane zu, das Kinn leicht vorgeschoben, mit ruhiger Miene, die ebensosehr für tiefe Konzentration wie auch für höfliches Desinteresse zu stehen vermochte; ich konnte es nicht erkennen. Ich wurde einfach nicht schlau aus ihr, und das irritierte mich zutiefst.

Kate kam von der Toilette zurück. „Aber Lisa, *darling!*" sagte sie tadelnd und drohte ihr mit dem Finger. „Du sollst unseren Cowboy doch nicht so bedrängen, das gehört sich einfach nicht!"

„Is doch egal, is doch ..." Lisa schmiegte sich an meine Schulter, schmatzte genüßlich und schloß die Augen. Kate setzte sich neben mich und sah mich neugierig an. „Und?" fragte sie süffisant und nickte zu Jane hinüber. „Wie sieht es aus? Das Lasso schon ausgeworfen?"

„Ach nein", sagte ich abwehrend. „Ich weiß nicht, das ist doch ... Das steht gar nicht an, glaube ich." Ich sah zu Jane hinüber, die gerade verhalten über etwas lächelte, das ihre Gesprächspartnerin gesagt hatte. Als sie sich halb zur Seite drehte, glitt ihr heller Blick wie zufällig über mich hinweg, ohne daß sich eine Regung in ihrem Gesicht abzeichnete. Wieder fiel mir das Atmen schwer. Ich spürte Kates bohrenden Blick.

„Na ja", sagte sie gewichtig und verschränkte die Arme. „Steht nicht an, nein. Überhaupt nicht."

Lisa schnaufte an meiner Schulter und fing leise an zu schnarchen. Ich versuchte vorsichtig, sie zur Seite zu schieben, aber sie knurrte unwillig im Schlaf und rutschte wieder zurück. Ergeben wand ich ihr die Whiskyflasche aus den Fingern und stellte sie auf dem Boden ab.

„Verträgt sich der ganze Alkohol eigentlich mit dem Zeug, was sie sonst noch nimmt?" fragte ich Kate.

„Ach Gottchen, das ist aber 'ne Frage! Vertragen sich Katze und Hund?" Kate streckte die Beine aus und betrachtete ihre silbernen Plateauschuhe. „Natürlich nicht, ist doch klar. Schon gar nicht bei angegriffener Leber, aber die haben wir alle, das liegt an den Hormonen. Nebenwirkungen eben. Und wo wir schon beim Thema sind, reich mir doch bitte mal den Whisky."

Nach einer Weile kam Jane zu uns herüber. „Hier, Kate, ich hab noch was für dich", sagte sie und zog einen Umschlag aus der Innentasche ihrer Jeansjacke hervor. „Von unserem letzten Ausflug nach Hermannsburg."

Kate nahm den Umschlag entgegen, öffnete ihn und zog einen Stapel Fotos heraus. Begeistert kreischte sie auf. „Du bist ein Schatz, Janie-Baby!" Sie schob das erste Foto, das eine Landschaftsansicht zeigte, nach hinten, um erneut aufzukreischen, diesmal jedoch nicht begeistert, sondern in gespieltem Entsetzen. „Aber wie ich da aussehe! Das ist ja un-mög-lich!" Auf dem Foto starrte Kate mit verkniffenem Gesichtsausdruck in die Kamera, eine Hand zum Schutz vor der Sonne über die Augen gehoben. Ihre blonde Mähne stand in alle Richtungen vom Kopf ab, und ihre Wimperntusche war zerlaufen und zog schwarze Schlieren unter ihren Augen.

Kates Aufschrei hatte das allgemeine Interesse geweckt. Die anderen Frauen kamen näher, scharten sich um die Bank und schauten ihr neugierig über die Schulter. Unter Kopfschütteln und halb empörten, halb belustigten Kommentaren betrachtete Kate interessiert ein Bild nach dem anderen und drückte sie dann mir in die Hand, bevor ich sie nach hinten weitergab. Ich spürte, daß Jane mich beobachtete, und um ihrem scharfen Blick zu entgehen, wandte ich mich zu Kate und hielt eines der Fotos hoch, auf dem eine mir unbekannte Frau mit blonden Haaren zu sehen war.

„Wer ist das?"

„Das? Das ist Mary." Kate sah mich forschend an. „Hübsch, nicht wahr?"

Ich zuckte mit den Schultern, und Kate lehnte sich nach hinten zu den anderen Frauen und spitzte die Lippen.

„Uma *liebt* große Blondinen!" raunte sie. Alle lachten, und ich war dankbar für das Flackern des Feuers, das mein Erröten verbarg. Ich warf einen kurzen Blick zu Jane und sah, daß sie mich immer noch unbewegt beobachtete. Angelegentlich beugte ich mich zu Kate hinüber, um das nächste Foto anzusehen.

Es war ein Portrait von Jane. Sie sah direkt in die Kamera, mit einem leichten Lächeln auf den Lippen, das mich mitten ins Herz traf. Für einen Augenblick schoben sich zwei Ebenen der Wirklichkeit übereinander und brachten mich vollkommen durcheinander. Hier auf diesem Foto war die Jane, nach der ich mich sehnte, die mich anlächelte, weich und offen; zugleich aber stand sie ein paar Meter von mir entfernt und musterte mich, ohne eine Gefühlsregung zu zeigen. Beides war Wirklichkeit; die eine lag in der Vergangenheit, die andere in der Gegenwart. Nur zu gerne hätte ich sie vertauscht.

„Ha!" rief Kate. „Das hab ich gemacht. Sag ich's doch, ich kann super fotografieren! Also, wenn ich nicht Berufstranse geworden wäre, dann ..."

Sie reichte mir das Foto. Ich hielt es einen Moment zu lange zwischen den Fingern, bevor ich es auf meinem Knie ablegte. Als ich hochschaute, blickte Jane mir direkt in die Augen. Als ob sie in mich hineinsähe, lauernd, wie ein zum Sprung bereites Tier. Ein Schauer lief mir über den Rücken.

Jane bewegte die Lippen, und ich war erstaunt, daß ich sie verstand, daß niemand anders außer mir ihre geflüsterten Worte zu hören schien. „Du kannst es behalten", sagte sie leise, und erst nach einem Augenblick gelang es mir zu nicken. Es fühlte sich an, als säße mir eine Schraubzwinge im Nacken, gegen die ich kaum ankam. Unbemerkt von den anderen steckte ich das Foto mit zitternden Fingern in meine Hemdtasche. Ohne darüber nachzudenken, wußte ich, daß ich es für immer behalten würde.

Jane ließ ihren Blick noch einen Moment auf mir ruhen und wandte sich dann zu Sue um. „Wo gibt es das Bier?"

Sue deutete über die Schulter zum Haus, ohne die Augen von dem Foto zu lassen, das Eva neben ihr in der Hand hielt. „Im Bad. Wenn du kurz wartest, hol ich dir eins."

„Nein, danke, ich gehe schon selber." Wieder sah Jane mich an. Ihr Blick war kühl und doch einladend. Dann drehte sie sich auf dem Absatz um und ging mit langsamen Schritten zum Haus hinüber.

Mein Herz klopfte so stark, daß mir fast schwindlig wurde. Nach einem Moment erhob ich mich, schob die seelenruhig schlafende Lisa von meiner Schulter und bettete ihren Kopf auf die Bank. Als ich aufstand, fing ich Kates Blick auf. Vielsagend hob sie eine Braue und nickte leicht. Dann hielt sie ein Foto hoch und rief laut über die Schulter: „Und das bin ich als Mrs. Wüstenblume persönlich! Habt ihr schon mal solche irren Beine gesehen, *girls*?"

Die anderen beugten sich lachend über das Foto, und ich schob mich an Sue und Eva vorbei, umrundete das Lagerfeuer und ging zum Haus.

Jane stand vor der Badezimmertür gegen die Wand gelehnt und sah mir entgegen. Sie hatte die Arme vor der Brust verschränkt, und in dem schwachen Licht, das aus dem Badezimmer in den Flur hineinfiel, wirkte sie abweisender denn je zuvor. Trotzdem ging ich weiter, mit langsamen Schritten ging ich auf sie zu. Mein Kopf war leer, ich spürte nur mein Herz pochen, schnell und hart, und den leichten Luftzug, der aus dem geöffneten Fenster am Ende des Flurs kam, über meine nackten Arme strich und mich zum Erschauern brachte.

Langsam ging ich auf Jane zu, und als ich vor ihr stehenblieb, löste sie sich von der Wand und ließ die Arme sinken. Ruhig sah sie mich an, zu mir hinunter. Erst jetzt fiel mir auf, wie groß sie eigentlich war, ein ganzes Stück größer als ich, so groß, daß sie den Kopf ganz leicht senken mußte, um mich ansehen zu können. *Sie ist größer als ich*, dachte ich nervös, und dann dachte ich es noch einmal: *Sie ist größer als ich*, und wieder, bis dieser eine Satz mein gesamtes Denken auszufüllen schien und die Leere aus meinem Kopf vertrieb und durch seine schlichte Wahrheit ersetzte.

Jane sah mich die ganze Zeit an. Ihre Augen waren sehr dunkel.

„Okay", sagte sie unvermittelt und nahm mein Gesicht in beide Hände. Einen Augenblick standen wir so da, ich spürte die Wärme ihrer Hände und den sanften Druck, mit dem sie mich hielten, und etwas in mir gab nach, während ich gleichzeitig erstarrte. Jane hatte etwas an sich, das mich permanent aus der Fassung brachte. Und sie wußte das ganz genau. Es würde nicht gutgehen. Vielleicht war ich ihr nicht gewachsen. Und trotzdem, ich konnte nicht anders. Ich konnte mich ihr nicht entziehen.

Wir sahen uns in die Augen, und dann beugte Jane sich ganz leicht vor und küßte mich. Ihre Lippen waren warm und sehr weich, so weich, daß meine Knie nachgaben, aber Janes starke Hände um meine Wangen hielten mich fest. Ich zitterte vor Anspannung, und dann merkte ich, daß auch Jane zitterte, und ich konnte ihren gepreßten Atem hören und zugleich auf meinem Gesicht spüren.

Zaghaft küßte ich sie zurück. Jane öffnete genauso zaghaft ihre Lippen, und dann brach alle Beherrschung in sich zusammen. Hart preßten wir uns aneinander, ich schlang die Arme um ihren Rücken und drückte sie an mich, spürte ihren Körper, fest und sehnig in seiner Weichheit. Jane ließ mein Gesicht los. Ihre Hände glitten unter mein T-Shirt, zerrten es aus der Hose und fuhren meinen nackten Rücken hinauf, und ich zog sie noch enger an mich heran, küßte die zarte Haut in ihrem Ausschnitt und ihren Hals und dann leckte ich über ihre Kehle, die sie mir darbot, als sie den Kopf zurücklehnte und seufzte. Ungestüm drückte ich sie rücklings gegen die Wand, und Jane öffnete ihre langen Beine und zog mich dazwischen.

Als ich meine Hüften bewegte, schob Jane mich zurück.

„Warte, nicht hier."

Sie ging vor mir her, den Flur entlang bis zum Ende, wo eine Tür einen Spalt breit offenstand. Ich folgte ihr in das Zimmer hinein, ein Arbeitszimmer, Sues Arbeitszimmer, wie ich mich erinnerte. Das Licht einer Straßenlaterne fiel durch das große Fenster auf den Schreibtisch in der Mitte des Raums und den großen Teppich davor. Jane schloß die Tür hinter uns und zog mich auf genau diesen Teppich hinunter, und noch bevor ich auf ihr lag, hatte sie mir mein Hemd heruntergerissen und meine Brüste in beide Hände genommen. In ihren Augen lag ein seltsamer Ausdruck.

„*Wow*", flüsterte sie, und dann beugte ich mich zu ihr hinunter, sah ihr in die Augen, diese wunderschönen, sonst so hellen, jetzt so dunklen Augen, bis sie mich ganz zu sich herunterzog und ich sie nicht mehr ansehen konnte. Einen Moment lang wußte ich vor lauter Aufregung nicht weiter. Ich wußte nicht mehr, wie Sex ging und was man dabei tat, aber dann spürte ich Janes Hand in meiner Jeans und auf meinem nackten Hintern, ihre kräftigen Finger gruben sich in mein Fleisch, und ich drängte mich wieder zwischen ihre leicht geöffneten Schenkel.

„Jane", flüsterte ich an ihrem Hals, in die kleine Wölbung unter ihrem Ohr. Ich sog ihren köstlichen Duft in mich ein, fuhr mit der Zunge über ihre Kehle und bis hinunter zum Ansatz ihrer perfekt gerundeten Brüste, die ich unter dem weichen Stoff ihres Hemdes ertasten konnte. „Jane", flüsterte ich, wieder und wieder, aber sie schien mich nicht zu hören. Roh hielt sie mich gepackt, erlaubte mir nicht, sie weiter auszuziehen. Stattdessen zwängte sie sich an mich, wild und ungestüm, und ihre heftige Lust sprang endlich ganz auf mich über. Wir begannen uns zu bewegen, erst unbeholfen und grob, dann zusehends im Gleichklang. Janes grausam schöner Mund bebte, ihre Augen waren verhangen, als sie den Kopf zur Seite drehte und leise stöhnte, während ihr Becken hart gegen meines stieß und ihre schmalen Hüften unter meinen Stößen erzitterten.

Es dauerte nur ein paar Minuten, ein paar hastige, flüchtige, unglaublich erregende Minuten, wie ein verbotener Zauber. Dann war es wieder vorbei. Jane hielt mich fest, mitten in der Bewegung, atmete schwer an meinem Hals. Langsam hob ich den Kopf.

Jane sah mich unter ihren langen, geschwungenen Wimpern hervor an, und ich erkannte das Begehren in ihrem Blick. Ein heißer Schmerz durchfuhr mich, ein Schmerz, der mich von innen her aufzulösen, zu verbrennen schien. Jane sah mich immer noch an, und die Art, wie sie mich festhielt, veränderte sich. Sie preßte sich in meine Arme, und jetzt hielt ich sie, hielt sie fest, lange Zeit, eine Unendlichkeit, wie es mir vorkam.

Dann löste sich Jane aus meinen Armen, schob mich sanft von sich herunter und stand auf. Im Licht der Straßenlaterne sah ich zu, wie sie ihre Kleider in Ordnung brachte und sich durchs Haar fuhr. Ich fand sie so schön, daß es mir weh tat.

Einen Augenblick stand sie reglos da und sah zu mir herunter, dann ging sie in die Knie und streckte die Hand aus. Ich legte meine hinein, und Jane hob sie an ihre Lippen und küßte sie sanft. Ihre Augen waren schwer, als sie mich ansah. Dann stand sie schnell auf und ging hinaus.

Ich blieb eine ganze Weile so sitzen, wie sie mich verlassen hatte, halbaufgerichtet, mit zerwühltem Haar und verrutschter Kleidung. Während mein Atem sich langsam wieder beruhigte, preßte ich meine Nase in meine Armbeuge und versuchte, Janes mildem, leichtem Duft nachzuspüren. Er war überall, an mir und in mir, und ich wußte, dort würde er bleiben, lange Zeit, vielleicht auch für immer. Schließlich stand ich auf, holte zwei Flaschen Victoria Bitter aus der wassergefüllten Badewanne und ging in den Garten.

Um das Lagerfeuer herum herrschte immer noch reges Treiben. Jemand hatte Holz aufgelegt, die Flammen züngelten hoch in den Nachthimmel. Evas laute Stimme schallte zu mir herüber, und Lisa mußte aufgewacht sein, denn ich konnte ihr schrilles Lachen ebenfalls hören. Der helle Feuerschein blendete mich, außer schemenhaften Umrissen konnte ich kaum etwas erkennen. Langsam ging ich auf das Feuer zu und blieb ein Stück davor stehen, um eine der Bierflaschen mit einem Taschenmesser zu öffnen. Aus dem Augenwinkel sah ich mich um, aber ich konnte Janes hochaufgerichtete Gestalt nirgends entdecken.

Kate kam zu mir herüber und stellte sich neben mich. „Ist das für mich? Das ist aber nett von dir, Cowboy!" sagte sie und deutete auf die geöffnete Flasche in meiner Hand. Ich reichte sie ihr und machte das andere Bier ebenfalls auf. Kate sah mich prüfend an. Schließlich erwiderte ich ihren Blick.

„Ist sie weg?" fragte ich leise.

„Ja", sagte Kate und nickte. „Sie ist weg. Tut mir ja leid, aber das ist die bittere Wahrheit." Sie rückte näher an mich heran, und ihre grünen Augen blitzten neugierig auf. „War es denn schön?"

„Oh ja", sagte ich und nahm einen großen Schluck Bier. „Oh ja, das war es."

Ich ahnte, daß es sinnlos war, aber trotzdem versuchte ich es. Am frühen Nachmittag, als die Aufregung und das Sehnen unerträglich geworden waren, ließ ich mir von Liesl die Nummer vom Art-Center in Santa Teresa geben und verzog mich mit dem Telefon in Sues Arbeitszimmer. Es dauerte eine Weile, bis ich der Aborigine-Frau am anderen Ende der Strippe mein Anliegen verständlich machen konnte, aber schließlich kam Jane an den Apparat.

„*Hello?*"

Ihre Stimme jagte mir einen Stromstoß durch den ganzen Körper. Ich ließ mich vom Stuhl auf den Teppich heruntergleiten.

„Jane, hier ist Uma."

Jane schwieg eine Weile. Dann sagte sie kühl: „Ja, und?"

Ihre Ungerührtheit machte mich sprachlos. „Ich würde dich gerne noch einmal sehen", sagte ich stockend. „Wenn du willst, also ich meine, ich fliege morgen mittag, und da könnte ich ... Ich könnte ..." Bevor ich mich haltlos in meinen eigenen Worten verheddern konnte, brach ich ab. Jane machte nicht die geringsten Anstalten, mir entgegenzukommen.

„Nein", sagte sie knapp.

Ich starrte auf die bunten Teppichfransen und fuhr mit einem Finger darüber. Wie unbeteiligt stellte ich fest, daß mein Finger zitterte. „Du willst mich nicht sehen?" fragte ich heiser.

„Nein."

„Wirklich nicht?" Mir war klar, daß es unklug war, sie drängen zu wollen, aber ich konnte es einfach nicht glauben.

Jane seufzte. „Was willst du, Uma? Was willst du eigentlich?"

Ich schwieg. Tausend Antworten schossen mir durch den Kopf, aber im Grunde gab es nur eine einzige auf ihre Frage. Und die konnte ich ihr auf keinen Fall geben. Nicht jetzt, noch nicht. Vielleicht nie.

Jane holte tief Luft. „Paß auf", sagte sie. „Ich sag dir was. Du gefällst mir, wirklich. Du bist interessant, du bist butch, warmherzig, witzig, cool und sexy."

Die Leidenschaftslosigkeit, mit der sie meine vermeintlichen Vorzüge aufzählte, bereitete mir ein leeres Gefühl im Bauch. „Und wo liegt das Problem?" fragte ich.

Jane schwieg einen Moment. Ich hörte, wie sie angestrengt die Luft einsog und gepreßt wieder ausstieß. „Ich will dich nicht. Okay?" Beim letzten Wort kippte ihre Stimme ganz leicht nach oben um. Dann hängte sie ein.

Langsam legte ich das Telefon auf den Tisch und sah auf den Teppich hinunter. Dort hatte sie gelegen, unter mir, und mich gehalten, als wollte sie mich nie mehr loslassen. Ich legte eine Hand auf die Fransen und schloß die Augen.

„Das macht mir nichts aus", sagte ich laut.

„Okay, Cowboy, jetzt ist es soweit." Kate rückte die Schlaufe meiner Reisetasche zurecht und zupfte an meinem Hemdkragen, während aus dem Lautsprecher über uns der letzte Aufruf für unseren Flug verhallte. Sie warf einen Blick zu Eva, die schon zum Gate hinüberhastete, wo eine übermäßig geschminkte Flughafenangestellte mit einem versteinerten Lächeln auf den grellroten Lippen die Bordkarten kontrollierte. Dann sah sie mich wieder an.

„Was immer passiert, ich warte auf dich. Ich bin hier, *honey*." Sie zwinkerte mir zu und strich ein letztes Mal über meinen Hemdkragen, bevor sie einen Schritt zurücktrat. Ungelenk faltete sie die Hände über dem Bauch und ließ sie dann wieder sinken, um sich gleich darauf durchs Haar zu fahren. Schließlich schlang sie die Arme um ihren Oberkörper und sah mich achselzuckend an.

„Ach, Scheiße, Cowboy," sagte sie, und ihre Mundwinkel sanken herab, als sie ein Lächeln versuchte.

Ich ließ die Reisetasche zu Boden gleiten und breitete die Arme aus. „Komm her."

Kate flog in meine Arme, und ich drückte sie fest. Mit einem ihrer Pumps stieß sie versehentlich gegen mein Schienbein, und ihr Schlüsselbein quetschte meine Nase schmerzhaft zur Seite, aber ich drückte sie dennoch so fest, wie ich konnte. Dann ließen wir uns gleichzeitig wieder los.

„Wir bleiben in Kontakt, ja?" Kate preßte die Lippen zusammen.

„Klar. Paß auf dich auf."

Kate hob den Daumen, und ihr knallroter Nagellack leuchtete wie ein Mahnmal. *„I love you, honey."*

„I love you too." Ich hob ebenfalls den Daumen, und dann griff ich nach meiner Reisetasche und schleifte sie hinter mir her, während ich auf den Schalter zulief, wo die Angestellte ungeduldig auf ihre Uhr sah und mir dann zähnefletschend entgegenlächelte.

Im Flugzeug schüttelte Eva tadelnd den Kopf, als ich mich neben sie setzte und mit fahrigen Fingern den Gurt zuschnappen ließ.

„Wurde aber auch Zeit", sagte sie knapp und begann demonstrativ, in ihrer Tasche zu wühlen. Ich sah an ihrer leicht säuerlichen Miene vorbei aus dem Fenster, hinaus auf die im klaren Sonnenlicht daliegende Landebahn und die karge, rote Wüste dahinter, die sich bis zum Horizont erstreckte. Rötlicher Staub wirbelte auf, als die Propeller sich zu drehen begannen. Langsam wendete die Maschine und rollte zuckelnd in Startposition.

Eva steckte sich ein Pfefferminzbonbon in den Mund und sah zu mir hinüber. „Willst du auch eins?"

„Danke." Ich lächelte ihr zu, und Eva preßte verkniffen die Lippen zusammen, bevor sie dann ebenfalls mühsam ein Lächeln zustande brachte. Dann drehte sie den Kopf zum Fenster, und gemeinsam sahen wir zu, wie die Maschine an Fahrt aufnahm, sich sanft in die Schräge legte und schließlich rumpelnd vom Boden abhob. Während draußen die kahle Wüste in einem Schleier aus rötlichem Staub versank, sackte mein Magen nach unten, und dort blieb er einen bangen Augenblick hängen, bevor er wieder an seinen Platz rutschte. Zurück blieb ein hohles Gefühl.

Für einen Moment war mein Kopf ganz klar, bevor sich die Traurigkeit wie ein festes Band um meine Kehle legte und sie für lange, lange Zeit nicht mehr freigeben würde. Ich hatte eine Freundin verloren und eine gewonnen. Und die aufregendste Frau meines Lebens getroffen. *Jane*, dachte ich und sah auf die weite, rote Erde hinab, während sich von oben der strahlend blaue Himmel in den Fensterausschnitt schob, bis er ihn ganz und gar ausfüllte.

Jane. Fast konnte ich den Staub auf meinen Lippen schmecken, der sich zusehends in der klarer werdenden Luft draußen verlor. Staub auf meinen Lippen, für immer und ewig mit ihr verbunden. Staub, der sich in meine Lunge gestohlen hatte und mich von nun an begleiten würde, wohin ich auch ging.

Berlin
September 1992

„Also, ich fasse jetzt noch mal zusammen", sagte Grit und schob mit dem Zeigefinger ihre Sonnenbrille ein bißchen herunter, um mich über den Rand hinweg besser betrachten zu können. „Du fährst also in den entlegensten Winkel der Erde und noch ein Stückchen weiter, und dort, mitten in der Wüste, triffst du dann deine Traumfrau, oder wie soll ich das jetzt verstehen?"

„Genau", sagte ich. „Das hast du ganz richtig verstanden."

Grit betrachtete mich noch einen Moment, dann drehte sie sich auf den Bauch, setzte die Wasserflasche an und trank. Die erst kürzlich nachgestochenen Tätowierungen auf ihren kräftigen Oberarmen glänzten in der Sonne. Auf dem linken Arm wand sich ein giftgrüner feuerspeiender Drachen, rechts zog sich eine großflächige Brombeerranke über die Schulter bis auf den muskulösen Rücken hinunter. Die Tattoos waren Grits ganzer Stolz, von ihrem muskulösen Oberkörper mal abgesehen. Grit war in der DDR eine der erfolgreichsten Nachwuchsruderinnen gewesen, und das war ihr immer noch anzusehen. Sie präsentierte ihren durchtrainierten Körper leidenschaftlich gern, und es gab kaum ein geeigneteres Forum dafür als die Liegewiese des Freibades.

Wir hatten uns an diesem vielleicht letzten warmen Septembertag hier verabredet, um meine Rückkehr zu feiern. Grit hatte gemeint, ein Tag mit Sonne und Wasser würde mir den Übergang von der Hitze Australiens in den deutschen Herbst einfacher machen, aber ich war mir nicht sicher. Ich hatte den Eindruck, daß es kaum etwas gab, was es mir leichter machen konnte.

An Grits leicht vorgeschobenem Kinn konnte ich ablesen, daß sie mit dem, was ich ihr erzählt hatte, nicht ganz einverstanden war.

„Und?" fragte ich.

„Tja", sagte Grit und legte das Kinn auf ihre verschränkten Hände, um träge in die Sonne zu blinzeln. „Alles nur Projektion."

Das sagte sie oft. Eigentlich immer, wenn wir über Liebe und Liebschaften sprachen, und das taten wir nicht gerade selten. Grit behauptete, es gebe keine Liebe, noch nicht einmal wahre Leidenschaft für einen anderen Menschen, sondern nur Projektion und den Wunsch nach Bestätigung. Jegliches Begehren sei Projektion, und je leidenschaftlicher man jemanden zu lieben oder begehren meine, desto narzißtischer sei man, da der andere nur die Projektionsfläche für die eigene Selbstverliebtheit darstelle. Normalerweise war ich grundsätzlich gewillt, Grits im Laufe der Jahre ausgeklügelter These zuzustimmen, aber heute nicht.

„Ist es nicht! Es ist nicht alles Projektion. Das mit Jane ist etwas Besonderes."

„Ohoh!" sagte Grit spöttisch. „Man höre und staune! Welch gewichtige Worte aus deinem Munde!"

„Blöde Pute." Ich rollte mich auf den Rücken und starrte beleidigt in den wolkenlosen Himmel. Natürlich, Grit hatte ja recht. Seit Jahren durchstreiften wir gemeinsam die Szene, immer auf der Jagd nach interessanten, attraktiven Frauen, auf der Suche nach einem heißen Flirt, einem Abenteuer, auf der Suche nach Sex in seinen vielfältigsten Ausformungen. Auch wenn wir gelegentlich in hitziger Leidenschaft entbrannten – unsere Liebschaften hatten nur selten Bestand; nach ein paar Wochen oder auch Monaten war alles wieder vorbei. Weder Grit noch ich war an festen Bindungen interessiert, wir waren Jägerinnen und Sammlerinnen und die Frauen unsere Trophäen. Natürlich steckte in erster Linie die Sucht nach Bestätigung hinter unserer Lebensart, die Suche nach einem geschönten, narzißtisch posierenden Spiegelbild im betörten Auge der Frau gegenüber. Aber das hieß nicht, daß keine tiefere Dimension möglich war. Und ich wollte verdammt noch mal, daß Grit das anerkannte.

Ich rollte mich zurück in die Seitenlage. Grit sah gerade über den Rand ihrer Brille hinweg zu einer schlanken Rothaarigen hinüber, die sich umständlich auf ihrem Badelaken niederließ.

„Nicht schlecht, oder?" murmelte Grit mir zu und setzte ihr breitestes Verführerinnenlächeln auf. Die Rothaarige rückte ihren Bikini zurecht, warf Grit einen verdutzten Blick zu und sah dann irritiert zur Seite.

„Grit!" Ich bohrte Grit einen Zeigefinger in die Rippen. „Du nimmst mich nicht ernst! Aber ich bin einfach total durcheinander. Ich weiß nicht, was ich machen soll. Seit drei Tagen bin ich wieder hier, und ich muß andauernd an Jane denken. Sie hat irgendwas in mir berührt, richtig berührt." Ich legte mir in einer dramatischen Geste, die mir selbst schon fast peinlich war, die Hand auf die Brust, und Grit hob nachsichtig die Brauen.

„Ach, Baby, komm. Jetzt mach aber mal halblang. Du bist doch nicht zum ersten Mal verschossen, oder?"

„Nee. Na und?" sagte ich trotzig.

Grit seufzte. „Du kennst sie doch gar nicht. Du bist ihr noch nicht mal richtig in die Hose gegangen. Du weißt doch gar nicht, ob dir überhaupt gefällt, was du da fändest."

Eine Welle aus Hitze und Scham durchflutete mich. Grit und ich hatten so gut wie keine Geheimnisse voreinander, wir tauschten uns untereinander über unsere Sexerlebnisse aus wie andere Leute über Kochrezepte. Aber das hier war mir schlichtweg zu persönlich. Ich konnte Grit anscheinend noch nicht einmal im Ansatz verständlich machen, was die Begegnung mit Jane in mir ausgelöst hatte.

„Aber ich möchte es rausfinden", sagte ich. „Ich will sie kennenlernen." Frustriert rupfte ich einen vertrockneten Grashalm aus der Wiese und kaute darauf herum.

„Iiih!" sagte Grit tadelnd. „Da sind schon vierhunderttausend Käsefüße drauf rumgelatscht."

Angeekelt spuckte ich den Grashalm wieder aus. „Was soll ich denn machen?"

„Sie in guter Erinnerung behalten und dir ein paar neue Weiber aufreißen." Grit setzte vorsorglich ihr strahlendes Lächeln auf und sah zu der Rothaarigen hinüber, von der allerdings nichts mehr zu sehen war. Nur noch ihr Badelaken lag da, fein säuberlich zusammengefaltet über ihre Sachen gebreitet, daneben standen, brav nebeneinander, die Spitzen nach vorne gerichtet, ihre Schuhe.

Grit brummte mürrisch und rutschte mit dem Oberkörper ein wenig nach hinten. „Scheiß-Titten", brummte sie und starrte unwillig in ihren eigenen Ausschnitt hinunter. „Kann mir mal einer sagen, wieso ich überhaupt welche hab? Die stören doch nur."

„Kannst sie dir ja wegmachen lassen", sagte ich beleidigt.

„Spinnst du?" Grit zeigte mir einen Vogel, was nicht ganz einfach war im Liegen. „Ich bin doch nicht transsexuell. Auch wenn ich dann bessere Chancen bei dir hätte. Zumindest im Moment." Sie grinste breit, und dann langte sie mit einer Hand zu mir herüber und kniff mir in die Wange. „He, Baby, nimm's cool, ja? Warum siehst du das Ganze nicht einfach als geniales Urlaubsabenteuer und fertig? Glaub mir, wenn wir erst mal ein paar Nächte aus waren und du gemerkt hast, wie sehr die Szene dich vermißt hat, dann sieht das alles schon wieder ganz anders aus." Sie zwinkerte mir aufmunternd zu und legte das Kinn wieder auf die gefalteten Hände.

Ich betrachtete sie nachdenklich. Die leichte Sonnenbräune betonte das dunkle Braun ihrer Augen, und der frisch rasierte Bürstenschnitt stand ihr gut. Sie schien ziemlich viel trainiert zu haben in den vier Wochen, die ich in Australien gewesen war. Ihre Schultern waren noch breiter geworden als ohnehin schon und ihr Brustkorb noch voluminöser.

„Wenn ich es mir recht überlege, siehst du tatsächlich immer mehr wie ein Kerl aus", sagte ich und registrierte ungerührt den gehässigen Unterton in meiner Stimme.

Grit sah mich verschmitzt an. „Ich werde eben stärker mit dem Alter."

„Und, hält die Ausdauer mit?"

Grit lachte. „Soll ich's dir beweisen?" Sie spannte die Armmuskeln, und ihre Bizepse schwollen an. Der feuerspeiende Drache blähte im Sonnenlicht seine Brust. Ich mußte lächeln, aber dann wurde ich gleich wieder ernst.

„Grit. Was soll ich denn nur machen?"

Grit seufzte gequält und peilte über den Rand ihrer Sonnenbrille hinweg zu ein paar braungebrannten Mädchen im Teenageralter hinüber, die kichernd zu uns herübersahen. „Was soll ich dir denn raten? Vergiß sie."

„Kann ich nicht."

„Dann bau ihr einen Schrein, setz dich davor und bete sie den Rest deiner Tage an."

„Grit!"

Grit stöhnte. „Na gut. Man soll das Eisen ja schmieden, solange es heiß ist. Also, ruf sie an, bombardier sie mit Briefen, nimm dein letztes Geld, kündige deine Wohnung, flieg nach Australien und hock dich in die Wüste, solange, bis sie dich erhört. Was weiß ich?"

„Scheiße", sagte ich unglücklich.

Grit schwieg, sah zu den Teenagern hinüber und kniff lässig ein Auge zu. Hysterisches Gackern schallte über die Wiese zu uns herüber.

„Nimm es wenigstens ernst, okay?"

„Ja gut", sagte Grit und verdrehte die Augen gen Himmel. „Amen! Willst du übrigens auch eine Pommes?"

Ich schüttelte mißmutig den Kopf.

Grit stützte sich auf den Ellbogen und sah mich direkt an. „Ich glaub dir ja, daß sie so toll ist. Nur, was nützt es? Sie ist in Australien und du bist hier. Du hast nichts davon, wenn du ihr nachtrauerst. Du mußt das pragmatisch sehen, Uma. Das kannst du doch sonst auch."

Ich erwiderte ihren ernsten Blick. „Klar", sagte ich nach einem Moment. „Klar, sicher. Sicher kann ich das."

Grit lächelte mich an. Es war einer der wenigen kostbaren Momente, in denen hinter der coolen Butch die liebevolle Freundin zum Vorschein kam, und ich fühlte mich für einen Augenblick sehr geborgen.

„Tja, weißt du, Sweetheart, intensiven Menschen kann eben auch etwas Intensives passieren", sagte Grit. „Mir passiert so was allerdings nie. Aber ich bin ja auch nicht intensiv. Ich bin, wie du weißt, eher ein schlichtes Gemüt." Sie lachte, stützte sich dann auf die Hände und schnellte wie eine Sprungfeder hoch. Ihr schwarzer Badeanzug umhüllte ihren muskulösen Körper wie eine zweite Haut aus seidig glänzendem Stoff. „Ich geh jetzt zum Pommes-Stand rüber. Willst du wirklich nichts haben?"

„'ne eiskalte Cola."

Grit nickte, drehte sich halb um und warf einen Kußmund nach hinten. Wieder schallte hysterisches Gelächter aus mehreren jugendlichen Kehlen durch die Sommerluft, und Grit wandte sich zufrieden um und stelzte davon. Ich sah ihr hinterher, dann ließ ich mich wieder auf den Rücken fallen und blickte in den wolkenlosen Himmel auf.

Vor drei Tagen war ich zurückgekommen, aber immer noch fand ich mich nicht in meinem eigenen Leben zurecht. Immer noch fühlte ich mich, als stünde ich am Flughafen hinter der Glasscheibe, die den Ankunftsbereich von der Wartehalle trennte, und sähe hinaus auf die Welt, die dort draußen auf mich wartete, die altbekannte Welt mit ihren Ritualen und vertrauten Strukturen. Und als könnte ich mich nicht dazu durchringen, durch die Glastür zu treten, in diese Welt einzutauchen und damit mein Leben wieder aufzunehmen.

Und doch sehnte ich mich danach. Ich wollte mein Leben zurück, mein unstetes, unruhiges Leben, das keinen Trott kannte und keinen lähmenden Alltag. Ich liebte seine Wandelbarkeit; ich liebte es, in vielen verschiedenen Zuständen zu schwelgen, jeder auf seine Art köstlich. Ich mochte meine eigene Einsamkeit, meine Träume, und mein Bild von mir selbst, an dem ich seit Jahren mit Hingabe feilte. Ich war die sinnenfrohe Liebhaberin, die coole, gutaussehende, dunkelhaarige Butch mit den strahlendblauen Augen. Ich war der tolle Hecht, der die schönsten Frauen flachlegte. Mit jeder war es anders, jede war einzigartig; auch wenn mein Interesse meist rasch wieder erlahmte und bald darauf anderswo aufflammte.

Kein Wunder, daß Grit mich jetzt nicht ganz für voll nahm.

Jane geisterte mir durch den Kopf. Ich sah ihr Gesicht, unscharf im dämmerigen Zwielicht von Sues Arbeitszimmer. Lust malte sich auf ihren Zügen, und Schmerz, ein subtiler Schmerz, den ich erst jetzt erkannte und der mir ins Herz schnitt. Sie war so verdammt kühl gewesen, als ich sie am nächsten Tag angerufen hatte.

Projektion oder Liebe? Das war die ewige, grundlegende und nie beantwortete Frage. Ich drehte mich auf den Bauch und schloß die Augen. Das Sonnenlicht tanzte hinter meinen geschlossenen Lidern. Ich fühlte, daß mein Selbstverständnis ins Wanken geraten war. Mein Leben war in Unordnung, und ich hatte keine Ahnung, wie ich es wieder in Ordnung bringen sollte.

Mühsam schleppte ich mich durch die Tage. Andauernd war ich unterwegs, manchmal kam ich tagelang nicht nach Hause. Ich traf mich mit Freunden und Freundinnen, ging ins Kino und auf die Piste mit Grit, aber an meinem inneren Zustand änderte sich nichts. Tief in mir klaffte eine Wunde, die nicht heilen wollte, und der Schmerz war immer da, unterschwellig, ließ sich nur mühsam betäuben, ob mit Ablenkung, Alkohol oder Sex.

Ich konnte Jane einfach nicht vergessen. Ich sah mir ihr Foto an, immer wieder. Die Ränder fransten bereits aus, und eines Nachts, als ich wieder einmal nicht schlafen konnte, schnitt ich einen durchsichtigen Plastikhefter so zurecht, daß er als Hülle diente, und steckte Janes Foto hinein. Als ich mein Werk betrachtete, schoß mir plötzlich bittere Magensäure in die Kehle. Aber statt mich zu übergeben, brach ich in Tränen aus, so heftig, wie ich zuletzt als Kind geweint hatte. Ich brauchte Stunden, um mich zu beruhigen.

In den Kneipen und Diskotheken starrte ich Frauen an, die Jane ähnlich waren. Alles, was groß und blond und auch nur im geringsten nach Transe aussah, zog meinen hypnotischen Blick auf sich. Grit tadelte mich, daß ich mit meinem Gestarre die Frauen verschreckte, aber ich konnte nichts daran ändern. Es war, als ob das genaue Fixieren äußerlicher Ähnlichkeiten mit Jane mein Leid linderte, um es später, in der Stille meiner Wohnung, um so stärker hervorbrechen zu lassen.

Nach einer Woche traf ich mich mit Henriette, einer ehemaligen Affäre, und ging mit ihr ins Bett. Ich war heilfroh, daß es funktionierte; die Handgriffe saßen, ihre Haut war weich und duftete, und als ich sie unter mich zwang und sie mich in die Schulter biß, um ihre Lust nicht hinauszuschreien, durchfuhr mich heißes Begehren.

Aber es half nichts. Nichts half. Immer wieder kam dieser ernüchternde Moment: Nichts war, wie es sein sollte. Weil sie nicht da war. Jane war einfach nicht da, und deshalb war nichts in Ordnung.

Nachts, zermürbt von Schlaflosigkeit, lag ich in meinem Bett und starrte an die Decke, wo die altersschwache Laterne aus dem Hof ihren Schimmer in das trübe Morgengrau warf. Stundenlang dachte ich darüber nach, daß eine solch kurze Begegnung unmöglich derart intensive Gefühle auslösen konnte. Es mußte Einbildung sein, fehlgeleitete Sehnsucht, tatsächlich nichts weiter als Projektion. Vielleicht verarbeitete ich gerade uralte unbewußte Kindheitstraumata von Verlassenwerden und Verlust; vielleicht stolperte ich jetzt über meine Egozentrik, wollte die Zurückweisung aus lauter gekränkter Eitelkeit nicht akzeptieren. Wie auch immer, es konnte einfach nicht sein. Sie konnte mir nicht so viel bedeuten.

Aber es war so. Nie zuvor hatte mich jemand so berührt, auf diese unmittelbare, massive Art.

Eines Morgens kam ich gegen halb sechs nach Hause, erschöpft und verschwitzt von einer durchgemachten Nacht. Als ich die Tür aufschob, klemmte sie einen Moment, bevor sie sich weiterschieben ließ, und beim Bücken erkannte ich einen kleinen Stapel Post, der sich in den vergangenen beiden Tagen angehäuft hatte. Müde sammelte ich die Briefe auf, drückte die Tür mit dem Absatz hinter mir zu und ging in die Küche.

Auf dem Tisch stand noch eine halbvolle Tasse mit Kaffee, auf dem die Milch widerlich aussehende Schlieren gezogen hatte. Mürrisch kippte ich sie in den Ausguß und setzte mich, um die Post durchzusehen.

Nichts aus Übersee. Eine Karte von Markus, meinem Bruder, war dabei, und ein Brief von der Oper, mit dem Angebot, eine Mutterschaftsvertretung zu übernehmen, befristet auf zwei Jahre mit der Option auf Übernahme danach.

Auf diese Nachricht hatte ich gehofft, seit meine achtmonatige Urlaubsvertretung an der Oper im Juni zu Ende gegangen war. Eigentlich hätte ich mich freuen sollen, aber ich konnte nicht. Ich legte den Brief hin und sah durchs Fenster hinaus in die fahle Morgendämmerung. In der verkümmerten Birke hinter der Laterne zwitscherte eine Amsel ihr verhaltenes Morgenlied, und hinter meiner Stirn spürte ich den leichten, klopfenden Kopfschmerz, mit dem sich ein weiterer anstrengender Tag, benebelt vom Restalkohol, ankündigte.

Zweimal hatte ich versucht, Jane einen Brief zu schreiben, aber ich hatte es nicht geschafft. Ich wußte nicht, was ich ihr schreiben sollte. Daß ich andauernd an sie dachte? Mich nach ihr sehnte? Das waren Dinge, die sie vermutlich nicht wissen wollte. Also hatte ich es gelassen. Nur eine Karte hatte ich geschickt, adressiert an das Art-Center, eine Ansichtskarte von Berlin mit drei einfachen Sätzen: *Hi Jane! Danke für die Zeit mit dir. Ich hoffe, es geht dir gut. Wenn du mal nach Berlin kommst, würde ich mich freuen, wenn du dich bei dir meldest. Grüße, Uma.* Ich hatte meine Adresse samt Telefonnummer darunter geschrieben, aber Jane hatte bislang nicht reagiert.

Eine Weile saß ich so da und starrte in den heller werdenden Morgen hinaus, dann stand ich auf und füllte mir ein großes Glas Wasser aus dem Leitungshahn. In einem Zug trank ich es aus und stellte das leere Glas ab. Die Amsel draußen verstummte und setzte wieder an zu singen, lauter als zuvor. Ich hörte ihr einen Moment zu, dann sah ich auf die Uhr über dem Tisch und ging quer durch den Flur in mein Zimmer und hinüber zum Telefon.

„Uh, Cowboy!" seufzte Kate in den Hörer. „Wie schön, daß du anrufst! Ich dachte schon, du hättest mich vergessen!"

„Ich hoffe, ich hab dich nicht beim Nachmittagsschläfchen gestört."

„Nein, nein! Außerdem hab ich doch gar keinen Schönheitsschlaf nötig, das weißt du doch, *darling*!" gurrte Kate. „Wie geht es dir, Baby?"

„Einigermaßen. Und du? Wie geht's dir?"

„Die Tage sind grau und trübe ohne dich. Es ist, als ob die Sonne untergegangen ist und nicht mehr aufgehen will." Sie gab einen schmachtenden Schluchzer von sich, der ein wenig nachhallte, und ich mußte lächeln. Es tat so verdammt gut, ihre Stimme zu hören. Mir war gar nicht klar gewesen, wie sehr ich sie vermißte.

„Aber sonst ist alles beim Alten", fuhr Kate fort. „Die Frauen sind häßlich und rüpelhaft, niemand in dieser gottverdammten Stadt hat Manieren, und unser Kühlschrank leckt immer noch", beschwerte sie sich.

„Ihr braucht einfach einen Mann im Haus", sagte ich und duckte mich, als ob Kates langer Arm gleich aus dem Hörer herausfahren und nach mir schlagen würde. Kate lachte auf, und bei diesem vertrauten Klang wurde mir richtig warm ums Herz.

„Dann komm zurück", sagte sie. „Bist du mir wenigstens treu? Oder hast du schon eine Neue?"

„Nein, hab ich nicht. Du weißt doch, nur du wohnst in meinem Herzen. Wie geht es Lisa?" Plötzlich merkte ich, wie erschöpft ich eigentlich war. Ich nahm das Telefon vom Schreibtisch und setzte mich damit aufs Bett.

„Ach Gottchen, Lisa!" Kate stöhnte. „Das kleine Luder ist und bleibt mein Sorgenkind. Neulich hat sie eine ganze Packung Östrogen-Ampullen gegen die Wand geschmissen. Vier Ampullen, Cowboy, eine Monatsration für uns beide hinüber! Was das kostet! Wir legen jetzt beide Extra-Schichten ein. Ich hab ihr gesagt, wenn das so weitergeht, schick ich sie in den Puff, da kommt schnell was zusammen." Kate schnalzte mit der Zunge. „Aber ich hab sie im Griff, Cowboy, keine Sorge."

„Grüß sie von mir." Ich ließ mich auf den Rücken fallen. Meine Beine fühlten sich steif an, als ich sie ausstreckte. Im Hörer rauschte es, dann kam ein kurzes Klicken. Ich dachte schon, die Verbindung wäre unterbrochen, aber im nächsten Moment hörte ich wieder Kates kehlige Stimme.

„... geht es deiner Reisebegleitung? Du weißt schon, Miss Anti-Touristin?"

„Ehrlich gesagt, ich weiß es nicht. Hab sie nur einmal gesehen. Ich denke, da ist die Luft raus", sagte ich mit einem Anflug von schlechtem Gewissen. Ich war Eva vor ein paar Tagen zufällig über den Weg gelaufen, in einer Bar in der Oranienstraße. Wir hatten ein Bier miteinander getrunken, aber ein rechtes Gespräch war nicht in Gang gekommen. Nach ein paar höflichen Fragen meinerseits und einsilbigen Antworten ihrerseits hatte ich mich eilig verabschiedet und war gegangen, mit dem deutlichen Gefühl, daß wir uns über geworden waren und nichts mehr zu sagen hatten.

„So was kommt vor", sagte Kate. „Aber ich glaube kaum, daß du dir deswegen die Haare raufst, oder?"

„Nein", sagte ich und mußte grinsen. Dann holte ich tief Luft. „Du, Kate ..."

„Ja?" flötete sie gedehnt. Mir war klar, daß wiederum ihr klar war, worauf ich hinaus wollte.

„Hast du in letzter Zeit mal was von Jane gehört?" fragte ich vorsichtig. „Ich habe gerade im Art-Center angerufen, aber die Frau dort hat immer nur gesagt, Jane sei nicht da."

„Böser Junge!" gurrte Kate mit von einem atmosphärischen Rauschen verzerrter Stimme. Ich konnte sie direkt vor mir sehen, wie sie mir über Tausende von Meilen hinweg mit einem knochigen Zeigefinger drohte. „Du stellst ihr nach! Das sollst du doch nicht! Hat deine Mutter dir nicht beigebracht, einen Korb mit Würde nach Hause zu tragen?"

„Den Spruch gibt's bei uns nicht."

„Sag ich's doch! Ihr Deutschen kennt keine Anstandsregeln!"

„Kate, jetzt komm schon", drängte ich.

„Na gut", sagte sie friedfertig. „Aber nur weil du es bist, Cowboy. Deine Angebetete ist tatsächlich nicht da. Sie ist für ein paar Monate weg, bis Ende Januar, glaub ich."

„Wo denn? Wo ist sie denn hin?"

Kate lachte fröhlich. „Nicht Europa, *honey*. So gerne du das auch hättest, hinterhergeflogen ist sie dir nicht. Soviel ich weiß, ist sie nach Melbourne und Sydney gefahren, um da irgendwas zu forschen. Genau weiß ich es nicht, die Gute redet ja nicht viel."

Ich legte einen Arm unter meinen Kopf und preßte den Hörer mit der anderen Hand fest an meine Wange. „Hat sie noch etwas über mich gesagt?"

„Kein einziges verdammtes Wort. Muß ja heiß hergegangen sein mit euch, wenn es ihr so die Sprache verschlagen hat. Ich hab mir alle Mühe gegeben, aber aus ihr war einfach nichts rauszukriegen. Sorry, Baby. Ich weiß, das tut weh. Komm in meine Arme, na, komm schon!"

Wider Willen und trotz meiner Enttäuschung mußte ich grinsen. „Würd ich glatt machen."

„Ups! Ich glaube, ich falle in Ohnmacht! Cowboy, du verwöhnst mich ja richtig!" Kates Stimme überschlug sich fast. „Ach, Uma, eines Tages wirst du begreifen, daß in Wahrheit ich die Frau deines Lebens bin. Bis dahin bin ich so lieb und halte dich auf dem laufenden über das, was deine Pseudofavoritin so treibt. Sogar ungefragt. Ist das ein Angebot?"

„Oh ja", sagte ich erleichtert. „Danke, Kate. Das ist ... das ist wirklich toll von dir." Über Jane auf dem laufenden gehalten zu werden war alles, was ich mir erhoffen konnte, und es war viel.

„Ja ja", brummte Kate grimmig. „Schon gut, schon gut. Man tut, was man kann. Gerecht ist es ja eigentlich nicht, aber eins muß ich dir lassen, Cowboy!"

„Was denn?" fragte ich und legte die Hand über die Augen.

„Einen guten Geschmack hast du ja. Jane ist wirklich ein Prachtexemplar. Unserer Gattung und sowieso."

„Sowieso", murmelte ich. Als ich mir über den Bauch strich, spürte ich, daß meine Rippen hervorstanden. In den letzten Wochen hatte ich eindeutig zu wenig gegessen. Auf einmal war ich unendlich müde. „Ich muß Schluß machen, Kate. Ich bin total erledigt. Bei uns ist es sechs Uhr morgens; ich muß jetzt ins Bett. Ich melde mich wieder, okay?"

„Okay. Vergiß mich nicht, Cowboy", sagte Kate, und ihre Stimme klang für einen Moment merkwürdig brüchig. „Bis bald. Ich grüß Lisa von dir und alle und überhaupt. Ich geh jetzt zur Schicht."

„Ein großes Victoria Bitter für mich und meine Lieblingslaksa", sagte ich und schickte einen schmatzenden Kuß durch den Hörer. Kate schickte gleich ein Dutzend zurück.

„Bis bald, Cowboy", sagte sie und legte auf.

Ich rollte mich zur Seite, stellte das Telefon auf dem Boden ab und zog mir schwerfällig die Schuhe aus. Zum ersten Mal seit vielen Tagen würde ich gut einschlafen können.

„Und du und Grit, ihr beide geht also ständig aus und macht die Frauen verrückt?" Katja schüttelte den Kopf. Sie stand vor dem Herd und schnitt Gemüse klein, mit dem Rücken zu mir, deshalb konnte ich ihren Gesichtsausdruck nicht sehen. Aber vorstellen konnte ich ihn mir sehr gut: eine Mischung aus Mißbilligung, wohlwollender Neugier und Belustigung.

„Nun ja, ein bißchen", sagte ich und rutschte unbehaglich auf meinem Küchenstuhl herum. „Wie war es denn in Stockholm?"

Katja war Choreographin. Seit sie nicht mehr als Tänzerin arbeitete, nahm sie mehrmals jährlich Auftragsarbeiten im Ausland an, wo sie dann an staatlichen oder auch privaten Bühnen moderne Stücke choreographierte. Aus Stockholm war sie erst vor zwei Tagen zurückgekommen.

„Bestens. Grandios. Lenk nicht ab, Uma." Sie hielt inne und drehte sich zu mir um. Ihre hellgrauen Augen musterten mich scharf. „Du bist wie ein streunender Köter. Hebst überall dein Bein."

Diese Diskussion hatten wir schon öfter geführt, immer mit demselben Ergebnis. Katjas Haltung meinem Lebenswandel gegenüber war zwiespältig: Vom ersten Tag an hatte sie mich dafür bewundert, aber auch heftig kritisiert, und ich hatte mich dafür gerechtfertigt.

„Ich genieße es eben, begehrt zu werden", sagte ich auch jetzt.

„Aha. Und, willst du ewig so weitermachen?" Sie ließ mich nicht aus den Augen.

„Vielleicht. Ich weiß es nicht." Bisher hatte ich es jedenfalls nicht gewußt. Ich hatte nie verstanden, warum ich auf etwas verzichten sollte, was Spaß machte und aufregend war. Ich fand keinen Grund dafür. Das Leben würde nicht ewig dauern, und ich wollte es genießen. Und in den seltenen Momenten, wenn ich mit meiner eigenen Moral haderte, war es ausgerechnet Katja, die mir diese Zweifel ausredete. „Mach dir nicht soviel Gedanken, nimm alles mit", rief sie dann mit dem ihr ganz eigenen Enthusiasmus. „Alles, was du kriegen kannst!" Das wollte ich im Prinzip immer noch, aber zur Zeit gelang es mir nicht. Ich wollte gerne mit Katja darüber reden, aber ich wußte nicht, wie ich anfangen sollte.

Katja hatte sich wieder den Mohrrüben zugewandt.

„Na, ich versteh dich ja auch", sagte sie versonnen. „Das Leben ist kurz." Sie zündete die Gasflamme unter dem Wok an und gab ein wenig Öl hinein. „Schön, daß du bald wieder in der Oper arbeitest. Das ist prima."

„Finde ich auch. Am meisten freu ich mich auf die Kaffeepausen mit dir in der Kantine."

In der Oper hatten wir uns vor gut einem Jahr kennengelernt. Katja war zu mir in die Schuhmacherei gekommen, um den Prototyp eines neuen Tanzschuhs für das Ensemble zu inspizieren. Ich hatte sie für eine neue Dramaturgie-Assistentin gehalten, auf keinen Fall für jemanden, der tanzte – ich hatte einfach noch nie zuvor eine Tänzerin kennengelernt, die derart ruppig und energisch daherkam. Aber dann hatte Katja die Schuhe anprobiert und war durch die Werkstatt gewirbelt. Seitdem liebte ich modernen Tanz.

„Finde ich auch. Dann sehen wir uns wieder öfter."

Aromatischer Geruch erfüllte die Küche, als sie das kleingeschnittene Gemüse schwungvoll vom Brett in den Wok schob. Ich betrachtete ihren schmalen, drahtigen Körper. Wer sie so sah, käme nie darauf, welch begnadete Tänzerin unter den schlabbrigen Pullovern und Overalls steckte.

„Hans müßte bald kommen", sagte Katja mit einem Blick auf die Uhr über dem Küchentisch und zog mit einem raschen Handgriff das Küchenfenster auf. Über dem Sims hingen noch selbstgebastelte Papiergirlanden von der Party zu Hans' fünfundvierzigstem Geburtstag im Juli, die jetzt im Luftzug raschelten.

„Was gibt es denn überhaupt zu essen?"

„Was ganz Feines, das lecker schmeckt", sagte Katja knapp und sah forschend zu mir herüber. „Wie sieht es eigentlich aus zur Zeit, ißt du genug?"

Ich lehnte mich in meinem Stuhl zurück, streckte meinen Bauch nach Kräften heraus und zeigte darauf.

„Seh ich etwa abgemagert aus?"

„Laß mal die Luft raus", sagte Katja unbeeindruckt. Ich gehorchte, wenn auch widerwillig.

„Na ja." Katja betrachtete mich argwöhnisch. Sie war einer der ganz wenigen Menschen, die wußten, daß ich früher, als Jugendliche und auch noch später, an Bulimie gelitten hatte. Sie wußte so einiges von mir. Oft, ohne zu fragen. Sie sah es einfach.

Katja musterte mich immer noch. „Irgendwas stimmt nicht mit dir. Was ist los?" Im Wok zischte und knackte es, und Katja rührte darin herum, ohne hinzusehen.

„Ja, also – ich glaube, ich hab mich verknallt", sagte ich und wurde rot. „Aber es ist, ich meine, es ist nichts Richtiges. In Australien. Also, ich meine, wir waren einmal miteinander im … auf dem Teppich, aber dann wollte sie nichts mehr."

„Auf dem Teppich?" Katja runzelte die Stirn.

„Na ja", sagte ich und wurde vollends rot. „Also …"

„Meine liebe Frau Grimm, würden Sie sich jetzt mal bitte verständlich ausdrücken? Und zwar zusammenhängend und in einfachen Worten, damit es auch abgehalfterte Endvierzigerinnen verstehen."

Ihre scharfen Augen lagen immer noch auf mir. Hinter ihr zischte und brutzelte es im Wok, und Fett spritzte hoch.

„Das Gemüse brennt an."

„Laß das mal meine Sorge sein." Katja senkte den Kochlöffel zielsicher in den Wok und begann zu rühren, ohne mich aus den Augen zu lassen. Ihre Körperbeherrschung und Koordination erstaunten mich immer wieder aufs neue. Und die Tatsache, daß sie mich zum Reden bringen konnte, genauso.

„Okay", sagte ich und hob die Finger der rechten Hand zum Peace-Zeichen. Und dann erzählte ich die ganze Geschichte. Ein paar Details ließ ich aus, aber am Ende war Katja einigermaßen umfassend über meinen aufgewühlten Seelenzustand im Bilde.

„Soso, eine Transsexuelle", sagte sie und warf mir einen skeptischen Blick zu, während sie Wasser für Reis aufsetzte. „Hm."

„Vielleicht hätte ich das gar nicht erwähnen sollen. Es tut ja nichts zur Sache."

„So, tut es das nicht?"

Wir schwiegen beide. Ich sah hoch zur Uhr. Kurz vor acht. Um acht sollte es Essen geben. Hans, Katjas Lebensgefährte, mußte jetzt jeden Moment nach Hause kommen. Ich mochte ihn sehr und freute mich, ihn wieder einmal zu sehen. Aber etwas brannte mir noch auf der Seele. Etwas, das ihn nichts anging.

„Willst du sie mal sehen?" fragte ich verlegen.

„Du hast ein Foto von ihr?" Katja drehte sich erstaunt um. „Klar will ich sie sehen. Los, zeig her."

Sie ließ den Kochlöffel in den Wok sinken und kam zum Tisch herüber, unverhohlene Neugier in den Augen. Ich zog das Foto von Jane aus der Innentasche meiner Jeansjacke, in der ich es immer mit mir herumtrug. Ohne es aus der Plastikhülle zu nehmen, hielt ich es ihr hin.

Katja warf einen flüchtigen Blick auf das Foto und drehte sich kurz zum Herd um, wo das Gemüse vor sich hin brutzelte. Dann nahm sie mir das Foto einfach aus den Fingern und studierte es eingehend.

Ich sah ihr nervös dabei zu. Das Abendlicht perlte um Katjas ernstes Gesicht, und die Girlanden über dem Fenster raschelten leise. Ich hatte es mir nicht eingestehen wollen, aber für genau diesen Moment war ich hergekommen. Katjas Urteil bedeutete mir viel. Sie mäkelte zwar oft an mir herum, aber ihr Blick auf mich war von einer unbestechlichen Weisheit, die nicht immer angenehm war, aber oft zutraf.

Nach einer schier endlosen Weile gab sie mir das Foto zurück. „Die ist gut", sagte sie schlicht.

„Woher willst du das wissen?"

„Ich weiß so was." Katja sah mich ruhig an. „Du weißt doch, daß ich so was weiß. Außerdem weißt du es selber. Die ist gut. Die ist gut für dich."

Ich steckte das Foto wieder ein.

„Ja", sagte ich. Auf eine ganz sanfte, vorsichtige Art war ich auf einmal sehr stolz.

Mir war heiß, und die Luft war zum Schneiden. Mein Unterhemd klebte mir am Rücken fest, und als ich mich zwischen den anderen Tänzerinnen bewegte, liefen mir ein paar Schweißtropfen den frischrasierten Nacken hinunter. Der funkige Rhythmus wummerte so laut aus den Lautsprechern an der Decke, daß ich die Vibrationen im Magen spüren konnte. Über den Kopf der kleinen Dunkelhaarigen hinweg, die seit einigen Liedern hingebungsvoll zwischen Grit und mir tanzte, sah ich Grits siegessicheres Grinsen, und ich wußte, daß ich einen ähnlichen Ausdruck im Gesicht trug.

Grit hob den Daumen und deutete mit dem Kinn zur Bar, und ich nickte und legte der Dunkelhaarigen leicht die Hand auf den Rücken. Ihr Hemd war ebenfalls durchgeschwitzt, und als ich mich ganz nah an ihr Ohr beugte, konnte ich einen Hauch ihres Parfums riechen. Erregung stieg in mir auf, in einer kleinen, geschmeidigen Welle, die rasch wieder verebbte.

„Trinkst du was mit meiner Freundin und mir?" fragte ich.

Die Dunkelhaarige wandte den Kopf, um zu mir aufzusehen. Sie hatte auffällig dunkle Augen, mit langen, dichten Wimpern darüber.

„Gerne", sagte sie. „Gern!" Und dann lächelte sie vielversprechend. Ihre langen Wimpern senkten sich halb über die Augen. *Genau Grits Geschmack*, dachte ich. *Meiner nicht ganz. Aber nicht übel.*

Grit und ich geleiteten sie zwischen uns von der Tanzfläche herunter und nach hinten zur Bar wie zwei Hütehunde ein verirrtes Schaf, und die Dunkelhaarige ließ sich widerstandslos führen. Sichtlich geschmeichelt setzte sie sich auf einen Barhocker, schlug anmutig die Beine übereinander und sah süffisant lächelnd zu, wie Grit zwei Bier und einen Cocktail orderte und ihr das Getränk mit einer formvollendeten Verbeugung überreichte.

„Also, zum Wohl. Ich bin Grit, und das hier ist Uma."

„Saskia. Zum Wohl!"

Wir stießen an und tranken schweigend. Saskia ließ ihren dunklen Blick zwischen Grit und mir hin und her gleiten.

„Ihr müßt ja wirklich sehr gute Freundinnen sein", sagte sie schließlich.

„Oh ja!" sagte Grit. „Uma und ich sind ein verdammt gutes Gespann. In jeder Hinsicht." Sie grinste anzüglich, und Saskia lachte amüsiert und musterte mich interessiert von unten herauf. Ich sah ihr kurz in die Augen, dann hob ich mein Bier und stieß damit leicht gegen ihr Cocktailglas.

„Auf dich!"

„Ich würde sagen, auf uns alle drei", sagte Grit mit heiserer Stimme. Ihr fragender Blick hing einen Moment auf meinem Gesicht, und als ich nach einem winzigen Zögern nickte, lächelte sie zufrieden.

„Weißt du, Uma und ich, wir geraten uns nie ins Gehege", raunte sie Saskia ins Ohr und schob ihren Arm auf dem Tresen halb um sie herum. „Wir teilen immer schwesterlich."

„Ihr Machos!" Saskia schüttelte amüsiert den Kopf. „Was habt ihr denn für ein Rollengehabe drauf! Das ist doch total antiquiert."

„Paß auf", sagte Grit und blinzelte mir zu. „Eines schönen Tages wird das nicht mehr altmodisch, sondern voll im Kommen sein." Sie legte Saskia den Arm um die Schultern, und Saskia lehnte sich hinein. Grit grinste ihr unwiderstehliches Verführerinnenlächeln. „Wie wär's mit 'nem kleinen Ausflug zu mir nach Hause? Du mußt gar nichts machen. Du kannst dich einfach zurücklegen und genießen. Ich hab ein wunderbar großes Bett, da ist Platz für uns alle. Und aller guten Dinge sind drei. Stimmt's, Uma?"

Hinter Saskias Rücken gingen zwei Frauen vorbei. Eine kannte ich vom Sehen, und ich erwiderte ihren gemurmelten Gruß mit einem knappen Nicken. Die Frau neben ihr war blond und groß. Ihr scharf geschnittenes Gesicht wirkte verschlossen, und sie sah unbewegt durch mich hindurch, als sie an uns vorbeiging. Aus dem Augenwinkel registrierte ich lange Beine in verschlissenen Jeans, und ich widerstand nur mühsam der Versuchung, mich umzudrehen und ihr auf den Hintern zu sehen.

„Uma?"

Grit und die Dunkelhaarige blickten mich beide erwartungsvoll an.

„Und ob", sagte ich, ein bißchen zu spät. Grit hob leicht die Brauen, aber das Verführerinnengrinsen wich nicht von ihrem Gesicht.

Saskia lachte. „Ihr spinnt."

„Kein bißchen." Grit beugte sich herunter und nahm Saskias rechtes Ohrläppchen zwischen die Lippen. Ich sah ihre halbgeschlossenen Lider, als sie ihre Zunge für einen Augenblick unter die Ohrmuschel gleiten ließ und sich dann wieder aufrichtete, und ich sah die Erregung, die sich auf Saskias verdutzten Gesichtszügen ausbreitete. Plötzlich hatte ich einen schalen Geschmack im Mund. Schnell nahm ich einen Schluck Bier, aber der Geschmack ging nicht weg.

„Und?" Grit sah Saskia eindringlich an. „Sagst du ja?"

Saskia zuckte mit den Schultern, dann holte sie tief Luft und nickte. „Ach, warum nicht?" In ihrer Stimme lag ein ganz leichtes Zittern.

„Also, dann können wir genausogut gleich gehen, meint ihr nicht auch?" Grit grinste ihr Siegerlächeln und nickte mir auffordernd zu.

Ich zögerte. Der schale Geschmack in meinem Mund war stärker geworden. Plötzlich begriff ich, daß ich dabei war, mich zu übernehmen.

„Ich passe", sagte ich und hob bedauernd die Hände. „Ich streiche die Segel. Bin heute nicht so in Form."

Grits Grinsen verrutschte, aber nur für den Bruchteil einer Sekunde. Sie sah mich nachdenklich an, dann nickte sie lässig. „Tja, Saskia, sieht so aus, als würdest du nun mit meiner Gesellschaft allein vorliebnehmen müssen. Ich hoffe, das hindert dich nicht?" Ihre Stimme war auf einmal sehr sanft, und Saskia reagierte sofort auf die veränderte Taktik.

„Ich weiß nicht", sagte sie irritiert und sah mich von unten herauf an, aber ich wich ihrem Blick aus. „Ist das …"

„Es liegt nicht an dir." Ich gab mir große Mühe, unbeschwert zu lächeln. „Aber ganz im Ernst jetzt: Verpaß nicht die Chance deines Lebens. Millionen Frauen lechzen danach!" Ich deutete mit dem Kinn zu Grit, und Saskia mußte lächeln.

„Na gut. Und du willst wirklich nicht mit?"

„Ein andermal gern." Ich lächelte aufmunternd, und Saskia nickte, nicht ganz überzeugt. Dann rutschte sie vom Hocker herunter und in Grits Arm hinein.

Grit legte mir im Vorbeigehen die Hand auf die Schulter und beugte den Kopf, bis ihr Mund fast meine Wange berührte. „Bist du okay?" flüsterte sie mir ins Ohr. Ihr herbes Parfum hüllte mich ein und verschlug mir fast den Atem.

„Ja, klar", sagte ich und nickte fest. „Ich bin einfach nicht so richtig in Form heute. Viel Vergnügen."

Grit schlug mir kumpelhaft auf den Rücken, und Saskia lächelte mich bedauernd und verlegen zugleich an, bevor Grit ihr wieder den Arm um die Schulter legte und sie sanft in Richtung Ausgang dirigierte. Ich sah ihnen nach, wie sie durch den Gang zwischen Tresen und Tischen zur Garderobe gingen. Im Gehen ließ Grit ihre Hand lässig von Saskias Schulter nach unten gleiten, über den Rücken bis zum Hintern. Dort blieb sie liegen, mit lockerem Griff, gekonnt wie immer. Ich drehte mich zum Tresen und trank einen großen Schluck Bier. Der schale Geschmack in meinem Mund war immer noch da, aber nicht mehr so stark wie zuvor.

Situationen wie diese hatte es in den vergangenen Jahren schon mehrfach gegeben, aber meist hatten sie damit geendet, daß wir in der Tat zu Dritt das Lokal verlassen hatten. Grit und ich waren wirklich ein gutes Gespann, unsere Geschmäcker zwar unterschiedlich, aber wiederum nicht zu sehr, als daß wir nicht doch gelegentlich Gefallen an derselben Frau finden konnten und mit ihr nach Hause gingen. Trotzdem waren wir uns noch nie ernsthaft ins Gehege gekommen, vielleicht, weil wir uns gut genug kannten, um eventuelle Konfliktsituationen von vornherein zu vermeiden.

Trotzdem, das Gefühl, mich zu übernehmen, war mir nicht neu. Grit war immer eine Spur draufgängerischer, eine Spur übermütiger als ich gewesen; sie machte immer noch weiter, wo ich schon die Bremse zog, sei es in Bezug auf Frauen, Drogen, durchzechte oder durchtanzte Nächte oder alles zusammen. Sie war in mancher Hinsicht robuster, hartgesottener und extremer als ich, und obwohl sie dieses ungebundene und wilde Leben mitsamt unserer Freundschaft über alles stellte, hatte ich den Verdacht, daß Grits Hang zu Extremen sie eines Tages von mir entfremden und in eine feste Zweierbeziehung führen würde, die alles andere ausschloß, selbst unsere Freundschaft.

Aber einstweilen war es noch anders.

Der schale Geschmack in meinem Mund war jetzt fast verschwunden. Ich trank mein Bier aus und bestellte bei der Barkeeperin ein neues. Aus dem Augenwinkel bemerkte ich den interessierten Blick einer Dunkelhaarigen, die ein Stück weiter am Tresen lehnte, ein Sektglas in der Hand, aber ich wich ihm aus und drehte mich zur Tanzfläche, auf der sich dicht an dicht Frauen drängelten. Während ich meinen Blick über die Tänzerinnen gleiten ließ, dachte ich daran, wie Grit und ich uns kennengelernt hatten, in einer Bar wie dieser, vor mehr als drei Jahren.

Wochenlang hatten wir uns beäugt, bis Grit den ersten Schritt getan und mich angesprochen hatte. Zu Anfang waren wir lange Zeit unsicher gewesen, welche Richtung wir einschlagen wollten: Freundschaft oder Affäre? Wir waren beide eher kerlig, butch eben, und neigten zu Dominanz, aber gerade das erhöhte den Reiz. Wir verabredeten uns zum Abendessen, brachten uns höflich gegenseitig teuren Wein mit, den wir an langen Abenden auftranken, in denen wir uns angestrengt aufeinander konzentrierten. Wochenlang belauerten wir uns: Wer gibt ein Zeichen? Was für eins? Und wer gibt es zuerst?

Schließlich landeten wir tatsächlich im Bett, aber das löste nichts auf. Der Kampf um die Führung ging weiter, subtil und manchmal auch offen. Er ebbte erst ab, als wir begannen, spielerisch die Rollen zu tauschen und sich allmählich eine gut ausgewogene, beiderseitige Dominanz abzeichnete. Aus unserem heißen Flirt war tiefe Freundschaft geworden, getragen durch gegenseitige Achtung. „Patt", hatte Grit damals gesagt und gelacht. Wir waren uns ebenbürtig, und seitdem wir das begriffen und ausgeprobt hatten, warfen wir uns gegenseitig die Bälle zu.

Ich trank versonnen einen Schluck Bier und ließ meinen Blick erneut über die Tanzfläche gleiten. Auf einmal merkte ich, daß mich jemand ansah. Es war eine sehr große Brünette, die an einer der Säulen lehnte und nervös von einem Bein aufs andere trat. Sie trug eine geschmacklose silberne Bluse zu einem buntgemusterten Rock, und ihr trauriges, scheues Lächeln verriet eine derartig abgründige Einsamkeit, daß ich betroffen zur Seite sah.

Ich trank mein Bier mit einem Schluck aus, stellte es ab und sah wieder zu ihr hin. Offensichtlich war sie sich der feindseligen Blicke, mit denen die Frauen um sie herum sie musterten, nur allzu bewußt. Als sie eine Hand hob und sich verlegen durchs Haar fuhr, schien ihre Kopfhaut zu verrutschen, und ein Stück dunklen Haaransatzes wurde sichtbar. Mein Herz fing an zu hämmern.

„Zahlen", sagte ich zur Barkeeperin, hielt ihr einen Schein hin und rutschte vom Hocker. Ich wartete nicht auf mein Wechselgeld, so eilig hatte ich es, nach draußen zu kommen.

„Aber ich weiß nicht genau, ob ich nicht lieber erst am ersten Weihnachtsfeiertag komme." Durchs Telefon hindurch hörte ich, wie Markus sich am Haaransatz kratzte. Diese Angewohnheit besaß er schon, seit er ganz klein war. Jahrelang hatte er mich in unserem gemeinsamen Kinderzimmer mit diesem Geräusch am Einschlafen gehindert.

„Hör auf zu kratzen. Natürlich kommst du am Heiligabend. Ich komm schließlich auch."

Markus seufzte. „Wenn du unbedingt meinst ..."

„Und ob ich das meine. Du brauchst gar nicht zu versuchen, dich zu drücken." Ich stieß mich mit dem Fuß an der Schleifmaschine ab und rollte auf dem Drehstuhl herum, um die Tür zur Werkstatt besser im Auge zu haben. Herr Kaufmann, mein Meister, konnte jeden Moment zurückkommen. „Weihnachten ist Besuch bei Papi angesagt, Brüderchen."

„Ja ja. Aber ich frage mich immer, ob er da wirklich Wert drauf legt. Den Eindruck, daß er sich sonderlich freut, wenn wir da sind, hat man ja nicht gerade." Markus versuchte immer noch, sich aus der Verantwortung zu stehlen, aber damit hatte er bei mir keine Chance.

„Du kennst ihn doch. So ist er nun mal. Und außerdem, Männer können ihre Gefühle eben nicht so zeigen."

„Blöde Kuh."

„Selber."

„Wenn du mich weiter so ärgerst, komm ich gar nicht."

Ich schwang den Drehstuhl wieder herum und legte die Beine auf den Tisch. „Du kommst. Schon allein, weil du mich so abgöttisch liebst."

Markus lachte. Er lachte immer, wenn ich das sagte, aber wir beide wußten, daß es stimmte. Ich liebte ihn ja auch. Obwohl er mir oft gehörig auf die Nerven ging, mein kleiner, hibbeliger Bruder, mit seiner Unzuverlässigkeit und seiner unbekümmerten Art, in den Tag hineinzuleben und sich um nichts und niemanden zu scheren.

„Apropos Liebe", sagte Markus. „Hast du mal wieder was aus Australien gehört?"

Ich sah hinaus in den grauen Dezemberhimmel. In den Fenstern der Häuser auf der anderen Straßenseite blinkten die elektrischen Lichter der Weihnachtsdekorationen. „Nein, nichts."

„Gar nichts?"

„Nein."

„Das ist doch jetzt Monate her. Denkst du überhaupt noch an sie?"

Ich zog die Telefonschnur lang und ließ sie zurückschnellen. „Ja. Mehr, als mir lieb ist."

„Na dann", sagte Markus, der jetzt nicht mehr weiter wußte. In dieser Beziehung ähnelte er wirklich unserem Vater: Über Gefühle zu reden war nicht gerade beider Sache. Deshalb überraschte mich Markus' nächste Frage um so mehr.

„Sag mal, Miri", fragte er vorsichtig. „Was ich dich mal fragen wollte: Findest du das nicht trotzdem irgendwie komisch, mit einer Transe?"

Ich zögerte einen Moment. „Natürlich finde ich das komisch", sagte ich dann langsam. „Aber es ist eben so."

„Meinst du, du fändest sie auch toll, wenn sie keine wäre?"

„Ich habe keinen blassen Schimmer. Aber weißt du, Markus, die Frage ist müßig. Jane ist so, wie sie ist. Ich ..."

Hinter mir knarrte die Tür, und ich hob die Füße so ruckartig vom Tisch herunter, daß ich ein Paar halbfertige Schlupfstiefel mit hinunterriß. Klappernd fielen sie zu Boden. „Also, dann!" rief ich in den Hörer und donnerte ihn auf die Gabel. Dann hob ich die Schlupfstiefel schnell wieder auf und sah unter meiner Achsel hindurch zur Tür.

Herr Kaufmann schlurfte mit heruntergezogenen Mundwinkeln quer durch die Werkstatt auf mich zu. Seine braunen Altherrensandaletten machten dabei dieses widerlich schlappende Geräusch, bei dem sich mir immer die Nackenhaare aufstellten.

An der Werkbank blieb er stehen und beäugte dabei mißtrauisch das Paar überdimensionale Hühnerfüße, die ich dort zum Trocknen hingelegt hatte.

„Soll das hier fertig sein?"

„Nein", sagte ich. „Der Ausputz muß noch gemacht werden."

Herrn Kaufmanns Mund war ein schmaler Strich, als er einen Hühnerfuß hochhob und genauer untersuchte. Langsam drehte er ihn herum. Seine Miene wurde noch mürrischer, als er nichts daran auszusetzen fand. Mißmutig kam er auf mich zugesteuert, den Hühnerfuß in der Hand.

„Na gut", brummte er. „Nun denn. Sollten die nicht schon längst fertig sein?"

Angeekelt sah ich auf seine Schuhe hinab. Zwei ausgelatschte, ineinander verschlungene Lederriemen kreuzten sich über einer flachgetretenen Sohle. Ich verstand einfach nicht, wie ein Schuhmachermeister derart häßliches Schuhwerk tragen konnte. „Der Tänzer kommt um Viertel vor drei zur Anprobe", sagte ich, stand auf und nahm ihm den Fuß aus der Hand. Herr Kaufmann kniff die Lippen zusammen.

„Sie sollen hier aber nicht immer so viele private Gespräche führen, das wissen Sie doch, Frau Grimm." Seine wäßrigblauen Augen lagen anklagend auf mir.

„Das war nicht privat. Das war geschäftlich." Ich ging an ihm vorbei zur Werkbank und legte den Hühnerfuß wieder dorthin, wo er gelegen hatte.

„Und zu spät gekommen sind Sie heute auch wieder. Dabei haben wir so viel zu tun."

„Ich gebe mein Bestes, Herr Kaufmann", sagte ich munter und beugte mich geschäftig über die Werkbank. Aus dem Augenwinkel sah ich, wie Herr Kaufmann mit den Schultern zuckte und sich auf seinen Drehstuhl setzte. Er konnte sehr giftig und autoritär werden, aber das hielt er nie lange durch, vor allem nicht, wenn man ihm Paroli bot. Das hatte ich ziemlich rasch herausgefunden. Am besten kam ich mit ihm zurecht, wenn ich sein unablässiges Gemeckere, das gelegentlich in eine jämmerliche Nörgelei umschlug, einfach ignorierte. Das war nicht immer einfach, aber ich übte mich fleißig darin. Denn an sich machte mir die Arbeit in der Oper ziemlich viel Spaß. Sie war abwechslungsreich, nicht zu anstrengend, recht gut bezahlt und, was das beste war, ich kam mit vielen interessanten Leuten zusammen. Abgesehen von Herrn Kaufmann natürlich.

Das Telefon klingelte. Herr Kaufmann nahm ab.

„Deutsche Oper Berlin. Schuhmacherei, Hans-Joachim Kaufmann am Apparat."

Er lauschte einen Moment in den Hörer, dann hielt er ihn mir mit einem anklagenden Gesichtsausdruck hin. „Für Sie!"

Ich nahm ihm den Hörer aus der Hand. „Grimm hier."

„Deutsche Post Berlin. Briefeverteilungsstelle, Abteilung A. Grit Kozlowski am Apparat", dröhnte Grits dunkle Stimme aus dem Hörer. „Die deutsche Post plant eine Fusion mit der Deutschen Oper. Aus dem Grund würde ich gerne zu Sondierungsgesprächen mit Ihnen einen Termin für heute abend in einer öffentlichen Lokalität vereinbaren."

„Selbstverständlich, gerne, das halte ich für eine gute Idee", sagte ich. Herr Kaufmann hatte einen der Schlupfstiefel in die Hand genommen und tat so, als würde er ihn gründlich inspizieren.

„Und außerdem", setzte Grit hinzu, „könnten wir uns bei der Gelegenheit beide mal wieder eine Frau aufreißen." Sie fing an zu lachen. Ich deckte den Hörer schnell mit der Hand ab, aber Grits schallendes Lachen war immer noch deutlich zu hören.

Herr Kaufmann sah mich empört an.

„Das ist geschäftlich", sagte ich. Und dann mußte ich ebenfalls lachen.

„Miranda!" rief mein Vater von unten herauf. „Nun komm endlich! Und bring Waldmann mit runter!"

„Sofort!" schrie ich zurück und sah bittend zu Waldmann, der zusammengerollt in seinem Ohrensessel lag und mich geflissentlich ignorierte.

„Hep! Auf geht's, Waldmann! Nun komm schon. Die Sonne scheint!"

Der Dackel sah träge aus der Tiefe des Ohrensessels zu mir hoch, mit einem gelangweilten Gesichtsausdruck, der besagte, daß er sich von mir sowieso nichts erzählen ließ.

„Komm! Wir gehen fein spazieren!" Ich klatschte aufmunternd auf meine Schenkel und ging vor dem Sessel in die Hocke.

Waldmann rührte sich nicht.

„Waldmännchen!" rief mein Vater von unten, und der Dackel spitzte die Ohren, streckte sich genüßlich und ließ sich dann, die elegant gespreizten Vorderpfoten voran, aus dem Sessel gleiten. Gemächlich trottete er in den Flur und die Treppe hinunter, ohne mich noch eines weiteren Blickes zu würdigen.

Ich folgte ihm nach unten. Vor der Eingangstür warf ich einen Blick auf die geschlossene Tür zum unteren Teil des Forsthauses, das seit dem Sommer leer stand. Dort hatten Markus und ich einen Großteil unserer Kindheit verbracht; mein Vater war erst im letzten Jahr, kurz nach seiner Pensionierung, nach oben gezogen. Anfang Januar würde der neue Förster mit seiner Frau und zwei kleinen Kindern einziehen, wie mein Vater uns beim Mittagessen mürrisch erzählt hatte. Schon im voraus ärgerte er sich über den Krach und die Unordnung, die der Einzug von Kindern mit sich bringen würde. Wer ihn so hörte, wäre nie darauf gekommen, daß er selbst als alleinerziehender Vater zwei Kinder großgezogen hatte.

Markus und er warteten draußen auf mich. Wie immer, wenn sie beisammenstanden, schwiegen sie. Markus fror sichtlich in seiner gefütterten Bomberjacke und trat ungeduldig von einem Fuß auf den anderen, mein Vater hatte sich gebückt und kraulte Waldmann zwischen den Ohren. Sein weicher Gesichtsausdruck verhärtete sich, als er zu mir aufsah.

„Na, da bist du ja endlich", brummte er.

„Einer muß ja das Licht ausmachen", sagte ich in jahrelang geübter Gelassenheit und zog die Eingangstür hinter mir zu.

Mein Vater schwieg und sah mich unter zusammengezogenen Brauen hervor grimmig an. Dann nickte er unwillig und marschierte los, den schmalen Weg den Abhang hinunter, den er vor vielen Jahren selbst angelegt hatte. Waldmann trippelte munter hinter ihm her.

Markus ließ mir den Vortritt. Ich hörte ihn leise seufzen, als er hinter mir den steilen Pfad hinabstieg.

Das Forsthaus lag auf einer Anhöhe, die einen weiten Blick über die angrenzende winterliche Waldlandschaft bot.

Die Luft war glasklar. Gefrorener Rauhreif bedeckte die Kiefern und Tannen, und wenn ich ausatmete, tanzten weiße Wölkchen vor meinem Mund. Vor mir sah ich über seinem steifen Rücken den anrasierten Nacken meines Vaters. Er war erst im letzten Jahr ergraut, und sein strenger Bürstenhaarschnitt in Verbindung mit seinem hageren, stets finster dreinblickenden Raubvogelgesicht verlieh ihm ein fast militärisches Aussehen. Früher hatten alle meine Freundinnen und Spielkameraden Angst vor ihm gehabt, aber ich verstand erst jetzt, warum.

„Gehen wir den Weg ganz um den Mittelforst rum?" fragte ich.

Mein Vater nickte, ohne zu antworten. Markus hinter mir seufzte erneut.

„Das dauert doch ewig!" flüsterte er hinter meinem Rücken, und mein Vater drehte sich ruckartig um und starrte Markus entzürnt an.

„Wie bitte?" bellte er.

„Ich hab nur gesagt, daß das recht lange dauert", sagte Markus. „Aber ist schon okay, ehrlich. War keine Beschwerde." Er lächelte schief. Ich sah von ihm zu meinem Vater, der ihn immer noch scharf ansah, die Lippen zu einem Strich zusammengepreßt. Zum hunderttausendsten Mal wunderte ich mich darüber, wie zwei derart unterschiedliche Persönlichkeiten sich so verblüffend ähnlich sehen konnten. Mit seinen markanten Gesichtszügen, den hellblauen Augen mit den buschigen Brauen darüber und dem dichten dunklen Haar wirkte mein Bruder wie eine jüngere Ausgabe meines Vaters, und zu Markus' großer Verärgerung nahm diese Ähnlichkeit zu, je älter er wurde.

„Das will ich hoffen", sagte mein Vater schließlich mit einem letzten scharfen Blick und schüttelte den Kopf, während er sich wieder umdrehte. „Du hast hervorragend gegessen, bist jung und gesund, also beschwer dich nicht."

„I wo, wie käm ich denn dazu!" Markus gab ein verunglücktes Lachen von sich und drängte sich schutzsuchend dichter an mich heran.

Mein Vater setzte den Abstieg fort. Unten, auf dem Hauptweg, verschränkte er die Hände auf dem Rücken und wanderte zielstrebig voran. Mit gerunzelter Stirn betrachtete er den Baumbestand.

Ich konnte mich nicht daran erinnern, daß mein Vater es auch nur ein einziges Mal fertiggebracht hatte, einfach so einen Waldweg entlangzuspazieren, ohne nach Baumschäden oder Tierspuren Ausschau zu halten. Sich in der Natur aufzuhalten hatte immer Arbeit für ihn bedeutet, und daran hatte sich auch jetzt nichts geändert.

„Mann, ist das wieder toll", murmelte Markus entnervt neben mir. „Ich frag mich wirklich, warum ich mir das immer wieder antue. Er hackt doch sowieso nur auf mir rum."

Ich zuckte mit den Schultern. „Versuch, dich nicht aufzuregen. Bleib cool. Er kann halt nicht anders."

Früher, als wir klein gewesen waren, hatte mein Vater allerdings sehr wohl anders gekonnt. Ich erinnerte mich an ihn als einen liebevollen, besorgten Menschen, der sich gerne und viel um uns gekümmert hatte. Streng war er immer gewesen, das schon, aber seit Markus und ich ausgezogen waren, war er zusehends verhärtet und verbittert. Liebevoll ging er eigentlich nur noch mit Waldmann um.

„Du hast gut reden, Miri. Dich läßt er wenigstens einigermaßen in Ruhe." Markus trat mißmutig gegen einen Baumstumpf am Wegrand.

„Dafür hat er mir seit Jahren keine einzige persönliche Frage gestellt." Das war so, seit ich vor Jahren beiläufig fallen gelassen hatte, nicht etwa einen Geliebten, sondern eine Geliebte zu haben

„Kann er ja auch schlecht", sagte Markus und grinste plötzlich. „Dann muß er schließlich womöglich darüber reden, daß du lesbisch bist."

Mit einem Blick auf den unbarmherzig gerade aufgerichteten Rücken meines Vaters versuchte ich mir einen Moment lang vorzustellen, wie es wäre, ihm von Jane zu erzählen. Ich, seine Tochter, in unerwiderter und hoffnungsloser Liebe zu einer schwedischen Transsexuellen verfallen? Undenkbar.

„Außerdem könnte ich auf diese sogenannten persönlichen Fragen gut und gerne verzichten", setzte Markus hinzu und kickte einen kleinen Stein aus dem Weg. Waldmann, der neben ihm hergetrottet war, hüpfte erschrocken zur Seite. „Gibt doch sowieso immer nur Ärger."

Vorne, an einer Wegbiegung, hatte mein Vater angehalten und sich zu uns umgedreht. Offensichtlich war ihm eingefallen, daß es sich um einen Weihnachtsspaziergang handelte, eine der wenigen Gelegenheiten, bei denen er sich mit seinen beiden einzigen Kindern unterhalten konnte, denn er wartete, bis wir samt Waldmann zu ihm aufgeschlossen waren.

„Na, mein guter Junge?" sagte mein Vater und sah freundlich zu Waldmann hinunter, der kurz mit dem Schwanz wedelte, bevor er sich einem Mooshaufen zuwandte, um ihn gründlich zu beriechen.

„Waldmann ist älter geworden", sagte ich.

Ein Schatten zog über das kantige Gesicht meines Vaters, aber im nächsten Moment winkte er unwirsch ab. „Ach was, der alte Junge ist tadellos in Form." Er drehte sich energisch um und ging wieder los, und Markus und ich mußten uns bemühen, mit ihm Schritt zu halten.

„Wie geht es dir eigentlich so, jetzt als Pensionär?" fragte ich, in dem angestrengten Versuch, ein Gespräch in Gang zu bringen. Das hatte ich schon gestern, am Heiligen Abend, versucht und heute beim Mittagessen erneut, bislang aber ohne Erfolg.

„Wie soll es mir schon gehen?" brummte mein Vater. „Gut geht es mir."

So schnell ließ ich mich nicht entmutigen. „Gehst du eigentlich noch regelmäßig zum Morgenschwimmen im Hallenbad?"

Er sah mich einen Augenblick lang griesgrämig von der Seite an, bevor er wieder geradeaus blickte.

Ich gab es auf. Schweigend marschierten wir weiter nebeneinander her. Ab und zu schaute sich mein Vater nach Waldmann um, der sein eigenes Tempo bestimmte und uns dann und wann, in einem Anfall plötzlicher Jugendlichkeit, munter überholte, um sich gleich darauf wieder zurückfallen zu lassen. Die würzige Waldluft schien in der kurzen Zeit, in der wir unterwegs waren, noch kälter geworden zu sein. Trotz meiner dicken Daunenjacke begann ich zu frieren, und Markus ging es nicht anders.

„Mann, mir ist kalt!" sagte er leise und rieb sich fröstelnd die Hände.

Mein Vater hob den Kopf. Seine hellen Augen blitzten. „Stell dich doch nicht so an, Junge! Du wirst doch noch in der Lage sein, einen ordentlichen Weihnachtsspaziergang hinter dich zu bringen!"

„Ja ja", brummelte Markus und schlang unwillig die Arme um seinen Oberkörper. Er versenkte das Kinn im Kragen seiner Jacke und sah mit zusammengebissenen Zähnen geradeaus.

Mein Vater starrte ihn immer noch an. Seine dichten Brauen bildeten einen einzigen Strich.

„Wie geht es deinem Sohn?" fragte er plötzlich.

Markus zuckte unwillkürlich zusammen. „Gut", sagte er vorsichtig und sah stur geradeaus. Johnny, Markus' vierjähriger Sohn, war das Ergebnis eines seiner zahlreichen One-Night-Stands und ein permanentes Reizthema zwischen Vater und ihm. Mein Vater fand es skandalös, daß sein Sohn ein Kind gezeugt und die dazugehörige Mutter nicht geheiratet hatte. Daß die daran nicht im geringsten interessiert war und Markus und sie sich nichts zu sagen hatten, spielte für ihn keine Rolle.

„Wo ist der Junge denn über Weihnachten?" erkundigte sich mein Vater mit unterdrücktem Zorn.

„Weiß ich nicht genau", sagte Markus zögernd und zog die Schultern bis an die Ohren. „Ich glaube, der ist bei seinen Großeltern. Den anderen, meine ich", setzte er hinzu, als ihm plötzlich einfiel, daß mein Vater ja auch ein Großelternteil war.

„Soll das heißen, du kümmerst dich nicht um ihn?"

„Was verstehst du denn darunter?" Erst jetzt sah Markus meinen Vater an. Ich fühlte mich unwohl in der Schußlinie zwischen ihren eisigen Blicken und ließ mich einen Schritt zurückfallen.

„Daß man seinen Verpflichtungen nachkommt und sich für das Wohlergehen des Kindes interessiert. Aber das scheinst du ja anders zu sehen." Mein Vater blieb stehen, und notgedrungen taten wir es ihm gleich. Nur Waldmann trottete weiter den schmalen Waldweg entlang. „Zahlst du wenigstens regelmäßig die Alimente?"

„So gut ich kann." Verlegene Röte breitete sich über Markus' Halsansatz aus, und er begann, sich am Nacken zu kratzen.

„Was soll denn das heißen?"

„Das soll heißen, daß ich soviel zahle, wie ich kann." Was, wie ich wußte, bedeutete, daß Markus gelegentlich fünfzig oder hundert Mark überwies. Er jobbte nur ab und zu, einen Großteil seines Geldes verdiente er schwarz als DJ in verschiedenen Nachtclubs. Und damit, in der Szene mit Haschisch zu dealen.

„Du hast eine ordentliche Ausbildung als Tischlergeselle, also arbeite gefälligst auch in deinem Beruf."

„Nicht schon wieder!" Markus ließ resigniert die Schultern hängen.

„Man läßt sich kein Kind andrehen. Und wenn, dann kümmert man sich ordentlich darum!" donnerte mein Vater.

Markus starrte ihn an. Einen Augenblick herrschte Schweigen.

„Das verstehst du nicht. Mutter hätte das verstanden", platzte Markus heraus und wurde vollends rot. In einer verzweifelten Geste steckte er die Hände in seine Taschen und sah zu Boden. Mein Vater sah ihn mit offenem Mund an, genauso wie ich. Markus war sieben gewesen, als unsere

Mutter an Grippe gestorben war. Er konnte sich kaum an sie erinnern, und natürlich wußte er nicht, was sie gut gefunden hätte und was nicht. Aber darauf kam es nicht an.

„Du weißt doch gar nichts von mir!" sagte er laut. „Du weißt doch gar nicht, wie und warum ich überhaupt irgendwas so mache, wie ich es mache. Du willst es doch auch gar nicht wissen. Aber dann wirf es mir nicht vor!"

Mein Vater lief dunkelrot an. Mit einem Anflug von Traurigkeit sah er von Markus zu mir. „Eure Mutter", sagte er, „eure Mutter, die hätte ... Die hätte sicher so manches anders gemacht." Er verstummte, wandte sich ab und ging los, hinter Waldmann her.

Markus warf mir einen hilflosen Blick zu. Ich zuckte mit den Schultern, und dann lächelte ich ihn an. Es war das allererste Mal, daß Markus sich zur Wehr gesetzt hatte, und ich fand, er hatte es richtig gemacht. Er war mutig gewesen, mutiger als ich. Ich sah zu meinem Vater hinüber, der stehengeblieben war und jetzt wieder zu uns zurückkam.

„Wir sollten uns zu Hause einen warmen Tee gönnen", sagte er. „Es ist wirklich sehr kalt. Was meint ihr?" Er sah geflissentlich an Markus vorbei zu mir.

„Gute Idee."

„Klar", sagte Markus heiter. „Klar, hört sich fein an."

Mein Vater sah ihn an, und Markus erwiderte seinen Blick. Ich wartete darauf, daß sie lächelten, aber das taten sie nicht. Schließlich nickte mein Vater abschließend und drehte sich zu Waldmann um, der weit hinten an einem gefrorenen Grasbüschel roch.

„Waldmann!" rief er mit dröhnender Stimme, in der dennoch ein Anflug jener Zärtlichkeit lag, die er speziell für den Hund reserviert hatte. „Komm, mein Guter!"

Beim Klang der Wärme in seiner Stimme verzog Markus für einen Moment das Gesicht. Gleich darauf sah er wieder genauso kühl und ernst aus wie mein Vater, der hinter uns wartete, bis Waldmann zu ihm aufgeschlossen war.

Ich legte Markus den Arm um die Schulter. Langsam gingen wir los.

„Frau Maan ist auf der Hauptbühne. *Innocence* hat heute zum ersten Mal Kostümprobe.“ Katjas neuer Assistent, ein kleiner, niedlich aussehender Schwuler, lächelte mich schüchtern an. Ich schluckte den letzten Bissen meines Apfels hinunter, hob dankend die Hand und zog die Tür zum Ballettsaal wieder zu. Dann machte ich mich auf den Weg zum großen Bühnensaal.

Der Zuschauerraum lag im Dunkeln, als ich eine der Schwingtüren einen Spalt weit aufzog und mich hindurchzwängte, bevor sie wieder hinter mir zufiel. Leises Gemurmel kam von der Bühne, auf der eine Gruppe von Tänzern in beigefarbenen Leibchen und Leggings dichtgedrängt zusammenstand. Ich brauchte einen Moment, um mich zu orientieren. Dann tastete ich mich langsam an den leeren Sitzreihen entlang nach vorne, auf die hellerleuchtete Bühne zu. Als ich mich gerade in eine der vorderen Reihen schieben wollte, hörte ich eine Stimme, die leise meinen Namen rief.

„Uma! He, Uma!“

Schräg vor mir, in der dritten Reihe, entdeckte ich Hans, der mir zuwinkte.

Vorsichtig kletterte ich über den Vordersitz, ging zu ihm hinüber und setzte mich neben ihn. Seine braunen Augen glänzten in der schwachen Beleuchtung, als er mich anlächelte.

„Frohes neues Jahr!“ flüsterte er. Sein ewig zerzaustes Blondhaar wirbelte sich über der Stirn und am Hinterkopf, und sein hagerer Körper steckte wie immer in einem ausgewaschenen Flanellhemd und fleckigen Malerhosen.

„Ja, klar, gutes neues Jahr!“ Silvester lag zwar schon über drei Wochen zurück, aber seither hatten Hans und ich uns nicht wieder gesehen. Von Katja wußte ich, daß er zur Zeit intensiv an einem neuen Bilderzyklus arbeitete; meistens bedeutete das, daß er sich wochen-, manchmal monatelang nicht blicken ließ und quasi in seinem Atelier lebte. Deshalb war ich ein bißchen überrascht, ihn hier zu sehen.

„Gut reingerutscht?“ fragte Hans und sah zur Bühne, auf der die Tänzer jetzt langsam auseinandergingen und den

Blick auf Katja freigaben, die mit verschränkten Armen in der Mitte stand. Sie trug eine schlabbrige Jogginghose und ein grünes, viel zu großes Sweatshirt, und ihre weißen Ballettschuhe waren an den Spitzen durchgewetzt. Obwohl Katja sich nicht bewegte und konzentriert über unsere Köpfe hinweg in die Dunkelheit des Saals starrte, war die Energie, die von ihr ausging, deutlich spürbar.

„Einigermaßen. Ich war bei meinem Bruder in Hamburg. Und selbst?"

„War gut." Hans' Wortkargheit war legendär. Katja regte sich hin und wieder darüber auf, aber ich mochte diesen Zug an ihm gern. Kaum ein anderer Mensch vermittelte mir so sehr das Gefühl, gemocht, aber in Ruhe gelassen zu werden.

Hans rutschte tiefer in seinen Sitz hinein. In einträchtigem Schweigen sahen wir zur Bühne. Die Tänzer hatten sich in einer langen Reihe nebeneinander aufgestellt und blickten aufmerksam zu Katja, die immer noch mit verschränkten Armen in der Mitte stand und jetzt zum Bühnenturm hochsah, wo sich, für uns unsichtbar, der Techniker aufhalten mußte.

„Nikolaus, bitte!" rief Katja. Die Tänzer stellten sich in Positur.

Die Lautsprecher knackten vernehmlich, dann setzte Klaviermusik ein, eine harte, abgehackt klingende Melodie, die mir sehr unruhig vorkam. Den Tänzern schien es genauso zu gehen, sie sahen sich irritiert an. Die beiden außen Stehenden hoben zaghaft die Arme und taten leicht zeitverzögert ein paar Schritte vorwärts, aber schon nach wenigen Sekunden kamen sie aus dem Takt. Katja gab dem Techniker ein Zeichen, und die Musik verstummte.

„Noch mal von vorne!"

Die Tänzer begaben sich in ihre Ausgangsposition zurück und sahen Katja erwartungsvoll an. Katja trat einen Schritt vor und stellte sich mit dem Rücken zu uns, dann hob sie den Arm, und der Techniker spielte die Musik erneut ein.

Wieder bewegten sich die beiden Tänzer nach vorne; nach ein paar Sekunden folgten die anderen, aber irgend etwas schien nicht zu stimmen. Ihre Bewegungen harmonisierten nicht, weder zur Klaviermelodie noch miteinander, und nach einem kurzen Durcheinander rief Katja einen lauten Befehl und riß den rechten Arm hoch. Die Musik verstummte zum zweiten Mal.

„Kommt her!" sagte Katja und winkte die Tänzer zu sich. Sie scharten sich um sie, während Katja ihnen wild gestikulierend etwas erklärte. Hans und ich im Zuschauerraum verstanden kein Wort, aber die Gesichter der jungen Männer dort oben sprachen Bände. Ihren angestrengten Mienen konnte ich entnehmen, daß ihnen das, was Katja von ihnen zu verlangen schien, nicht ganz eingängig war.

„Ich dachte, das ist die Kostümprobe", murmelte Hans. „Dann haben sie das Stück doch schon ziemlich oft geprobt?"

„Katja hat mir gestern erzählt, daß es Probleme mit der Musik gegeben hat", sagte ich. „Ein Teil ist neu komponiert worden."

Auf der Bühne gingen die Tänzer zurück auf ihre Positionen. Katja drehte sich um und sah zum Bühnenturm hoch. „Nikolaus? Wir lassen es einmal ganz durchlaufen, ja?"

Fast augenblicklich setzte die Musik erneut ein. Zu meinem Erstaunen sah ich, daß keiner der Tänzer sich bewegte. Still standen sie da, mit herabhängenden Armen und gesenkten Köpfen, und lauschten der abgehackt klingenden Melodie. Nur Katja hatte den Kopf gehoben und starrte nachdenklich in den Zuschauerraum, knapp über unsere Köpfe hinweg. Ihre konzentrierte, fast zornig wirkende Miene jagte mir einen Schauer über den Rücken. Ich fragte mich, was sie wohl sah, dort, in der Dunkelheit.

Nach den unruhigen ersten Takten veränderte sich die Melodie, fiel in ein langsameres Tempo, um sich zugleich in eine ungewohnte Höhe emporzuschrauben. Die Tonlage wechselte von Moll zu Dur und wieder zurück und kletterte eine Terz tiefer, und erneut lief mir ein Schauder über den Rücken. Neben mir rutschte Hans noch ein Stückchen tiefer in seinen Sitz. Einen Moment lang betrachtete ich die reglosen Gestalten auf der Bühne, dann lehnte ich mich zurück und schloß die Augen.

Die Klaviertöne klopften hart und bohrend an meinen Hinterkopf, tanzten sprunghaft durch meine Ohren und hinterließen ein seltsam weiches Gefühl in meinem Magen. Hinter meinen geschlossenen Lidern zogen die letzten Wochen vorbei: trübe Wintertage, zähflüssig und dick wie in Watte gepackt. Januar-Depressionen, grau wie der Himmel. Nichts ging mir leicht von der Hand, alles kostete Mühe: die Arbeit, die alltäglichen Verrichtungen, essen und reden, selbst das Denken fiel schwer.

Ich dachte an Henriettes halb traurigen, halb verärgerten Blick, als wir letzte Woche zusammen im Bett gelegen hatten. „Bist du sicher, daß du das weiterhin willst?" hatte sie mich gefragt. Ich hatte geschwiegen. Dennoch war sie geblieben, am nächsten Morgen erst ging sie, lächelnd und doch so weit entfernt, als wäre sie schon längst nicht mehr da.

Mir fehlte etwas, schon lange.

Hans bewegte sich neben mir. Die Klaviermelodie war ruhiger geworden, floß weicher dahin. Ich schlug die Augen wieder auf.

Oben auf der Bühne standen die Tänzer immer noch reglos da, aber jetzt ohne Katja in ihrer Mitte. Sie war an den Rand der Bühne getreten und hatte die Augen geschlossen, so fest, daß mir der bloße Anblick fast weh tat. Ihr Gesicht wirkte knochig; erstaunt stellte ich fest, daß sie abgenommen zu haben schien, ohne daß es mir bisher aufgefallen war.

Plötzlich drehte Katja sich um und breitete die Arme aus. Wie auf Befehl traten die jungen Tänzer zurück und bildeten einen Halbkreis.

Katja zitterte. Unter ihren Achselhöhlen war der Anflug von Schweißflecken zu sehen, und im Licht der Bühnenbeleuchtung sah ich ihren zarten Nacken feucht glänzen. Einen Moment verharrte sie mit ausgebreiteten Armen, dann begann sie zu tanzen.

In der Zeit, in der ich Katja kannte, hatte ich sie schon einige Male tanzen sehen. Überhaupt hatte ich schon viele Tänzer gesehen, gute und weniger gute und auch ein paar der ganz Großen, aber nichts von dem, was ich je gesehen hatte, war mit dem zu vergleichen, was Katja jetzt bot.

Ihre Bewegungen waren elastisch und geschmeidig, als sie in langen Sätzen über die Bühne setzte. Kurz vor dem Vorhang bremste sie sich mitten im Lauf, drehte sich in der Luft und sprang wieder zurück. Verblüfft sah ich, wie sie sich, ein Bein in die Höhe gehoben, um sich selbst drehte, auf die Hände sprang, sich überschlug und wieder in die Höhe schnellte, um nur noch schneller über die ganze Breite der Bühne zu fegen. In der fast schwerelosen und energiegeladenen Art, in der sie sich selbst antrieb, lag etwas Bedrohliches; so als wäre sie kurz davor, ihren eigenen Körper zu zerreißen, in der Mitte entzwei. Atemlos beobachtete ich, wie sie über den Holzboden wirbelte, und ich spürte, wie Hans neben mir ebenfalls erstarrte. Und auch oben auf der Bühne schienen die Tänzer das Ungewöhnliche an diesem Auftritt zu spüren. Sie traten noch einen Schritt zurück, und Katja nutzte den entstandenen Platz ganz aus.

Hans sog hörbar die Luft ein. Als ich zu ihm hinübersah, entdeckte ich, daß seine Lippen fest zusammengepreßt waren, als hätte er Schmerzen. Wieder sah ich zur Bühne, auf der Katja immer noch tanzte, so wild, als wäre es das letzte Mal. Als hätte sie keine Zeit mehr zu verlieren, nicht eine Sekunde.

Plötzlich wußte ich genau, was mir fehlte. Und ich wußte auch, was ich zu tun hatte. Noch an diesem Tag.

„Art-Center Santa Teresa, Madsen."

Ihre Stimme versetzte mir einen Schlag in den Magen. Ich versuchte zu sprechen, aber meine Kehle war plötzlich ganz trocken.

„*Hello?*"

„Jane", sagte ich heiser und schluckte. Im gleichen Moment wurde mir bewußt, daß ich viel zu leise sprach.

„Jane!" sagte ich noch einmal, lauter diesmal. „Hier ist Uma."

„Uma." Jane schwieg einen Augenblick, dann sagte sie auf Deutsch: „Hallo, Uma. Wie geht es dir?"

„Gut, gut", antwortete ich hastig. Meine Kehle fühlte sich rauh an. „Ich wußte nicht, ob du schon wieder zurück bist, und außerdem, ob ich dich jetzt erreiche – bei euch ist es doch Abend, nicht wahr?" Ich verstummte. Undeutlich hörte ich durch das Rauschen in meinen Ohren hindurch Janes leises Lachen.

„Ich bin vor zwei Tagen zurückgekommen", sagte sie weich. Die Freundlichkeit in ihrer Stimme versetzte mir erneut einen Schlag in den Magen. Mit allem hatte ich gerechnet, mit Ärger, Ablehnung, sogar damit, daß sie den Hörer gleich wieder auflegte. Aber nicht damit. „Ich wußte gar nicht, daß du über meine Reise Bescheid wußtest", sagte sie.

„Ach, das ..." stotterte ich. „Es gibt da so ein schwarzes Brett, da war das angeschlagen." Ich versuchte ein aufgeräumtes Lachen, das mir ziemlich mißglückte.

„Ein schwarzes *was*?" fragte Jane.

„Schwarzes Brett. Das sagt man hier so. Vergiß es, war nur ein Scherz." Ich zog die Telefonschnur lang. Als ich sie zurückschnellen ließ, riß sie fast das Telefon vom Tisch. „Ups! Entschuldige. Mir ist ... mir ist fast das Telef... ach, egal. Ich wollte nur hören, wie es dir so geht."

„Ich war viel unterwegs. Ich bin froh, wieder hier zu sein. Aber ich bleibe nicht lange."

„Nein?"

„Ich komme nach Europa. Genauer gesagt, erst nach Wien und dann nach Deutschland. Nach Berlin. Ich habe dort etwas zu tun."

Das Zimmer verschwamm vor meinen Augen. Ich tastete hinter mich, bis ich die Bettkante erspürte, und ließ mich darauf niedersinken.

„Ach?" krächzte ich. „Was denn?"

„Ich habe etwas zu forschen", sagte Jane. „Im März."

„Das ist ja …", ich schluckte. „Das ist ja prima." Ich zwinkerte ein paar Mal, aber das Zimmer war immer noch unscharf.

„Vielleicht rufe ich dich dann mal an."

„Oh", sagte ich, total überrumpelt. „Ja. Ja, gut. Tu das. Ich meine – na klar."

Wir schwiegen beide. Atmosphärisches Rauschen drang durch den Hörer. Ich hörte Jane atmen, ruhig, ein wenig gepreßt. Plötzlich überfiel mich die Erinnerung mit voller Wucht: der Teppich, das halbdunkle Zimmer, Janes fester, schlanker Körper. Ihr Atem an meinem Ohr, schnell, rauh, ein Stöhnen. Ich krallte eine Hand in meine Matratze. *Danke, Katja. Danke, daß du getanzt hast.*

Jane räusperte sich. „Hör zu, ich lege jetzt auf. Ich rufe dich an, okay? Im März. Wenn ich in Berlin bin."

„Okay", sagte ich. „Okay."

„Bis dann."

„Bis dann, ja."

Es knackte, dann war nur noch Stille an meinem Ohr. Sie fühlte sich weich an.

„Noch zwei Becks, bitte!" Grit klopfte auf ihre fast leere Flasche, und die Barkeeperin nickte. Sie war üppig gebaut und sehr attraktiv. Irgendwann im letzten Jahr hatte ich mal versucht, mit ihr ins Gespräch zu kommen, aber sie hatte mich abblitzen lassen. Mit einer fließenden Handbewegung, die jahrelange Übung verriet, zog sie die Kühlschranktür auf, holte zwei Bierflaschen heraus, öffnete sie und stellte sie vor uns ab.

„Danke", sagte ich. Grit beugte sich halb über den Tresen. „Was für ein Service!"

Die Barkeeperin nickte ausdruckslos und ließ ihren kühlen Blick über Grit und mich hinweggleiten, um dann eine weitere Bestellung aufzunehmen. Grit zuckte mit den Achseln, wandte sich mir zu und hob ihr Bier.

„Prost. Wo waren wir stehengeblieben?"

Ich stieß meine Flasche gegen ihre, ohne zu antworten. Hinter uns ging die Tür auf, und eine Gruppe ausgelassener

Schwuler kam herein, und mit ihnen ein Schwall eiskalter Februarluft. Ich fragte mich, wo all diese Leute noch Platz finden sollten. Es war Freitag, und das *Friedrich's*, Grits und meine Lieblingsbar, brummte nur so.

Grit trank einen Schluck Bier und musterte mich nachdenklich. Dann verengten sich ihre Augen. „Okay, okay. Nächsten Monat ist es also soweit: Miss Supergeil kommt nach Berlin. Aber seien wir mal ehrlich, Uma – dir geht's doch sowieso nur ums Ficken."

„Und, was dagegen?"

„Nein, nein", sagte Grit und schüttelte den Kopf. „Natürlich nicht. Du weißt doch, wenn das jemand genauso sieht, dann ich. Man soll die Feste feiern, wie sie fallen." Sie lachte und trank wieder einen Schluck Bier. „Aber es gibt Frauen, die das nicht so gut vertragen, Uma. Und außerdem, ich vermute, das ist reine Sensationslust bei dir. Du hast soviele Frauen gehabt, wahrscheinlich alle möglichen verschiedenen Typen, daß du jetzt was Neues willst. Und da bietet sich eine Transe doch geradezu an."

Ich spürte, wie sich Wut in mir zusammenballte. Ich war selten wütend auf Grit gewesen. Das hier konnte gefährlich werden.

„Nein, so ist es nicht. Überhaupt nicht."

„Doch. Du bist genau wie ich, dir wird auch alles immer schnell langweilig. Also suchst du dir immer wieder was Neues, Aufregendes. Es darf auch gern mal kompliziert sein. Mit einer Transe, zum Beispiel."

„Wenn du noch einmal das Wort Transe in den Mund nimmst, kannst du mich mal am Arsch lecken. Als wenn das das Wichtigste an ihr wäre!"

Meine Stimme übertönte sogar die scheppernde Technomusik, die aus den Boxen über uns dröhnte. Das schwule Paar hinter Grits Rücken starrte uns neugierig an, und sogar die Barkeeperin hatte den Kopf gehoben und sah aufmerksam zu mir herüber.

„He, Friede, Uma, ja?" Grit hob die Hände. „Aber sehen wir's doch mal nüchtern: Ich sortiere Briefe bei der Post, du klebst kaputte Sohlen wieder zusammen und machst hier und da ein neues Ballettschühchen. So aufregend ist das alles nun nicht. Ich meine, wir wären doch arm dran, wenn es die Frauen nicht gäbe!"

„So wie du redest, da kann einem ja alles vergehen." Mißmutig pulte ich an meinem Flaschenetikett, aber es ließ sich nicht richtig ablösen. Früher, als die Etiketten noch aus Papier gewesen waren, war es leichter gegangen. Früher war überhaupt einiges leichter gewesen.

„Ist doch auch in Ordnung. Ich hab nur das Gefühl, du hast dich da in was verrannt. Du denkst vielleicht, es ist Liebe, aber dabei ist es wahrscheinlich nur Geilheit."

„Woher willst du das denn wissen?"

Die Barkeeperin sah betont desinteressiert zu uns herüber, aber ich konnte das neugierige Flackern in ihren Augen erkennen. Als sie bemerkte, daß ich sie beobachtete, machte sie sich eifrig daran, ein paar Sektgläser zu polieren.

„Ich weiß es ja gar nicht", sagte Grit und zuckte mit den Achseln. Als sie mich ansah, zitterte das Grübchen in ihrer Wange, ein sicheres Zeichen, daß sie langsam nervös wurde. Noch nie waren wir so dicht davor gewesen, uns zu streiten.

„Ich meine ja nur, daß du ... Ach, Uma, was soll ich sagen. Du weißt doch selbst, wie das ist mit den Trieben. Man kann sie so leicht mit Liebe verwechseln."

Ich schwieg mürrisch. Hinter uns hatten zwei langhaarige Frauen angefangen, zu einem Technostück zu tanzen. Das schwule Paar hinter Grit wich zurück, um ihnen Platz zu schaffen, und allmählich wurde es eng. Jemand drückte seinen Ellbogen schmerzhaft gegen meinen Rücken, und wütend drängte ich dagegen.

Grit trank ihr Bier aus und warf mir ein schiefes Lächeln zu. „Du solltest vorsichtig sein."

„Mir passiert schon nichts."

„Dir nicht, nein. Aber ihr vielleicht." Sie rutschte vom Barhocker und schob sich an zwei Lederschwulen vorbei. Ich sah zu, wie sie den schmalen Gang zur Toilette entlangging, cool wie immer, die Hände tief in den Taschen ihrer Jeans. Ihre braunen Wildlederchaps saßen perfekt.

Grit war meine beste Freundin, meine einzige Vertraute neben Katja und Markus. Entweder drückte ich mich falsch aus, oder sie verstand mich tatsächlich nicht. Oder nicht mehr?

Nachdenklich drehte ich meine Flasche auf dem Tresen herum und betrachtete den feuchten Kreis, den der Flaschenboden dabei hinterließ. Seit Monaten zogen die Gefühle zu Jane an mir, mit gewaltiger Kraft. Ich wollte nicht, daß sie einen Keil zwischen mich und Grit trieben. Aber im Moment sah es fast danach aus.

Ich trank den letzten lauwarmen Schluck und blickte zur Barkeeperin hinüber, um zwei neue Bier zu bestellen. Fast im gleichen Moment sah sie auf. Zum allerersten Mal, seit ich mich erinnern konnte, warf sie mir ein Lächeln zu. Verdutzt sah ich sie an.

Als es mir endlich gelang, ihr Lächeln zu erwidern, war das ihre verschwunden. Schwungvoll stellte sie zwei neue Flaschen auf den Tresen und räumte die leeren ab. Dann machte sie sich wieder daran, Biergläser abzuwaschen, eins nach dem anderen. Auch als Grit zurückkam, sah sie nicht mehr zu mir herüber.

„Soso, sie hat angerufen", sagte Katja und beäugte angewidert meinen Teller. „Na, ißt du mal wieder gehackte Leiche?"

„Das ist ein Fischklops."

„Auch nicht besser." Katja probierte eine Gabel voll Kartoffelpüree und verzog das Gesicht. „Igitt!" sagte sie, nachdem sie geschluckt hatte. „Also, wer sich hier gesund ernähren will oder zumindest einigermaßen schmackhaft, der ist wirklich schlecht dran." Sie schob ihren fast unberührten Teller zur Seite und trank einen Schluck Mineralwasser.

Ich zerteilte meine Fischbulette in der Mitte, legte aber dann die Gabel wieder hin. Ich war viel zu aufgeregt, um zu essen.

„Katja! Jane hat wirklich angerufen. Ich kann es nicht glauben."

„Das sagtest du schon." Katja lehnte sich zurück und betrachtete mit hochgezogenen Augenbrauen das Geschehen ringsum. Es war Mittagszeit, und in der Kantine herrschte reger Betrieb. Fast alle Tische waren vollbesetzt, und ein kräftiger Geruch nach Bratensoße und Gewürzen hing in der Luft, die von Stimmengewirr und Geschirrklappern erfüllt war. Von unserem Stammplatz, einem Dreiertisch ganz vorn auf der Empore, hatten wir gute Sicht auf die lange Schlange von Hungrigen, die sich an der Essensausgabe gegenüber drängelten.

Ich verschluckte mich fast an meiner Cola. Katja sah nachsichtig zu, wie ich versuchte, mich wieder zu beruhigen.

„Also, wenn du so aufgeregt bist, liebe Uma, dann wird es aber schwierig. Du solltest unbedingt vorher noch Entspannungstechniken üben. Hans hat zu Hause noch irgendwo so eine Kassette mit Walmusik."

Ich seufzte und schob meinen Teller ebenfalls zur Seite. Die Soße auf der Fischbulette begann bereits zu erkalten und bildete eine schlierige Haut auf der Oberfläche. Allein vom bloßen Anblick wurde mir übel.

Katja beugte sich vor. „Also los, erzähl. Wann und wo trefft ihr euch?"

„Übermorgen abend. Ich soll ein Restaurant vorschlagen!"

„Und was ist daran so schlimm?" fragte Katja, sichtlich amüsiert über die helle Verzweiflung in meiner Stimme.

„Mir fällt nichts ein."

„Wie wäre es hiermit? Die Kantine hat doch bis abends auf." Katja lachte.

Ein junger Mann mit modischem Ziegenbärtchen stellte sein Tablett auf unserem Tisch ab und zog den leeren dritten Stuhl zurück. „Hier noch frei?"

Katja betrachtete ausdruckslos das Schnitzel auf seinem Teller, dann sah sie zu ihm auf. „Tut mir leid, aber hier ist der Vegetarier-Tisch."

„Oh", sagte er verblüfft. „Das ... äh, das hab ich nicht gewußt."

„Aber jetzt", sagte Katja.

Er hob sein Tablett wieder an und ging davon, auf der Suche nach einem anderen Platz. Katja grinste mich befriedigt an. „Leichenfresser wollen wir nicht!" flüsterte sie mit rollenden Augen.

„Weißt du nicht ein gutes Restaurant, wo ich mit Jane hingehen kann?"

Katja kippelte auf ihrem Stuhl zurück und sah nachdenklich auf die Schlange an der Essensausgabe hinunter. „Da ist übrigens dein Chef. Der will bestimmt auch ein Schnitzel. Wollen wir wetten?"

„Katja!"

Sie sah mich wieder an. „Ich denk drüber nach. Morgen sag ich dir Bescheid, okay?"

„Okay", sagte ich erleichtert. Seit Jane mich heute früh angerufen hatte, war ich keines klaren Gedankens mehr fähig. Nicht nur die Wahl eines geeigneten Restaurants, nein, selbst die simpelsten Überlegungen überforderten mich heillos. Heute früh hatte ich meine Espressomaschine zweimal hintereinander ohne Wasser aufgesetzt, und vorhin hatte ich nach einer Reihe von eklatanten Fehlleistungen zur Krönung einen Ballettschuh verkehrt herum in die Schleifmaschine gespannt. Es war, als ob Janes dunkle Stimme mit einem Schlag alle Synapsen in meinem Gehirn außer Funktion gesetzt hätte.

„Warum holst du sie denn nicht vom Flughafen ab?" erkundigte sich Katja.

Ich starrte sie an. Auf den Gedanken war ich noch nicht einmal gekommen. Sofort fühlte ich mich wie die totale Versagerin. „Scheiße."

Katja hörte auf, mit ihrem Stuhl zu kippeln, und fixierte eindringlich jemanden hinter meinem Rücken. Fasziniert sah ich zu, wie sich ihre grauen Augen zu schmalen Schlitzen verengten. Ich kannte niemanden, der bei Bedarf so gefährlich aussehen konnte wie sie.

Aus dem Augenwinkel sah ich, wie eine Gestalt auf unseren Tisch zuschlurfte. Fiese braune Altmännersandalen schoben sich in mein Blickfeld.

„Mahlzeit, die Damen", sagte Herr Kaufmann und stellte ächzend sein vollbeladenes Tablett auf unserem Tisch ab. Neben einem überdimensionalen Schnitzel türmte sich ein Kartoffelberg, der seinerseits in dunklem Bratensud schwamm. Kaffee, ein Bier und eine Schüssel Vanillepudding mit Schokoladensoße vervollständigten die Mahlzeit. „Noch frei, was?" Er zog ungeschickt den Stuhl zurück und machte Anstalten, sich zu setzen. „Frau Grimm, ich hoffe, nach dem Essen sind Sie jetzt wieder besser in Form. Den Ballettschuh für die Bauschke können wir ja nur in den Mülleimer tun."

Katja warf ihm ein Haifischgrinsen zu. „Tut mir leid, Herr Kaufmann, aber hier ist der Vegetarier-Tisch."

„Ach? Aber es gibt ja gar kein Schild." Herr Kaufmann verharrte in der äußerst unbequem aussehenden Position zwischen Sitzen und Stehen und blickte sich suchend um. Seine mir leider allzu vertrauten Ausdünstungen nach Leder, muffiger Kleidung und altem Rasierschaum drangen mir in die Nase.

„Das ist runtergefallen." Katja kippte ihren Stuhl zurück in die Waagerechte.

Herr Kaufmann richtete sich wieder auf. „Na dann, dann muß ich wohl wieder", sagte er seufzend und warf mir einen beleidigten Blick zu. Geflissentlich sah ich zur Seite.

„Sie sind ja schon fertig, Frau Grimm, dann kommen Sie diesmal sicher nicht wieder zu spät." Er lächelte säuerlich, nahm sein Tablett auf und schlich mit einem Nicken zu Katja und mir wieder davon, wobei er mit den Fersen auf die ausgetretenen Ränder seiner Schlappen trat.

„Blödmann", murmelte Katja. „Der sieht den Sinn seines Lebens anscheinend im Meckern. Da bist du natürlich das gefundene Fressen: kommst andauernd zu spät, telefonierst während der Arbeitszeit und hast keinen Funken Ehrgeiz im Leib."

„So würde ich das jetzt nicht unbedingt nennen", sagte ich, ein bißchen gekränkt. „Ich bin bloß ..."

„Faul. Trotzdem, Blödmann bleibt Blödmann."

Ich sah Herrn Kaufmanns davonschlurfender Gestalt hinterher. Daß dieser Mensch es sogar fertigbrachte, beim Tablett-Tragen die Schultern hängen zu lassen! „Aber eigentlich ist er ja schon nett", sagte ich mit einem Anflug von Mitleid.

Katja prustete und schnaubte höhnisch. „Nett sind viele. Nett sind alle, irgendwie. Und deshalb ist nett überhaupt kein Kriterium. Dein Herr Kaufmann ist ein blöder, alter Knacker und basta. Wehr dich! Setz ihm zu, wo du nur kannst." Ihr Temperament ging mit ihr durch, und ihre Augen funkelten. Plötzlich fiel mir auf, daß ihr Gesicht schmaler wirkte, fast hohlwangig sah sie aus.

„Eigentlich solltest du wirklich was essen", sagte ich. „Du wirst so dünn in letzter Zeit."

„Paß du lieber selber mal auf." Katja fuhr sich durchs Haar und gähnte verstohlen. „Sonst gefällst du deiner Angebeteten nachher nicht mehr. Du weißt doch, wenn man mal so ein kraftstrotzendes Teil im Arm hatte, will man kein dünnes Gerippe."

Wir sahen uns an, dann blickten wir beide auf unsere nahezu unberührten Teller, auf denen die Soße mittlerweile erstarrt war.

„Na gut. Wie wäre es mit einem Stück Kuchen?" fragte Katja und seufzte.

Ich sah sie von außen, in dem Moment, als ich die Tür aufzog. Sie saß an einem Tisch in der Ecke beim Fenster, mit dem Rücken zur Wand, und studierte die Speisekarte.

Es war wie damals, es war genau so wie beim allerersten Mal, als ich sie gesehen hatte, im dunstigen Licht der Wüste. Sieben Monate waren seither vergangen, die Welt hatte sich weitergedreht. Ich hatte sechs Kilo ab- und zwei wieder zugenommen, mir ungefähr zehnmal die Haare geschnitten und letzte Woche zwei neue Hosen gekauft. Ich war mit Grit zwei Tage auf Rügen gewesen, nächtelang aus und hatte mit drei Frauen geschlafen, mit einer davon sogar mehrmals. Seit Tagen hatte ich mich auf diesen Augenblick vorbereitet, zu meditieren versucht, kalt geduscht, sogar Hans' nervtötende Walmusikkassetten gehört. Aber wieder war es genau so: Für einen Moment hielt die Zeit inne. Dann fing mein Herz an zu schlagen, und sie lief wieder weiter. Drinnen im Restaurant fuhr Jane sich geistesabwesend mit einer Hand durch ihr blondes Haar und schlug eine Seite der Speisekarte um.

„Entschuldigung?" fragte ein junger Mann hinter mir. Ich sah ihn an und dann auf meine Hand, die immer noch auf der Türklinke lag. Dann zog ich die Tür endlich auf und ging hinein.

Ich hatte gerade zwei Schritte in den Raum hineingesetzt, als Jane den Kopf hob und mich ansah. Einen Augenblick lang glaubte ich, nicht weitergehen zu können. Das Blut pulsierte in meinen Schläfen, meine Beine fühlten sich an wie aus Gummi, und nur allzu deutlich spürte ich die Anwesenheit des jungen Mannes in meinem Rücken, dem ich den Weg versperrte. Aber zugleich war ich ihm dankbar, schließlich war er es, der mich vorantrieb, auf Jane zu, die mich unverwandt ansah, mit ihrem kühlen, durchdringenden Blick, den ich so fürchtete und nach dem ich mich so verzweifelt gesehnt hatte.

Während ich auf sie zuging, war ich mir bewußt, welchen aufgelösten Anblick ich bot. Zwar hatte ich Stunden darauf verwandt, mich zurechtzumachen, aber die Aufregung und die Anstrengung, auf keinen Fall zu spät zu kommen, hatten meine Bemühungen wieder halbwegs zunichte gemacht. Mein so sorgfältig mit viel Gel nach hinten gekämmtes Haar war, wie ein Blick in ein Schaufenster mir gerade gezeigt hatte, wieder auseinandergefallen und hing mir in widerspenstigen Strähnen über die Ohren und in die Stirn. Mein Gesicht war von der eisigen Märzluft draußen unnatürlich gerötet, ich schwitzte im Nacken und unter den Armen, und mein frisch gebügeltes, weißes Hemd war vorne zerknittert, weil die Knopfleiste sich im Reißverschluß meiner Lederjacke verfangen hatte. Ich hatte mich so sehr beeilt, und jetzt war ich doch zu spät dran.

„Hallo!" sagte ich, als ich den Tisch erreichte. Meine Stimme war viel zu laut und dröhnte mir in den Ohren. Jane sah ernst zu mir hoch, legte die Speisekarte weg und stand auf. Jetzt mußte ich zu ihr hochsehen, und sofort wurde ich noch nervöser.

„Hallo, Uma."

Einen Moment standen wir unbeholfen voreinander, dann streckte ich die Hand aus, während Jane sich im gleichen Augenblick vorbeugte, um mich auf die Wange zu küssen. Ihre Lippen streiften meine Nase, meine Stirn stieß gegen ihre Wange, und peinlich berührt spürte ich, daß meine Hand gegen ihren Hosenlatz drückte. Mit hochrotem Kopf wich ich zurück.

Jane sah mich unter halbgesenkten Lidern hervor an, ein leichtes Schmunzeln auf den Lippen. „Okay. Probieren wir es noch mal?" Sie beugte sich vor und küßte mich auf beide Wangen. Ihr Duft legte sich um mich, leicht und mild, und da blieb er auch für den Rest dieses Abends.

Während Jane sich wieder hinsetzte, zog ich meine Jacke aus und warf sie neben ihr auf die Sitzbank. Ein wenig zu schwungvoll, denn sie rutschte herunter, und beschämt hob ich sie wieder auf. Während ich mich Jane gegenüber auf den Stuhl gleiten ließ, fiel mir auf, daß sie genau den Tisch ausgesucht hatte, den ich auch ausgewählt hätte. Von hier aus hatten wir alles im Blick – das nahezu leere Lokal, den Tresen, hinter dem ein hagerer, blonder Kellner Flaschen sortierte, und die Eingangstür.

„Entschuldige, daß ich zu spät bin", sagte ich. „Wartest du schon lange?"

„Ein paar Minuten." Der weiche Klang ihrer dunklen Stimme mit dem melodischen schwedischen Akzent machte mich schwach.

„Gut, das ... das geht ja noch."

„Ja."

„Hast du schon etwas zu trinken bestellt?"

„Nein." Jane lehnte sich zurück. „Ich habe auf dich gewartet." Sie sah mich offen an, aber plötzlich errötete sie leicht. Sofort war ich ebenfalls verlegen. Ich griff nach der zweiten Speisekarte, und schweigend studierten wir die angebotenen Gerichte. Ich konnte Janes Atem hören; er ging schnell und flach, und augenblicklich wurde mir heiß. Wie blind sah ich auf den handschriftlichen Text nieder.

„Was sind Serviettenknödel?"

„Wie bitte?" Ich sah auf. Das Licht fiel von oben genau in Janes helle Augen. Es war, als ob ich in einen Blitz gesehen hätte, ein vollkommenes Déjà-vu-Erlebnis.

„Serviettenknödel", wiederholte Jane. „Ich kenne das nicht."

„Das sind in Scheiben geschnittene Klöße", sagte ich langsam.

Jane sah auf die Speisekarte herunter und klappte sie zu. „Gut. Dann nehme ich die Ente mit den Serviettenknödeln."

„Wein dazu?"

„Nein, lieber Wasser."

Der Kellner kam, und ich bestellte, für mich ebenfalls Wasser, obwohl ich das Gefühl hatte, einen ganzen Liter Wein nötig zu haben. Aber irgendwie wußte ich auch, daß das nichts an meiner Nervosität ändern würde. Es war einfach unglaublich – monatelang hatte ich von Jane geträumt, und jetzt saß sie mir wahrhaftig gegenüber, atmete, sprach mit mir und sah mich mit ihren wunderbaren Augen an. Sie war noch schöner, als ich sie in Erinnerung hatte. Ich wagte es kaum, sie anzusehen.

„Du bist schmaler geworden", sagte Jane, als der Kellner wieder fort war.

„Findest du?" Unauffällig strich ich mir über die zerknitterte Knopfleiste meines Hemdes, aber der Stoff legte sich sogleich wieder in Falten.

„Ja."

Es war mir unangenehm, daß sie mich so genau betrachtete. „Was führt dich nun eigentlich her?" sagte ich schnell, um das Thema zu wechseln. „Also, ich meine, was hast du hier in Berlin zu tun?"

Jane faltete die Hände vor sich auf dem Tisch, und als ich ihre langen, kräftigen Finger sah, wurde mir die Kehle trocken. Ich sah zur Eingangstür, wo eben ein paar ältere, gutgekleidete Schwule hereingekommen waren.

„Ich muß etwas nachsehen für meine Habilitation. Also, für den Forschungsauftrag, an dem ich in Santa Teresa arbeite. In Australien gibt es zwar die Menschen, für die ich mich interessiere, aber nicht die Literatur dazu." Sie lächelte schief und zog die Nase kraus, was hinreißend aussah. „Die gibt es zum Beispiel hier in Berlin. Das weiß ich noch von meiner Studienzeit in Wien."

„Hast du eigentlich nur in Wien studiert?"

„Nein, vorher in Uppsala. Aber in Wien habe ich meinen Doktor gemacht. Dann hab ich eine Weile am Hunter College in New York unterrichtet und mich entschlossen, meine Habilitation zu machen."

„Aha", sagte ich. Jane sah mich fragend an.

„Ja. Möchtest du mehr wissen?"

„Oh ja." *Und ob*, dachte ich. *Du glaubst ja gar nicht, wie viel ich wissen möchte.*

Der Kellner brachte die Getränke und Vorspeisen, frischgebackenes Brot mit Knoblauchbutter, und nachdem wir angestoßen hatten, nahm Jane ein Stück Brot in die Hand und brach es in der Mitte durch.

„Jedenfalls", sagte sie, „jedenfalls gibt es hier an der Universität ein Institut für Soziologie mit einer ziemlich gut ausgestatteten Bibliothek, und dort muß ich ein paar Sachen einsehen. Zum Beispiel ... Interessiert dich das denn?"

„Klar", sagte ich.

Jane zählte ein paar Fakten auf, und während ich hingebungsvoll dem sanften Klang ihrer rauhen Stimme lauschte, musterte ich sie aus dem Augenwinkel. Ihr Haar war ein bißchen länger als im Sommer, und statt der zerschlissenen Jeansjacke, in der ich sie meistens gesehen hatte, trug sie eine dünne Strickjacke mit einem tief ausgeschnittenen T-Shirt darunter. Knapp über dem Rand zeichnete sich der Ansatz ihres Schlüsselbeins ab, und mit einem vagen Ziehen im Bauch erinnerte ich mich daran, wie ich mit der Zunge hinübergefahren war, damals, im Sommer. Wochenlang hatte ich den leichten Geschmack nach Schweiß und Staub auf der Zunge gehabt, selbst jetzt noch konnte ich ihn abrufen.

„... in Wien und Sydney gibt es diese Sammlungen auch, aber dort sind sie nicht so spezialisiert. Hörst du mir eigentlich zu?"

Ich sah zu ihr auf. Ihre Miene war betont ausdruckslos. „Klar", sagte ich. „Klar höre ich zu."

Jane fing an zu lächeln. Nach einem Moment lächelte ich zurück. Diesmal war sie diejenige, die wegsah.

„Ich habe dir übrigens etwas mitgebracht." Sie bückte sich und zog unter dem Tisch eine große Tüte hervor, die sie vor mir hinlegte. „Hier. Von Kate."

In der Tüte lag ein großer, flacher Gegenstand mit einer Erhebung in der Mitte, in braunes Packpapier verpackt. Als ich ihn herausnahm, lag er leicht in meiner Hand. Ich sah zu Jane, die mir auffordernd zunickte, und dann packte ich das Geschenk aus. Zum Vorschein kam ein brauner, lederner Cowboyhut, wie ihn die australischen Farmer zum Schutz gegen die Sonne trugen. *For my beloved cowboy!* stand auf einem kleinen Schild, das Kate oben auf den Hut geklebt hatte. Gleichermaßen gerührt und belustigt mußte ich lachen.

„Das ist ein echter Akubra, den tragen nur einheimische Farmer", erklärte Jane. „Willst du ihn nicht aufsetzen?"

„Nein, lieber nicht."

„Bitte. Nur ganz kurz."

Ich trage höchst ungern Mützen oder Hüte, selbst Kapuzen kann ich nicht leiden. Schon als Kind habe ich es gehaßt, im Winter Kopfbedeckungen aufsetzen zu müssen, und einer der großen Vorzüge am Erwachsensein besteht für mich darin, mich nie mehr dazu zwingen lassen zu müssen. Aber Janes Bitte konnte ich nicht widerstehen. Und das wußte sie. Als ich den Akubra aufsetzte und ihr mit gerümpfter Nase einen scheuen Blick zuwarf, sah ich das Flackern in ihren Augen. In meinem Bauch zog sich etwas zusammen.

Der Kellner erlöste mich. Während er mit beflissener Höflichkeit unsere Hauptgerichte vor uns abstellte und sich wieder entfernte, setzte ich den Akubra ab und verstaute ihn in der Tüte.

„Ach, das sind also Serviettenknödel?" fragte Jane und sah verwundert auf die kleinen, gelblichen Klumpen auf ihrem Teller.

Ich sah von ihrem Teller zu meinem. „Äh, nein, das sind meine Gnocchi. Das hier sind deine Knödel. Mit Ente." Schnell zog ich ihren Teller zu mir herüber und schob meinen vor sie hin.

Jane betrachtete die graumelierten Scheiben auf ihrem Teller und fing an zu lachen. Nach einem Moment mußte ich ebenfalls lachen, und endlich löste sich die Spannung. Ich reichte Jane ihr Besteck, das in einer Schale bereitlag, und wir begannen zu essen.

Mit jeder Minute, die wir miteinander verbrachten, wurde ich gelassener, und das, obwohl Janes bloße Anwesenheit mich ununterbrochen ins Schwitzen brachte. Wir redeten nicht viel, und wenn, dann nur den einen oder anderen Satz. Gelegentlich machte Jane eine Bemerkung und ich reagierte darauf, oder sie antwortete mir auf eine Frage. Ein flüssiges Gespräch kam nicht zustande, aber das störte mich nicht, und ich glaube, Jane ging es genauso. Ich war so berauscht davon, sie wirklich bei mir zu haben, ihr gegenüber zu sitzen, eingehüllt in ihren Duft, daß ihre rauhe, leise Stimme mir wie ein Streicheln vorkam, unter dem ich erschauerte.

Über jedem Wort, das wir sprachen, schien das unausgesprochene Einverständnis zu schweben, nicht über uns beide und das, was in Australien zwischen uns vorgefallen war, zu reden. Wir gingen sehr zurückhaltend miteinander um, vermieden es, uns zu lange anzusehen. Aber dennoch, immer wieder traf mich ihr hellblauer Blick, und jedesmal mußte ich wegsehen, weil mein Herz so sehr klopfte.

Um uns herum füllte sich das Restaurant zusehends. Das Publikum bestand aus eher gutsituierten Schönebergern jenseits der vierzig, in der Hauptsache aber aus Schwulen, die allein, zu zweit oder in Gruppen hereinkamen und sich hier ganz zu Hause zu fühlen schienen.

Als ich gerade meine letzten Gnocchi hinunterschluckte, kam eine Frau herein, die ich kannte. Ihr Blick blieb an Jane haften, bevor sie mich entdeckte und mit einem breiten Lächeln begrüßte. Jane registrierte das sehr genau, ich spürte ihren nachdenklichen Blick einen Moment lang auf mir liegen. Später dann, als eine exaltiert wirkende Transsexuelle hereinkam, ihre rötlichen Haare schwungvoll nach hinten warf und mit gurrender Stimme eine Gruppe von jungen Männern begrüßte, da war wiederum ich es, die zusah, wie Jane sie beobachtete, mit ungerührtem Blick, genauso ruhig und gelassen, wie sie alles und jeden um sich herum ansah und in sich aufzunehmen schien. Sie faszinierte mich einfach vollkommen. Und ich war froh, daß es so war. Ich hatte mich nicht geirrt.

Unsere Teller waren schon längst abgeräumt, und wir hatten beide einen Espresso getrunken und ich ein Bier, als Jane sich zurücklehnte und mich geradeheraus ansah.

„Ich denke, ich muß jetzt bald mal gehen."

„Wie lange bleibst du denn eigentlich noch in Berlin?" Mein Herz klopfte.

Sie legte ihre Serviette anders hin. „Zwei Wochen."

Es war wie ein Geschenk, als sie das sagte.

„Soll ich dir ein bißchen die Stadt zeigen?"

„Ist nicht nötig. Ich habe wirklich sehr viel zu tun. Aber vielleicht komme ich auf dein Angebot zurück."

Ich nickte, krampfhaft bemüht, mir meine Enttäuschung nicht anmerken zu lassen. „Gut, dann … dann bringe ich dich noch zum Hotel."

„In Ordnung. Vergiß den Akubra nicht."

„Nein. Keine Sorge."

Die Kälte draußen war wie ein Schock. Jane zuckte zusammen und schlang die Arme um ihren Oberkörper. Nach ein paar Schritten fiel mir auf, daß sie keinen Schal dabei hatte, und ich wand meinen eigenen ab und hielt ihn ihr hin.

„Hier, nimm. Ich frier nicht so schnell."

Jane sah mich einen Moment lang prüfend an, dann nahm sie meinen Schal. „Danke schön. Ich bin irgendwie nicht ganz passend angezogen, obwohl ich mich ja nun wirklich mit Minustemperaturen auskennen sollte. Australien hat mich ein bißchen verdorben." Sie schlang sich den Schal um den Hals, und als ich sah, wie der flauschige, graue Strickstoff sich um ihren Hals schmiegte, wurde mir fast weich in den Knien. Ein bißchen war es, als ob nun ein Teil von mir um ihren Hals läge, ihre Haut berührte, ihren Duft in sich aufsöge.

Jane warf mir einen merkwürdigen Blick zu, und ich lächelte schief und setzte mich wieder in Bewegung. Schweigend gingen wir die Fuggerstraße hinunter, vorbei an den vielen aneinandergereihten Schwulenbars, vor denen sich im Sommer Heerscharen von Männern drängten, die jetzt aber, in der eisigen Märzkälte, nahezu verlassen dalagen. Wir bogen in die Eisenacher Straße ein, dann in die Winterfeldtstraße und liefen langsam bis zum Winterfeldtplatz vor. Als Janes Hotel in Sichtweite kam, fing mein Herz erneut an zu hämmern. Irgend etwas mußte ich jetzt sagen, irgendeinen Vorschlag machen, um sie wiederzusehen. Nur, mir fiel nichts ein. Mein Gehirn schien nur noch aus Watte zu bestehen.

Vor dem Eingang zum Hotel blieben wir stehen. Ich klemmte mir die Tüte mit dem Hut unter den Arm und steckte meine Hände tief in die Taschen meiner Hose, und Jane zog fröstelnd ihre Jacke enger um den Oberkörper.

„Vielleicht", sagte sie wie beiläufig, „vielleicht hast du ja morgen abend noch einmal Zeit, mit mir etwas zu trinken? So gegen neun?" Sie sah mich fragend an.

„Sicher", sagte ich und versuchte, nicht allzu erleichtert zu grinsen. „Gern. Können wir machen."

„Vielleicht hier in der Gegend?"

„Ja, klar. Ich hol dich um neun ab, ist das okay?"

„Gut", sagte Jane. Und dann, bevor ich auch nur Anstalten machen konnte, mich ihr zu nähern, versteifte sie sich. „Also, bis dann", sagte sie schnell, drehte sich auf dem Absatz um, zog die Tür auf und verschwand im Eingang zum Hotel.

Ich sah zu, wie die Tür hinter ihr zufiel, dann setzte ich mich in Bewegung. Nach ein paar Metern spürte ich, wie die Kälte mir in den Kragen kroch. Jane hatte mir meinen Schal nicht wiedergegeben, aber mir war nicht kalt. Mir war überhaupt nicht kalt, gar nicht.

Als es am nächsten Abend endlich so weit war, daß ich mich auf den Weg machen konnte, war mir schlecht vor Aufregung. Schon morgens hatte ich vor Nervosität nur so gezittert, für jedermann sichtbar. Herr Kaufmann sagte keinen Ton und nickte nur mitleidig, als ich mich gegen Mittag krank meldete. Katja, die ich auf der Treppe zur Kantine traf, legte mir beruhigend den Arm auf die Schulter und betrachtete mich nachdenklich. Ich konnte nicht reden, ich war nicht in der Lage, irgend etwas über den gestrigen Abend oder zu meiner Gefühlsverfassung zu sagen. Nachmittags ging ich nicht ans Telefon, aus Angst, Jane würde mir absagen, dabei war es wahrscheinlich nur Grit, die den Stand der Dinge erfahren wollte. Ich war zu nichts in der Lage, außer zu warten.

Um kurz vor neun stand ich in der trüben Nachtluft vor dem Hotel und fuhr mir wieder und wieder durchs Haar, aus dem der Nieselregen nach und nach alle Pomade herausspülte. Als Jane aus der Tür trat, ließ ich die Hand so schnell sinken, daß mein Ring sich in meinen Haaren verhakte.

Jane trug meinen Schal um den Hals, eine olivgrüne Bomberjacke mit Fellkragen, unter der ein schwarzes Sweatshirt hervorsah, wildlederne Cowboystiefel und zerschlissene Jeans, die ihre langen Beine betonten, und die Mischung aus weiblicher Eleganz und legerer Aufmachung machte mich sprachlos.

„Hi, Uma", sagte Jane.

Ich konnte nur nicken. Dann deutete ich die Goltzstraße hinab. „Ich dachte", sagte ich krächzend, „ich dachte, wir gehen ins *Mojo*, wenn es dir recht ist." Ich schluckte und spürte dankbar, wie der Kloß in meinem Hals sich zu lösen begann.

„Mir ist alles recht. Möchtest du deinen Schal wiederhaben?" Jane griff sich an den Hals, aber ich schüttelte heftig den Kopf.

„Nein", sagte ich, „nein, du kannst ihn behalten."

„Oh." Jane lächelte leicht. „Danke schön."

„Bitte."

Wir setzten uns in Bewegung. Es dauerte ein bißchen, bis ich mich Janes Gang angepaßt hatte. Sie machte deutlich größere Schritte als ich, aber das war auch kein Wunder bei den langen Beinen. Aber da war noch etwas mit ihrem Gang. Ihr Rhythmus unterschied sich deutlich von meinem, sie wiegte sich mehr in den Hüften beim Gehen, und ihr Gewicht schien tiefer zentriert, im Beckenbereich statt zwischen den Hüften.

Ich suchte krampfhaft nach einem Gesprächsthema, aber ich fand keins. Jane störte sich sichtlich nicht an unserem Schweigen; mit weitausholenden Schritten ging sie neben mir her, die Fäuste in den Taschen ihrer Jacke versenkt, das Kinn leicht vorgeschoben, wie um dem Nieselregen zu trotzen.

Die Goltzstraße war belebt wie immer, und als wir in das vollbesetzte *Mojo* traten, war ich froh über das rege Treiben und die laute Geräuschkulisse, die das andauernde Schweigen zwischen uns überdeckte. Obwohl ich mich nur selten im *Mojo* aufhielt, fühlte ich mich sofort auf vertrautem Terrain, und ein Teil meiner Unsicherheit schwand.

Alle Tische waren besetzt, aber Jane und ich fanden zwei Stehplätze am Ende der Theke. Jane lehnte sich an die Wand, während ich mich an den Tresen stellte.

„Was möchtest du trinken?"

Jane zuckte mit den Schultern, eine unsichere Geste, die ich zuvor noch nicht bei ihr gesehen hatte. Sofort kam meine eigene Unsicherheit wieder zurück.

„Bier?"

Sie nickte, und ich drehte mich zum Tresen, um sie nicht mehr ansehen zu müssen. Der Barkeeper, ein Schwuler, der früher im *Friedrich's* gearbeitet hatte, grüßte mich mit einem vertraulichen Grinsen.

„Hi, Micha. Zwei Becks, bitte."

Sein Blick flog über Jane hinweg, kehrte zu ihr zurück und blieb einen Moment auf ihr haften, bevor Micha mir mit einem anerkennenden Zwinkern die Bierflaschen hinstellte. Als ich Jane ihr Bier herüberschob, sah ich ihr an, daß sie den Blickwechsel bemerkt hatte. Um ihre Mundwinkel lag jetzt ein verbitterter Zug, den ich nicht recht einschätzen konnte.

Wir stießen miteinander an. Janes Augen waren unglaublich hell, als sie mich ansah. Ich straffte die Schultern.

„Wie war dein Tag?"

„Gut", sagte sie.

„Hast du geschafft, was du wolltest?"

„Ja."

Ich sah in mein Bier und fragte mich, ob Jane wohl oft derart einsilbige Antworten gab oder ob ich sie schlichtweg zu Tode langweilte. Unser Temperament, eigentlich alles an uns unterschied sich wie Tag und Nacht voneinander. Wie in aller Welt kam ich eigentlich auf den Gedanken, daß wir beide auch nur das Geringste miteinander anfangen konnten?

Jane schob unruhig ihre Flasche auf dem Tresen herum und wechselte das Standbein. Ich trank ein paar Schlucke Bier hintereinander und betrachtete die Spirituosenflaschen auf dem Regal über dem Tresen. Mir war fast unerträglich warm, Janes hochaufgeschossener Körper an meiner Seite wirkte wie ein Heizstrahler auf mich, und vor Anspannung hatte ich zu schwitzen begonnen. Sie langweilte sich. Sie langweilte sich bodenlos, und mir fiel einfach nichts ein, was ich dagegen unternehmen konnte. Was für ein Reinfall!

„Uma?" fragte Jane leise.

Alarmiert sah ich zu ihr auf. Jane versuchte ein Lächeln, das ihr gründlich mißlang. Nach einem Moment blickte sie weg. Nervös betrachtete ich die wie gemeißelte Kontur ihres Kinns und den feinen Flaum, der sich bis zum Kehlkopf hinunter zog. Zwischen meinen Schulterblättern kribbelte es, aber ich ließ meine Hände, wo sie waren, fest um den Flaschenhals gekrampft.

Jane sah mich wieder an. Ihre Augen bohrten sich in meine. Und dann streckte sie ihre Hand aus und berührte meine Finger. „Komm mit mir mit", sagte sie heiser. „Komm mit mir mit, okay?"

Das Zimmer war nicht ganz dunkel, vom Winterfeldtplatz fiel Licht hinein. Als ich zum Fenster ging und hinaussah, entdeckte ich, daß es von den Laternen stammte, welche die große Kirche auf dem Platz umringten.

„Schöne Aussicht hast du hier." Es waren die ersten Worte, die zwischen uns fielen, seit wir das *Mojo* verlassen hatten.

„Ja, es ist ein gutes Hotel." Jane schloß die Tür. Nach einem Moment hörte ich das leise Rascheln, als sie ihre Jacke auszog, und meine Nackenhaare stellten sich auf. Ohne hinzusehen, wußte ich, daß ich eine Gänsehaut hatte. Und zwar am ganzen Körper.

„Möchtest du etwas trinken?" fragte Jane.

Ich schloß kurz die Augen, holte tief Luft und drehte mich zu ihr um.

Jane stand reglos da und sah mich an, quer durch das Zimmer hinweg.

Zwischen uns war nur das Bett, ein breites französisches Bett, dessen weißer Bezug im schwachen Licht schimmerte. Ich spürte meinen Herzschlag in meiner Kehle, schnell, hart und gnadenlos heftig.

„Nein", sagte ich schließlich. „Ich möchte nichts trinken, danke."

Jane blieb, wo sie war, und auch ich rührte mich nicht von der Stelle. Das Bett zwischen uns schien jetzt zu leuchten, ließ Janes Gestalt dahinter fast verblassen. Sie war so nah und doch so unerreichbar weit entfernt. Das Bett zwischen uns war wie die Wüste, unendlich weit, schier unüberwindbar.

Dann hob Jane die Arme, zog sich das Sweatshirt über den Kopf und ließ es hinter sich fallen. Darunter war sie nackt, und als ich ihre perfekt gerundeten Brüste sah, erstarrte ich. Plötzlich war meine Lust fort, verknotete sich in meinem Magen zu einem winzigen, steinharten Ball, der nur ein Gefühl übrigließ: Angst.

Jane setzte sich in Bewegung; um das Bett herum kam sie auf mich zu, und mit starrem Blick sah ich ihr entgegen, überwältigt von plötzlichem Schwindel.

„Atme", sagte sie leise, als sie vor mir stand. Erst als ich tief Luft holte und sie in meine zusammengepreßten Lungen saugte, merkte ich, daß ich in der Tat vergessen hatte zu atmen.

Und dann legte Jane eine Hand auf meinen Arm, und der Schwindel wich von mir. Statt dessen kam die Lust zurück, in einer ungeheuren Woge, die mich mitriß, und Jane riß ich mit mir.

Die weiße Bettwäsche fühlte sich glatt und kühl an auf meiner nackten Haut. Im Stehen noch hatte Jane mir meine Jacke heruntergestreift und mein Hemd aufgeknöpft, ein Knopf sprang ab. Ich hörte ihn auf den Holzdielen springen, ich hätte gelacht, aber Janes Lippen verschlossen mir den Mund. Ihre Arme legten sich um meine Schultern, ich riß mir das Hemd selbst herunter, stieß sie von mir und zog mir das Unterhemd aus. Und dann war Jane auch schon wieder an mir. Ihre Brüste rieben sich an meinen, ihr Hals, weich und duftend, bog sich zurück, und als meine Lippen ihre Kehle umschlangen, fiel sie nach hinten, aufs Bett, und ich warf mich auf sie.

Ihr Körper, heiß und geschmeidig und unbändig stark, bewegte sich mit mir und auf und über mir. Ich griff nach ihren Hüften, hielt sie und stieß sie, und Jane keuchte auf. Ihr Duft überwältigte mich; ihr unverkennbarer, milder Duft, den ich all die Monate in mir getragen hatte wie einen kostbaren Schatz.

„Jane", flüsterte ich, „Jane, verdammt, Jane", und sie lachte kurz auf und bog sich noch weiter zurück. Ich fuhr mit beiden Händen ihren Bauch hinunter, zögerte kurz. Bilder kamen geflogen, unscharf und ohne Bezug zu dem, was ich spürte, unter meinen Fingern, an meiner Haut. Ich holte Luft und griff zu, glitt in ihre Hose hinein, fühlte das Zittern in ihrer Leiste, als sie sich verspannte. Dann ließ sie locker, und ich glitt weiter hinunter, über den Hügel, mit kurzgeschorenen Locken bedeckt. Ich drückte dagegen, und Jane hielt mir stand. Dann wich sie zurück.

Ohne den Blick von mir zu wenden, öffnete sie Knopf um Knopf, hob die Hüften an, streifte die Hose hinunter und den Slip gleich noch mit. Erlöst glitt ich weiter. Hitze erwartete mich, und dann fuhr mein Finger zwischen seidige Falten, seidige, feuchte Falten mit einer harten Erhebung dazwischen; und tiefer. Da war es, es war alles da, alles war, wie es sein sollte. Nichts war mir fremd, alles war Jane, ganz einfach Jane.

Später, viel später, drehte sie den Kopf von mir fort und sah an die Decke, und ich preßte meine Wange in das feuchte, zerwühlte Laken. Ich betrachtete ihr Profil, die langen, dunklen Wimpern, die im schwachen Licht leuchteten, die leichte Wölbung ihrer Unterlippe, und plötzlich wußte ich es.

Krampfhaft sog ich die Luft ein, und Jane wandte den Kopf und sah mich wieder an. Ihr Blick traf mich mitten ins Herz. Langsam schloß ich die Augen.

Ich hatte es geahnt, aber gewußt hatte ich es nicht.

Sie war es. Jane war die Frau meines Lebens.

Ich weiß nicht genau, wie es Jane damit ging, aber was in dieser Nacht begann und in den folgenden zehn Tagen seine Fortsetzung fand, war die Erfüllung meiner Träume.

Tag für Tag trafen wir uns, abends vor ihrem Hotel, gingen die Straßen entlang, kehrten hier und dort ein, auf ein Bier, ein kleines Gericht, und ich zeigte ihr doch ein wenig von der Stadt. Aber früher oder später landeten wir unweigerlich im Bett. Draußen, auf den Straßen, in Cafés und Kneipen, waren wir Fremde, die sich staunend und skeptisch besahen. Aber in der schützenden Enge des Zimmers schmolz die Distanz ohne Zögern dahin. Zwischen den glatten, weißen Laken ihres Bettes wurde ihr Körper mir von Nacht zu Nacht immer vertrauter und gab Geheimnisse preis, die ich manchmal nicht gleich erkannte. Stundenlang lagen wir da, engumschlungen, heiß, außer Atem, in unsere leidenschaftliche Nähe vertieft, die sich jedesmal wieder verlor, wenn ich mich anzog und ging. Und Abend für Abend eroberten wir sie wieder von neuem, ganz ohne Worte. Wir redeten ohnehin nicht sonderlich viel miteinander, und erst recht nicht über uns.

Manchmal, in den wenigen ernüchternden Momenten, die mich ohne jede Vorwarnung überfielen, meist am Tag, auf der Arbeit, oder wenn ich allein war, manchmal in diesen Momenten dachte ich mit Bangen darüber nach, was hier eigentlich zwischen Jane und mir geschah. Dann versuchte ich mir einzureden, daß es sich um pure sexuelle Anziehungskraft handelte, die damals in Alice Springs während unserer flüchtigen und hastigen Begegnung in Sues halbdunklem Arbeitszimmer geweckt, aber nicht ausgelebt worden war. Das holten wir jetzt eben nach, um es dann endlich erledigt zu haben.

Auch Jane sprach einmal davon, unvermittelt, kurz bevor wir uns liebten. „Triebe und Begierde, Uma, sonst nichts", sagte sie trocken und sah mir direkt in die Augen. Ich hielt inne, ihr Hemd in meiner Hand, die Finger meiner anderen an meinem halbgeöffneten Gürtel. Ihr Blick veränderte sich, ihre hellblauen Augen verengten sich leicht, wirkten nicht mehr nur kühl, sondern fast stechend. Das machte mir angst.

„Du meinst, Projektion", sagte ich leise. Jane sah mich weiterhin an, dann senkte sie den Kopf und legte ihre Hand auf meine.

„Ich weiß nicht", sagte sie ruhig und griff durch meine Finger hindurch nach meiner Gürtelschnalle und machte sie auf.

Ich will dich nicht, hatte sie damals gesagt, in Alice Springs; als letzten Gruß hatte sie mir ihre Ablehnung mit auf die Reise gegeben. War es jetzt anders? War es jetzt wirklich anders?

Die meiste Zeit über aber fühlte ich mich wie im Rausch, hingegeben an eine Leidenschaft, die mich von innen verbrannte. Und die Zeit verging mir zu schnell. Ich wollte, daß sie anhielt. Jane – ich wollte sie weiter erkunden, immer wieder von neuem, ohne daß ein Ende in Sicht wäre.

Aber so war es ja nicht. Jeder Tag holte das Ende näher heran, und auch wenn ich den Gedanken daran mit allen Kräften verdrängte, er war immer da. Eines Nachts fragte ich sie.

„Jane, wann ist deine Forschungsarbeit eigentlich beendet?"

„Ende des Jahres", sagte sie und drehte sich seufzend von mir fort auf den Rücken. Ihre Brustwarzen waren immer noch steif, und ihre feuchte Haut schimmerte weich im Licht der Nachttischlampe. Ich streckte die Hand aus und legte sie auf ihren Bauch. Jane lächelte leicht, mit geschlossenen Augen.

„Was ist eigentlich danach? Ich meine, wo gehst du dann hin?"

Sie schwieg einen Moment. „Ich hatte ursprünglich vor, wieder zurück in die Staaten zu gehen und dort zu unterrichten, aber im Moment bin ich mir nicht sicher, ob ich das will. Vielleicht bleibe ich länger in Australien, wer weiß."

Ich wußte nicht genau, warum mich ihre Antwort so störte. Eine gemeinsame Zukunft stand nicht zur Debatte, aber ich hatte dieses hohle Loch im Bauch, wenn ich daran dachte, an die Zeit nach Janes Abreise und darüber hinaus. Diese Lücke, schwarz und tief und bodenlos, ich wollte sie füllen. Australien war einfach zu weit.

„Und, was ist mit den Schneehasen?"

„Die hüpfen mir nicht davon." Jane lachte leise, und ich spürte ihr Zwerchfell unter meiner Hand beben. „Daß du dich daran erinnerst!"

„Ich hab nichts vergessen."

Die Ernsthaftigkeit in meiner Stimme war nicht geplant, aber sie verriet mich. Jane schlug die Augen auf und sah mit gerunzelter Stirn an die Decke. Meine Hand auf ihrem Bauch fühlte sich an wie versteinert. Für einen Moment wagte ich nicht mehr zu atmen.

Jane wandte den Kopf und sah mich ernst an. „Uma, das geht nicht. Das geht nicht mit uns."

Ich antwortete nicht. Lautlos atmete ich ein. Ich konnte unseren Duft riechen, Janes Duft und meinen, vereint in der langsam abkühlenden Hitze unserer immer noch zitternden Körper.

Jane sah mich nachdenklich an. „Ich bin fast zehn Jahre älter als du, Uma."

„Sechs. Popelige sechs Jahre!"

Jane mußte ganz leicht grinsen, wurde aber sofort wieder ernst. Ich betrachtete die kleine Falte längs ihres Mundwinkels. Ich hätte sie gerne geküßt, aber ich traute mich nicht. Nicht in diesem Moment. Unwillkürlich hob ich die Hand, aber bevor ich ihren Mundwinkel berühren konnte, griff Jane nach meiner Hand und legte sie sanft, aber bestimmt wieder auf ihren Bauch.

„Egal", sagte sie. „Sechs oder zehn. Auf jeden Fall bin ich um einiges älter als du. Und mein Leben ist woanders. In Australien, und wenn nicht dort, dann in den Staaten. In meinem Alter wirft man seine Pläne nicht mehr so einfach um."

„Du spinnst. Du bist fünfunddreißig."

„Tja, aber Transsexuelle haben eine geringere Lebenserwartung als andere Menschen."

Es war das allererste Mal, daß sie eine Bemerkung über dieses Thema machte. Ich musterte sie forschend, aber ihrer reglosen Miene konnte ich nicht entnehmen, ob sie es ernst gemeint hatte. So ging es mir oft mit Jane – es fiel mir schwer, ihre Worte zu deuten. Und das lag nicht nur an ihrer verschlossenen Art, sondern auch an ihrem weichen Akzent, den ich so liebte, dessen feine Nuancen mir aber entgingen.

„Stimmt das?" fragte ich schließlich.

Jane nickte und rollte sich auf die Seite, mir zugewandt. „Ja, das stimmt in der Tat. Aber nur, wenn wir vergessen, unsere Östrogene zu nehmen."

Ich wußte über die lebenslange Hormoneinnahme bei Transsexuellen ein bißchen Bescheid, Kate hatte mir davon erzählt. Und ich hatte die Ampullenpackung im Badezimmer entdeckt, in Janes Kulturtasche. Ich hatte sie aufgemacht und hineingesehen, mit einem Gefühl aus Scham und prickelnder Neugier. Aber das brauchte Jane natürlich nicht zu wissen.

„Wie oft mußt du sie nehmen?" fragte ich, obwohl ich die Antwort schon kannte.

„Alle zwei Wochen." Jane legte eine Hand auf meine und verschränkte ihre Finger mit meinen. Diese fast unbewußt wirkende, vertrauensselige Geste rührte mich an.

„Wenn ich es vergesse", sagte Jane und bettete die andere Hand unter ihre Wange, „dann erwarten mich Osteoporose, brüchige Knochen, vorzeitige Alterung und verminderte Lebenserwartung, weil ich keine Keimdrüsen mehr habe, die für all das da sorgen."

Wahrscheinlich war es die beste Art, über dieses schwierige Thema zu reden, aber ihr trockener Tonfall irritierte mich dennoch. Ich versuchte, genauso nüchtern darauf zu reagieren. „Wie nimmst du die Hormone denn ein?" fragte ich. „In Tablettenform oder ..."

Jane sah mich schweigend an. Ich wich ihrem Blick aus und betrachtete ihren Arm. Sogar der Anblick ihrer langgezogenen Unterarmsehnen machte, daß mir heiß wurde im Bauch.

„Ich spritze es mir. Aber das weißt du doch, Uma."

Errötend starrte ich weiter auf ihren Arm. Der feine Flaum auf ihrer Haut schimmerte fast golden.

„Du hast meine Kulturtasche offen gelassen." Jane lachte leise, und ich hob den Blick und forschte in ihrem Gesicht nach Mißbilligung oder Zorn. Ich fand nichts davon.

„Das alles ist kein Geheimnis", sagte sie weich. Die Worte schwebten einen Moment lang in der Luft. Dann streckte Jane ihren Arm aus und berührte meine Wange, und ich schlang meine Arme um sie und zog sie dicht an mich heran.

Und dann war nur noch ihr Atem in meinem Ohr, ihr kostbarer, köstlicher Atem in meinem Ohr.

Natürlich beobachtete ich sie, starrte sie an, wenn ich glaubte, sie würde es nicht bemerken. Heimlich suchte ich nach Zeichen, die ihre Vergangenheit verrieten, versuchte, den früheren Mann in ihr zu finden, die Unterschiede zu erkennen zwischen ihr und mir und all den anderen biologischen Frauen, die ich gekannt, gesehen und ertastet hatte, von innen wie außen.

Irgendwo mußte er immer noch sein, dieser einstige Mann, aber von außen wies kaum etwas darauf hin. Die Größe ihrer Hände vielleicht, ein Stück weit über dem Durchschnitt für eine Frau von ihrer Statur, kräftiger als bei den meisten und dennoch nur unwesentlich anders. Oder Janes Stimme mit ihrem heiseren, dunklen Timbre. Manche Transsexuelle ließen ihre Stimmbänder verkürzen, sie aber hatte sich einer Stimmtherapie unterzogen, wie sie mir später erzählte, und das mit Erfolg. Es gab viele Frauen mit solchen Stimmen, und Janes weicher, melodischer Tonfall verwischte die Spuren noch weiter, auch die Stimme war kein sicheres Zeichen, nicht wirklich – und wenn, dann nur in Kombination mit anderen Signalen.

Nein, Janes Körper war unzweifelhaft der einer Frau, einer schlanken, langgliedrigen und dabei durchaus kräftigen Frau. Ich war mir nie sicher, ob ich ihre Transsexualität je von selber bemerkt hätte, wäre ich nicht von Kate darauf gestoßen worden – vielleicht, vielleicht aber auch nicht. Ich nehme an, ich hätte Jane einfach ihrer breiten Schultern, ihres durchtrainierten Körpers mit seinen ausgeprägten Muskeln und stahlharten Sehnen wegen für eine ehemalige Sportlerin gehalten. Aber es war müßig, darüber nachzudenken: Ich wußte ja, was ich wußte, auch wenn ich es nicht sah.

Sie war so eindeutig Frau, mit weich gerundeten Hüften, schmaler Taille und kleinen, strafferen Brüsten, als meine es waren. Jane hätte sie, wie ich viel später erfuhr, lieber größer gehabt, ich aber fand sie perfekt.

Selbst an Janes Genitalien fiel mir nichts auf. Sie fühlten sich weich an, alles sah aus, wie es aussehen sollte, und jedesmal wieder staunte ich über die Mengen an Feuchtigkeit, die Jane produzierte. Daß ihre inneren und äußeren Schamlippen fast gleich groß waren und der Harnröhrenausgang ein bißchen zu weit oben lag, fiel kaum ins Gewicht. Ich fand es ohnehin erst nach Tagen heraus, denn erst nach und nach ließ Jane zu, daß ich sie überall ansah.

Wäre es anders gewesen, es hätte mich nicht gestört, aber Jane war eindeutig Frau. Und dennoch suchte ich weiter, nach den Zeichen, die es nicht gab. Ich versuchte, hinter das Rätsel zu kommen, das ewige Rätsel um Mannsein und Frausein. Und Jane entging nicht, was ich da tat.

Einmal, sie lag mit dem Rücken zu mir, entspannt auf der Seite, ich strich sanft über ihre Haut und besah ihren Körper, drehte sie sich um und fixierte mich mit ihren hellblauen Augen.

„Was starrst du mich so an?" fragte sie leise. „Was suchst du?"

Ertappt hing ich in ihrem durchdringenden Blick, unfähig zu einer Antwort.

Einen Moment lang sah sie mich noch an, dann drehte sie sich langsam wieder zurück.

„Ich weiß genau, was du da suchst", sagte sie ruhig. „Du denkst, du findest die Antwort, wenn du nur lang genug suchst. Aber du wirst sie nicht finden. Niemand findet sie, ich nicht und du nicht und keiner."

Ich hörte ihr zu, und obwohl ich es nicht glauben wollte, wußte ich, daß sie recht haben würde.

Ich würde die Antwort nicht finden. Ich würde das Rätsel nicht lösen. Niemand würde es lösen. Es war unbegreiflich, und das würde es bleiben.

Danach fing Jane an zu erzählen, verhalten zwar und nur wenig, aber genug, damit ich verstand. Ein bißchen verstand.

Sie erzählte nur Fakten, mit nüchterner, trockener Stimme, bloß das nötigste in knappen Worten. Aber für mich reichte es aus; was sie aussparte – und das war das meiste –, spann ich selbst weiter. Und so entstand schließlich vor meinem inneren Auge das Bild eines jungen, unglücklichen Mannes, gefangen in einem Körper, den er nicht als seinen empfand. Und das Bild seiner Wandlung, den langen, schwierigen Gang auf dem Weg zu der Frau, die er im Grunde von Anfang an war.

Janes früherer Körper, knabenhaft war er gewesen, noch nicht ganz zum Mann gereift, als sie, in Uppsala schon, begann, sich Hormone zu spritzen. Erst unter Eigenregie: illegal besorgte Ampullen, teuer und risikobehaftet;. „Egal", sagte Jane und lachte mit verhangenem Blick, „es war mir egal, ich mußte es einfach. Ich konnte nicht anders."

Sie arbeitete hart, um die Spritzen bezahlen zu können, nachts, hinter den Tresen verschiedener Bars, wo sie ihre Kommilitonen bediente, mit denen sie tagsüber studierte. Ihr Körper begann sich zu wandeln, in feinen Veränderungen, die zunächst kaum jemand bemerkte, nur Jane selbst. Und die Gutachter später sahen es auch und gewährten medizinische Indikation. Die Namensänderung verlief ohne Probleme dank Schwedens fortschrittlicher Gesetze, und dann kam Wien. Als Frau ging sie durch, kein Mensch wußte um das, was Jane unter den Hosen verbarg, statt dessen zeigte sie Brüste, betonte die Hüften, die sich langsam erst abzuzeichnen begannen, stellte die feine Körperbehaarung verstohlen zur Schau, auf die sie so stolz war. Zwei Jahre lang Epilation, bis die Haut im Gesicht glatt und weich war, die Lippen jetzt voll, die Stimme mühsam in die Höhe trainiert.

Und von Wien nach New York. Dort die Entscheidung. Der endgültige Schritt.

„Bei mir ging alles glatt. Ich hatte nur eine Nachoperation. Der Harnröhrenausgang mußte verkleinert werden", sagte Jane und setzte sich auf. Ihre Schultern waren schützend nach vorne gezogen. „Das war eigentlich alles", sagte sie nüchtern, stand auf und ging ins Bad. Ich lag da, die Hände unter dem Nacken verschränkt, und sah an die Decke. Mehr und mehr verstand ich; dennoch, all das blieb ein ewiges Rätsel, ein faszinierendes Mysterium, das ich niemals ergründen würde. Ich nicht und keiner sonst, da hatte sie recht.

Jane war so eindeutig Frau, ihr Körper unzweifelhaft weiblich, aber etwas in mir brachte mich dazu, sie mit größter Vorsicht zu behandeln. Als wäre sie zerbrechlich, und das war sie nun wirklich nicht, gar nicht. Als ich das erste Mal in sie hineinglitt, hielt ich den Atem an, dann verharrte ich ganz. Meine Finger in ihr zitterten leicht, mein Selbstbewußtsein verließ mich. Wie tief konnte ich gehen? Tat ich ihr weh? Behutsam tastete ich mich voran, bis Jane nach mir griff und mich tiefer in sich hineinzog, mir ohne Umschweife zeigte, wieviel sie vertrug, und das war eine Menge. Ich hatte es mir schon gedacht; im Bad hatte ich den Dilatator gesehen, das einem Vibrator ähnelnde Gerät zur Erweiterung der künstlichen Vagina, das beileibe nicht klein war.

Trotzdem, ich traute mich kaum. Aber Jane brachte mich dazu. Sie forderte mich einfach heraus, mit Blicken, mit Gesten, mit ihrem Körper, der deutlicher zu mir sprach, als Worte es konnten.

Und so schwand meine Vorsicht von Mal zu Mal mehr, machte der Leidenschaft Platz, immer wieder und mehr, bis ich ihr uneingeschränkt nachgab. „Ich hab Platz für dich, Uma", flüsterte Jane, „ich hab Platz für dich", und es stimmte. Ich konnte es fühlen.

Immer wieder gab es diesen winzigen Moment des Zögerns, diesen fast unwirklichen Augenblick, in dem meine Lust vor Aufregung plötzlich versiegte. Und dann zurückkam, mitreißender denn zuvor.

Und immer wieder war da der Genuß, Janes köstliches Gewicht auf mir zu spüren, ihre unbändige Kraft, ihre ausgeprägten Muskeln und Sehnen. Das war unglaublich sexy; es war das, was ich immer ersehnt, was mir immer gefehlt hatte, bei all den Frauen zuvor, von den Männern ganz zu schweigen: Ein weiblicher, kräftiger Körper, der den meinen fast schmerzhaft umschlingt, ihm Widerstand bietet, im Spannungsfeld unserer Leidenschaft Hitze erzeugt und Sehnsucht und Wildheit.

Jane besaß einfach alles, sie hatte ihn wirklich, diesen unglaublichen, für mich wie geschaffenen Körper, diese fantastische Mischung aus männlicher Kraft und weiblicher Weichheit und Lust. Und wenn ich die Augen aufschlug, war da ihr Gesicht, ihr wunderschönes Gesicht, dessen Blick ich immer noch auswich, ausweichen mußte. Ich konnte es kaum ertragen, wenn sie mich ansah. Sie war einfach so viel.

„Das war eigentlich alles", hatte sie nüchtern über ihre Wandlung gesagt. Aber eins war doch noch gewesen: Der Adamsapfel hatte gestört.

Viel später in jener Nacht, als das Morgenlicht schon durch die halbzugezogenen Vorhänge hereinfiel, nahm Jane meinen Finger und legte ihn auf ihre Kehle. Sanft drückte sie ihn auf ihren glatten Kehlkopf, der früher ein Adamsapfel gewesen war. Sie hatte ihn abschaben lassen, das hatte sie mir erzählt, und mich schüttelte bei dem Gedanken daran. Aber sie hielt meinen Finger immer noch fest, und ich spürte die Vibrationen in ihrer Kehle, als sie beim Anblick meiner gequälten Miene leise lachte. „Es war nicht so schlimm", sagte sie tröstend.

Aber natürlich war es das doch gewesen. Nur, es hatte sich gelohnt.

Sie war eine Erscheinung, und nicht nur ich sah das so. Die Leute drehten sich auf der Straße nach ihr um, und jedesmal, wenn ich das bemerkte, erfüllte mich mehr und mehr Stolz. Auf Jane, ihre Haltung, ihren lässigen, königlichen Gang. Aber auch auf mich, weil ich bei ihr sein durfte, an ihrer Seite. Und weil ich sie kannte. Auf eine Art, die diese Menschen nicht einmal zu erahnen vermochten.

Manchmal, wenn wir zusammen durch die Straßen gingen und der kalte Märzwind Papierfetzen aufwirbelte, dann schämte ich mich für den herumliegenden Unrat, als wäre die Stadt mein eigenes unaufgeräumtes Wohnzimmer. Janes Augen waren wie Scheinwerfer, die alles in ein gleißendes Licht tauchten. Wenn sie neben mir herging, schien ich die Welt schärfer zu sehen.

Wir redeten nicht viel miteinander; immer war da diese wortlose Spannung zwischen uns, die unseren Umgang zuweilen mit Beklemmung erfüllte. Ich wußte kaum, was in Jane vorging, vieles von dem, was sie tat oder sagte, interpretierte ich falsch. Dennoch, ich liebte ihr leises, heiseres Lachen, ihren trockenen, manches Mal abgründigen Humor, auf den ich zuweilen hereinfiel.

Einmal, im Hotel auf der Treppe, beim Aufstieg zu ihrem Zimmer, kam uns eine gutgekleidete Dame um die fünfzig entgegen, grüßte mit interessiertem Blick auf uns beide und stöckelte weiter die Treppe hinunter. Ich sah ihr verstohlen kurz hinterher, sie wirkte so seltsam entrückt, und ihr Rock spannte sehr über den Hüften. Jane ging mit geradem Rücken neben mir her, und ich verstand ihre halbgemurmelten Worte erst nach einem Moment.

„Noch so ein Blick, und du siehst mich nie wieder."

Ich glaubte, nicht richtig gehört zu haben. Verdutzt sah ich sie an, aber sie starrte nach vorne, ihr markantes Gesicht ohne Regung.

„Was hast du gesagt?"

Jane sah geradeaus. „Ich steh nicht auf solche Geschichten, Uma. Wenn du anderen Frauen nachgucken willst, dann geh. Entweder du bist hier bei mir oder nicht."

Ein heißer Schauer lief mir den Rücken hinunter. „He", sagte ich und hob beschwichtigend die Hände. „Du irrst dich! Das war jetzt wirklich nicht so gemeint, ernsthaft, Jane, ich ..."

Jane fing an zu grinsen, und erst nach einem Moment begriff ich, daß sie mich auf den Arm genommen hatte. Wir lachten beide, erst als wir Janes Zimmer erreichten, hatten wir uns wieder beruhigt. Mein Herz brannte vor Freude über den gemeinsamen Spaß, vor Zuneigung und Begehren, als ich sie ansah. Jane aber wich meinem Blick aus. Sie wirkte auf einmal verlegen.

„Jane", sagte ich leise. Aber sie sah mich nicht an. Und sie antwortete nicht.

Tagsüber arbeitete ich, verträumt, wie in Trance, mit nachlässiger Haltung. Herr Kaufmann beschwerte sich oft. Die Zeit verging quälend langsam, zu langsam für mich, stand schließlich still. Und Jane betrieb ihre Studien, ging in Bibliotheken, forschte und las. Dann holte ich sie ab, und die Zeit lief wieder weiter, begann plötzlich zu rasen, schneller und schneller. Jetzt verging sie zu schnell, viel zu schnell. Jetzt wollte ich, daß sie anhielt.

Und zugleich wollte ich das Gegenteil. Ich wollte sie raffen, die Zeit, und nicht nur die Stunden, in denen ich von Jane getrennt war. Ich wollte Jane schneller kennenlernen, ich wollte jede Sekunde auskosten und gleichzeitig Monate, Jahre gar überspringen, um in die Zukunft sehen zu können. Eine Zukunft, in der ich Jane gut kannte und mit ihr verbunden sein würde. Das wünschte ich mir – in die Zukunft zu sehen. Aber dort lag womöglich das Ende. Ein Ende, das ich nicht wollte.

„Jetzt hast du Gelegenheit", sagte Jane einmal und trank ihren Tee aus. Wir saßen in einem indischen Imbiß, nicht weit vom Hotel. Ihre Augen blitzten mich an, über den gesprungenen Rand ihres Bechers hinweg. „Frag mich, was immer du über mich wissen willst."

Aber mir fiel keine einzige Frage ein.

Ihre Vergangenheit interessierte mich zwar, aber darum ging es mir nicht, nicht in diesem Moment, als ich da saß und sie ansah. Ich wollte nichts über sie wissen. Ich wollte sie haben. Und ihre Zukunft, die wollte ich auch. Aber die konnte sie mir nicht geben. Und das ahnte ich schon.

Natürlich ahnte ich das.

Später in dieser Nacht lagen wir atemlos auf ihrem Bett. Mein Herz schlug immer noch in einem wilden Stakkato, Minuten nun schon, und auch Janes Atem beruhigte sich nur ganz allmählich. Die letzte Hürde, wir nahmen sie nie, weder Jane noch ich selbst. Es war zu intensiv mit uns, viel zu gewichtig. Und ich hatte viel zu viel Angst.

Einander zugewandt lagen wir da, ein Stück weit auseinander, unsere nackten Körper berührten sich kaum. Nur Janes Wange war auf meine Handfläche gebettet, ihre eigene hatte sie darunter geschoben.

Ich betrachtete Janes Kinn, ihre weiche Wange, sah das, was ich in meiner offenen Hand gleichzeitig spürte, und das Ausmaß an Zärtlichkeit, das ich empfand, war wie ein Schmerz, der an mir riß. Ich hob meine andere Hand und berührte Janes Arm, strich langsam darüber, und Jane folgte mir mit den Augen. Schweigend sahen wir zu, wie meine Finger weiter über ihre Haut fuhren, immer weiter hinunter, über das Handgelenk bis hinunter zu ihrer Hand, die flach ausgestreckt auf dem Bettlaken lag. Ich wand meine Finger zwischen ihre und sah, wie Jane mir dabei zusah, und dann, ganz plötzlich, veränderte sich ihr Gesichtsausdruck. Einen winzigen Moment, bevor sie die Mundwinkel verzog und ihr die Tränen in die Augen schossen, wußte ich, was passieren würde.

Und dann fing sie an zu weinen.

„O Gott. Entschuldige", schniefte sie, während sie krampfhaft versuchte, ihre Gesichtsmuskel wieder unter Kontrolle zu bringen. Als es ihr nicht gelang, drehte sie sich von mir weg und barg ihr Gesicht in den Händen. Ein paar Sekunden lang lag ich still da und sah auf ihren bebenden Rücken, bevor ich mich vorsichtig an sie schmiegte, die Arme um sie schlang und sie hielt, einfach nur hielt.

Am vorletzten Abend gingen wir essen und danach ins *Friedrich's*. In den vergangenen Tagen hatten Jane und ich uns hauptsächlich unter Fremden und fast ausschließlich Heterosexuellen aufgehalten und damit außerhalb meiner angestammten Szene. Das sozusagen neutrale Terrain, in dem wir uns bewegten, hatte das leicht unwirkliche Gefühl, das mich bei unserem Zusammensein begleitete, nur noch unterstützt. Aber Jane wollte vor ihrem Abflug noch etwas von der Homoszene sehen, und ich hatte mich nach einigem Zögern für das *Friedrich's* entschieden. Das *Friedrich's* gehörte eindeutig zu meiner – mir im Vergleich zu den entrückten, traumgleichen Stunden mit Jane so banal erscheinenden – Welt, so wie meine Freunde, die Jane nicht kennengelernt, meine eigene Wohnung, die sie nie betreten hatte. Ich hatte Angst davor, Jane und diese meine Welt zusammenzubringen, und wie sich zeigen sollte, war diese Angst auch berechtigt. Schon als wir eintraten und ich Henriette entdeckte, wußte ich, daß es schiefgehen würde.

Es war erst kurz nach zehn und das *Friedrich's* wie üblich zu dieser frühen Stunde noch wenig besucht. Gedämpfte Soulmusik perlte aus den Lautsprechern, als ich die schwere Eisentür aufzog und Jane den Vortritt ließ. An den kleinen Stehtischen links und rechts der Eingangstür standen ein paar Schwule in lockerer Runde und unterhielten sich halblaut. Die Tische im hinteren Raum waren verwaist, aber die Barhocker am Tresen waren fast alle besetzt. An der Bank an der Längsseite saß Henriette vor einem halbleeren Bier, in ein angeregtes Gespräch mit der Barkeeperin vertieft. Als sie Jane entdeckten, hörten sie beide auf zu sprechen und musterten sie interessiert. Dann erst sahen sie mich, und Henriette riß erstaunt die Augen auf.

Ich nickte ihr und der Barkeeperin zu und drehte mich zu Jane um, die vor zwei leeren Hockern stehengeblieben war und mich auffordernd ansah.

„Hier?" fragte sie.

„Wollen wir nicht lieber nach hinten?" fragte ich mit einem Anflug von Verzweiflung zurück. Jane zog statt einer Antwort ihre Jacke aus und legte sie über einen der Hocker.

„Nein", sagte sie und setzte sich hin. „Ich sitze gerne am Tresen."

Das gilt leider auch für andere, dachte ich, während ich ebenfalls Platz nahm. Wenigstens saß ich mit dem Rücken zu Henriette, die immer noch unverwandt zu uns herüberstarrte.

Die Barkeeperin kam zu uns herüber und warf mir ein für ihre Verhältnisse äußerst freundliches Lächeln zu. „Hallo. Was kann ich euch bringen?" Ihre Stimme klang geradezu lasziv, und irritiert rutschte ich auf meinem Hocker ein Stückchen nach vorne.

Sonst fragte sie nie. Wenn überhaupt, dann hob sie auffordernd die Brauen. Aber normalerweise wartete sie mit ausdruckslosem Gesicht darauf, daß man seine Bestellung abgab, um sich dann wortlos an die Ausführung zu machen.

„Zwei Bier, bitte", sagte ich betont aufgeräumt.

„Kommt sofort." Sie sah mir tief in die Augen, ließ ihren Blick über Jane hinweggleiten und wandte sich um. Jane betrachtete mich nachdenklich, während sie über meinen Schal strich, den sie immer noch um den Hals trug.

„Und, wie gefällt es dir hier?" fragte ich munter.

„Es ist nett. Besonders diese Geweihe da finde ich sehr gelungen." Sie deutete mit dem Kinn zu zwei großen Plastikhirschgeweihen an der Wand hinüber, die mit Straßketten und Glitzerkugeln behangen waren.

„N'Abend, Uma", raunte mir Henriette von hinten ins Ohr und legte ihre Hand zwischen meine Schulterblätter. „Lange nicht gesehen. Hast du die Szene gewechselt oder was?" Sie lachte auf, und ihr alkoholgeschwängerter Atem streifte mein Ohr. Ich mußte an mich halten, um sie nicht ruckartig von mir zu stoßen. Statt dessen lehnte ich mich demonstrativ zum Tresen, und Henriettes Hand rutschte von meinem Rücken. Kühl sah ich zu ihr auf.

„Ich bin einfach ziemlich beschäftigt zur Zeit."

Henriette hob die Brauen. Sie warf einen kurzen Blick zu Jane, die unser Gespräch interessiert verfolgte, und sah wieder mich an. Nach einem Moment rang ich mich dazu durch, die beiden einander vorzustellen.

„Jane – Henriette."

„Freut mich, dich kennenzulernen", sagte Jane und streckte die Hand aus. Henriette sah, verdutzt über die in unseren Kreisen ungewöhnliche Geste, auf Janes Hand nieder, schüttelte sie kurz und blickte mich dann erwartungsvoll an. Offensichtlich erwartete sie, daß ich eine Erklärung hinzufügte. Aber den Gefallen tat ich ihr nicht.

„Also, bis bald mal", sagte ich knapp.

Henriettes Augen verengten sich. „Okay", sagte sie und wich zurück. „Okay, dann will ich nicht weiter stören. Bis demnächst – wir sehen uns ja sicher." Sie winkte der Barkeeperin zu, die gerade unsere Biere auf den Tresen stellte, zog die Eingangstür auf und ließ sie wieder hinter sich zufallen. Ich nahm meine Bierflasche und stieß damit leicht gegen Janes.

„Prost."

„Skål. Eine gute Bekannte?"

„Wir kennen uns", antwortete ich ausweichend. Ich konnte mir selbst nicht ganz erklären, warum ich so unhöflich zu Henriette gewesen war. Und unter Janes nachdenklichem Blick wuchs meine Anspannung nur noch mehr. Ich stellte mein Bier ab und rutschte vom Hocker. „Entschuldige mich."

Die Stille in der Toilettenkabine tat mir gut. Während ich auf dem heruntergeklappten Klodeckel saß und meine verspannten Schultern zu lockern versuchte, atmete ich tief durch. Es war schwer genug, mich einigermaßen normal zu benehmen, wenn ich mit Jane allein war. Ich hatte genug damit zu tun, ihr nahe zu sein und dennoch zu verbergen, wie tief meine Gefühle für sie in Wirklichkeit gingen, um sie nicht zu verschrecken. Mit Jane an meiner Seite war ich nicht wie sonst, nicht, wie die anderen mich kannten: lässig, souverän und immer charmant. Mit Jane war ich verletzlich und weich, und es kostete mich viel zuviel Kraft, das nicht zu zeigen. Und ich wußte, daß man mir das ansah. Ich hätte nicht herkommen dürfen. Aber nun waren wir hier.

Während der wenigen Minuten, die ich auf der Toilette verbracht hatte, war ein ganzer Schwung neuer Gäste eingetroffen, und ich mußte mich zwischen einer Gruppe aufgeregt plaudernder jüngerer Frauen hindurchdrängen, um wieder zu meinem Platz zurückzukommen. Ich war fast schon bei Jane angelangt, die aufrecht dasaß und mir entgegensah, als ich Saskia entdeckte. Sie stand direkt vor mir, ich konnte ihr nicht mehr ausweichen.

„Hallo, Uma", sagte sie weich.

„Saskia. Wie geht es dir?" Grit hatte sich nach jenem gemeinsamen Abend in der Disco noch ein-, zweimal mit ihr getroffen, aber ich hatte sie nicht mehr wiedergesehen.

Saskia sah mich unter ihren langen Wimpern hervor lasziv an. „Gut. Aber jetzt, wo ich dich sehe, natürlich noch besser."

„Das ist schön", sagte ich ruhig. „Aber du mußt mich jetzt leider entschuldigen, ich bin gerade mitten in einem Gespräch." Mit einem unverbindlichen Lächeln schob ich mich halb an ihr vorbei, aber Saskia griff nach meinem Arm und hielt mich einen Moment lang fest.

„Ich hoffe, wir sehen uns wirklich bald wieder." Ihre dunklen Augen glänzten, und ihre geschminkten Lippen wirkten geschwollen. Langsam wand ich mich aus ihrem Griff.

„Bestimmt", sagte ich und nickte zum Abschied. „Ganz bestimmt. Also, bis dann."

Jane betrachtete mich nachdenklich, als ich mich wieder auf den Barhocker setzte. Unter ihrem hellen Blick wurde mir sofort heiß. Aus dem Augenwinkel sah ich, wie Saskia Jane einen Moment lang intensiv musterte, bevor sie sich umdrehte.

„Du hast nicht zufällig irgendwo eine feste Freundin versteckt?" fragte Jane beiläufig.

Ich starrte sie überrascht an. „Ich hab keine feste Freundin", sagte ich barsch. „Ich habe nie feste Freundinnen. Ich hab nur Affären." Im selben Moment verwünschte ich mich für meine unbedachten Worte. Aber es war zu spät. Sie waren heraus. „Also nein, so meine ich das nun auch wieder nicht", versuchte ich hastig zu erklären. „Ich ... ich bin nicht so. Ich bin ..." Alles, was ich sagte, machte es nur noch schlimmer. Schnell griff ich nach meinem Bier und trank einen Schluck. Es schmeckte schal.

„Du stehst auf Frauen, nicht wahr?" fragte Jane ruhig.

Ich zog unbehaglich die Schultern hoch. „Was ist denn das für eine Frage?" Mit einem Blick auf Janes leere Bierflasche wandte ich mich zum Tresen und wartete, bis die Barkeeperin in meine Richtung sah. Nach einem Moment tat sie es, und ich hob zwei Finger und zeigte auf mein Bier. Ihr anzügliches Lächeln versuchte ich zu ignorieren.

„Das ist eine ganz wichtige Frage", sagte Jane neben mir.

Alarmiert drehte ich mich zu ihr um. Ihr Blick war plötzlich sehr scharf. Es war, als ob ein Messer mich ritzte, ganz leicht nur, an der zarten Haut über dem Schlüsselbein oder am Hals, und die Haare an meinen Armen stellten sich auf. Ich hatte Angst. Aber Jane wollte reden, und ich wollte hören, was sie mir zu sagen hatte.

„Du stehst auf Frauen, das ist nicht zu übersehen. Und die Frauen stehen auf dich." Jane deutete mit dem Kinn nach hinten, in die Richtung, in der Saskia verschwunden war. Ich wollte etwas einwenden, aber sie hob abwehrend die Hand. „Warte, Uma. Wir haben nicht über uns beide geredet, und das ist auch in Ordnung so. Wir haben jetzt unsere kleine, heiße Geschichte. Übermorgen fliege ich ab, und dann ist es vorbei."

Ihre Worte trafen mich wie eine Faust in den Magen. Ich machte den Mund auf, aber Jane schüttelte heftig den Kopf. „Es ist okay so, es ist okay. Ich will gar nicht weiter darüber reden, aber eins sollte klar sein, Uma: Ich bin nicht das, was du willst. Ich bin zwar kein Mann mehr, das nicht. Aber eine richtige Frau bin ich auch nicht", sagte sie hart. „Ich weiß nicht, was ich bin, Uma. Nichts von beidem, und beides zugleich."

Mein Mund war auf einmal ganz trocken. „Du bist mehr. Mehr als andere", sagte ich heiser. Neben mir stieß Glas auf Holz, als die Barkeeperin unsere Bierflaschen auf dem Tresen abstellte. Ich vermied, zu ihr hinüberzusehen. Angestrengt sah ich auf meine Knie hinunter.

Jane langte an mir vorbei nach ihrer Flasche und streifte dabei meinen Knöchel. Die Berührung ihrer trockenen, warmen Haut ließ mich erschauern. Ich konnte einfach nicht aufsehen.

„Ich hab keine Ahnung, wie du mich in Wirklichkeit findest, und vielleicht weißt du es selbst nicht", sagte Jane nüchtern. „Ich will nur, daß du dir nichts vormachst. Und mir auch nicht."

Endlich sah ich zu ihr auf. Mein Mund war immer noch trocken. „Ich finde dich total faszinierend, Jane."

Jane stellte ihre Flasche ab, ganz ruhig, ohne mich anzusehen. Dann blickte sie auf. „Das beeindruckt mich überhaupt nicht, Uma. Was meinst du, für wieviele Menschen ich ein Faszinosum bin? Vorrangig und in erster Linie das: Ein faszinierendes Geschöpf, das man beobachten und bestaunen kann. Und an dem man die eigene sexuelle Identität spiegeln und definieren kann. Ich bin andauernd das ganz private Forschungsobjekt für die persönlichen *Gender Studies* aller möglichen Leute, seit über zehn Jahren. Und weißt du was? Es interessiert mich nicht mehr. Nicht die Bohne."

„He, Jane", sagte ich und hob eine Hand. „Hör mal, so ist das nicht. So bin ich nicht. Wirklich nicht."

„Vergiß es", sagte Jane barsch. „Vergiß es einfach."

Ich starrte sie an, fassungslos über die unerwartete Wendung. Ich wußte nicht, wie ich ihr erklären sollte, was ich über all das dachte. Daß sie mich ungeheuer faszinierte, aber weniger durch ihre Transsexualität als vielmehr durch ihre für mich so sehr spürbare Weiblichkeit. Daß Weiblichkeit für mich in erster Linie in einer ganz speziellen Ausstrahlung bestand, die sich nicht nachahmen ließ. Sie ließ sich nicht erwerben oder vortäuschen, weder durch Kleidung noch durch eine Geschlechtsumwandlung samt Operation. Weiblichkeit war für mich etwas, das eine Frau einfach besaß. Und Jane besaß es.

„Du irrst dich, Jane", murmelte ich lahm.

Jane verzog bitter den Mund. „Ich kenne das schon, Uma", sagte sie leise. „Ich bin nicht das, was du willst. Und das sollte dir klar sein."

Wir redeten aneinander vorbei. Ich stellte mein Bier ab und sah zum Tresen hinüber, um Zeit zu gewinnen. Am Spülbecken stand die Barkeeperin und wusch Gläser ab, die Stirn aufmerksam gerunzelt. Es war offensichtlich, daß sie zugehört hatte, und als sie aufsah und meinen Blick auffing, schaute sie schnell zur Seite.

Ich sah wieder zu Jane. Und obwohl sie sich sichtlich bemühte, keine Regung zu zeigen, war es auf einmal, als ob sich ihr Gesicht öffnete, wider Willen öffnete, und mir etwas zeigte, einen Einblick gewährte, tief in ihr Innerstes. Ihre Augen waren sehr hell, heller denn je, und ich konnte ihr Mißtrauen darin erkennen, und Schmerz, uralten Schmerz, jahrelang verborgen, erfolgreich im Zaume gehalten. Sie traute mir nicht. Und ich konnte es ihr nicht einmal verdenken.

„Was soll ich dir beweisen, Jane?" fragte ich hilflos. „Meine Glaubwürdigkeit? Aber wie soll ich das tun? Ich kann nur hier sitzen und da sein."

„Du brauchst mir nichts zu beweisen", sagte Jane bitter. „Ich verzichte auf deine Beweise."

Ihr Gesicht war jetzt wieder verschlossen wie zuvor, eine undurchdringliche Maske. Ich betrachtete ihre zusammengepreßten Lippen, die steile Falte über ihrer Stirn. Mir war klar, daß dies hier ein wichtiger, ein vielleicht alles entscheidender Moment war. Ich mußte nachdenken, richtig nachdenken.

Aber ich konnte es nicht. Ich konnte nur daran denken, wie sehr ich sie wollte. Ich konnte nur schweigen.

Jane trank ihr Bier aus und schob die Flasche zur Seite. „Ich möchte jetzt gehen", sagte sie leise. Und trotz des Stimmengewirrs um uns herum, trotz des Lachens und der Musik hörte ich das kaum merkliche Zittern in ihrer Stimme.

„Klar", sagte ich ruhig. „Klar. Kein Problem. Laß uns gehen."

Wir nahmen ein Taxi. Aber schon während ich schweigend neben Jane auf der Rückbank saß, meinen Schenkel einen Fingerbreit von ihrem entfernt, ihre Schulter ganz leicht an meine gelehnt, schon da ahnte ich, was auf mich zukam. Und während draußen die bunten Lichter Kreuzbergs vorüberflogen und der Landwehrkanal zur Linken ein glänzendes Band in der kalten Nachtluft zog, kroch ein Frösteln zwischen meine Schulterblätter und blieb dort hängen. Es blieb dort, als Jane und ich vor dem Hotel aus dem Taxi stiegen und die Treppen zu ihrem Zimmer hinaufnahmen. Es blieb, als wir uns schweigend auszogen, einander gegenüberstehend, jede die andere fest im Blick, und es blieb auch, als wir uns liebten, wild und zügellos, mit einer fast brutal anmutenden Leidenschaft, die wie ein Naturgewitter über uns hereinbrach.

„Jane", sagte ich leise, als sie danach schwer atmend auf mir lag, ihr Gesicht in meiner Halsbeuge verborgen.

Sie fuhr hoch. Ich sah, wie ihre Pupillen sich verengten, als das Licht der Nachttischlampe hineinfiel. Die Zeit stand still. Ich spürte ihr Herz klopfen, direkt über meinem.

„Ich will dich", flüsterte ich.

Jane blinzelte. „Uma", sagte sie nach ein paar langen Sekunden. „Es gibt Gefühle, die man nicht ertragen kann, und dieses Gefühl zu dir gehört für mich dazu."

Sie rollte von mir herunter und drehte sich auf die Seite, weg von mir. Ich betrachtete einen Moment die Wölbung ihrer Taille, dann legte ich die Hand auf ihre Hüfte. Jane erschauerte, aber sie entzog sich mir nicht.

„Heißt das, daß du diesem Gefühl ausweichen willst? Womöglich dein Leben lang?"

„Ja. Genau das heißt es", sagte Jane, ebenso ruhig. Aber ich spürte das ganz leichte Beben, das durch ihren Körper glitt, als sie ein- und wieder ausatmete. Das Frösteln zwischen meinen Schulterblättern verstärkte sich.

„Das wird dir nicht gelingen."

„Aber ich werde es versuchen." Sie stand auf und blieb einen Moment stehen, den Rücken zu mir gewandt. Ich sah zu ihrer hochaufgerichteten Silhouette empor. Das Frösteln begann sich über meine Schultern auszubreiten. Bald würde es meinen ganzen Körper erfassen.

Jane ging ins Bad und machte die Tür hinter sich zu. Ich lehnte die Stirn gegen den Bettpfosten und schloß die Augen. „Mir macht das nichts aus", sagte ich leise.

Die Tage danach waren öde und trüb, leergebrannt wie ein erloschenes Feuer. Jane war abgeflogen, aus meinem Leben verschwunden, und ich konnte es einfach nicht fassen. Mein Kopf fühlte sich an wie verhangen. Meine Gedanken schwebten hinter einem Vorhang aus Elend und Frustration; ich wußte, daß sie da waren, aber ich konnte sie nicht greifen. Tagsüber saß ich antriebslos und erschöpft auf der Arbeit herum, quälte mich durch die Stunden. Später, zu Hause, warf ich mich auf mein Bett und starrte stundenlang vor mich hin, die Decke schützend über mich gezogen. Das Frösteln war immer noch da, es hatte sich tatsächlich über meinen ganzen Körper ausgebreitet, und auch, als ein paar Tage danach der April kam und mit ihm die wärmende Frühjahrssonne, ging es nicht weg. Mir war zumute, als wäre jemand gestorben.

Der Anrufbeantworter spulte täglich Grits immer entnervter klingende Stimme ab, aber ich nahm den Hörer nicht ab, und ich rief auch nicht zurück. Ich wollte mit niemandem reden. Auch nicht mit Jane, doch sie meldete sich ohnehin nicht. Ich rechnete zwar nicht damit, aber ich hoffte darauf, mit einer inständigen Sehnsucht, die mich zunehmend erschöpfte.

Und diese Erschöpfung zermürbte mich langsam. Manchmal drehte sich mir alles vor Augen, und ich wußte, woran es lag. Mein alter Feind, die Schlaflosigkeit, war wieder zurückgekommen und hielt mich fest in seinem Griff. Und ich konnte nichts essen, der Kloß in meiner Kehle war einfach zu groß. Hätte ich gegessen, hätte ich mich danach sofort übergeben. Ich kannte das schon. Also ließ ich es einfach.

Als Katja mich eines Nachmittags in der Werkstatt besuchte, wurde mir schwarz vor Augen beim Aufstehen. Ich hielt mich gerade noch an der Stuhllehne fest, und Katja griff nach meinem Arm.

„So geht das nicht weiter", sagte sie und sah mich tief besorgt an. „Du kippst noch aus den Latschen, wenn du so weitermachst, ernsthaft."

Ich zuckte nur mit den Achseln. Sie selber sah auch nicht gerade gesund aus, schmal und blaß, wie sie war.

„Aber ich gehe immerhin bald mal zum Arzt", sagte sie als Antwort auf mein schiefes Lächeln.

„Ich brauch keinen Arzt", gab ich zurück. „Ich brauche nur Zeit."

Aber ich brauchte noch mehr. Nachts, in der Einsamkeit meines Zimmers, kam die Erinnerung hoch. Ich sah das hohlwangige Gesicht meiner Mutter vor mir, den kalten, glänzenden Schweiß auf ihrer Stirn, und ich hörte ihr entkräftetes Keuchen. Magensäure stieg mir in die Kehle, aber ich schluckte sie krampfhaft wieder hinunter. Daß man an Grippe sterben konnte, es war mir auch jetzt noch, so viele Jahre danach, schier unbegreiflich.

Markus' Stimme zu hören tat wohl in dieser Nacht, aber er konnte natürlich nicht helfen.

„Klar denk ich noch oft an Mama", sagte er. „Weißt du doch, Miri." Er gähnte verstohlen, und ich hörte das leise Knistern im Hörer, als er sich kratzte. „Besuch mich doch in Hamburg, dann kommst du auf andere Gedanken!"

„Vielleicht später", sagte ich, plötzlich zutiefst ermattet, zum ersten Mal wohlig, seit mehr als einer Woche. Der Schlaf holte mich ein.

Als ich zwei Tage später Grit endlich zurückrief, schimpfte sie erst eine Weile mit mir. Dann gab sie sich Mühe, mich aus der Reserve zu locken. Aber es nützte nicht viel.

„Komm, raff dich auf", sagte sie munter. „Am besten, du lenkst dich ab. Wir gehen aus! Morgen abend, okay?"

„Mir ist nicht danach."

Grit schwieg einen Moment. Als sie weitersprach, hörte ich die Ratlosigkeit hinter ihrem energischen Tonfall. „Das geht vorbei, Uma, du wirst schon sehen. Du weißt doch, es gibt nur zwei Wege, wenn es einen gepackt hat: Entweder man lebt es aus, und dann ist es erledigt, oder man versagt es sich lange genug, bis es von selber vorbei ist. Aber in jedem Fall geht es vorbei. Die Zeit heilt alle Wunden." Ihre Stimme war wie ein fernes Klicken von Blech auf Holz, klanglos und hart und so unendlich weit von mir entfernt, als ob es mich nichts anginge.

Ich wußte, wovon Grit sprach. Aber das hier war anders; es ging nicht um Sex oder Triebe, und auch nicht um heiße, lustdominierte Verliebtheit. All das hätte ich hinter mir lassen können. Aber der Sex mit Jane hatte alles nur noch schwerer gemacht. Es war nicht erledigt. Nicht im geringsten. Es war nicht genug. Und es würde auch weiterhin nicht genügen.

Ich hatte Jane getroffen, und Jane hatte etwas in mir getroffen. Und dann war sie gegangen. Ich wußte nicht, ob sie mich wirklich nicht wollte oder mir nur auswich. Aber eins wußte ich ganz genau: Es spielte keine Rolle. Ich wollte sie trotzdem.

Und die Zeit zog dahin.

Ein paar Tage danach fand ich eine Ansichtskarte von Alice Springs in der Post. Ich betrachtete das ausgetrocknete Flußbett des Todd River, dann drehte ich die Karte ganz langsam um. Nur zwei Sätze standen darauf, in einer klaren und gleichmäßig geschwungenen Schrift. Janes Handschrift. Sie paßte perfekt zu ihr.

Danke für alles. Ich hoffe, es geht dir gut. Grüße aus Santa Teresa, Jane

Die banalen Worte machten mich wütend. All das, was zwischen uns passiert war, diese intensiven Stunden und Tage, dieser unglaublich berauschende Sex, unser gemeinsames Lachen, die Gespräche, die vielen, vielen Berührungen und Blicke. Dann dieser Bruch, von einer Sekunde zur andern. Kein Kontakt mehr, kein Wort, keine Zeile. Und dann diese nichtssagende Postkarte.

Ich war so wütend, daß ich das erste Mal seit vielen, vielen Tagen einen Energieschub verspürte. Ich hängte mich ans Telefon, aber die einzige, die ich nach mehreren vergeblichen Versuchen erreichte, war Kate.

„Oh, *honey*!" flötete sie ins Telefon. „Na, hast du Sehnsucht nach mir?"

„Kate", sagte ich heiser. „Kate, ich halte das nicht aus. Ich weiß nicht, was ich jetzt tun soll. Kannst du mir nicht raten?"

„Ach Cowboy", sagte sie mitfühlend, „mein armer Cowboy! Dich hat es ja wirklich total erwischt. Wie konnte das nur passieren? Ich hab dich doch gewarnt. Hab ich doch, oder?"

„Hast du sie gesehen?"

Kate schwieg einen Moment. Als sie antwortete, war ihre Stimme sehr dunkel. Und ernst. „Ich hab sie gesehen, natürlich."

„Und?"

„Willst du wirklich, daß ich dir rate?"

Mein Magen zog sich zusammen. Ich preßte mir die Hand auf den Bauch. „Ja", sagte ich heiser.

„Zieh dein Lasso erst mal wieder ein. Dieses Pferd da … das ist einfach zu weit entfernt. Oder zu schnell."

„Kate, was glaubst du, warum? Warum blockt sie mich dermaßen ab?"

„Keine Ahnung", sagte sie. „Wirklich, ich weiß es nicht. Alles ist möglich. Ich weiß nicht, was bei euch da passiert ist, aber …"

„Aber?"

„Sie will nicht. Sie will einfach nicht." Als ich schwieg, setzte sie nach einem Moment hinzu: „Vergiß sie und nimm lieber mich." Sie lachte aufmunternd, aber ich war immer noch still. Ich konnte nichts sagen. Der Kloß in meiner Kehle war wieder da, größer denn je.

Kate seufzte auf. „Soll ich kommen, Schätzchen? Du mußt es nur sagen, ich komme sofort geflogen!"

Ich rang mir ein Lächeln ab, das allerdings ziemlich mißglückte. Kate schien es zu spüren.

„Schon gut", sagte sie weich. „Aber wenn du mich brauchst – ich bin da, *honey*. Okay?"

„Okay", murmelte ich. „Danke."

„Ich halte dich weiterhin auf dem laufenden, Cowboy. Ehrlich, ich verspreche es dir! Ich fang eine neue Karriere an, als Spion. Unauffällig genug dazu bin ich ja, findest du nicht?"

„Ja", sagte ich, und dieses Mal glückte mein Lächeln, wenn auch nur halb. „Das bist du bestimmt. Auf jeden Fall bist du süß."

„Mmmh!" Kate schmatzte genüßlich. „Sag das noch mal! Komm, tu es für mich!"

„Du bist süß. Absolut süß. Aber ich hab noch 'ne Frage."

„Frag mich, was immer du willst. Frag alles!"

Ich konnte sie vor mir sehen, wie sie sich räkelte und genüßlich verdrehte. Schon wieder mußte ich schmunzeln. „Leckt euer Kühlschrank eigentlich noch?"

„Ups!" gurrte Kate. „Cowboy! Du Ferkel!" Und dann lachte sie fröhlich ihr kehliges Lachen.

Sie roch gut, wirklich gut. Frisch und sauber und ganz leicht nach einem milden Parfum, und all das nach stundenlanger Arbeit in der verräucherten Kneipe. Sie roch wirklich gut, kein Zweifel. Ich atmete ein-, zweimal ein, dann drehte ich den Kopf kaum merklich zur Seite und holte tief Luft.

Als ich für einen Moment die Augen schloß, sah ich Grit vor mir, den wachsamen, amüsierten Ausdruck in ihrem

Gesicht. Sie hatte den Daumen gehoben und anerkennend gegrinst, als ich mich schließlich vorgebeugt hatte, zur Barkeeperin hin, die mir tief in die Augen sah.

„Wie heißt du eigentlich?" hatte ich leise gefragt.

Sie lächelte mich an, auf eine Art, die mich Monate zuvor vollkommen ins Schwitzen hätte geraten lassen. Jetzt strich nur ein lauer Hauch meinen Rücken hinab."Zazoo", sagte sie. „Und du bist Uma."

Ich gab ihr mein Lächeln zurück. „Und, nimmst du mich mit?"

Sie hatte ganz langsam genickt, die Lider halb über die Augen gesenkt. Ihre Wimpern waren tiefschwarz. Es hatte Zeiten gegeben, da hatte ich nachts, kurz vorm Einschlafen, flüchtig an diese Augen gedacht; sie vor mir gesehen, mich gefragt, wie sie bei Kerzenlicht aussehen mochten oder wenn ihr Gesicht sich vor Lust verzog.

„Man muß die Feste feiern, wie sie fallen", hatte Grit vorhin im *Friedrich's* geflüstert. „Versuch es mal wieder. Tut dir bestimmt gut!" Ich hatte genickt. Und mich nach vorne gebeugt, zur Barkeeperin hin.

Jetzt lag sie erschöpft und zufrieden in meinen Armen. Nur, daß ich selbst nicht ganz da war.

„Was ist?" fragte Zazoo leise. Statt einer Anwort schloß ich meine Arme enger um sie und hielt sie fest, und sie seufzte behaglich. Ich spürte die Biere, die ich vorhin getrunken hatte, bevor wir aus dem *Friedrich's* hierher zu ihr gegangen waren. Ich hatte mir regelrecht Mut angetrunken. Zazoo hatte das sicher genützt, mir selbst allerdings kaum. Ein leichtes Pochen saß dicht hinter meiner Stirn, in ein paar Stunden würde es sich zu einem unangenehm bohrenden Kopfschmerz ausgewachsen haben.

„Was ist?" fragte Zazoo wieder, ihre rauhe Stimme weich von gesättigter Lust. Ich spürte ihre großen, weichen Brüste an meinen eigenen. Die kleine Flamme, die vorhin noch in meinem Unterleib gezüngelt hatte, war wieder erloschen.

„Ist irgendwas nicht in Ordnung?" fragte Zazoo jetzt und räkelte sich. An der Ungehemmtheit, mit der sie sich streckte, erkannte ich, daß auch sie nicht mehr ganz nüchtern war. Plötzlich ekelte ich mich ein bißchen. Vorsichtig ließ ich sie los und rückte ein winziges Stück von ihr ab. Dann legte ich meine Hand auf ihren Bauch. Ich wollte es überspielen, den leichten Ekel, mein Zögern, meine erloschene Lust. Aber ich war mir nicht sicher, ob ich es schaffen würde.

„Ich werde jetzt gehen", sagte ich ruhig. Zazoos Augen verengten sich, als sie mich ansah. Langsam nahm ich meine Hand von ihrem Bauch.

Mir war kalt. Das Frösteln zwischen meinen Schulterblättern, es war immer noch da. Und der Gedanke an Jane, den ich mit aller Kraft zu unterdrücken versuchte. Aber er war da; Jane lauerte hinter meiner Stirn, hockte in meinem Bauch, kauerte in meiner Brust. Sie war da. Sie war in mir drin.

Der Tee war heiß, und ein strenger Geruch stieg mit dem Dampf empor. Ich preßte die Lippen zusammen und schob den Becher angewidert ein Stück zurück, aber Katja schüttelte energisch den Kopf.

„Der tut dir gut, ehrlich. Probier mal. Ayurvedische Kräuter, speziell gegen Appetitlosigkeit."

„Soso." Ich schnupperte angewidert, während ich Katjas hohlwangiges Gesicht über den Rand des Bechers hinweg beobachtete. „Scheint bei dir ja ausgezeichnet zu funktionieren."

Katja ignorierte die Anspielung komplett. „Wann hast du zuletzt gegessen?"

„Heute morgen", log ich. „Und selbst?"

Sie kniff die Lippen zusammen. „Ich esse regelmäßig."

„Und was sagt der Arzt? Du warst doch beim Arzt, oder?"

Katjas Blick flackerte. „Meine Blutwerte sind nicht ganz in Ordnung, aber es scheint nichts Dramatisches zu sein. Wir haben noch ein paar Tests gemacht, die Ergebnisse krieg ich dann nächste Woche."

Ich hob den Becher und nippte daran. Der Tee schmeckte ungewohnt, aber gar nicht mal so schlecht.

„Und?" fragte Katja gespannt. „Wie schmeckt er dir? Schmeckt doch ganz gut, oder?"

Ich zuckte mit den Achseln und sah mich auf dem Tisch um. Am Rand lagen ein paar Zeitschriften und Broschüren, und als ich die oberste zu mir herüberzog, entdeckte ich, daß es das Programmheft für Katjas neues Stück war.

„Wußte ich gar nicht, daß es schon gedruckt ist", sagte ich.

„Lenk nicht ab."

Ich schlug das Programmheft auf und fing an zu blättern. Die handkoloriert wirkenden Fotos der Kostüme flimmerten mir leicht vor Augen. Plötzlich spürte ich, daß mir schwach vor Hunger war.

„Du ißt jetzt was, klar?" sagte Katja.

„Leck mich am Arsch." Ich warf das Heft hin und stand auf, aber Katja streckte blitzschnell den Arm über den Tisch und hielt mich fest. Ihre grauen Augen durchbohrten mich.

„Du wirst jetzt etwas essen", sagte sie ruhig. „Und danach wirst du dich bei mir entschuldigen. Einfach so. Ohne großes Theater."

Etwas in mir gab nach, so plötzlich, daß mir fast die Knie wegsackten. Widerstandslos ließ ich mich auf den Stuhl zurücksinken und stützte den Kopf in die Hände. Ich hörte, wie Katja aufstand, einen Teller aus dem Regal holte und sich am Brotkasten zu schaffen machte. Die Farben und Formen verschwammen vor meinen Augen. Als ich sie schloß, sah ich kleine Lichttupfer und Sprenkel hinter meinen Lidern. Irgendwo war ein Rhythmus, der meinen Körper ganz leicht erzittern ließ. Nach einem Moment begriff ich, daß dieser Rhythmus mein eigener Herzschlag war.

„Iß", sagte Katja und stellte einen Teller vor mich hin. Eine Brotscheibe lag darauf, mit Käse belegt. Und eine Gurke.

Ich fing an zu weinen. „Ich fühl mich beschissen. Sie fehlt mir so, Katja. Verdammte Scheiße, verdammt", schluchzte ich in meine Hände hinein.

„Tja, Uma, aber das Leben geht weiter. Mit ihr oder ohne sie."

„Und wenn nicht?" fragte ich schniefend und sah zu ihr hinüber. Katjas Gesicht wirkte verschwommen, als sie mit den Achseln zuckte.

„Das Leben geht weiter. So oder so", sagte sie ruhig.

Später mußte ich oft an diesen Moment denken, diesen Moment in Katjas Küche. Sie hatte recht gehabt, das Leben ging weiter.

Aber für manche eben nicht. Für manche Menschen ging es nicht weiter.

Berlin

Dezember 1994

„Wie lange dauert das noch? Wie lange, Uma, wie lange?" flüsterte Marianne. Sie hatte sich dicht zu mir herübergebeugt, und ich erschauerte, als ihr warmer Atem mein Ohr streifte.

„Ich weiß es nicht", flüsterte ich zurück und schlang nervös meinen rechten Fuß ums Stuhlbein.

„Aber lange kann es nicht mehr dauern, oder?"

„Auf gar keinen Fall", sagte ich leise und hoffte zutiefst, daß es auch stimmte, was ich da sagte.

Marianne starrte mich einen Moment von der Seite an, dann richtete sie den Blick wieder nach vorn, zur Bühne direkt vor uns, auf der Mia Matuschka, eine in der Berliner Kleinkunstszene der achtziger Jahre gefeierte Chansonniere, seit einer guten Stunde mühsam ihr Comeback versuchte. Angetan mit Frack und Melone, in der Hand einen überdimensionalen Regenschirm schwenkend, mit dem sie von Zeit zu Zeit in unsere Richtung stach, deklamierte sie ein albernes Gedicht nach dem anderen und sang zwischendurch mit sich überschlagender Stimme grauenhafte selbstgereimte Liedchen. Allein das Zusehen war mir schon peinlich, aber noch peinlicher war die Tatsache, daß ich ausgerechnet diese klägliche Vorstellung für meine erste Abendverabredung mit Marianne ausgewählt hatte.

„Heut abend koch ich mir 'ne Suppe und dann such ich mir 'ne Puppe!" sang Mia Matuschka oben auf der Bühne und stampfte gleichzeitig mit dem Fuß und dem Regenschirm auf den Boden, wobei sie heftig mit den Augen rollte. Die fünf Jahre, in denen sie pausiert hatte, schienen ihrer künstlerischen Karriere nicht gerade gutgetan zu haben.

Ich warf einen verstohlenen Blick zu Marianne hinüber. Sie saß sehr gerade auf ihrem Stuhl, ohne daß ihr Rücken die Lehne berührte, und sah mit unbewegtem Gesichtsausdruck zur Bühne empor. Im schwachen Licht der Bühnenbeleuchtung wirkte ihr Gesicht mit der langen, geraden Nase, den ausgeprägten Augenbrauen und den hohen Wangenknochen fast aristokratisch. Nur ihr gerundetes Kinn mit dem winzigen Grübchen in der Mitte machte diesen Eindruck ein wenig zunichte. Genau diese kleinen Unstimmigkeiten gefielen mir so gut an Marianne: Bei allem an ihr, ihrem Aussehen, ihrem Verhalten, dem, was sie tat, war ein Bruch zu finden, so winzig klein er auch sein mochte.

„Für dich tolle Puppe laß ich steh'n meine Suppe!" brüllte Mia Matuschka und ließ ihren Regenschirm aufschnappen. Mit einem tollkühnen Sprung hüpfte sie nach vorn an den Rand der Bühne und glotzte mit rollenden Augen zu uns herunter. „Hu! Suppe, Puppe, Suppenpuppe, huhuhu!"

Ein paar der Frauen, die um uns herum wie angeschweißt auf ihren hölzernen Klappstühlen saßen, lachten pflichtschuldig. Marianne starrte ungläubig zu Mia Matuschka auf, die jetzt unter albernem Gegicker begonnen hatte, ihren Schirm auf- und zuzuklappen.

„Suppenpuppe! Suppenpuppe!" kreischte sie hysterisch.

Mariannes Mundwinkel begannen zu zittern. Im nächsten Moment wandte sie sich mir zu und schüttelte fassungslos den Kopf. „Wir müssen gehen", sagte sie, wobei sie angestrengt versuchte, ihre Gesichtsmuskeln unter Kontrolle zu halten. „Ich halte das nicht aus. Ich zähle bis drei, und dann rennen wir raus."

„Aber wir können doch nicht einfach mitten in der Vorstellung rausrennen, Marianne. Wir sitzen ganz vorne." Mia Matuschka hopste oben auf der Bühne dreimal auf und ab und stocherte mit ihrem Regenschirm wild in der Luft herum. Die Frauen um uns lachten müde.

„Und ob wir können", sagte Marianne. „Eins, zwei, drei!" Und dann raffte sie auch schon ihren Mantel zusammen, sprang auf und hastete durch den schmalen Mittelgang davon. Die dichtgedrängt sitzenden Zuschauerinnen warfen ihr böse Blicke zu, aber sie ließ sich davon nicht beirren.

Ich sah zur Bühne, wo Mia Matuschka eben ihren Schirm in die Luft hob und sich gleichzeitig verbeugte, und dann schnellte ich ebenfalls hoch. Im Aufspringen bemerkte ich, daß mein rechter Fuß immer noch hinter das Stuhlbein gehakt war. Oben auf der Bühne verstummte Mia Matuschka, und in die plötzliche Stille hinein fiel mein Stuhl polternd zu Boden und ich fast hinterher. Nur der Griff an die Schulter einer hinter mir sitzenden Frau rettete mich davor, der Länge nach hinzuschlagen.

„Also so was!" zischte meine unfreiwillige Retterin wütend und schüttelte meine Hand unwirsch ab. Eilig lief ich davon, verfolgt von den empörten Blicken des erbosten Publikums. Erst, als ich an der Tür angelangt war, setzte zaghafter Applaus ein.

Eiskalte Dezemberluft schlug mir entgegen, als ich nach draußen stürmte und die Tür erleichtert hinter mir zustieß. Marianne lehnte ein Stück weiter die Straße hinunter am Auto und sah mir mit hochgezogenen Augenbrauen entgegen. Ihre dunklen, halblangen Locken hingen ihr wirr in die Stirn, und ihre Wangen waren von der wilden Flucht oder vielleicht auch der Kälte gerötet. Auf jeden Fall sah sie erhitzt und vergnügt aus, und das erinnerte mich schlagartig an diese beiden umwerfend leidenschaftlichen Nächte in der letzten Woche, in der sie verschwitzt, erschöpft und schwer atmend in meinen Armen gelegen hatte. Sofort stieg Verlangen in mir auf, und ich bemühte mich um einen gelassenen Gesichtsausdruck, während ich meine Jacke überzog und langsam auf meine neue Liebschaft zuging.

„Oh mein Gott", sagte Marianne und zog die Nase kraus. „Das war ja die entsetzlichste Darbietung, die ich in meinem langen Leben bisher gesehen habe. Und ich habe viele gesehen!" Sie grinste anzüglich, und ich fuhr mir nervös durchs Haar.

„Das tut mir leid. Ich hätte dir gerne was Besseres geboten, aber ich wußte ja nicht, was uns erwartet. Früher war sie ganz gut, wirklich." Ich schloß die Beifahrertür auf und ging um das Auto herum auf die andere Seite. Marianne machte keine Anstalten einzusteigen. Statt dessen beugte sie sich über das Autodach und sang aus voller Kehle: „Suhuhuppe! Du alte Puppe!"

Zwei ältere Türken, die hinter ihr vorbeischlurften, warfen ihr einen verwunderten Blick zu, und ich mußte grinsen.

„Schon gut, ist schon klar. Ich hab's ja verstanden. War schlecht ausgesucht, geb ich ja zu", sagte ich und steckte den Autoschlüssel ins Schloß.

„Suppenpuppe! Suhuhuppenpuppe!"

„Okay, okay! Ich mach's wieder gut!"

Marianne hörte auf zu singen. „Ich nehm dich beim Wort!" sagte sie und hob einen Finger.

„Tu das."

Über das Autodach hinweg lachten wir uns an. Nach einem Moment wurden wir gleichzeitig ernst. Marianne zog die Brauen herunter und sah mich unter ihren dunklen Wimpern hervor nachdenklich an. Ich spürte die kalte Winterluft auf meinen Wangen. Der beißende Geruch von Abgasen stieg mir in die Nase, und als ich tief Atem holte, konnte ich den heraufziehenden Frost in der Luft spüren. Hinter mir fuhren ein paar Autos vorbei, irgendwo quietschte eine Bremse, und ein Stück weit entfernt lachte ein Mann schallend auf, aber nichts davon drang wirklich zu mir durch. Das einzige, was ich wahrnahm, war der Blick, mit dem Marianne mich bannte, nur ein, zwei Augenblicke lang und doch weit darüber hinaus.

„He, Uma", sagte sie leise. Ihre braunen Augen durchbohrten mich, und ich spürte, wie es in meinem Unterleib zu ziehen begann. Der Autoschlüssel in meiner Hand war auf einmal wie ein Eisklumpen, meine Finger schienen daran festgefroren zu sein. Für einen winzigen Moment verwischte sich Mariannes Gesicht. Helle Augen, sehr viel hellere Augen sahen mich an, wandten sich ab. Mein Magen tat einen Satz, beruhigte sich wieder. Es war so lange her. Mehr als anderthalb Jahre. Wieder spürte ich die Winterkälte, aber diesmal nicht nur auf meinen Wangen, sondern in meinen Adern, in meinem Bauch.

Auf der anderen Seite des Wagens beugte Marianne sich weiter über das Dach. „Merkst du das auch?" fragte sie ruhig. „Merkst du das, Uma?"

Ich schluckte hart. Dann war meine Stimme frei, und sie kam zuverlässig aus mir heraus. „Klar merke ich das", sagte ich ruhig.

Marianne nickte. Dann hob sie eine Hand, küßte sanft ihre Fingerspitzen, ohne mich aus den Augen zu lassen, und schickte den Kuß mit einer zarten Geste zu mir herüber. „Und gehst du jetzt mit mir ins Bett?" flüsterte sie, so leise, daß ich die Worte mehr erahnte als wirklich verstand.

Ich nickte, wortlos, mit trockener Kehle. Plötzlich spürte ich wieder den Autoschlüssel zwischen meinen Fingern. Der Eisklumpen war geschmolzen. Langsam drehte ich den Schlüssel herum, bis das Schloß aufsprang. Ich zog die Tür auf.

„Alles in Ordnung?" fragte Marianne.

„Alles in bester Ordnung." Ich lachte sie an. „Komm schon, steig ein."

„Ich nehm dich beim Wort." Sie hob erneut einen Finger.

„Nur zu gerne, Baby. Und jetzt steig endlich ein."

Vor zwei Wochen war sie in mein Leben getreten, ungestüm und ohne Vorwarnung wie ein plötzlich aufkommender Sturm mitten im Sommer, der Erfrischung bringt und heilsamen Regen. Wir waren uns im *Friedrich's* begegnet. Marianne hatte in der Ecke gelehnt, groß, schlank und dunkel und überaus attraktiv. Ein neues Gesicht, eins, das ich noch nie gesehen hatte. Kein Wunder, wie ich später erfuhr, sie war erst vor wenigen Wochen aus Oldenburg hergezogen, der Arbeit wegen; sie war Grafikerin. Sie hatte in der Ecke gelehnt, mich ein paar Minuten beobachtet und war dann direkt auf mich zugekommen, mit lässigen Schritten. Ich hatte keine Zeit gehabt, mein übliches Programm aus taxieren, anlächeln, schmoren lassen und schließlich ansprechen abzuspielen; sie hatte mir die Zeit nicht gelassen.

„Rede mit mir, sofort und ganz lange und ganz fesselnde Sachen", hatte sie gesagt und mich angelacht, und ich war ihrem Charme binnen Sekunden erlegen. Mit ihrer unverblümten Art hatte sie mich frontal und gleichzeitig von hinten erwischt. Ihre natürliche Fröhlichkeit, ihre Lebendigkeit, die zuweilen in Hektik umschlug, die ihr eigene Mischung aus Ruhe und Temperament hatte mich von Anfang an überzeugt. Marianne, das hatte ich bereits erkannt, war einer der wenigen Menschen, die sich total hingeben konnten. Sie war gleichzeitig souverän und verletzlich, aber dadurch, daß sie ihre Grenzen aufzeigte, ungemein stark.

Und sie war die erste Frau seit Jane, mit der ich es wirklich genoß, zusammenzusein. Als wir das erste Mal miteinander im Bett lagen, war ich sprachlos vor Entzücken. Marianne machte mich vieles vergessen. Aber nicht alles.

Jane war wie ein vergessenes Muttermal auf der Schulter. Eins, an das man nie denkt. Aber immer, wenn man zufällig hinüberstreicht, ist es da. Und immer da gewesen.

Ihr Foto steckte nicht mehr in meiner Hemdtasche. Eines Tages hatte ich es in meine Schreibtischschublade gelegt. Von Zeit zu Zeit holte ich es heraus, strich über die zerknickten Kanten und glättete das Papier. Ich konnte ihren hellen Blick nie lange ertragen.

„Gib mir die Tasche." Ich streckte die Hand aus, aber Katja schüttelte den Kopf, eine steile Falte zwischen den Brauen.

„Mach dich nicht lächerlich", sagte sie scharf und umklammerte die prall gefüllte Einkaufstasche noch fester. Ich warf einen Blick auf ihre Hand. Ihre Knöchel traten deutlich hervor.

„Ach komm, gib mir die Tasche."

„Nein.“ Katja funkelte mich böse an, und ich hielt mir die Hand vor den Mund, um mein Schmunzeln zu verbergen. Zielstrebig zog Katja an mir vorbei und legte ein forsches Tempo vor. Mit stolz aufgerichtetem Rücken hastete sie voran, und ich folgte ihr wortlos. Ihr früher leicht gewelltes Haar war zu kleinen krausen Locken nachgewachsen, die in der Wintersonne glänzten.

Ich schob mich zwischen laut feilschenden Türken vor einem Obststand vorbei und sog den süßlich-würzigen Duft ein, der aus einer Bäckerei auf die Straße drang. Weihnachten war vorüber, Silvester lag vor uns, und die hektische Betriebsamkeit der Vorweihnachtszeit hatte einer fast entspannten Stimmung Platz gemacht. Sie würde nicht lange anhalten; die Leute gönnten sich nur eine kurze Verschnaufpause zwischen den Feiertagen. Morgen würde der Sturm auf die Geschäfte wieder von neuem beginnen. Katja und ich waren nur früher dran.

In Höhe der Naunynstraße sah ich, daß Katja ihre Kräfte verließen. Sie verlangsamte den Schritt, und ich schloß zu ihr auf. Diesmal ließ sie es widerstandslos zu, daß ich ihr die Tasche aus den klammen Fingern wand.

„Glaub ja nicht ...“ Sie verstummte, aber das Funkeln in ihren Augen war immer noch da, ungebrochen, von Krankheit, Erschöpfung und Kummer.

„Nein, ich glaube auf gar keinen Fall“, sagte ich mit Nachdruck.

Katja lächelte leicht und steckte besänftigt die Hände tief in die Taschen ihres Wintermantels. „Na, dann bin ich ja beruhigt.“

Wohltuende Wärme schlug uns entgegen, als wir die Wohnung betraten. Der Kachelofen im Wohnzimmer war an, und in der Küche bullerte der Allesbrenner vor sich hin. Vor beiden Öfen waren Kohlen und Holzscheite in großen Haufen gestapelt. Hans hatte gut vorgesorgt.

In der Stille der Wohnung klang Katjas pfeifender Atem überlaut. Ich bemühte mich, nicht hinzuhören. Während sie die Einkäufe verstaute, setzte ich mich an den Küchentisch und sah ihr mit aufgestützten Armen dabei zu. Ich wußte, wo die Grenzen lagen. Hätte ich ihr jetzt Hilfe angeboten, sie hätte mir die Tüten glatt um die Ohren geschlagen.

„Tee?" fragte sie und zündete die Gasflamme unter dem Wasserkessel an, ohne meine Antwort abzuwarten.

„Gerne."

Katja stellte die Milch in den Kühlschrank und hustete verstohlen. Als sie die Taschen in den Schrank legte, kam der Husten zurück. Zwei-, dreimal schnappte sie nach Luft, dann krümmte sie sich unter den harten, trockenen Lauten zusammen – Lauten, die wie Schläge auf einer zu straff gespannten Trommel klangen, kurz bevor sie zerreißt. Ihre Hände krampften sich um die Schranktür. Ich zwang mich, sitzen zu bleiben.

Ein röchelndes Geräusch kam aus Katjas Lunge, als sie mühsam die Luft einsog. Vorsichtig richtete sie sich auf und sah zu mir hinüber.

„Scheiße, was? Ich klinge wie ein asthmatischer Köter. Zu nichts mehr so recht zu gebrauchen." Katja schüttelte zornig den Kopf und holte mit zitternden Fingern Tee aus der Schublade neben dem Herd. Ihr Gesicht war von der Anstrengung unnatürlich gerötet, aber noch während ich hinsah, kehrte ihre normale Farbe zurück, eine bleiche, fast wächsern wirkende Blässe. Ich sah auf meine Hände, während ich nach einer passenden Antwort suchte.

„Sag jetzt bloß nichts." Katja schüttete Tee in das Teesieb und hängte es in die Kanne. „Ach, Mist. Meine Arbeit fehlt mir."

„Das glaub ich dir. Und du fehlst der Oper."

Katja warf mir einen schrägen Blick zu und grinste schief. „Ich kann aber nicht mehr." Sie goß Tee auf, stellte den Kessel ab und sah einen Moment nachdenklich vor sich hin. Dann schüttelte sie ärgerlich den Kopf, zog die Schublade wieder auf und begann darin zu kramen. Nach einem Moment fand sie, was sie gesucht hatte. Mit einer lockeren Geste warf sie ein Foto auf den Tisch. Ich fing es auf, bevor es zu Boden fallen konnte. Ein niedriges Bauernhaus war darauf zu sehen.

„Was soll das sein?"

„Da ziehen wir wahrscheinlich hin. Das ist Pepelow. Oben an der Ostsee. Zwischen Wismar und Bad Doberan."

„Warum da?" fragte ich und bemühte mich, gleichgültig zu klingen. Sowohl Katja als auch Hans hatten im vergangenen Jahr immer öfter davon gesprochen, Berlin den Rücken zu kehren. Ich wußte, daß Hans angefangen hatte zu suchen, aber ich wußte nicht, daß die Suche schon so weit gediehen war.

„Meck-Pomm: Das Altersheim Deutschlands. Oder, anders gesagt, das Seniorenparadies Deutschlands." Katja lachte auf und nahm das Teesieb aus der Kanne.

„Meck-Pomm?"

„Mecklenburg-Vorpommern. Hans hat da in der Nähe Verwandte, einen Onkel und eine Tante. Die haben uns den Tip gegeben. Das Haus steht unter Treuhandverwaltung und seit zwei Monaten leer. Hans kümmert sich seit ein paar Wochen drum. Wie es aussieht, klappt es tatsächlich."

Ich betrachtete das Foto genauer. Das Haus wirkte windschief, aber das Dach schien neu gedeckt. Eine Buchsbaumhecke schmiegte sich an die rechte Wand. Dahinter war undeutlich der Umriß eines Nebengebäudes zu sehen, einer Scheune vielleicht. Alles in allem ein Haus, in dem es sich bestimmt gut leben ließ, gemütlich und ruhig.

„Müßt ihr viel machen?"

Katja goß den Tee auf. Sie war bleich, die Haut spannte sich über den Wangenknochen, und unter ihren Augen lagen tiefe Schatten. Aber ihr ausgezehrtes Gesicht wirkte zufrieden.

„Gar nicht mal so viel, nur renovieren, und ein Ofen ist kaputt. Hans meint, bis zum Frühjahr müßte er fertig sein."

„Okay, okay", sagte ich und stützte den Kopf in die Hände. „Ihr geht also wirklich weg aus Berlin."

Katja kam mit der Kanne und zwei Tassen zum Tisch und setzte sich schwer atmend hin. „Für Hans ist es eine gute

Gegend zum Malen", sagte sie, nachdem sie wieder Luft geschöpft hatte. „Das Licht ist wunderbar. Und es gibt dort einen Dachboden, den wir ausbauen werden. Vielleicht kann ich dort dann mal Unterricht geben. Das schaffe ich schon noch. Und ich kann das Meer sehen." Sie sah mich an, einen Funken von freudiger Erregung in ihrem Gesicht.

„Und später, wenn es dir wieder besser geht?"

Katja sah mich nachdenklich an. „So weit denke ich gar nicht. Und das solltest du auch nicht. Ich bin froh, wenn ich den Winter überstehe."

Ich studierte ihre blassen Wangen, die Schatten unter ihren Augen, die Falten, die sich rechts und links ihrer Nasenwurzel in die Haut eingegraben hatten. Seit sie so viel an Gewicht verloren hatte, kam ihre Haut mir durchscheinend vor, fast pergamenten. Aber Katja meinte, das sei eine zwangsläufige Folge der Chemotherapie.

„Okay", sagte ich schließlich. Katja ließ ihren Blick noch einen Moment auf mir liegen, dann zog sie die Tassen zu sich heran und schenkte uns Tee ein.

„Wie steht es denn mit deiner Neuen?" fragte sie leichthin.

„Marianne?" fragte ich unwillig zurück.

Katja schmunzelte, während sie mir meine Tasse hinschob. „Ja, Marianne. Oder gibt es schon wieder eine andere?"

Ich legte meine Finger um die Tasse und pustete in die goldfarbene Flüssigkeit. Heißer Dampf stieg auf und verbrannte mir fast die Nasenspitze. Ich hatte eigentlich keine Lust, über Marianne zu reden. Aber wenn Katja es so wollte, würde ich es eben tun.

„Die ist doch flott", insistierte Katja und nippte an ihrem Tee.

„Ja, schon."

„Aber?"

Ich sah auf. Katja musterte mich mit unverhohlener Neugier. Das Thema schien sie brennend zu interessieren.

„Na ja", sagte ich zögernd. „Sicher ist sie flott. Und wir kommen uns näher, klar. Aber ich weiß nicht, inwieweit ich

... mich darauf einlassen will. Eigentlich will ich keine Beziehung. Eigentlich will ich, daß alles so bleibt." Im selben Moment fiel mir auf, daß es nicht stimmte, was ich da sagte. In Wirklichkeit wollte ich nicht, daß alles blieb, wie es war, sondern daß es wieder wie früher war. Ich wollte mein leichtes, ungebundenes Leben zurück, die Zeit, in der es für mich noch keine Krankheiten, keine Verlustängste, keinen Liebeskummer gegeben hatte. Ich wollte die Zeit wieder zurückdrehen, aber mir war nicht ganz klar, wie weit – ein Jahr oder zwei? Bis zu meiner Reise nach Australien oder eher danach? Verwirrt schüttelte ich den Kopf.

Katja mißdeutete die Geste. „Du brauchst dich doch auch gar nicht groß einzulassen. Nimm einfach mit, was du kriegen kannst", sagte sie lässig.

„Ich weiß eigentlich sowieso nicht, was das im Grunde heißen soll, ‚sich einzulassen'", sagte ich in einem plötzlichen Anfall von Bockigkeit. „Dieses ganze Getue darum, das ist doch alles nur Sicherheitsdenken. Den anderen ganz zu wollen, das geht doch gar nicht. Nie! Es ist wie mit dem Glauben: Um sich nicht hilflos und allein zu fühlen, erfindet die Menschheit sich Gott. Als ewiges, abstraktes, erhöhtes Gegenüber. Und den Partner als praktisches, alltägliches Gegenüber gleich mit dazu. Den will man besitzen und ganz und gar für sich vereinnahmen, alles fordern, jeden Gedanken, jedes Gefühl. Aus Bequemlichkeit, unter dem Deckmantel der Liebe. Und das nennt man dann ‚sich einlassen'." Ich lachte höhnisch auf. „Dabei ist das nicht unbedingt Liebe, sondern Projektion. Alles ist Projektion." Meine Schultern waren angespannt, und ich fragte mich selbst, woher diese Wut so unvermittelt gekommen war, diese plötzliche, bittere Wut. Mit einem Anflug von Scham fiel mir Hans ein, seine Besorgnis um Katja, ihrer beider ruhige, stille Beziehung, die bis jetzt alle Höhen und Tiefen überstanden hatte. Was wußte ich schon davon?

Katja hustete verstohlen in ihre Hand. Einen Augenblick kämpfte sie sichtlich gegen den Hustenreiz an, aber diesmal gewann sie. Als ihr Atem sich wieder beruhigt hatte, sah sie hoch. Lange Zeit betrachtete sie mich, solange, bis ich den Blick abwenden mußte. Draußen hupte ein Laster, und irgendwo rief eine barsch klingende Männerstimme etwas Unverständliches.

„Kein Glück ist frei von Schatten", sagte Katja schließlich. „Egal, was du tust. Kein Glück ist frei von Schatten."

„Sie ist toll, sie ist echt süß, ehrlich, Miri!" sagte Markus und seufzte genießerisch in den Hörer. „Ich glaub, so ernst war's mir noch nie!" Aus jedem seiner Worte triefte süßliche Verliebtheit wie schwerer, dickflüssiger Honig. Unwillkürlich mußte ich grinsen.

„Hat die tolle Süße denn auch einen Namen?"

Markus lachte. „Sandra. Ich weiß, das klingt beknackt, aber was soll man da machen?"

„Nenn sie doch Mausi. Aber das machst du ja sowieso, stimmt's?" Ich legte den Kopf ganz weit in den Nacken und rieb mir die schmerzenden Halsmuskeln, den Telefonhörer zwischen Schulter und Wange geklemmt. Heute hatte ich fast fünfzig Ballettschuhe geklebt, tief über den Tisch gebeugt. Es war die Hölle für meinen Nacken gewesen. Herr Kaufmann triezte mich in letzter Zeit stärker denn je.

Markus brummte. „Also Miri, echt, du bist vielleicht einfühlsam. Immer mußt du mich verarschen."

„Aber nur, wenn es um deine Mädels geht."

„Jaja", sagte er. „Jaja, schon gut. Aber Sandra ist wirklich was Besonderes."

Genau dasselbe hatte er gesagt, als er seine letzte Freundin kennengelernt hatte, und bei der davor ebenfalls. Mein kleiner Bruder verknallte sich alle Naselang, und jedes Mal mit überschwenglicher Begeisterung. Mittlerweile nahm ich ihn kaum noch ernst, obwohl ich ihn gleichzeitig um seine euphorischen Gefühle beneidete.

„Und du?" fragte er. „Wie sieht es bei dir aus?"

„Alles beim Alten."

„Also kommt ihr klar, ihr beiden. Wie lange geht das jetzt schon, fast drei Monate, oder? Sieht ja allmählich nach einer ernsteren Geschichte aus."

Ich zögerte einen Moment. „Das wird sich noch rausstellen. Aber es sieht nicht schlecht aus, das stimmt. Wir sehen uns oft. Und am Wochenende fahren wir an die Ostsee."

„Na, wunderbar. Ist ja prima. Und wann kommst du mal wieder nach Hamburg?"

„Vermißt du mich etwa schon wieder, Brüderchen?"

„Und wie!" seufzte er theatralisch. „Aber vielleicht komm ich demnächst mal vorbei. Im März oder vielleicht im April. Wird sowieso mal wieder Zeit. Kann ich Sandra mitbringen?"

„Klar. Wenn du unbedingt willst." Und wenn es sie dann noch gibt, fügte ich in Gedanken hinzu.

„Miststück!" sagte er weich durch den Hörer. „Also, mach's gut!"

Erst später, als wir schon aufgelegt hatten, ging mir auf, warum ich vorhin mit meiner Antwort gezögert hatte. „Alles beim Alten", hatte ich gesagt. Aber ich hatte dabei nicht an Marianne gedacht. Sondern an Jane.

Von Ferne drang Meeresrauschen an mein Ohr und vermischte sich mit Mariannes ruhigen, gleichmäßigen Atemzügen. Eng an mich geschmiegt, lag sie neben mir, einen ihrer langen Arme über meinen Bauch gebreitet, ihren Mund an meinem Hals. Wenn sie ausatmete, konnte ich das leise Beben ihrer Lippen spüren. Schwaches Mondlicht fiel in den Raum, an der Deckenschräge vorbei auf die Kommode neben dem Bett. Mit einem sanften Klicken sprang der Stundenzeiger des Weckers um. Drei Uhr. Ich hatte keine Ahnung, warum ich nicht im mindesten müde war, aber ich konnte nicht schlafen. Mein alter Feind, die Schlaflosigkeit, hatte mich wieder einmal gepackt und hielt mich seit mehr als einer Stunde fest in seinem Griff.

Marianne seufzte behaglich und schob ein Bein über meine Schenkel. Einen Moment lang war ich versucht, sie abzuwehren, mich aus ihrer warmen, weichen Umklammerung zu befreien, aber dann hielt ich doch still. Still, einen Arm unter den Kopf geschoben, den anderen locker um Mariannes Schulter geschlungen, lag ich da und ließ die vergangenen beiden Tage an mir vorüberziehen.

Am Freitag, bei unserer Ankunft, hatte noch stürmisches Wetter geherrscht. Die Ostsee hatte hohe Wellen geschlagen; bis an die Deiche waren die Fluten gekommen, über denen die alten Fischerhäuser genauso ängstlich zu hocken schienen wie die vielen eng zusammengekauerten Seemöwen auf den Pollern am Strand. Nach einem langen Spaziergang entlang der gischtspritzenden See hatten Marianne und ich in einem der Restaurants an der Hauptstraße zu Abend gegessen. Das Essen war köstlich gewesen und der Wein dazu ausgezeichnet, und so waren wir später wie Steine ins Bett gefallen, erschöpft und wohlig und viel zu müde für Sex.

Das hatten wir heute früh nachgeholt, ausgiebig und leidenschaftlich, bis der Hunger uns aus der Ferienwohnung getrieben hatte. Nach einem gemütlichen Frühstück in einem Restaurant hoch über dem Deich und einem anschließenden Spaziergang an der immer noch tosenden See waren wir wieder ins Bett gegangen, und dort waren wir auch für den Rest des Tages geblieben. Das Abendessen hatte ich liefern lassen und damit Marianne mächtig beeindruckt.

„Hier in Ahrenshoop? In diesem Dörfchen am Ende der Republik liefern sie aus?" hatte sie gestaunt und den Kopf geschüttelt, während sie den frisch überbackenen Karpfenauflauf betrachtete.

„Ahrenshoop ist kein Dörfchen, sondern ein in aller Welt geachtetes Kunstzentrum. Das solltest du als Grafikerin eigentlich wissen", wies ich sie zurecht, bohrte den Korkenzieher in den Korken und machte mich daran, ihn wieder aus der Flasche zu ziehen.

Marianne blies sich eine Locke aus der Stirn und sah mich von unten herauf an. Ihre dunklen Augen glänzten im Kerzenlicht.

„Es reicht doch, wenn du es weißt, Frau Oberschlau", sagte sie und zwinkerte mir zu. Und dann lachte sie fröhlich, als der Korken mit einem flachen Ploppen aus der Flasche sprang. Allerdings nur eine Hälfte davon. Die andere steckte abgebrochen im Flaschenhals fest.

Diesmal hatten Wind, Wetter und Wein uns nicht lahmgelegt. Bis in die Nacht hinein hatten wir uns geliebt, und wieder einmal hatten Mariannes Experimentierfreudigkeit und ihre lustvolle Hingabe mich gleichermaßen überrascht und erfreut. Mitten im Geschehen, als sie auf mir saß und sich den harten Stößen meines Beckens entgegenstemmte, mitten im höchsten Aufwallen der Gier hatte sie innegehalten, sich zu mir heruntergebeugt und mein Gesicht mit beiden Händen umfaßt. „Ich liebe dich, Uma. Ich will dich total", hatte sie geflüstert, so leise, daß es fast unterging in unser beider keuchendem Atem, und dann hatte sie mich sofort wieder losgelassen und sich aufgerichtet, und als wir uns weiter im Gleichklang bewegten, war es fast, als hätte sie gar nichts gesagt. Als wären diese entscheidenden Worte gar nicht gefallen, diese Worte, die das Ende der Leichtigkeit unserer Beziehung bedeuten würden, wenn ich sie zur Kenntnis nahm und das auch zeigte.

Ich tat nichts dergleichen; ich beließ es einfach dabei. Als Marianne viel später einschlief, lag ein Lächeln auf ihrem Gesicht. Ein Lächeln, das sich immer noch aus dem Dunkel der Schatten heraus formte, auch lange, nachdem ich die Kerze gelöscht und den Arm um ihre Schultern gelegt hatte. Es war immer noch da, dieses Lächeln.

Durchs Fenster kam der abgehackte Schrei eines Seevogels, der dicht daran vorbeiflog. Ich drehte den Kopf und sah zu dem dunklen Rechteck empor, aber am düsteren Himmel war nichts weiter zu entdecken als vom Sturm getriebene Wolkenfetzen, schmutziggrau und zerfranst. Einen Moment zögerte ich, dann schob ich Marianne sanft von mir weg und stieg aus dem Bett.

Die Wohnung war dunkel, und auch von draußen drang kein Lichtschein herein. Vorsichtig bahnte ich mir den Weg ins Wohnzimmer und tastete mich am Eßtisch vorbei, auf dem noch die Reste unseres Abendessens standen. Auf dem Fußboden und über den Stühlen lagen achtlos hingeworfen mehrere Kleidungsstücke, die wir uns vorhin vom Leibe gerissen hatten, und dankbar griff ich nach meinem Sweatshirt und zog es über. Fröstelnd kauerte ich mich aufs Sofa und schlang die Arme um meine Knie.

Draußen, hinter den altertümlich geduckten Fenstern, jagten in rascher Folge zerrissene Wolkenfetzen vorbei. Ab und zu brachen sie auf, und der zunehmende Mond tauchte das niedrige Zimmer in ein silbriges, fast unwirklich anmutendes Licht. In ein paar Tagen würde er voll sein.

Während ich dem Meeresrauschen lauschte, das unter den zuweilen ansteigenden Sturmböen nur mehr schwer auszumachen war, spürte ich der Unruhe in mir nach. Sie saß tief, ohne daß ich zu ergründen vermochte, woher sie stammte. Schräge Gedanken lauerten hinter meiner Stirn. Ich schob sie fort, nach Kräften, und es gelang mir auch, teilweise zumindest.

Katja schoß mir durch den Kopf, die keine Schonung duldete, ihre ausgezehrte Gestalt. Vorgestern hatte ich ihr beim Packen geholfen. Der Umzug stand zwar erst Ende März, in zwei Monaten, an, aber Katja wollte schon jetzt ihre Dinge ordnen und sortieren. Ihre fast manische Betriebsamkeit kam mir wie ein verfrühter Vorgriff auf den endgültigen Abschied vor, aber ich hütete mich, derlei Mutmaßungen auch nur anzusprechen. „Ich bereite lediglich meinen Umzug vor!" hatte Katja Hans angeschrien, als er neulich ihren Wunsch, alte Akten auszusortieren, zaghaft zu kritisieren gewagt hatte. „Ich will nicht alles mitschleppen, ich will neu anfangen!" hatte sie gebrüllt, und dann war ihre Stimme gekippt. Hans hatte sie in die Arme genommen. Ich hatte hilflos daneben gestanden.

Als ich das leise Tappen ihrer bloßen Füße bemerkte, stand Marianne schon vor mir und sah mich aus dunklen Augen an, die Arme eng um ihren nackten Oberkörper geschlungen.

„Kannst du nicht schlafen, Uma?"

Ich zögerte. Einen Moment lang wollte ich lieber allein sein, den stillen Kampf zwischen meiner Schlaflosigkeit und dem vagen, auf Mariannes Anwesenheit gründenden Gefühl der Geborgenheit erkunden und auskosten. „Ja. Oder nein? Ich weiß nie, was bei solchen Fragen die richtige Antwort ist."

„Die, die du gibst." Sie kam zu mir herüber und in meine Arme, weich und noch halb trunken vom Schlaf. Als ich meine Wange an ihren Hals legte, konnte ich den intensiven Geruch riechen, den wir gemeinsam geschaffen hatte, den wilden, zugleich milden Geruch nach Sex und ausgeschöpftem Begehren.

„Was ist denn mit dir? Geht es dir nicht gut?" fragte sie leise.

„Ich weiß nicht", sagte ich und vergrub mein Gesicht an ihrem Hals.

Eine Weile verharrten wir so, dann rückte sie ein wenig von mir ab und drehte den Kopf, so daß ich sie ansehen mußte. Es fiel mir schwer, ihrem Blick standzuhalten.

„War dir das zuviel vorhin?"

„Was meinst du?"

„Du weißt genau, was ich meine, Uma."

Ich hob fragend eine Braue, aber sie schüttelte den Kopf.

„Tu nicht so ahnungslos. Ist dir das, was ich vorhin gesagt habe, zuviel gewesen oder nicht?"

Ich schob meine Hand an Mariannes Rücken empor. Ihre Haut war so weich; ich sehnte mich so sehr danach, daß die Weichheit meine Zweifel auszulöschen vermochte.

„Uma."

„Ein bißchen vielleicht. Aber das hat nichts mit dir zu tun."

„Ach? Mit wem denn sonst?" Ihre Stimme klang amüsiert. Ich sah vorsichtig zu ihr auf; ich hatte Angst, in ihren Augen ein Wissen zu lesen, das sie hinter dem heiteren Tonfall verbarg. Aber ihre Miene verriet nichts dergleichen. Mit einem nachdenklichen Lächeln studierte sie aufmerksam mein Gesicht.

„Weißt du, Uma", sagte sie schließlich. „Eins ist mir klar, jetzt schon: Eines Tages wirst du mich verlassen. Weil du unstet bist. Weil du etwas Neues willst. Aber solange will ich mit dir zusammen sein. Ist das okay?"

Ich spürte, wie ich erstarrte. Aber ihr warmer Arm um meinen Nacken, das Gewicht ihres schlanken, muskulösen Körpers auf meinen Knien wirkten beruhigend auf mich, tröstlich sogar. Ich nickte, zögerlich, aber ich nickte.

„Okay", sagte ich heiser. „Okay."

Ihr Lächeln vertiefte sich. Sie beugte sich vor, küßte mich sanft auf die Lippen und rutschte dann von meinem Schoß. „Dann laß ich dich jetzt alleine."

Ich sah zu, wie sie hinausging, dankbar für ihr Gespür, die Grenzen zu wahren, mich einfach sein lassen zu können. Ich zog fröstelnd die Knie an meinen Oberkörper und sah wieder zum Fenster hinüber. Draußen jagten die Wolkenfetzen immer noch wild durch den nächtlichen Himmel.

„He, Uma", sagte sie, weit entfernt in der Tür. „Hier!" Sie hob die Arme, und etwas Großes, Unförmiges segelte durch die Luft zu mir herüber. Weich landete die Wolldecke vor dem Sofa auf dem Boden.

„Danke", sagte ich. Aber Marianne stand schon nicht mehr in der Tür.

Ich langte nach der Decke, zog sie hoch und wickelte mich darin ein. Augenblicklich wurde mir warm. Ich war gerührt von ihrer Fürsorglichkeit. Aber obwohl ich sie wollte, mich bemühte, sie anzunehmen und zu erwidern, war mir Mariannes Nähe mit all ihren Facetten trotzdem zuviel. Ich sah wieder zum Fenster hinüber, vor dem ein heller Schemen vorbeiflog, ein Seevogel, eine Möwe vielleicht.

Mit jeder Faser meines Bewußtseins kämpfte ich dagegen an, das Ende bereits jetzt schon heraufzubeschwören, vorwegzunehmen. Ich konnte es versuchen, mit Marianne. Aber in einem Winkel meines Herzens erschien mir die Nähe zu ihr als ein Trugschluß, vor dem wir beide wider besseren Wissens die Augen verschlossen. Wir konnten es versuchen, obwohl ich nicht daran glaubte, nicht wirklich.

Ich wußte bereits jetzt, wie es sich entwickeln würde. Ich wußte es, und Marianne wußte es auch. Sie hatte recht; eines Tages würde ich sie verlassen. Ob sie sich dann wirklich an ihre Worte erinnern und in der Abgeklärtheit ihrer heutigen Erkenntnis Trost finden würde?

Irgendwann vor einiger Zeit hatte ich aufgehört, meinen Gefühlen zu trauen, mir selber zu trauen. Und ich konnte den bitteren Geschmack der Ernüchterung jetzt schon auf der Zunge spüren.

Aber vielleicht irrte ich mich ja auch.

„Guter Laden irgendwie", sagte Grit und sah sich anerkennend um. Das *Kuckuck* war erst vor einer Woche eröffnet worden und bereits jetzt höchst angesagt in der Szene. Die langen Holzbänke entlang der orangefarbenen Wände waren dicht besetzt, an den Tischen drängelten sich die Gäste, und am Tresen war ebenfalls kein Platz mehr frei. Grit und ich hatten die beiden letzten freien Hocker ergattert. Das schwule Pärchen, das unmittelbar nach uns hereingekommen war, stand entnervt mitten im Gang und versuchte ungeschickt, den beiden geschäftig hin und her eilenden Kellnern mit ihren Tabletts auszuweichen.

„Wird auch mal Zeit, daß der Mehringdamm zur schwulen Meile umgewandelt wird", sagte Grit zufrieden und griff nach der Speisekarte. „Dann hab ich es nicht mehr so weit."

„Hauptsache, die richtigen Frauen kreuzen hier auf, dann brauchst du sie nur um die Ecke zu lotsen." Grit wohnte nur ein paar Minuten entfernt in der Obentrautstraße.

Sie lachte vergnügt und nickte zustimmend, während sie sich eine Zigarette ansteckte und die Speisekarte wieder zuklappte. „Genau!" sagte sie und blinzelte mich an. „Und da sind wir dann ja auch schon beim Thema. Wie sieht es aus mit deiner Flamme?"

„Wolltest du nicht was essen?" Ich streckte die Hand nach der Speisekarte aus, aber Grit zog sie mir weg.

„Hier gibt es nur Suppen und Salate, da steh ich nicht drauf. Aber schräg gegenüber gibt es die besten Currywürste von ganz Berlin. Vielleicht hol ich mir nachher noch eine." Sie beugte sich über den Tresen und bestellte zwei Kölsch beim Barkeeper, dann rutschte sie wieder auf ihren Hocker zurück und sah mich geradewegs an. „So, und nun zu dir. Denk bloß nicht, daß ich mich so leicht ablenken lasse. Was ist nun mit Marianne? Trauringe schon bestellt?"

„Quatsch nicht." Ich stützte einen Ellbogen auf dem Tresen auf und legte mein Kinn in die Handfläche. Ein muskelbepackter Kellner balancierte ein mit vollen Biergläsern beladenes Tablett hinter Grit vorbei und scheuchte das schwule Pärchen mit ausdrucksloser Miene zur Seite.

„He, nun mach mal keine Mördergrube aus deinem Herzen", sagte Grit. „Erzähl schon, wo liegt der Hund begraben?"

„Nirgendwo", sagte ich. „Es ist nur ... Ich bin mir nicht sicher, ob ich das wirklich will. Ob ich sie will und nicht lieber jemand anders."

Grit lachte und schüttelte den Kopf, während sie nach ihrem Kölsch griff, das der Barkeeper uns soeben schwungvoll hingestellt hatte. „Tja, man kann nicht alles haben", sagte sie, stieß mit mir an und trank einen großen Schluck. „Mmh!" Genüßlich leckte sie sich über die Lippen. „Marianne hat jedenfalls Klasse. Die ist prima."

„Ich will gar nicht alles", sagte ich, ohne auf ihr Lob einzugehen. „Ich will etwas Bestimmtes. Jemand Bestimmtes", korrigierte ich mich. „Manchmal. Vielleicht. Ich weiß nicht genau. Ach, scheiß drauf."

Grit sah mich mit einem merkwürdigen Gesichtsausdruck an, während sie langsam den Rauch ausstieß. „Sag nicht, daß du immer noch an deine Transe da denkst."

Ihr lakonischer Tonfall verärgerte mich. „Sie heißt Jane."

„Ja ja, Jane. Aber komm, Uma, das ist doch Geschichte. Die Sache ist Jahre her."

„Na und?" murmelte ich halbherzig. Ich bereute schon, das Thema überhaupt angeschnitten zu haben. In den ersten Wochen nach Janes Abreise damals hatte ich Grit noch die Ohren vollgejammert. Sie hatte geduldig zugehört, aber irgendwann, als sich bei ihr erste Anzeichen von Ungeduld bemerkbar machten, hatte ich aufgehört, ihr von meinem Kummer zu erzählen. Es war besser gewesen, nicht nur, um Grits Nerven nicht überzustrapazieren, sondern auch für mich selbst. Seither wußte ich, daß Verdrängen beinharte Arbeit war.

„Du verklärst sie", sagte Grit kopfschüttelnd. „Du setzt sie auf einen Thron und betest sie an. Ist sie das überhaupt, was du glaubst, was sie sei?"

„Wieso was? Wer! Wer sie ist. Sie ist kein Neutrum, Grit."

Grit warf mir einen skeptischen Blick zu und zuckte mit den Achseln. „Na gut, dann ist sie eben Jane. Aber trotzdem, du verklärst sie total. Erhöhst sie künstlich. Das kann man doch gar nicht leben. So was ist zum Träumen da! Ich wette, du bist in erster Linie so scharf auf sie, weil du sie nicht haben kannst. Und ein bißchen Sensationslust ist bestimmt auch mit dabei. Komm, Uma sei ehrlich."

„Scheiße", sagte ich. „Das stimmt nicht." Ich trank einen Schluck Kölsch und gleich darauf noch einen. Ich hatte nicht geahnt, daß unsere Ansichten so weit auseinanderklafften. Vielleicht war es doch nicht so gut gewesen, das Thema Jane so lange und gründlich auszuklammern.

„Doch, das stimmt sehr wohl, und das weißt du genau." Grit zündete sich eine neue Zigarette an und schielte an mir vorbei zum Eingang, wo eben ein Pulk dunkelgekleideter Frauen hereinkam. Leise pfiff sie durch die Zähne. „Komm", flüsterte sie und grinste mich schief an. „Laß uns mal 'ne geile Schnecke aufreißen. Dann kommst du auf andere Gedanken." Sie lachte, aber ich lachte nicht mit. Grimmig trank ich mein Kölsch aus und winkte dem Keeper. Als er in meine Richtung sah, hob ich zwei Finger.

„Ich will gar nicht auf andere Gedanken kommen. Ich hab schon genug zu denken."

„Das ist ja vielleicht genau das Problem. Warum nimmst du es nicht locker?"

Als sie meine finstere Miene sah, schlug sie mit der flachen Hand auf den Tresen. „Kann ja sein, daß Marianne nicht die Richtige ist für dich. Aber erstens weißt du das doch jetzt noch gar nicht, und zweitens, selbst wenn Jane", sie zog den Namen in die Länge wie ein zu lange gekautes, zähes Kaugummi, „selbst wenn Jane eigentlich die Richtige für dich wäre – Fakt ist, sie ist nicht da. Aber Marianne ist da, und ihr versteht euch super und alles. Besser den Spatz in der Hand als die Taube auf dem Dach. Gib der Sache doch eine Chance." Sie grinste schief und hob aufmunternd die Brauen.

Mein Gesicht fühlte sich an wie versteinert. „Mach ich ja auch", sagte ich gepreßt. „Aber trotzdem, ist nicht gerade das auch Projektion – jemanden zu wollen, von dem man weiß, daß er wahrscheinlich doch nicht richtig zu einem paßt? Nur theoretisch?"

Grit starrte mich an, ein verdutztes Grinsen im Gesicht. „Oh Mann", sagte sie nach einem Moment und seufzte. „Das ist mir zu hoch. Ich ess jetzt 'ne Wurst. Wartest du kurz?"

Ich legte meine Hand um das frische Kölsch, das der Barkeeper soeben gebracht hatte, und nickte langsam. Grit legte die Hand an die Stirn, rutschte vom Hocker und schlenderte hinaus, cowboymäßig wie immer, die Fäuste tief in den Taschen ihrer weiten Jeans. Sie hatte die Notbremse gezogen. Für den Moment war das in Ordnung.

Einer der Gipsfüße war mit rosa Sternchen bemalt und steckte mit der Sohle nach oben in einem überdimensionalen Blumentopf. Der andere, mit roten und blauen Streifen verziert, lag zerbrochen über dem Rand. Gripskrümel bedeckten den Boden, und zahlreiche Schuhsohlen hatten schmutzige Abdrücke darin hinterlassen.

„Eine ganz typische Arbeit für Jeanette Lenz", sagte ein junger Typ neben mir zu seiner Begleiterin. „Sie macht ihre Weiblichkeit immer zum Thema." Er zupfte an seinem rotkarierten Jackett und nickte anerkennend.

„Aber die Lenz kann sich das ja auch leisten." Seine Begleiterin hakte sich bei ihm unter, und die beiden zogen weiter. Und ich betrachtete einen Moment lang die beiden Gipsfüße in ihrem unförmigen Behältnis. Wenn damit Weiblichkeit thematisiert wurde, dann hatte ich jedenfalls kein Auge dafür.

Mein Blick fiel auf Marianne, die sich auf der anderen Seite des Raumes mit einer der ausstellenden Künstlerinnen unterhielt, einer schmalen, zartgliedrigen Frau, die ständig einen verwunderten Ausdruck im Gesicht zu tragen schien, als könnte sie selber kaum glauben, was sie da fabriziert hatte. Marianne legte gerade den Kopf in den Nacken und lachte laut auf, und der Anblick ihrer Kehle löste eine Welle von Verlangen in mir aus. Ich hatte schon den ganzen Tag Lust auf Sex. Jetzt, nachdem die unsägliche Einführungsrede des dickleibigen Galeristen vorüber war, würde es nicht mehr allzulange dauern.

Die Vernissage der Gemeinschaftsausstellung war bestens besucht. Der größte Ansturm war bereits vorüber; die meisten Besucher hatten sich nach dem pflichtschuldigen Betrachten der Kunstwerke dem Sektausschank zugewandt. Kleine Grüppchen von Bewunderern umringten die verschiedenen Künstler, lauschten ihren Ergüssen und unterhielten sich gewichtig.

Ich war kurz davor, mich zu langweilen. Für zeitgenössische Kunst hatte ich ohnehin nicht sonderlich viel übrig; ich zog traditionelle Malerei vor. Aber Marianne, die mit zwei ausstellenden Künstlerinnen befreundet war, hatte mich eingeladen, mit ihr zu kommen. Ich hatte eingewilligt, ich wollte mit ihr den Abend verbringen. Und die Nacht auch.

„Uma. Du siehst nicht gerade begeistert aus. Ich hab dich beobachtet."

Ich drehte mich um. Zazoo trug ihre typische, undurchdringliche Miene zur Schau, aber ihre Augen lächelten. Sie war nicht allein, eine hellhäutige, sehr junge Blondine stand ein paar Schritte hinter ihr und sah blasiert an mir vorbei.

„Schön, dich zu sehen. Wie geht's dir?" Seit Zazoo im *Friedrich's* aufgehört hatte, um sich dem Abschluß ihres Jurastudiums zu widmen, sah ich sie kaum noch. Wir hatten unsere gemeinsame Nacht noch zweimal wiederholt, aber dann hatte ich die ganze Sache stillschweigend beendet. Wir hatten nie mehr ein Wort darüber verloren.

Zazoo zuckte die Achseln. „In Ordnung. Nächsten Monat mach ich Examen, und dann ..." Sie ließ die Antwort in der Schwebe. Die Blondine hinter ihr verlagerte unruhig das Gewicht von einem Bein aufs andere. Einen Moment lang schwiegen wir, dann fing Zazoo an zu lächeln.

„Wir müssen los. Du hast meine Nummer ja noch, oder?"

Ich betrachtete ihre Wimpern, diese dichten, tiefschwarzen Wimpern. Als ich ihr wieder in die Augen sah, merkte ich, daß sie meinen Blick genau registriert hatte. „Vielleicht ruf ich dich irgendwann mal wieder an", sagte ich und zwinkerte ihr zu. „Und erkundige mich nach deinem Examen. Viel Glück!"

Zazoo nickte, und das Lächeln in ihren Augen verstärkte sich. „Bis dann", sagte sie, drehte sich zu ihrer Begleiterin um und ging dann an mir vorbei zum Ausgang. Die Blondine folgte ihr, ohne mich eines Blickes zu würdigen.

Versonnen sah ich den beiden nach. Zazoo wußte genau wie ich, daß ich nicht anrufen würde, nicht in nächster Zeit, vielleicht sogar nie. Aber die Spannung zwischen uns, die nie aufgelöst worden war, war immer noch spürbar, bei jeder Begegnung.

Als ich aufsah, entdeckte ich Marianne, die auf mich zukam, ihr leeres Sektglas in der Hand. Zielstrebig schob sie sich an einer Gruppe junger Männer vorbei und legte mir die Hand auf den Arm, mit einer lässigen Geste, die ihren Besitzanspruch nur unschwer verhüllte. Ich lächelte in mich hinein. Nachher im Bett würde ich ihr schon zeigen, wer hier wen besaß.

„Ich hab mich schon mal verabschiedet. Wer war denn das gerade?" fragte Marianne beiläufig und sah sich nach einem Platz um, an dem sie ihr Sektglas abstellen konnte.

„Zazoo." Ich nahm es ihr ab und stellte es vor den Blumentopf, in den Gipsstaub hinein. Die Lippenstiftspuren am Rand des Glases unterstrichen das Thema Weiblichkeit sicherlich nur noch, überlegte ich hämisch.

„Und wer ist diese Zazoo?" Marianne hatte den Kopf schiefgelegt und sah mich aus schmalen Augen an. Manchmal, wenn wir im Bett lagen und ich mich über sie beugte, sah sie mich genauso an, erwartungsvoll und zugleich herausfordernd. Ein Prickeln breitete sich in meinem Nacken aus.

„Wollen wir gehen?" fragte ich statt einer Antwort.

Marianne starrte mich an, dann nickte sie wortlos und steuerte in Richtung Ausgang vor mir her. Ich folgte ihr durch die verschmierte Glastür und erschauerte, als die kalte Märzluft uns entgegenschlug.

Marianne legte ein forsches Tempo vor. Ich hatte zwar nichts dagegen, möglichst schnell mit ihr ins Bett zu kommen, aber die paar Schritte bis zu ihrer Wohnung wollte ich doch lieber gemächlich zurücklegen, schon der Vorfreude wegen.

„Warte mal", sagte ich gelassen, „nicht so schnell."

Marianne blieb stehen, so ruckartig, daß ich fast gegen sie prallte, und drehte sich zu mir um. Verblüfft sah ich, daß ihre Augen zornig funkelten.

„Glaub ja nicht, daß du mich für blöd verkaufen kannst! Wenn ich dich was frage, will ich auch eine Antwort."

Einen Moment lang starrte ich sie erstaunt an, dann ging mir ein Licht auf. „Ach so, du meinst Zazoo! Gott, das ist doch ewig her. Eine unbedeutende Geschichte aus meiner Vergangenheit."

„So, du hast also was mit ihr gehabt." Marianne nickte triumphierend.

„Ja, hatte ich. Das ist doch kein Geheimnis."

Ein junges türkisches Pärchen zog an uns vorbei und musterte uns schweigend aus den Augenwinkeln. Als sie weitergingen, sah das Mädchen sich nach uns um, aber der junge Mann griff ihre Hand und zog sie schnell weiter.

„Und warum schweigst du dich dann aus, wenn ich dich nach ihr frage?" fragte Marianne grimmig.

Mir war kalt, und ich legte eine Hand auf ihren Rücken und versuchte sie vorwärts zu schieben, aber sie rührte sich nicht von der Stelle.

„Ich hab was anderes im Kopf."

„Was denn?" fragte sie mißtrauisch, immer noch, ohne sich zu bewegen.

„Dich."

„Aber das stimmt doch gar nicht!" rief sie, ehrlich entrüstet. „Du denkst bestimmt an diese Zazoo!"

„Quatsch!" Langsam wurde ich wütend. Mir war kalt, ich wollte endlich mit Marianne ins Bett, und ich hatte nicht vor, mich auf der Straße wegen einer lange zurückliegenden Affäre herumzustreiten

„Ach ja? Und wieso antwortest du dann nicht, wenn ich dich nach ihr frage? Da muß ich mich doch merkwürdig fühlen!"

Zu meinem aufsteigenden Ärger gesellte sich bitterer Trotz. Wie kam Marianne überhaupt dazu, mir Vorhaltungen zu machen? Schließlich waren wir nicht fest liiert, und ich war ein freier Mensch und gedachte auch, das zu bleiben. „Ich antworte, wann und was ich für richtig halte. Und im übrigen bin ich dir keine Rechenschaft schuldig. Mit wem ich was hatte oder habe, ist ganz allein meine Sache."

„*Habe*? Wieso *habe*? Ich dachte, das ist eine Geschichte aus deiner Vergangenheit?" Marianne verschränkte die Arme vor der Brust und trat einen Schritt zurück. Ein Windstoß blies eine zerfetzte Papiertüte an uns vorbei, und plötzlich hatte ich die Nase voll.

„Meine Güte!" rief ich. „Was ist denn los mir dir? Was willst du eigentlich? Ich stehe schließlich hier, bei dir, bin mit dir auf diese beknackte Vernissage gegangen ..."

„Beknackt?"

„Ja, beknackt! Oberbeknackt! Ich hab da herumgestanden, mehr als eine Stunde lang, mir diese dusselige Rede angehört und den ganzen Schrott angeguckt, und jetzt kriege ich noch Vorwürfe, weil ich mich mit einer Frau unterhalten habe, mit der ich vor hundert Jahren mal was hatte!"

„Guten Abend, Frau Schildkröte", sagte Marianne und fing an zu lachen. Ich starrte sie erbost an.

„Was?"

„Guten Abend, Frau Schildkröte. Wo du doch schon über hundert bist."

Sie lachte wieder, aber ich fand das überhaupt nicht komisch. Mir war ein Rätsel, wie sie so schnell umschalten konnte, von rasend eifersüchtig auf fröhlich.

„Hör auf, so wütend zu gucken", sagte sie zu mir.

„Ich gucke solange wütend, wie ich wütend bin!"

„Dann hör auf, wütend zu sein."

„Also wirklich! Erst beschimpfst du mich, weil ich vor Jahren mal was mit einer hatte, und dann soll ich mich auch noch nicht so anstellen!"

„Ich hab dich nicht beschimpft."

„Aber fast!"

Mariannes Mundwinkel zitterten verdächtig. Sie verkniff sich ein Lachen, und das brachte mich noch mehr auf die Palme.

„Unglaublich! Du ..."

„Das ist mein norddeutsches Temperament, das geht eben manchmal mit mir durch." Sie legte den Kopf schief. Ihre Augen verengten sich zu kleinen Schlitzen. „Und wenn du mich so provozierst ..."

„Ich? Ich hab dich provoziert?"

„Ja, hast du. Weil du immer so unverbindlich tust und ich nie weiß, woran ich eigentlich bin. Wo man auch geht und steht, immer sind irgendwo irgendwelche Frauen, mit denen du dich charmant unterhältst. Du könntest mit jeder was gehabt haben oder immer noch haben, so wie du dich verhältst."

Trotz meines Ärgers mußte ich zugeben, daß es stimmte, was sie da sagte. Ich flirtete zwar nicht offensichtlich herum, aber mehr oder minder verstohlen. Nicht zuletzt, um mir alle Türchen offenzuhalten. Und Marianne war klug genug, das zu merken. Ich hob die Hände.

„Okay, okay. Was willst du wissen? Frag mich, und ich antworte dir."

„Glaub ja nicht, ich würde jetzt deine ganzen Frauengeschichten hören wollen." Marianne stemmte die Hände in die Hüften. „Ich will eigentlich nur eines wissen: Was willst du mit mir?"

„Mit dir?" Ich betrachtete sie. Unter meinem anzüglichen Blick wurde Marianne ein bißchen verlegen. Ihre Wangen röteten sich leicht, und ich mußte unwillkürlich grinsen. „Mit dir will ich eine heiße, leidenschaftliche Liebschaft, gern auch für länger." Ich grinste noch breiter.

„Das heißt, du willst dich nicht festlegen und nicht binden und dergleichen." Marianne hob eine Braue.

„Ganz genau." Ich stieß mit der Fußspitze gegen eine zerknickte Bierdose, die auf dem Bürgersteig lag.

„Ich will dich ja nicht gleich heiraten, Uma, aber ..."

„Ich heirate sowieso nicht", sagte ich hart. Jedenfalls nicht dich, fügte ich in Gedanken hinzu und schämte mich sofort dafür. Entnervt trat ich noch einmal gegen die Bierdose, die mit einem metallenen Scheppern in den Rinnstein rollte.

„Gott im Himmel, bist du stur! Sollen wir vielleicht einen Vertrag aufsetzen, daß wir keine feste Beziehung, sondern nur eine Liebschaft haben? Wenn dich das beruhigt, können wir auch gerne reinschreiben, daß du Sex haben kannst mit wem und wann immer du willst. Vorausgesetzt, du sorgst dafür, daß ich es nicht mitkriege." Sie verschränkte die Arme wieder vor der Brust und funkelte mich an.

„So ein Schwachsinn, Marianne." Fast mußte ich lachen.

„Ja ja, ich weiß! ‚Ich mach sowieso, was ich will, dazu brauch ich doch keinen Vertrag.' Aber selbst bei einer Liebschaft hat man auch Verbindlichkeiten im Umgang miteinander." Sie stand immer noch da, die Arme schützend vor ihrer Brust. Ein plötzlicher Windstoß zerrte an ihren Haaren und wehte ihre Locken hoch. Ich spürte, wie mein Groll mit dem Wind verflog. Marianne sah einfach zu hübsch aus, mit ihren geröteten Wangen, dem zerzausten Haar und der steilen Falte auf der Stirn, die ich wegküssen würde, sobald wir erst in ihrer Wohnung wären.

„Ist gebongt, Schätzchen", sagte ich, streckte eine Hand aus und berührte die zarte Stelle unter ihrem Ohr. Nach einem Moment des Zögerns schmiegte Marianne ihre Wange in meine Handfläche. Ihr schöner Mund verzog sich zu einem unfreiwilligen Lächeln, und ich grinste sie an. „Frieden, okay?"

Sie nickte. „Einverstanden."

Ich legte einen Arm um ihre Schulter und zog sie an mich, und dicht an dicht gingen wir weiter. Sie hatte zwar eingewilligt, aber letztendlich hatte auch ich ihre Bedingungen akzeptiert und Zugeständnisse gemacht. Unser Gespräch war, wie so viele zuvor, weniger eine Auseinandersetzung als vielmehr eine Verhandlung gewesen. Seit Monaten verhandelten wir über unser Verhältnis. Ein Abschluß lag noch in weiter Ferne, aber Marianne sammelte zusehends Punkte. Sie war eindeutig zäher als ich. Und es sah so aus, als würde sie am Ende gewinnen.

Aber, und das war mir klar, es sah nur so aus.

Herrn Kaufmanns Drehstuhl quietschte, als er sich von der Werkbank zu seinem Schreibtisch rollte. Ich lauschte einen Moment, bis ich das charakteristische Schlappgeräusch der Sandalen hörte, mit denen sich mein Meister vom Betonfußboden abstieß, dann trat ich ruckartig aufs Pedal. Der Motor der Nähmaschine heulte gequält auf, und die Nadel raste über den Lederstreifen, den ich blitzschnell nach vorne zog.

„Frau Grimm!" brüllte Herr Kaufmann.

Ich tat so, als würde ich ihn überhören. Genüßlich trat ich das Pedal erneut durch, und die Nadel flitzte ratternd über die beiden Lederschichten und, als ich den Streifen schnell drehte, wieder zurück.

„Frau Grimm!"

Ich nahm den Fuß vom Pedal, zog das fertiggenähte Stück Leder mit gekonntem Griff unter dem Nähfuß hervor und sah zu Herrn Kaufmann auf, der mit puterrotem Gesicht neben mir stand. Zwei fettige Haarsträhnen hatten sich von seinem sorgsam um die Halbglatze gewundenen Haarkranz gelöst und fielen ihm in die Stirn.

„Frau Grimm, so näht man nicht! So kann man nicht nähen! Und das hab ich Ihnen schon so oft gesagt! Da geht die Maschine kaputt und das Leder auch noch dazu!"

„Ach ja?" Ich hob den Lederstreifen hoch und hielt ihn Herrn Kaufmann hin. „Tut mir ja leid, aber ich finde, so geht es einfach schneller."

Herr Kaufmann riß mir den Streifen aus der Hand und betrachtete ihn verärgert. Das Oberleder war sauber mit dem Futter vernäht; er würde keinen Grund zu Beanstandung finden. Ich war keine besonders ehrgeizige Schuhmacherin, und es gab vieles in meinem Job, was ich nicht gerade glänzend beherrschte, sei es aus Nachlässigkeit oder aus Unwillen, mich mehr zu bemühen. Aber im Nähen war ich wirklich perfekt. Nicht zuletzt deswegen hatte mich die Oper fest übernommen, nachdem die vorherige Gesellin nicht aus dem Mutterschaftsurlaub zurückgekommen war.

Herr Kaufmann reichte mir das Leder wortlos zurück. Seine schmalen Lippen waren ein einziger Strich. „Aber trotzdem!" sagte er mürrisch. „Die Maschine darf nicht so behandelt werden, Frau Grimm."

Ich nickte knapp und stand auf, und Herr Kaufmann trat erschrocken zurück.

„Ich geh in die Pause."

Sein Blick fuhr zur Uhr an der Wand. „Jetzt schon?"

„Es ist gleich halb zehn."

„Aber kommen Sie pünktlich zurück. Wir haben reichlich zu tun." Herr Kaufmann drehte sich um und schlurfte mit hängenden Schultern auf die Küche zu, wo er jeden Tag um Punkt halb zehn sein Frühstück verzehrte. Es bestand in der Regel aus zwei Wurstbroten und einem Stück stinkendem Tilsiter, den Herr Kaufmann sich ganz am Schluß in den Mund schob, um schmatzend darauf herumzulutschen. Mir wurde schon schlecht, wenn ich nur daran dachte.

Während ich die Tür hinter mir zufallen ließ und durch die langen, kahlen Gänge zum Treppenschacht ging, fragte ich mich, warum ich Herrn Kaufmann nicht in Ruhe lassen konnte. Statt sein ewiges Genörgel, sein mürrisches Gesicht und seine kritischen Blicke zu ignorieren, forderte ich ihn tagtäglich aufs neue heraus. Im Gegenzug triezte er mich dafür um so ärger, indem er mir mehr und mehr Aufgaben zuschob.

All das ließ sich sicher mühelos vermeiden. Es war vermutlich ganz einfach, ein streßfreies Arbeitsleben zu haben; ich müßte nur auf Deeskalation setzen statt auf Provokation. *Aber das*, dachte ich, während ich die Tür zum Treppenhaus aufzog und mich an den Abstieg machte, wobei ich immer drei Stufen auf einmal nahm, *das würde mir bestimmt bald langweilig werden*.

Vor nichts fürchtete ich mich mehr als vor Langeweile, diesem öden Gefühl, das mir gleichbedeutend erschien mit Stillstand und Niedergang. Und in letzter Zeit nahm meine Angst davor zu, ohne daß ich sagen konnte, warum. Etwas stimmte nicht. Ganz und gar nicht.

Vor der Kantine blieb ich unschlüssig stehen, dann ging ich weiter. Im Gang zum großen Bühnensaal kam mir eine Gruppe von Tänzern in barocken Kostümen entgegen. Ein paar von ihnen grüßten mich freundlich, als ich mich an die Wand drückte, um sie vorbeizulassen. Ihre Schnallenschuhe glänzten im flackernden Licht der Neonlampen. Ich kannte fast alle Gesichter, die meisten von ihnen waren erst kürzlich zur Anprobe bei mir gewesen. Der Letzte, ein schmächtiger Bursche mit schütterem Rothaar, hielt mir die Tür auf, und mit einem dankbaren Nicken schlüpfte ich hindurch.

Ein Dutzend Gestalten saßen über die vorderen Sitzreihen verteilt im Zuschauerraum und sahen zur Bühne auf, wo sich eben eine Gruppe von Tänzerinnen zu einem munteren Reigen anschickte, begleitet von heiterer Flötenmusik. Ich ließ mich in die dritte Reihe gleiten und streckte die Beine aus.

Während ich den jungen Frauen in ihren hellblauen Kleidern zusah, wie sie in einem gespielten Durcheinander über die Bühne liefen, sich dann bei den Händen faßten und mit kindlich anmutenden Hüpfern im Kreise drehten, versuchte ich zu ergründen, woher das leichte Unbehagen rührte, das mich seit einiger Zeit begleitete. Ich wußte nicht genau, wann es angefangen hatte, es mochten erst einige Wochen sein, mir aber erschien es wie eine Ewigkeit.

Die Tänzerinnen stoben auseinander und liefen in zwei losen Gruppen wieder aufeinander zu. Ich lehnte mich tiefer in den Sitz und lehnte den Kopf an das Polster. Sicher, es hatte sich einiges verändert in den letzten Monaten, im Guten wie im Schlechten. Marianne war in mein Leben getreten, Katja war krank geworden, hatte zu arbeiten aufgehört und würde bald wegziehen.

Aber es waren nicht die großen, sichtbaren Veränderungen, die mich beunruhigten. Es waren die leisen, schleichenden, auf die ich nicht den Finger zu legen vermochte. Die kaum merkliche Entfremdung von Grit, die zunehmende Verschlossenheit meines Vaters, der resignierte Unterton in Kates Stimme, wenn wir telefonierten, meine Unlust, auszugehen und mich zu amüsieren, ohne daß ich so recht wußte, warum. Unmerklich hatten sich die Gewichte verschoben, und mit ihnen war dieses beunruhigende Gefühl gewachsen, die Fäden nicht mehr in der Hand zu halten und den Überblick zu verlieren. Manchmal, wenn ich mich umsah, fühlte ich mich einsam auf eine kalte, unbarmherzige Art, die ich zuvor nicht gekannt hatte.

Vielleicht war es nur eine logische Folgerung, daß ich trotz meines leichten Unwillens dabei war, mich auf Marianne einzulassen. Mit einer Beziehung, das war mir klar, gelang es auf jeden Fall besser, sich selbst die Welt einzuengen und zu verkleinern, um sie überschaubarer zu machen. Auf diese Weise wogen Entscheidungen deutlich geringer; vieles fiel leichter.

Mir war zwar nicht ganz wohl dabei, aber trotzdem würde ich es tun. Ich war schon dabei.

Ich kauerte mich tiefer in den Sitz, schlang die Arme um meinen Oberkörper und sah zur Bühne empor, wo eine der jüngeren Tänzerinnen eben nach vorne glitt und zu einem Spitzentanz ansetzte.

Plötzlich mußte ich an den Januartag vor fast zwei Jahren denken, als Hans und ich Katja bei der ersten Kostümprobe zu *Innocence* zugeschaut hatten. Ich sah Katjas entrücktes, selbstvergessenes Gesicht wieder vor mir, als sie am Bühnenrand gestanden und den abgehackten Klaviertönen gelauscht hatte. Und dann ihren Tanz, ihren wilden, ekstatischen Tanz. Es war das letzte Mal gewesen, daß sie so getanzt hatte, aber das hatte damals keiner von uns gewußt. Kurz darauf war ihre Krebserkrankung diagnostiziert worden, Brustkrebs, der bereits angefangen hatte, Metastasen in Lymphdrüsen und Bronchien zu bilden. Letzten Winter hatte Katja an der Oper aufgehört. Die Chemotherapien, die ewigen, immer wiederkehrenden Krankenhausaufenthalte hatten ihren Tribut gefordert; ihr fehlte die Kraft. Und sie selbst fehlte mir, jeden Tag auf der Arbeit. Bald würde ich sie nur noch gelegentlich sehen.

Mir war plötzlich kalt. Fröstelnd schlang ich die Arme enger um meinen Oberkörper und zog die Knie an. Oben auf der Bühne beendete die junge Tänzerin soeben ihren Spitzentanz und sank mit einem erschöpften und unsicheren Lächeln in Richtung Zuschauerraum in sich zusammen. Irgendwo klatschte jemand verhalten, es klang viel zu zaghaft und lustlos, um ermutigend zu wirken. Das Lächeln der Tänzerin erschien mir mit einem Mal brüchig.

Wieder fröstelte mir, und als ich meine Hände unter die Bündchen meines Sweatshirts schob, spürte ich die Gänsehaut auf meinen Armen.

„Woher hast du meine Nummer?"

„Von Kate. Sie wollte sie mir nicht geben, aber ich habe gesagt, daß ich ins nächstbeste Flugzeug steige und sie stundenlang foltere, wenn sie sie mir nicht freiwillig gibt."

„Sehr witzig." Jane lachte. Es war dieses überraschte, weiche Lachen, das ich so gut von ihr kannte, das ich in meinen

Tagträumen hörte, wenn ich auf dem Bett lag und an sie dachte. Ich konnte sie vor mir sehen, ihr scharfgeschnittenes Gesicht, die freudige Verwunderung auf ihren Zügen. Unwillkürlich preßte ich den Hörer fester an mein Ohr. Die zwei Jahre seit unserem letzten Gespräch hatten nichts an meinen Gefühlen für sie verändert, nicht das geringste. Mein Bauch tat mir weh vor Sehnsucht. „Ich bin ja erstaunt zu hören, daß du immer noch in Australien bist", sagte ich. „Keine Sehnsucht nach den Schneehasen?"

Jane lachte erneut. „Ach, Uma", sagte sie belustigt. „Die müssen noch warten."

„Und wie geht es dir da unten in Melbourne?" fragte ich, um Lockerheit bemüht.

„Ganz okay. Aber Alice ist mir lieber. Nächsten Monat geh ich zurück."

Das wußte ich schon von Kate, die mich wie immer auf dem laufenden hielt. Ich wollte gerade nach Janes weiteren Plänen fragen, als sie mich unterbrach.

„Und wie geht's dir?"

„Gut soweit. Ganz okay."

„Arbeitest du noch beim Theater?"

„In der Oper, ja." Ich verstummte. Ihre simple Frage hatte mich aus dem Konzept gebracht. Plötzlich hatte ich Angst, daß sie auflegen würde. Ich preßte den Hörer noch fester ans Ohr.

„Und, warum rufst du mich an?" fragte sie weich.

Einen Moment lang war ich versucht, das Gespräch in ein harmloses Geplänkel zu leiten. Aber dafür hatte ich mich schließlich nicht durchgerungen, sie endlich anzurufen. Ich hatte eine Frage an sie, und ich brauchte eine Antwort darauf. „Denkst du manchmal an mich?" fragte ich langsam.

Ein langes Schweigen entstand, und mitten in diesem Schweigen spürte ich, wie mein Herz für einen Schlag aussetzte, und einen Moment lang konnte ich meine unermeßliche Angst spüren. So lange hatte ich mir Jane als Traum bewahren können. Ihre Antwort konnte das alles zunichte machen.

„Nein", sagte Jane schließlich. „Ich denke nicht an dich. Es gibt nicht viel Platz in meinem Leben für Gedanken an Menschen. Ich habe gerade nicht viel zu geben. Nimm es nicht persönlich. Es geht nicht gegen dich, es ist nur ..."

„Dein Leben", sagte ich, mühsam beherrscht.

„Ja."

Ich schluckte. „Aber ich, ich denke an dich."

Wieder schwieg Jane, aber diesmal lag eine Zärtlichkeit in ihrem Schweigen, die ich durch den Hörer hindurch spüren konnte. Es ganz leichtes, sanftes Gefühl, als ob sich jemand in meiner Nähe ganz langsam in einer Hängematte umdrehte. Dann hörte das Gefühl auf.

„Du meinst nicht mich", sagte Jane mit fester Stimme.

„Das ist nicht wahr. Warum gibst du mir nicht einfach eine Chance?"

„Welche Art von Chance meinst du?"

„In deinem Leben zu sein."

„Uma ..."

„Es muß nicht sofort sein. Ich will nur wissen, ob ich sie bekomme. Eines Tages. Irgendwann." Ich preßte den Hörer jetzt so fest an mein Ohr, daß es weh tat, aber ich konnte den Griff einfach nicht lockern.

„Du kannst nicht in meinem Leben sein", sagte Jane mit unvermittelter Heftigkeit. „Du bist Tausende von Kilometern weit fort. Wie willst du da in meinem Leben sein?"

Ich schwieg verbissen. Erst als ich die Augen wieder öffnete und mir schwarze Pünktchen davor tanzten, merkte ich, daß ich sie zusammengepreßt hatte.

„Uma, wir sind so weit auseinander, wie es nur geht. Wir leben in verschiedenen Zeitzonen, bei dir ist es Morgen, bei mir schon fast Abend. Wir haben noch nicht mal dieselbe Jahreszeit! Das ist Stoff für Sehnsucht, klar. Für viel Sehnsucht und viel Einbildung. Aber mein Leben ist hier, und da bist du nicht drin. Das ist die Realität, Uma, das und nichts anderes!"

„Für mich bist du die ganze Zeit da", sagte ich leise und legte eine Hand über die Augen. Der Hörer schien an meinem Ohr zu vibrieren.

„Aber das stimmt nicht, Uma. Ich lebe am anderen Ende der Welt. Und für dich, wie auch für mich, wäre es besser, wenn du das endlich begreifen würdest."

„Hast du es denn begriffen?"

Sie zögerte, einen winzigen Moment, aber der reichte mir aus. „Nein", sagte sie schließlich. „Aber das werde ich noch. Und du auch."

„Und?"

„Wahnsinnig schön. Fantastisch!"

Die Ostsee lag vor uns ausgebreitet wie ein leuchtendblauer Teppich, der in der Ferne mit dem Horizont verschmolz. Sanft gewölbte Hügelkuppen zogen sich bis zum Meeresufer hinunter. Wenn ich den Kopf nach rechts drehte, konnte ich hinter dem Salzhaff Wustrow und die Umrisse des Ostseebades Rerik erkennen. Links lag die Insel Poel, und geradeaus gegenüber erstreckte sich, unsichtbar im blauen Dunst der einsetzenden Dämmerung, die schleswig-holsteinische Küste. Der Wind rauschte, aber durch das Rauschen hindurch konnte ich immer noch Katjas Atem hören, begleitet von diesem leisen Pfeifen in ihrer Lunge, das in letzter Zeit immer häufiger zu hören war.

„Hier läßt es sich bestimmt gut leben."

„Und sterben." Katja lachte auf. Früher hätte ich sie ermahnt, nicht so sarkastisch zu reden, und schon gar nicht über sich selbst, aber seit einiger Zeit hatte ich es aufgegeben. Katja hatte jedes Recht der Welt, so zu reden, wie es ihr paßte, auch wenn es mir das Herz fast im Leibe zerriß.

„Komm, wir gehen zurück." Katja drehte sich um. Der Wind zerrte an ihrer Gore-Tex-Jacke und blies die kurzen Locken an ihrem Hinterkopf zur Seite, so daß ich ihren knochigen Nacken sehen konnte. Einen Moment blieb ich stehen und sah zu, wie sie voranschritt, den mager gewordenen Körper gebeugt, die hochgezogenen Schultern herausfordernd gegen den Wind gestemmt. Die untergehende Aprilsonne warf einen warmen Glanz auf die still daliegende Kulisse des Dorfes, vor dem Katjas schmale Gestalt aufragte wie ein kleiner, verkümmerter Baum, dem steten Wind trotzend. Es war wie eine Szene aus einem Film, den ich später vielleicht wieder und wieder vor mir sehen würde. Katja drehte sich halb zu mir um, und ihre Augen lagen im Schatten, als sie mich rief.

„Komm schon, Uma. Mir wird langsam kalt!"

Katja aß nur zwei von den kleinen Spinattaschen, die Hans im frisch reparierten Kachelherd zubereitet hatte. Ich hingegen konnte nicht genug davon bekommen; die Meeresluft hatte mich hungrig gemacht. Während ich den köstlichen Blätterteig mit der Gabel in kleine Teile zerdrückte und mir auf der Zunge zergehen ließ, sah ich mich neugierig in der gemütlichen Wohnküche um. Hans, der trotz der vielen Arbeit, die er tagtäglich in die Renovierung des Hauses steckte, gesünder und kräftiger denn je aussah, betrachtete mich.

„Ist gut geworden, oder?" fragte er mit unverhohlenem Stolz in der Stimme.

„Oh ja. Sind die Fenster eigentlich neu?" Ich deutete mit dem Kinn zu den dunkelbraunen Rahmen, die matt poliert in der von draußen hereinfallenden Abendsonne glänzten.

„Nein, die hab ich abgeflemmt und lackiert. Die anderen Zimmer kommen auch noch dran, aber erst mal sind die Fußböden an der Reihe." Hans schob sich zufrieden die letzte Spinattasche in den Mund und schlang sie mit zwei schnellen Bissen hinunter. Dann sah er zu Katja, die müde in ihrem Polsterstuhl lehnte. „Nimm doch noch eine, Katja."

Sie schüttelte hartnäckig den Kopf. „Ich will nicht. Danke." Sie zog die Knie an und legte die Beine gegen die Armlehne. Die Müdigkeit in ihrem Gesicht war unübersehbar, als sie ermattet die Augen schloß.

Hans und ich beobachteten sie beide einen Moment. Dann schob Hans seinen Stuhl zurück, stand auf und holte vom Sofa eine Decke, in die er Katja sorgsam einhüllte.

Als er sich wieder setzte, murmelte Katja mit geschlossenen Augen: „Ich muß noch meine Tabletten nehmen, erinnerst du mich daran?"

Wortlos hob Hans das Pillendöschen, das neben ihrem Teller lag, und schüttelte es, und Katja lächelte schief. „Später", sagte sie leise. „Später." Sie kuschelte sich in die Decke hinein und verbarg ihr Gesicht in dem weichen Stoff.

Ich sah zu Hans. Wortlos erwiderte er meinen fragenden Blick. Auf seinem kantigen Gesicht lag ein weicher Ausdruck, eine Mischung aus Besorgnis und Resignation, auf tiefe, unerschütterliche Liebe gebettet. Plötzlich mußte ich an das Gespräch denken, das ich kurz vor Silvester mit Katja geführt hatte. Sich aufeinander einzulassen sei Projektion und nicht Liebe, hatte ich behauptet. Wie vermessen und ignorant ich gewesen war.

„Es gibt noch Nachtisch!" flüsterte Hans, schob seinen Stuhl zurück und ging leise zum Herd. Ich folgte ihm mit dem schmutzigen Geschirr in der Hand und sah erstaunt zu, wie er aus den Tiefen des monströsen Herdes eine Auflaufschale mit überbackenen Bananen hervorholte. Beim Anblick der goldgelben Kruste lief mir das Wasser im Munde zusammen.

„Seit wann kochst du so gerne?" fragte ich und stellte das Geschirr in die Spüle. Katja war immer die begeisterte Köchin von beiden gewesen.

Hans zuckte mit den Schultern. „Man gewöhnt sich an vieles, und man kann sich sogar einiges angewöhnen. Irgendwann hätte ich es ja eh lernen müssen."

Ich musterte ihn von der Seite, während er die Bananen auf drei Dessertschalen verteilte und eine davon wieder in den Ofen zurückschob. Seinen unbeweglichen Gesichtszügen konnte ich nicht entnehmen, ob seine so leicht dahingeworfene Bemerkung darauf anspielte, daß er eines Tages vielleicht allein leben mußte. Katja ging ganz offensiv mit dem Thema um, aber Hans schwieg sich dazu aus. Ich verstand das, mir ging es genauso. Ich wollte nicht einmal daran denken.

„Es war genau richtig, hierhinzuziehen", sagte Hans, nachdem wir uns wieder an den Tisch gesetzt hatten und unser Dessert löffelten. „Das Licht, das Meer – jeden Tag fahren wir an den Strand und laufen ein Stück. Manchmal setz ich Katja nur ab und hole sie dann später wieder. Es tut ihr so gut. Sie blüht richtig auf."

Ich warf einen skeptischen Blick zu Katja hinüber, die jetzt tief und fest schlief, mit leicht geöffnetem Mund. Das Rasseln in ihrer Brust war deutlich zu hören.

„Doch", sagte Hans, der meinem Blick gefolgt war. „Glaub mir, es ist so. Sie blüht auf. Wenn erst der Sommer kommt ..."

„Fühlt ihr euch nicht manchmal ein bißchen einsam?" fragte ich vorsichtig und nahm den letzten Bissen Banane.

Hans zog die Brauen zusammen und schwieg, während er kaute und schluckte und dann seine leergegessene Schale zurückschob. „Na klar", sagte er ruhig und sah auf. Seine braunen Augen spiegelten das milde Licht der Deckenlampe, die jetzt, wo die Dämmerung rasch hereinbrach, ihren warmen Schein weiter ausbreitete. „Na klar sind wir einsam. Aber besser hier am Meer als in der Stadt." Für einen Augenblick wirkte sein Gesicht grau, und als er seine Wange in die Hand stützte, sah er alt und erschöpft aus.

„Ich werde kommen, so oft ich kann." Ich wußte, daß meine Schuldgefühle nicht angebracht waren, aber trotzdem waren sie da, heftig und bohrend, als lauerten sie ständig in meinem Innern und warteten nur auf eine Gelegenheit, hervorbrechen zu können.

„Ja", sagte Hans und lächelte mich zum ersten Mal an diesem Abend an, wenn auch nur kurz. „Ja, das wirst du, das weiß ich. Und Katja weiß das erst recht."

Ich sah wieder zu ihr hinüber. Sie schlief immer noch, ruhig und mit rasselndem Atem. Hinter ihr, durch das niedrige Fenster, sah ich das Meer, tiefblau jetzt im Dunkel der einbrechenden Nacht.

Nach dem Spülen, das Hans mich nur widerwillig übernehmen ließ, betteten wir Katja, ohne daß sie dabei aufwachte, gemeinsam aufs Sofa. Dann verschwand Hans in seinem Atelier, um dort Ordnung zu schaffen. Ich ging durch die Hintertür hinaus in den Garten.

Rechts und links des schmalen ausgetretenen Pfades, der bis zur Grundstücksgrenze am Rande des Hanges führte, hatte Katja versucht, Beete anzulegen. Sehr weit war sie nicht gekommen; das erste kleine Feld war noch säuberlich umgegraben, aber in der Mitte des zweiten steckte verlassen die Hacke. Auf ein paar achtlos ausgerupften und hingeworfenen Grasbüscheln lagen ein Paar umgestülpte Handschuhe, dreckig und am Daumen zerrissen. Ich konnte mir gut vorstellen, wie Katja bei der Arbeit ausgesehen hatte – ihr grimmiges Gesicht, die zornige Falte zwischen ihren Brauen, als die Anstrengung sie übermannte und zum Aufhören zwang. Sicher war sie wütend geworden. Bei meinem nächsten Besuch würde das Beet wahrscheinlich fertig sein, Katja gab eigentlich nie auf.

Langsam folgte ich dem Pfad bis zum Ende. Vor den niedrigen Holzzaun hatte jemand einen rostigen Gartenstuhl gestellt, dahinter fiel der grasbewachsene Hang sanft zum Meeresufer hin ab. Nur ein paar hundert Meter von mir entfernt lag der Strand, menschenleer in der zunehmenden Dunkelheit. Vorsichtig setzte ich mich auf den Stuhl und stützte das Kinn in die Hände. Die Aprilluft war mild, aber vom Meer kam Wind auf. Bald würde es zu kalt sein, um draußen zu sitzen.

Versonnen sah ich zu, wie die blaue Fläche weit draußen in der Dunkelheit versank. Aus dem Haus hinter mir kam ein leises Klappern, bevor wieder Stille einkehrte. Katja und Hans hatten Glück; ihr Haus war das letzte im Dorf und schon ein bißchen außerhalb gelegen. Nichts und niemand störte die Ruhe, kein anderes Gebäude versperrte die Sicht auf die Ostsee. Ich war verwundert, daß es derlei Idylle noch gab, daß der Bauwahn, der die Küsten einbetonierte und zusehends verschandelte, noch nicht ganz und gar um sich gegriffen hatte.

Satt und ein bißchen müde lehnte ich mich zurück und verschränkte die Arme vor der Brust. Die zarten Blätter der Obstbäume neben mir rauschten, als der Wind hindurchfuhr. In der Ferne schrie ein Seevogel, einmal, dann wieder. Das durchdringende Geräusch ließ mich erschauern, und unwillkürlich zog sich eine Gänsehaut über meine Arme.

Auf einmal, für einen kurzen, harten Moment, verspürte ich einen Anflug von Angst. Angst, daß mein Leben in die falsche Richtung verlief. Daß mir nie wieder etwas gelingen würde. Daß der Weg, den ich eingeschlagen hatte, am Ende der falsche war.

Hinter mir ging das Gartenlicht an, aber der Schein der schwachen Lampe über der Tür reichte nicht bis zu dem alten Stuhl, auf dem ich immer noch saß, die Arme jetzt fest um meinen Oberkörper geschlungen. Ich mußte an Hans denken, der das Licht sicher für mich eingeschaltet hatte, und an Katja, die vermutlich – hoffentlich – immer noch schlief, und sofort ging es mir wieder besser. Ich dachte an ihrer beider Liebe, eine sichtbare Liebe, die sich richtiggehend betrachten ließ, von anderen Menschen, von mir.

Und dann dachte ich an meine eigene Liebe, diese verborgene, geheimgehaltene, so unendlich wehmütige Liebe. An meine durch Raum und Zeit getragene Sehnsucht, in ihrer Unsichtbarkeit das Gegenstück zu dieser anderen, unverbrüchlichen Liebe, deren Zeugin ich war, heute erst wieder und schon so oft zuvor. Ich war immer der Meinung gewesen, daß Liebe ein Gefühl zwischen zwei Menschen war, gemeinsam erzeugt und gelebt. Aus dem, was zwischen Marianne und mir wuchs, konnte womöglich eines fernen Tages Liebe entstehen. Denn Liebe war schließlich etwas, das zwischen zwei Menschen floß, nicht nur von einem zum anderen. Dergleichen war Projektion, mußte es sein, oder nicht?

So hatte ich immer gedacht. Aber während ich meinen Gedankengang noch einmal verfolgte, den ich nie zuvor in Frage gestellt hatte, ging mir auf, daß ich es nicht mehr so sah.

Was ich für Jane fühlte, war Liebe. Trotz allem. Auch wenn ich damit allein war. Wenn sie mein Gefühl nicht erwiderte. Oder nicht mehr. Oder noch nicht?

Während ich mich vorbeugte und in die Dunkelheit starrte, die Landschaft und Meer unmittelbar vor mir verschlang, fragte ich mich, wie es Jane jetzt wohl ging. Ob sie liiert war, jemanden liebte, geliebt wurde. Manchmal, in meinen dunklen Momenten, hatte ich Angst, daß ich alt werden und sterben würde, ohne jemals wirklich mit ihr zusammengewesen zu sein.

Jane. Immer wieder Jane.

Der Keim war gesät. Ich dachte an die Jahre, die vergangen waren und die noch vergehen würden. Irgendwo warteten Tod, Krankheit und Unfälle. Dinge geschahen, Gefühle entstanden, verliefen sich wieder. Die Zeit legte sich darüber, bis nichts mehr blieb als die Erinnerung an ein einst starkes Gefühl, oder nur mehr ein Bild, schwach und vergilbt. Die Dinge wandelten sich unweigerlich – Schmerz verging, Sehnsucht schwand. Das Leben selbst schob sich dazwischen: Erlebnisse, Menschen, die man traf, die Zeitläufte selbst. Vergänglichkeit war die einzige, große Konstante.

Dies aber war anders; die Essenz dessen, was zwischen Jane und mir war, würde weitergetragen, bliebe bestehen, unangetastet. Dies hier verging eben nicht. Die Sehnsucht und Unerfülltheit blieben genauso, ließen sich nur kompensieren, zudecken, auf Zeit. Und schon jetzt, am Rande des Abhangs, das rauschende Meer in der Dunkelheit vor mir, endlos und weit, schon jetzt, in Anbetracht der Jahre, die sich vor mir auftaten wie eine sich endlos dahinwindende Straße, jetzt schon spürte ich, wie es sein würde, wenn ich Jane eines Tages wiedersah.

Ich hatte ein rauhes Gefühl in der Kehle, als ich den Kopf in den Nacken legte und in den Himmel hinaufsah, an dem die ersten Sterne zu sehen waren. Es würde wieder genauso sein; wir würden uns immer wieder wollen, ich und auch Jane. Vielleicht, lebten wir es, wäre es nur eine kurze Affäre, die wir auf diese Weise in die Länge zögen. Ein nie gestilltes Verlangen, künstlich verlängert, Tropfen auf heiße Steine. Immer wieder, und niemals genug.

Nur, daß ich nichts dagegen tun konnte. Nicht das Geringste. Außer zu warten. Und meinen Weg zu gehen, so gut ich es konnte.

Auch wenn er mich in die Irre führen würde.

Die Luft war zum Schneiden. Dichter Zigarettenrauch hing über den Köpfen der zahlreichen Gäste, vermischt mit den Ausdünstungen vieler menschlicher Körper, und der altersschwache Ventilator unter der Decke schien nichts dagegen ausrichten zu können. Mühsam drehte er sich im Kreis und wirbelte die Schwaden träge durcheinander. Jedesmal, wenn ich hochsah, fürchtete ich, daß er herunterfallen könnte. Für eine vernünftige Klimaanlage war dem *Kuckuck* bei der Renovierung wohl das Geld ausgegangen.

Markus schien sich an der schlechten Luft nicht weiter zu stören. Geschickt klopfte er eine weitere Zigarette aus seiner Packung und steckte sie sich in den Mundwinkel. Der Barkeeper, der ihn seit unserer Ankunft vor einer Stunde nicht aus den Augen gelassen hatte, griff nach seinem Feuerzeug und beugte sich mit einem strahlenden Lächeln über den Tresen, aber Markus schüttelte den Kopf und ließ ein Streichholz aufflammen.

„Zu spät", sagte er achselzuckend und wandte sich mir zu. In seinen Augen lag dieser schelmische Ausdruck, den er schon als Kind perfekt beherrscht hatte.

„Gönn dem armen Kerl doch zumindest ein kleines Erfolgserlebnis", sagte ich tadelnd, als der Barkeeper sich mit einem bedauernden Lächeln umgedreht hatte. „Das ist doch nur höflich!"

„Nee, nee, Miri", sagte Markus. „Wenn man denen den kleinen Finger reicht, dann wollen sie alles. Das kenn ich doch schon." Er lachte und zog eine Grimasse.

„Sei nicht so homophob."

„Bin ich doch gar nicht! Ich bin einfach nur konsequent und spiele die Spielchen nicht mit. Ich bin nun mal stockhetero, was soll ich da machen?" Wieder zuckte er mit den Achseln, stieß den Rauch aus und legte einen seiner kräftigen Unterarme auf den Tresen, um scheinbar ganz nebenbei die Finger zur Faust zu ballen und seine Muskeln spielen zu lassen. „Wo waren wir stehengeblieben?"

Ich mußte über seinen listigen Gesichtsausdruck grinsen. Genau diese Mischung aus jungenhaftem Charme und einem kräftigen, muskulösen Körper war es, die ihn so attraktiv machte, für Frauen wie auch für Männer. Markus wußte das sehr genau, und er setzte dieses Wissen auch bewußt ein. Allerdings, das mußte ich ihm lassen, kannte er durchaus die Grenzen und übertrat sie auch nie.

„Bei den neuen Nachbarn von Vater", sagte ich. „Du wolltest irgendwas darüber erzählen." Ich sah an ihm vorbei in den hinteren Teil der Bar, wo Marianne sich immer noch mit einer Bekannten unterhielt. Ihre wilden Locken fielen ihr tief in die Stirn; Marianne sprach seit Wochen davon, sie abzuschneiden, aber ich war dagegen. Mir gefiel das; sie sah so verwegen aus mit ihrer Mähne.

„Ach ja, genau!" Markus lachte und sog erneut an seiner Zigarette. „Also, du würdest Vater nicht wiedererkennen, seit die unten ins Haus eingezogen sind. Er ist richtig aufgetaut, Miri, und weißt du, warum?"

„Keine Ahnung. Weil er seinem jungen Nachfolger lauter Weisheiten über das Försterdasein beibringen kann?"

„Nee, eben nicht!" Markus schüttelte vehement den Kopf. „Überhaupt nicht, mit dem hat er gar nicht so viel am Hut. Nein, wegen der Kinder! Er steht total auf die Kinder!"

„Gibt's doch nicht. Über die hat er sich doch im Vorfeld schon andauernd aufgeregt!"

„Tja, wie es aussieht, ist das Schnee von gestern. Kaum war ich da, kamen die Kinder schon hoch, turnten überall rum und machten einen Höllenlärm, und Vater hat nur gelächelt und ihnen Schokolade und Kekse geschenkt. Stell dir mal vor, er kauft extra für sie ein!"

Ich schüttelte verblüfft den Kopf. Das Bild meines Vaters als gütiger Opa, der lächelnd Schokolade an fremde Kinder verteilte, überstieg eindeutig mein Vorstellungsvermögen. „Und Waldmann?"

„Der sitzt in seinem Sessel und wundert sich nur noch." Markus grinste schief und drückte seine Zigarette aus. Der Barkeeper tauschte unaufgefordert den vollen Aschenbecher gegen einen frischen aus, und Markus warf ihm ein freundliches Lächeln zu.

„Wie alt sind denn die Kinder?" fragte ich und nahm einen Schluck von meinem Kölsch. Es schmeckte abgestanden, und ich sah zum Barkeeper, um ein neues zu bestellen. Er stand reglos hinter dem Tresen und starrte immer noch Markus an, ein entzücktes Lächeln auf den Lippen. Als er meinen Blick bemerkte, errötete er zart.

„Das Mädchen ist drei und der Junge fast fünf."

„Ein bißchen jünger als Johnny", sagte ich. „Will er den eigentlich nicht mal sehen? Ich meine, immerhin ist er Johnnys leiblicher Opa."

Markus' Miene wurde ernst. Reflexartig hob er die Hand an den Nacken und fing an, sich zu kratzen. „Anscheinend nicht. Mit fremden Kindern geht das offensichtlich besser."

„Was geht da besser?"

Auf meinen tadelnden Blick hin ließ Markus die Hand wieder sinken. „Na, lieb sein", sagte er, sah auf mein leeres Glas und dann schnell zum Barkeeper hinüber, um die Stimme zu heben. „Zwei Kölsch, bitte!"

„Drei!" Grits laute Stimme neben mir ließ mich zusammenzucken. Sie lachte vergnügt, legte mir einen Arm um die Schultern und klopfte Markus aufs Knie. „He, alter Junge. Schön, dich mal wieder zu sehen! Geht's dir gut? Ich dachte, du kommst mit deiner Freundin?"

Markus lächelte verlegen. „Das hatte ich vor. Aber mit Sandra ist es aus."

Grit schnalzte mit der Zunge. „Mein Beileid. Aber du dürftest ja keine Probleme haben, eine Neue zu finden, so knackig, wie du aussiehst, stimmt's, Uma? Allerdings nicht unbedingt in diesem Schuppen." Grit lachte und lehnte sich schwer gegen mich. Ihr Parfum stieg mir in die Nase, ein herber Herrenduft, den ich noch nicht kannte. Als ich sie von der Seite ansah, entdeckte ich noch eine Veränderung: Zu ihren drei Ohrringen auf der linken Seite hatten sich zwei weitere gesellt, und durch die Augenbraue zog sich ein schmaler silberner Ring.

„Du hast es ja wirklich gemacht", stellte ich fest.

Grit nickte gewichtig. „Und nicht nur da!"

„Wo denn noch?" erkundigte sich Markus interessiert.

„An einer geheimen Stelle, die dir allerdings gut bekannt sein dürfte, da du dich ja so gern und häufig mit dem weiblichen Körper beschäftigst. Nur so viel: Sie liegt zwischen den Schenkeln der Frau", sagte Grit, zwinkerte mir verschwörerisch zu und nahm eines der Kölschgläser, das der Barkeeper uns gerade hinstellte. Als ich nach meinem griff, wendete er sich mit leicht verkniffenen Lippen wieder ab. Grits Stimme war offensichtlich nicht zu überhören gewesen.

„Wo ist denn deine Flamme?" fragte Grit, nachdem wir angestoßen hatten.

„Da drüben." Ich deutete mit dem Kinn nach hinten, wo Marianne sich immer noch mit ihrer Bekannten unterhielt. Grit folgte meinem Blick, und Markus drehte sich ebenfalls um. Im gleichen Moment sah Marianne auf und fing an zu lächeln, als sie entdeckte, daß wir sie alle drei anstarrten.

Grit pfiff leise durch die Zähne. „Mann, die ist aber auch bildhübsch, deine Perle!"

„Ich geh mal kurz für kleine Jungs", sagte Markus und schob sich von seinem Hocker herunter. Grit und ich sahen ihm nach, wie er zwischen den Tischen hindurch nach hinten ging. Als er an Marianne vorbeikam, blieb er kurz stehen und beugte sich zu ihr hinunter, um ein paar Worte mit ihr zu wechseln. Ich betrachtete seine muskulösen, vorgezogenen Schultern und sein kantiges Profil, und plötzlich ging mir auf, daß er Marianne sehr attraktiv fand. Es war nur ein winziger Moment, eine kaum merkliche Veränderung in seiner Haltung, eine Zunahme der Körperspannung, vielleicht in Kombination mit seinem fast schüchternen Lächeln, woran ich es erkannte. *Mein Bruder steht auf meine Freundin*, dachte ich mit einem Gefühl der Verblüffung, ohne beunruhigt zu sein, und dann, als er weiterging und ich den kurzen, taxierenden Blick sah, den Marianne ihm hinterherschickte: *Und sie findet ihn auch gut.*

Grit, die sich auf Markus' Hocker niedergelassen hatte, interpretierte meine verwunderte Miene falsch. „Tja, Uma, ich würde sagen, du hast es echt gut getroffen mit deiner Braut da."

„Klar", sagte ich und trank einen Schluck Kölsch. „Sicher, sie ist echt klasse." Grit war nicht die einzige, die immer wieder betonte, wie gutaussehend und spannend und wunderbar Marianne sei. Alle, alle fanden sie toll, und jeder riet mir uneingeschränkt zu. Manchmal ging mir diese allgegenwärtige Begeisterung gehörig auf die Nerven.

„Sieht so aus, als ob ich in Zukunft alleine auf Jagd muß." Grit lachte laut auf, und alarmiert sah ich sie an. Ihr heiterer Gesichtsausdruck wirkte auf einmal aufgesetzt, und ich hatte das vage Gefühl, daß mir etwas entgangen war. „Deine wilden Zeiten sind ja wohl vorbei. Ich muß jetzt alleine den Szene-Hecht machen." Grit wippte auf ihrem Hocker vor und zurück und ließ ihren Blick über die Tische gleiten, bevor sie mich wieder ansah. „Jetzt kannst du sie nicht mehr so einfach betrügen."

„Brauche ich ja auch nicht", sagte ich ohne großen Elan.

„Genau!" Grit nickte bekräftigend. „Brauchst du ja auch nicht. Außerdem, man kann nicht alles haben. Und so eine geile Braut reicht doch auch erst mal völlig, oder, Uma?"

Sie schielte zu einem Tisch hinüber, an dem drei jüngere Lesben saßen, die interessiert zu uns herübersahen. Während ich Grit dabei betrachtete, ihren unruhig flackernden Blick und ihr schiefes Grinsen registrierte, hatte ich ein unangenehmes Gefühl im Magen. So manches Mal hatte ich Grits Sprücheklopferei als hohl und nichtssagend empfunden und dennoch darüber geschmunzelt. Aber heute gelang mir das nicht. Vielleicht stimmte es ja, daß man nicht alles haben konnte. Aber ich wollte es trotzdem. Ich wollte Marianne, ich wollte weiter ein toller Szene-Hecht sein, und Jane, Jane wollte ich auch.

Grit warf mir einen kurzen Blick zu und sah sich dann weiter suchend um, ein cooles Lächeln auf den Lippen. Der silberne Ring in ihrer Braue glänzte, als sie den Kopf ganz leicht in den Nacken legte, um den Rauch auszustoßen.

„Grit?" fragte ich leise, aber sie hörte mich nicht. Sie war wieder einmal auf der Jagd, in einer Welt, die ich nur zu gut kannte. Aber das Paradoxe war, daß Grit, während ich noch damit haderte, vom wilden Fegerdasein in eine mehr oder minder feste Beziehung abgeglitten zu sein, mich genau darum beneidete. Während ich Angst hatte, für spießig gehalten zu werden, sehnte Grit, die vermeintlich so unkonventionelle Grit, sich genau danach. Sie hätte es niemals zugeben, aber ich war mir ganz sicher, daß sie liebend gerne mit mir getauscht hätte. Wir schienen uns Lichtjahre voneinander entfernt zu haben, ohne daß ich es wahrgenommen hatte. Irgendwo war der Punkt gewesen, an dem wir begonnen hatten, getrennte Wege zu gehen. Aber ich hatte ihn glatt übersehen.

„Soso", sagte Grit und nickte abwesend vor sich hin, während sie einen Schluck Kölsch nahm. Dann sah sie wieder zum Tisch mit den drei jungen Lesben hinüber und setzte ein leicht spöttisches Grinsen auf. Der erste Zug in einem neuen Spiel, wie ich wußte. Aber ich prüfte nicht nach, mit wem sie es spielte. Statt dessen sah ich an ihr vorbei zu Marianne, die gerade dabei war, sich von ihrer Bekannten zu verabschieden. Als sie sich umdrehte und auf mich zukam, ließ ich meinen Blick über ihre langen Beine wandern. Sie trug locker sitzende Jeans und ein enganliegendes rosafarbenes Hemd, das einen tiefen Ausblick auf ihre großen Brüste bot, und ich war nicht die einzige, die ihren wiegenden Gang mit Interesse verfolgte.

Auf halbem Weg sah sie auf und begann zu lächeln. „Na, was starrst du mich so an? Gefall ich dir etwa?" fragte sie, als sie bei mir angekommen war, legte mir beide Arme um den Hals und verschränkte ihre Finger in meinem Nacken.

Ich schob meine Hände um ihre straffen Pobacken und zog sie dichter an mich heran. Ich hatte höllische Lust, mein Gesicht zwischen ihren Brüsten zu vergraben und dann, ganz genüßlich, anzufangen, sie dort zu lecken. Und mich weiter nach unten voranzuarbeiten.

„Richtig geraten", murmelte ich. „Und wie!"

Marianne strahlte mich an. Als ich mich vorbeugte, um sie zu küssen, spürte ich Grits neugierigen Blick.

„Gott, bin ich froh, dich zu sehen, *honey*", sagte Kate und grinste müde. „Auch wenn der Anlaß beschissen ist. Ich hoffe, du sorgst dafür, daß ich ihn vergesse."

„Ich weiß nicht, ob ich das kann. Aber ich will es gerne versuchen."

Kate fuhr sich mit der Hand durchs Haar und sah mich von unten herauf an. „Ich wüßte schon, wie, Cowboy", sagte sie leise mit ihrer tiefen, rauchigen Stimme und schürzte lasziv die Lippen.

Ich lächelte zurück, aber ich spürte selbst, daß mein Lächeln mehr zu einer Grimasse geriet. Noch war ich nicht so weit, die altvertrauten Späßchen zu treiben, obwohl ich wußte, daß genau das Kate am meisten aufheitern würde. Der Schock saß noch zu tief.

Kate musterte mich nachdenklich, dann lehnte sie sich seufzend in ihren Stuhl und sah sich nach der Kellnerin um. „Wo bleiben denn unsere Getränke? Ich brauche unbedingt was zu trinken!"

Ich betrachtete sie über den Tisch hinweg. Ihr Haar war ein wenig gewachsen und hing ihr jetzt bis über die knochigen Schultern. Ihre Stirn wirkte zerfurcht, die Augen müde, und tiefe Falten hatten sich beiderseits ihrer Nase in die Haut eingegraben. Ich konnte mich nicht entsinnen, ob sie vor drei Jahren bei meinem Besuch in Australien schon da gewesen waren. Kate schien mir rapide gealtert, aber vielleicht war das nur auch eine vorübergehende Folge des Kummers. Lisa war schließlich erst seit drei Wochen tot.

Ich hoffte nur, daß es nicht noch einen anderen Grund gab, der Kate so ausgezehrt aussehen ließ.

Die Kellnerin, eine kräftige Dunkelhaarige, kam mit unseren Getränken zum Tisch und stellte zwei Martini und eine große Flasche Mineralwasser vor uns ab. „Bitte sehr, die Damen!" sagte sie freundlich und schenkte Wasser in zwei Gläser. Kate griff sofort nach ihrem Glas und trank in gierigen Schlucken, und die Kellnerin lächelte noch eine Spur breiter, während sie die Kerze auf dem Tisch anzündete und wieder davoneilte.

„Mein Gott, ist mir heiß", sagte Kate, goß sich noch einmal nach und trank ihr Glas wiederum aus. Unruhig ruckte sie an ihren Spaghettiträgern und zog ihr dünnes Sommerkleid ein bißchen höher. „Ich sollte Hitze ja nun wirklich gewöhnt sein. Aber das Klima hier ist so ganz anders." Sie lachte unsicher, und ihre Mundwinkel sanken ein wenig zu weit hinunter, als sie mich ansah.

Ich nahm ihre Hand. Sie war heiß und verschwitzt. Einen Moment lang versuchte Kate, sie mir wieder zu entziehen, aber dann ließ sie sie mir, seufzte tief auf und sah mich über die brennende Kerze hinweg unglücklich an.

„Oh, Scheiße, Cowboy", sagte sie und legte sich für einen Moment eine Hand vor die Augen. Ich hielt ihre andere weiter in meiner.

„Du fängst einfach neu an", sagte ich in dem vergeblichen Versuch, sie zu trösten. „Du bist ja nicht allein in New York, du wirst dich dort sicher sehr wohl fühlen, wenn du dich eingewöhnt hast." Nach Lisas Tod hatte Kate sich entschlossen, zurück in die Staaten zu gehen. Sie hatte all ihre Sachen verkauft und sich davon das Ticket mit Zwischenstop in Berlin besorgt. Freunde in New York würden sie erst einmal bei sich aufnehmen.

Kate nahm die Hand von den Augen und straffte die Schultern. „Oh ja, ich fang wieder von neuem an", sagte sie mit einem bitteren Lächeln. „Zum wiederholten Mal. So neu ist das dann auch eigentlich nicht mehr."

Ich wußte nicht, was ich sagen sollte. Aber Kate schien ohnehin nicht darauf zu warten. „Ohne Lisa ist es nicht mehr dasselbe", sagte sie und zog eine traurige Grimasse. Dann zuckte sie mit den Achseln. „Aber sie hat es nun endlich geschafft. Beim zigsten Versuch. Glückwunsch, *darling*!" Sie hob ihr Martiniglas zur Decke. „Komm schon, mach mit, Cowboy. Wir wollen doch nicht Trübsal blasen. Das hat Lisa schon alles für uns miterledigt, vorneweg." Sie zog eine Braue hoch und grinste, ein schwacher Abklatsch ihres alten, ansteckenden Lächelns, und ich hob meinen Martini und prostete ihr zu.

Ich dachte an das Trauma, das Lisas Tod bei Kate hinterlassen haben mußte. Lisa hatte für ihren endgültigen Abgang eine sehr blutige Lösung gewählt; sie hatte sich die Pulsadern aufgeschnitten. Aber zuvor hatte sie sich mit einem Messer darangemacht, alle Spuren ihrer Geschlechtsumwandlung zu beseitigen. Sie war sehr gründlich dabei vorgegangen; die Schmerzen, die sie sich selbst zugefügt hatte, als sie sich die Brüste zerschnitt und zwischen den Beinen verstümmelte, mußten grausam gewesen sein. Kate hatte sie schließlich gefunden, im Badezimmer, das einem Schlachtfeld geglichen hatte.

Ich wußte nicht, wie ich damit klargekommen wäre. Aber Kate war, wie sie mir schon mehrfach bei frühen Gelegenheiten versichert hatte, traumaerprobt. Sie würde auch dieses verwinden, bestimmt.

Als ich mein Glas absetzte, fiel mein Blick auf einen gutgekleideten Mann am Nachbartisch, der zu uns herüberstarrte. Seine Augen hatten einen feindseligen Ausdruck, und seine schmalen Lippen waren verächtlich heruntergezogen, als er erst Kate und mich musterte und dann auf unsere ineinander verschränkten Hände sah, die immer noch zwischen uns auf dem Tisch lagen. Wut stieg in mir auf, in einer so heftigen Anwandlung, wie ich sie selten erlebt hatte. Ich war nahe daran, aufzustehen und hinüberzugehen, um ihm die Meinung zu sagen, aber Kate, die meine Intention zu spüren schien, hielt meine Hand fest.

„Schon gut, Cowboy, schon gut", sagte sie sanft und zwinkerte mir zu. „Vergiß es, guck einfach nicht hin." Dann hob sie die Stimme. „Mit solchen Idioten verschwenden wir nicht unsere Energie, okay? Machen wir uns einfach ein paar schöne Tage hier in Berlin. Zeig mir alles, zeig mir vor allem die Stellen, an denen du mit Jane romantische Stunden verbracht hast."

Sie lächelte verschwörerisch, und ich war einer Antwort enthoben, weil in diesem Moment die Kellnerin mit unseren Gerichten zum Tisch kam. Kate hatte Spaghetti mit Gorgonzolasoße bestellt und ich Gemüselasagne, und während wir beide unsere Gabeln in die dampfenden Nudeln schoben, warf Kate einen triumphierenden Blick zu dem Mann am Nachbartisch hinüber, der sich angelegentlich über seine Lammkoteletts gebeugt hatte. Selbst wenn er kein Englisch verstand; Kates Tonfall war eindeutig gewesen.

Kate sah mich unter halbgeschlossenen Lidern hervor an. „Du sagst ja gar nichts, Cowboy."

„Was soll ich denn sagen?" Ich pustete auf meine Gabel und probierte. Hans, der mir das Restaurant empfohlen hatte, hatte nicht zuviel versprochen: Die Lasagne hatten genau den richtigen Biß und schmeckten vorzüglich.

„Du sollst sagen, daß du mir mit Freuden all die schönen Plätze zeigst, an denen du so romantische Stunden mit Jane verbracht hast."

„Ach, soviele waren es ja gar nicht", murmelte ich verlegen und wich Kates bohrenden Blick aus. Aber sie ließ nicht locker. Sie hatte ihr Thema gefunden.

„Und ob! Jedesmal, wenn wir nach Janes Berlin-Besuch telefoniert haben, hast du geradezu gestammelt vor Glück."

„Unsinn. Iß, deine Spaghetti werden kalt."

Kate wickelte sich ein paar Nudeln auf ihre Gabel, schob sie sich in den Mund und beugte sich vor, kaum daß sie gekaut und geschluckt hatte. „Eins muß ich mal klarstellen: Daß du nicht mich wolltest, sondern sie, das nehme ich dir sehr übel, *honey*." Sie drohte mir spielerisch mit einem ihrer langen Finger. Ihre grüngesprenkelten Augen leuchteten auf. „Und das Schlimmste ist: Es ist immer noch so."

„Gar nicht wahr", sagte ich schnell, viel zu schnell. Blitzartig dachte ich an Marianne, an das, was wir uns gerade aufzubauen schienen, aufbauen würden.

Kate schmunzelte. Lauernd hing sie vornübergebeugt, ihre ausladende Oberweite tunkte fast in die Spaghetti.

„Dein ... äh, deine Brust hängt gleich im Teller."

„Na und? Ist doch nur Baumwolle. Das kann man ja waschen", sagte Kate, ohne mich aus den Augen zu lassen. „Und ob es wahr ist", insistierte sie drängend. „Du willst sie immer noch. Trotz deiner Marianne. Gib's zu, los."

„Nein." Ich griff nach ihrem Teller, um ihn aus der Reichweite ihrer Brust zu ziehen, aber Kate packte blitzschnell meine Hand und hielt sie fest.

„Gib es zu!"

„Nein, Kate. Es ist nicht so."

„Gib es zu!" Kate begann, meinen Arm zu verdrehen. Ihre Kraft war geradezu unglaublich, vielleicht ein Relikt aus ihrer einstigen männlichen Existenz. *Das geht nie weg*, dachte ich erstaunt. *Angelegte Muskeln sind für immer da*.

„Aua!" Jetzt tat es wirklich weh.

Kate starrte mich auffordernd an, ohne meinen Arm loszulassen.

„Sadistin", murmelte ich und stöhnte gequält.

„Gib es zu", flüsterte Kate. „Du denkst immer noch an sie. Du willst sie. Du willst sie, seit du sie das erste Mal gesehen hast. Du hast feuchte Träume von ihr."

Ich mußte lachen, aber der Schmerz trieb mir zugleich die Tränen in die Augen. „Ja!" rief ich unterdrückt. „Das Letzte stimmt! Ich geb es zu!"

Mit einem befriedigten Grinsen ließ Kate mich los. Ich zog meinen Arm dicht an meine Brust und rieb mein schmerzendes Handgelenk. Vorsichtig sah ich mich um. Der Mann am Nachbartisch schüttelte mißbilligend den Kopf, ohne von seinen Koteletts aufzusehen, und ein Ehepaar schräg gegenüber starrte uns mißtrauisch an.

Kate lehnte sich zurück, ein unergründliches Lächeln im Gesicht. „Hab ich's doch gewußt. Du liebst Jane."

Ich zuckte mit den Achseln und machte mich wieder über mein Essen her. Dann sah ich auf. „Kann schon stimmen. Ich kann sie einfach nicht richtig vergessen. Ich denke immer noch an sie, fast jeden Tag."

„Das ist ja entsetzlich", sagte Kate und seufzte mitfühlend. „Das ist ja wirklich entsetzlich!" Den Bruchteil einer Sekunde, bevor sie anfing zu glucksen, begriff ich, daß sie mich verulkte.

„Du Luder!" Ich mußte lachen. Es tat so verdammt gut, über Jane zu sprechen, und wenn es nur ein paar scherzhafte Sätze waren. Seit Ewigkeiten hatte ich das nicht mehr getan.

Marianne wußte nur, daß es Jane gegeben hatte und daß sie sehr wichtig für mich gewesen war. Mehr zu erzählen, schien mir nicht angebracht, und sie hatte auch nicht danach gefragt. Ein paarmal hatte ich Jane Katja gegenüber erwähnt, aber in letzter Zeit nicht mehr. Sie ermüdete schnell, und in der wenigen verbleibenden Zeit gab es dringendere Dinge für uns zwei zu besprechen. Selbst Kate gegenüber hatte ich das Thema in den letzten Jahren ausgeklammert und mich nur gelegentlich nach Janes Aufenthaltsort erkundigt. Und seit Grits und meine Freundschaft auf der Kippe stand, war nur noch Markus geblieben, aber Gespräche mit ihm über Jane gaben mir nicht viel. Als ausgeprägter Hedonist riet er mir leichten Herzens ohnehin zu allem – zu Marianne wie auch zu Jane, genauso wie Katja es auch getan hatte, auf ihre enthusiastische Weise: *Nimm alles mit. Das Leben ist kurz. Nimm alles mit, was du kriegen kannst!*

Ich hatte meine Sehnsucht nach Jane, der ewig Fliehenden, in meinem Herzen begraben, eingebettet in Schweigen. Aber es hörte nicht auf. Es hörte einfach nicht auf.

„Was ich dich immer schon mal fragen wollte", sagte Kate und spießte ein paar Spaghetti auf ihre Gabel, um sie zu einer Rolle zu drehen. „Wie war es denn so mit ihr im Bett?"

„Du bist indiskret, Kate."

„Oh ja, das bin ich. Natürlich bin ich das! Ich hab auch nie was anderes behauptet." Sie schlang den Rest ihrer Nudeln hinunter, klopfte sich zufrieden auf den Bauch und hob ihr Wasserglas. „Nun los, erzähl schon!"

Unwillkürlich mußte ich lächeln. „Was soll ich erzählen? Es war toll. Einfach toll."

„War sie schmusig oder eher ... wild?" Kate schwenkte ihr Glas leicht in der Hand, als befände sich kostbarer Wein darin und nicht einfaches Mineralwasser.

„Beides", sagte ich zögernd, unentschlossen, wieviel ich preisgeben sollte. So unverblümt hatte mich Kate noch nie danach gefragt, und ich hatte den Eindruck, daß mehr dahintersteckte als simple Neugier.

„Hast du es gemerkt? Ich meine, hättest du es gemerkt, wenn ..."

„Wenn du es mir damals nicht erzählt hättest?"

Kates Lächeln verrutschte ein wenig.

„Das frage ich mich in der Tat immer wieder. Vielleicht wäre ich nie drauf gekommen. Wahrscheinlich sogar", sagte ich und sah zu der Kellnerin auf, die gerade zu unserem Tisch gekommen war. „Ich hätte gern ein Bier" – ich blickte Kate fragend an, und sie nickte –, „nein, zwei, bitte."

„Gerne." Die Kellnerin sah mir mit einem Lächeln direkt in die Augen, bevor sie unsere Teller abräumte und gekonnt auf ihrem Arm arrangierte. Als sie davonging, warf ich einen Blick auf ihre dicken Stiefel und die weiten schwarzen Jeans mit den Seitentaschen, die unter ihrer Schürze hervorlugten. Ganz eindeutig war sie eine Lesbe.

Als ich wieder zu Kate sah, betrachtete sie mit verkniffenen Lippen und geröteten Wangen ihre Fingernägel. Ich hatte sie nicht angreifen wollen, aber sie schien sich zu schämen.

„Nun ja, so bin ich jedenfalls untrennbar mit euch beiden verbunden", sagte sie und sah vorsichtig zu mir auf.

„Das bist du sowieso. Du hast uns schließlich zusammengeführt."

Kate lächelte schief. „Okay, Cowboy, vielleicht war es nicht mein bester Schachzug, aber es hat doch nichts geändert, oder?"

Ich schüttelte langsam den Kopf, während ich über ihre Frage nachdachte.

„Und ich geb es zu, ich war vielleicht ein bißchen eifersüchtig. Jane ist so makellos. Jedenfalls sieht sie so aus. Ich glaube, ich wollte nicht, daß sie damit einfach so durchkommt." Kate zuckte mit den Schultern. Einer ihrer Träger rutschte herunter, und mit einer geübten Geste griff sie danach und schob ihn wieder zurück. „Verstehst du, Cowboy, bei Jane hat alles wie am Schnürchen geklappt. Klar, sie hat die besseren Voraussetzungen mitgebracht: einen feingliedrigen Körperbau, leichtere Knochen, gute Haut, schmale Handgelenke." Kate hielt mir ihre großen Hände hin und drehte sie langsam, um mir ihre breiten Handgelenke zu demonstrieren. Aus dem Augenwinkel sah ich, wie das Ehepaar vom Tisch schräg gegenüber verwundert zu uns herüberstarrte.

„Während ich jahrelang dachte, daß aus mir nie eine richtige Frau wird, ging bei Jane alles ganz locker", fuhr Kate fort. „Die Hormone haben super angeschlagen. Als ich sie kennengelernt habe, hatte sie schon längst wunderbare straffe Titten, weiche Haut, weibliche Formen, ein feminines Gesicht, und alles von selbst, sozusagen." Bei der Aufzählung von Janes Vorzügen, die mir allzugut bekannt waren, errötete ich, aber Kate scherte sich nicht weiter darum. „Und dann die Operation! Zack, unters Messer, Schwanz ab, und schon kommt sie wieder raus mit der hübschesten Muschi aller Zeiten!"

Unwillkürlich mußte ich grinsen. Kate hatte die Stimme gehoben, und die Gäste an den umliegenden Tischen blickten interessiert zu uns herüber. Ich hoffte nur, daß sie kein Englisch verstanden, oder wenn, daß ihnen Kates seltsamer australisch-amerikanischer Akzent nicht vertraut war.

„Ist doch wahr!" Kate sah mich durchdringend an. „Du weißt es doch auch. Gib es zu, so ist es doch, oder?"

„Ja ja", sagte ich schnell, um sie zu beschwichtigen, aber Kate war jetzt erst richtig in Fahrt.

„Sie mußte nur ein einziges Mal nachoperiert werden, weil der Harnröhrenausgang zu groß war. Nur ein einziges Mal, das ist fast ein Wunder! Bei mir dagegen – ach, hör auf!" Kate quietschte auf und winkte ab. Die Kellnerin, die soeben an unseren Tisch getreten war, um unsere Biere zu bringen, lächelte verstohlen, aber Kate bekam es gar nicht mit. Ungestüm beugte sie sich nach vorn und redete wild gestikulierend weiter.

„Nichts funktionierte auf Anhieb, aber auch gar nichts! Die Epilation war ein einziger Horror, den Adamsapfel hab ich mir für mein sauer Erspartes abschaben lassen, aber er ist immer noch viel zu groß. Das Stimmtraining hat nun wirklich nicht viel gebracht, und noch nicht mal der Brustaufbau hat geklappt, stell dir das mal vor! Ein ewiges Theater! Jetzt hab ich zwar Riesentitten, aber unförmig wie zwei schlaffe Säcke." Sie deutete auf ihre ausladende Oberweite und wackelte mit dem Oberkörper, daß ihre großen Brüste in den Körbchen auf- und abhüpften.

Aus dem Augenwinkel sah ich, daß das Ehepaar von gegenüber verlegen auf seine Teller blickte. Der Mann vom Tisch nebenan hingegen starrte verdutzt zu uns her, mit einem ungläubigen Ausdruck in den Augen. Kate hatte es auch bemerkt, denn sie schüttelte noch einmal ihre Brüste und sah ihn herausfordernd an, bis er mit zusammengekniffen Lippen wegblickte.

„Und die Operationen, oh Cowboy!" erklärte sie abschließend. „Eine *never ending story*! Ich hab alles an Komplikationen gehabt, was man so haben kann, Uma. Vier Nachoperationen wegen Nekrose der Schamlippen und Abszessen, und eine Urovaginalfistel hatte ich auch. Dann war die Scheide wieder zu eng und am Ende auch noch zu kurz. Dabei war ich eine Musterpatientin! Wie verrückt hab ich den Dilatator benutzt, ehrlich!" Trotz meines Mitgefühls mußte ich schmunzeln, als sie eine eindeutige Geste vollführte und dazu mit gespitzten Lippen ein Brummgeräusch machte.

Kate lachte vergnügt, trank einen Schluck Bier und lehnte sich ausatmend zurück. „Und das, Cowboy, was am Ende dabei rausgekommen ist, das würdest du nicht sehen wollen. Glaub's mir."

„Red doch nicht so."

„Oh doch, Cowboy, oh doch! Jedenfalls, gib es zu, ich sehe genau nach dem aus, was ich auch bin."

Ich schüttelte den Kopf, aber Kate winkte ab. „Das ist wahnsinnig lieb von dir, *darling*, aber du brauchst nicht zu heucheln. Ich bin die ewige Transe, für immer und alle Zeiten. Keine Chance! Und deine Jane ist eben eine ehemalige Transsexuelle, die all das weit hinter sich gelassen hat. Das ist ein himmelweiter Unterschied, und ich gebe zu, daß ich gelegentlich eifersüchtig auf sie bin. Oder war. Gräßlich eifersüchtig."

Einen Moment tauchte Jane vor meinem inneren Auge auf, ihr lustvoll verzogener Mund, ihr wunderschöner, nahezu perfekter Frauenkörper. Kate tat mir leid, im nachhinein, für das, was sie hatte durchmachen müssen, um zu einem halbwegs befriedigenden Ergebnis zu kommen. Und doch hatte es sich, auf ihre Art, auch für sie sicher gelohnt. Anders als für Lisa. Aber an Lisa wollte ich jetzt nicht schon wieder denken.

„Aber weißt du, Cowboy, genau das ist das Pfund, mit dem ich in Zukunft wuchern werde!" sagte Kate leidenschaftlich und trank ihr Bier aus. „Das kann nicht immer so weitergehen für uns arme Transenmädels. Miese Operationen, schlechte Behandlungen, angeekelte Blicke. Ich hab mir vorgenommen, was dagegen zu unternehmen. Die Leute müssen aufgerüttelt werden. Wußtest du zum Beispiel, daß mir in den Staaten jeder Arzt eine Behandlung verweigern kann, weil ich transsexuell bin?"

„Nein, das wußte ich nicht. Ehrlich?"

„Ja, ehrlich. Kaum zu glauben, oder? Aber das wird sich ändern. Die Zeichen stehen nämlich auf *gender*, die sogenannte kulturelle Geschlechtsidentität im Unterschied zum biologischen Geschlecht." Triumphierend sah Kate mich an. „Es gibt ein paar Leute, die sich theoretisch damit befassen, Judith Butler zum Beispiel, eine Professorin aus Kalifornien. Schreibt hochkomplizierte Bücher darüber, von denen ich nur die Hälfte kapiere. Wenn überhaupt! Ich bin eben keine Intellektuelle. Aber auch ich kann kämpfen, und ich werde es tun!" Kate ballte die Faust und grinste ihr unwiderstehliches Grinsen. Ich glaubte ihr aufs Wort. Sie würde nicht untergehen, auf gar keinen Fall. Vielleicht lag eine glänzende Zukunft vor ihr; wenn ich sie so betrachtete, hielt ich alles für möglich.

Kate sah mit blitzenden Augen zum Nachbartisch hinüber, wo unser unangenehmer Tischnachbar soeben dabei war zu bezahlen. „Und eines Tages sind solche Kerle dann Vergangenheit. Entweder erkennen sie uns gar nicht mehr, oder wenn, dann sind sie aufgeschlossen und freundlich." Sie lachte glucksend. Weder sie noch ich würden jemals an eine solche Utopie glauben, aber es tat gut, sie sich auszumalen.

Ich sah zu, wie die Kellnerin nebenan das Wechselgeld direkt auf den Tisch legte, den Gruß des Mannes mit einem knappen Nicken erwiderte und sich dann zu uns umdrehte, wobei sie ihr Tablett schwungvoll anhob. Zwei Schnapsgläser mit einer durchsichtigen Flüssigkeit standen darauf, und mit einem verschwörerischen Lächeln trug die Kellnerin sie zu uns herüber und stellte sie vor uns ab.

„Zwei Grappa für die Damen. Auf Kosten des Hauses", sagte sie und zwinkerte uns zu, erst Kate und dann mir. „Zum Wohle!"

Das Schloß klemmte ein bißchen, und der Schlüssel ließ sich nur schwer herumdrehen. Ich biß die Zähne zusammen und hob die Klinke leicht an, und endlich ging die Tür lautlos auf. Vorsichtig trat ich ein, schloß sie hinter mir und zog meine Stiefel aus, ohne Licht anzumachen. Mariannes Wohnung lag im Dunkeln, aber mittlerweile kannte ich mich gut genug darin aus, um auf dem Weg ins Badezimmer nirgendwo anzustoßen.

Als ich am Schlafzimmer vorbeikam, dessen Tür einen Spalt aufstand, hörte ich ein Rascheln.

„Uma?"

Ich stieß die Tür ganz auf und ging zu Marianne hinüber. Das Bett knarrte leise, als ich mich auf die Kante setzte.

„He, du bist ja noch wach!" flüsterte ich.

„Na klar bin ich wach." Marianne drehte sich um und stützte sich auf einem Ellbogen auf. Ihre nackte Haut schimmerte weich, und ihre Augen glitzerten im Mondlicht, das von draußen hereinfiel. „Hast du dich gut amüsiert?"

Irgendwas an ihrem Tonfall machte mich wachsam. „Ja", sagte ich. „War ganz okay." Ich war mit ein paar schwulen Sängern unterwegs gewesen, Amerikanern, die an der Oper ein Gastspiel gaben. Die Jungs waren noch weitergezogen, ins Schwulenviertel am Nollendorfplatz, aber ich hatte zu Marianne gewollt. Seit einiger Zeit besaß ich einen Schlüssel zu ihrer Wohnung, mit der Erlaubnis, ihn zu jeder Tages- und Nachtzeit zu benutzen, und ich machte immer häufiger Gebrauch davon.

„Habt ihr Spaß gehabt? Englisch geredet, ja? Da stehst du doch drauf."

„Nicht mehr als auf deutsch." Ich beugte mich vor, um Mariannes Gesichtsausdruck besser lesen zu können. Es gab Tage, an denen ihre Laune schwer einzuschätzen war, und dies schien einer davon zu sein.

„Aber englisch zu reden ist doch so exotisch. Das tust du doch so gern!"

„Ich rede ganz gern englisch, aber besonders exotisch finde ich es nicht", sagte ich ruhig und strich über Mariannes nackte Schulter. Sie drehte sich leicht zur Seite.

„Im Bett auch nicht?"

Daher wehte der Wind. Ich mußte schmunzeln, und Mariannes Miene verfinsterte sich.

„Du lügst", sagte sie verärgert. „Das fandest du an deiner Jane doch bestimmt auch besonders exotisch."

Jetzt mußte ich wirklich lachen. „Jane und ich haben deutsch geredet."

„Was?" Marianne setzte sich auf. Aufgebracht starrte sie mich an. „Das wußte ich gar nicht! Ich dachte, sie ist Schwedin!"

„Ja, aber die meisten Schweden können deutsch. Das lernen sie dort in der Schule. Und außerdem ist Janes Mutter Deutsche."

„So genau will ich das gar nicht wissen!" blaffte Marianne und verschränkte die Arme vor ihren Brüsten.

Ich betrachtete sie, ihren bebenden Körper, die sanft abfallende Linie der Schultern, ihr vorgeschobenes Kinn. Als ich ihr in die Augen sah, war ich ihr einen Moment lang sehr nah. Ich hatte das unbestimmte und zugleich sehr intensive Gefühl, direkt in sie hineinblicken zu können, eine Ahnung von ihren aufbrodelnden, widerstreitenden Emotionen zu erhaschen. Dann war der Moment wieder vorbei. Ich streckte eine Hand aus und legte sie um Mariannes Nacken, und diesmal ließ sie mich gewähren.

Seit wir uns kannten, ertappte ich mich immer wieder dabei, daß ich Marianne beobachtete, aus der Ferne oder auch manchmal, wenn sie direkt vor mir saß, so wie jetzt. Ich beobachtete sie, solange, bis ich ihr Wesen zu erspüren meinte, oder eine Ahnung davon, ihren Reifegrad oder vielleicht ihr Fertig- oder auch Unfertigsein. Und manchmal verwischten die Grenzen, floß ein Strom zwischen uns, war ich ihr nah wie niemandem zuvor.

Vielleicht war das normal und passierte anderen Menschen andauernd; ich wußte es nicht. Ich wußte nur, daß es mir noch nie passiert war. Noch nicht einmal bei Jane. Jane war mir auf eine Art immer fremd gewesen; das war nicht besser oder schlechter, es war einfach anders.

Marianne hatte mein Gesicht studiert, und jetzt faßte sie nach meiner Hand, die immer noch in ihrem Nacken lag, und zog mich zu sich heran. Mit geübtem Griff schob sie mir das Hemd über die Schultern und biß mich leicht in die Sehne zwischen Schulter und Hals. Ich erschauerte und legte die Arme um ihren nackten, weichen Oberkörper, um sie sanft nach hinten zu drücken, bis ich fast auf ihr lag.

Marianne drückte ihre Hüften fest gegen meine, suchte nach meinem Mund und küßte mich so wild, daß mir der Atem wegblieb. Ungeduldig zerrte sie an meinem Unterhemd und meiner Jeans, aber als ich mich endlich daraus befreit hatte und nackt auf ihr lag, zu allem bereit, schob sie mich leicht von sich fort.

„Ich will den Dildo. Ich will, daß du mich mit dem Dildo fickst", flüsterte sie rauh.

„Mach ich doch gerne. Ist der noch im Ofenfach?" Ich drehte mich nach dem Kachelofen um. Seit Mariannes Wohnung im letzten Herbst mit einer Gasetagenheizung ausgestattet worden war, bewahrte sie dort ihre Sextoys auf.

„Sag bloß, das hast du vergessen?"

Ich hielt mitten in der Bewegung inne und drehte mich wieder zu ihr um. Grimmig erwiderte sie meinen Blick.

„Du bist schon wieder prämenstruell, stimmt's?"

„Ja! Ja, bin ich. Und? Was dagegen?"

„Nein, nein", sagte ich besänftigend und stand vom Bett auf. „Du bist nur ein bißchen unausgeglichen, und jetzt weiß ich ja auch, warum."

„Dann tu doch was dagegen!"

„Ich?" Ich fuhr herum und starrte sie an. „Was soll *ich* denn dagegen tun?"

„Mach mir ein Kind."

Ich lachte, aber Marianne fiel nicht mit ein. Stur sah sie zu mir auf.

„Wie bitte?" Ich grinste ungläubig.

„Nein, im Ernst." Sie legte ihr Kinn auf die Knie und sah mich von unten herauf an. „Ich will ein Kind."

„Von mir?"

„Nur zu", sagte sie trocken. „Wenn du das hinkriegst, gerne." Dann lächelte sie, als sie meine verwirrte Miene sah. „Mit dir oder ohne dich. Aber lieber mit dir."

Ich stand da, ohne mich zu rühren. Das Mondlicht glitzerte in Mariannes Augen. Dann nickte sie langsam.

„Wirklich", sagte sie leise. „Und nicht nur, weil ich prämenstruell bin. Ich meine es ernst."

Helles Licht schien durch die kleinen Fenster in der Dachschräge. Staub wirbelte auf und tanzte in der Sonne, als Hans auf bloßen Füßen voranging. Ich folgte ihm zwischen wurmstichigen Möbeln und übereinander gestapelten Kartons hindurch bis zu der frisch gestrichenen Holztür und blieb stehen. Hans sah sich fragend nach mir um, dann, nachdem er mein Gesicht einen Moment lang betrachtet hatte, nickte er beruhigend.

„Komm schon", sagte er. „Sie wartet auf dich." Er lief weiter, und ich trat durch die Tür und ging ihm langsam nach, geblendet von der Helligkeit, die durch das große Panoramafenster an der Stirnseite einfiel und den Dachboden in ein warmes, goldgelbes Licht tauchte. In der Mitte des langgezogenen Raumes blieb Hans stehen und wartete, bis ich zu ihm aufgeschlossen hatte. Seine braunen Augen waren von feinen Fältchen umkränzt, als er mit dem Kinn über seine Schulter nach hinten deutete.

„Ich laß euch allein. Wenn ihr mich braucht – ich bin gleich da vorn."

Leichtfüßig ging er an mir vorbei zu einer offenen Schiebetür, die den Dachboden in zwei Hälften teilte, und verschwand in seinem Atelier. Durch die Tür hindurch konnte ich eine Reihe von Bildern erkennen, die an die Wand gelehnt waren, die Ecke eines mit Papieren übersäten Tisches und einen Haufen Malutensilien unter dem großen Fenster in der hinteren Wand. Langsam drehte ich mich um. Erst jetzt nahm ich den schwachen Geruch nach Farbe wahr, der in der Luft hing.

Katja hob einen Arm, um mir zuzuwinken. Ihr Stuhl, ein alter Schaukelstuhl, der so aussah, als ob er schon immer dort gestanden hätte, war neben das Fenster in den Schatten der Dachschräge geschoben. Als ich nähertrat, sah ich, daß Katja trotz der hohen Temperaturen warm eingepackt war; sie trug eine Jogginghose und eine Strickjacke, unter der ein Sweatshirt hervorsah, und ihre Füße steckten in dicken Wollsocken.

„Hallo, Süße." Ich beugte mich vor, aber Katja versteifte sich, bevor ich sie berührt hatte.

„Vorsicht, der Katheter." Sie zeigte auf eine Stelle knapp unterhalb ihres Schlüsselbeins, wo ich unter dem Wollstoff eine längliche Wölbung ausmachen konnte.

„Okay, ich paß auf." Statt sie zu umarmen, küßte ich sie auf die Wange. Katja lächelte schwach. Sie hatte wieder stark abgenommen und wirkte müde, und unter ihren Augen lagen tiefe Schatten, aber ihr Anblick war bei weitem nicht so schlecht, wie ich befürchtet hatte.

„Tja, da staunst du, was? Ich bin dem Tod noch mal gerade so von der Schippe gesprungen. Totalremission. Das ist so was Ähnliches wie ein Wunder."

„Das *ist* ein Wunder." Nachdem ihr in einer komplizierten Operation das seit kurzem vom Krebs befallene Zwerchfell verklebt worden war, hatte sich Katjas Zustand rapide verbessert. Die Ärzte waren sehr vorsichtig mit allzu optimistischen Prognosen und hatten zu Bedenken gegeben, daß es sich vermutlich um einen nur kurzfristigen, vorübergehenden Stillstand handele. Aber ein Hoffnungsschimmer war aufgetaucht, und den konnten auch sie nicht leugnen.

Ich sah mich nach einer Sitzgelegenheit um, aber außer dem Schaukelstuhl war nur ein kleiner Hocker vorhanden, auf dem ein halbvoller Becher mit Tee stand.

„Stell ihn ruhig runter, schmeckt sowieso nicht." Katja verzog das Gesicht zu einer angewiderten Grimasse.

„Nanu, hast du etwa deinen Geschmack geändert? Sonst konntest du doch gar nicht genug kriegen von diesen ekelhaften Gesundheitstees." Während ich den Becher auf den Boden stellte, den Hocker ein Stück nach vorne zog und mich setzte, stieg mir ein schwacher Duft nach fremdartigen Kräutern in die Nase. Mit genau diesem widerwärtigen Zeug hatte Katja mich jahrelang gepeinigt; ich konnte mir einen kleinen Seitenhieb deswegen nicht verkneifen.

Katja schmunzelte. „Du darfst ihn gern für mich austrinken."

„Ist lieb gemeint, aber danke, nein." Ich schüttelte den Kopf, und wir lächelten uns an. Katja legte den Kopf zurück und sah an mir vorbei aus dem Fenster.

„Hast du überhaupt den Ausblick schon bewundert?"

Ich drehte mich um. Das Panoramafenster nahm fast die ganze Breite des Dachbodens ein, und die Aussicht war wirklich fantastisch. Unter uns lag der Garten mit seinen Obstbäumen, dahinter erstreckten sich die sanft geschwungenen Hügel bis zum Meer, das sich in der Sonne glitzernd bis zum Horizont ausbreitete. Die vorgelagerte Insel Poel wirkte fast wie eine Sinnestäuschung, flimmernd im gleißenden Sonnenlicht.

„Genial", sagte ich. „Und hier sitzt du nun und erholst dich?"

„So gut ich kann."

Ich sah noch einmal in den Garten hinunter. Auf den Beeten sprießten Blumen und Gemüse, ich erkannte Rhabarberbüsche und sogar einige Erdbeerstauden. „Wow, die Beete sind fertig!"

„Das ist Hans zu verdanken. Sowieso, er ist einfach super. Ohne ihn ... Ich weiß nicht, Uma. Dieses Krankenhaus in Rostock war wirklich ein Alptraum. Und diese gräßliche Operation – Gott, was für ein Horror." Katja schüttelte sich und zog sich die Strickjacke enger um den Oberkörper.

„Aber es hat sich gelohnt", sagte ich und lächelte sie vorsichtig an.

„Ja, es hat sich gelohnt." Sie nickte, ein winziges schelmisches Grinsen in ihrem müden Gesicht.

Eine Weile schwiegen wir beide. Von der Ostsee drang sanftes Meeresrauschen zu uns herüber, und Katjas Schaukelstuhl knarrte, als sie versuchte, sich bequemer hinzusetzen, anscheinend ohne Erfolg, ihrer gequälten Miene nach zu urteilen. Unwillkürlich dachte ich an die mehr oder minder aus innerem Drang entstandene Freiwilligkeit, mit der sich Kate und Jane ihren geschlechtsanpassenden Operationen ausgesetzt hatten. Und an den überlebensnotwendigen Zwang, dem Katja sich am Ende hatte beugen müssen. Andernfalls hätte sie keine Chance mehr gehabt, überhaupt keine. So war zumindest eine geringe geblieben.

Aus dem Atelier kam ein schabendes Geräusch, und gemeinsam wandten wir die Köpfe und sahen hinüber. Ein Rascheln und Knistern war zu hören, aber von Hans war nichts zu sehen. Dann, plötzlich, tauchte sein verwirbelter Haarschopf im Türrahmen auf. Er winkte kurz zu uns herüber, bevor er wieder hinter der Schiebetür verschwand.

„Ich werd mir nachher noch mal seine neuen Arbeiten ansehen", sagte ich.

„Tu das." Katja nickte zur gegenüberliegenden Wand, an der, wie ich erst jetzt bemerkte, ein Bild lehnte, unzweifelhaft eines von Hans. Es war in schlichtem Orange gehalten, das in der Mitte sehr kräftig wirkte und zu den Rändern hin ausfaserte. Die Arbeit war typisch für Hans, die Struktur und die Farbgebung ähnelten seinen anderen Arbeiten, denen, mit denen er in den letzten Jahren Erfolg gehabt hatte. Aber dieses hier wirkte zarter auf mich, feiner, vielleicht auch ein wenig brüchiger, als hätte Hans Angst gehabt, sich allzusehr hineinzubegeben und sich damit zu übernehmen.

Ich merkte mir vor, ihn später danach zu fragen, vielleicht nachher, wenn Katja schon schlief. In letzter Zeit blieben Hans und ich bei meinen Besuchen in Pepelow meist bis tief in die Nacht hinein wach. Wir sprachen nie viel, aber es tat gut, gemeinsam über Katjas unruhigen Schlaf zu wachen.

„Und, wie geht's dir? Was gibt es Neues?" Katja studierte mein Gesicht einen Moment lang neugierig, dann nickte sie wissend. „Es gibt also Neuigkeiten. Erzähl."

Ich zögerte kurz, dann gab ich mir einen Ruck. „Marianne will ein Kind. Mit mir zusammen." Ich spürte, wie ich errötete.

Katja musterte mich eindringlich. „Und? Was sagst du dazu?"

Statt einer Antwort zuckte ich mit den Schultern.

Katja verdrehte die Augen. „Bist du wahnsinnig? Kinder! Diese kleinen fiesen Monster!" Und dann fing sie an zu grinsen.

Nach einem Moment mußte ich ebenfalls grinsen. Das Sonnenlicht fiel Katja direkt ins Gesicht, ließ ihre grauen Augen aufstrahlen wie von innen heraus beleuchtet. Dann, als sie den Kopf in den Nacken warf und lauthals zu lachen begann, sah ich die mageren Sehnen an ihrem Hals deutlich hervortreten. Einen Augenblick später ging das Lachen in ein trockenes, hartes Husten über, und ich beugte mich vor und hielt Katjas Schaukelstuhl an, während sie keuchend nach Luft rang. Mit fest zusammengekniffenen Augen drückte sie eine Hand vor den Mund; ihre Augen schienen aus den Höhlen zu quellen, und es dauerte eine grausame, quälende Ewigkeit, bis sie sich wieder beruhigt hatte.

„Oh Himmel!" stieß sie entkräftet hervor und nahm ein paar Schlucke von dem Tee, den ich ihr hinhielt. In der offenen Ateliertür war Hans' besorgtes Gesicht erschienen, aufmerksam sah er zu uns herüber und verschwand erst, als ich ihm beruhigend zunickte.

Katja legte erschöpft den Kopf an die Lehne, stieß sich mit einem Fuß von der Wand ab und setzte den Schaukelstuhl in Bewegung. Leise knarrend schwang er vor und zurück, und als Katja für ein paar Sekunden die Augen schloß, zog ein andächtiger Frieden über ihr ausgezehrtes Gesicht.

Es kam mir fast ungehörig vor, zuzusehen, wie sie sich entspannte, und ich senkte den Blick auf die unzähligen Fußabdrücke, die sich in den Staub eingezeichnet hatten. Einige gehörten zu Katja, die meisten jedoch hatten unverkennbar Hans' bloße Füße hinterlassen. Und eine gerade Spur von der Tür bis hierher stammte von mir.

Plötzlich mußte ich daran denken, was Katja damals in ihrer Küche gesagt hatte, als ich so verdammt unglücklich wegen Jane gewesen war. *Das Leben geht weiter. Mit ihr oder ohne sie.* Ich drehte den Kopf und sah aufs Meer hinaus, die Ostsee, die ruhig dalag, von der Sonne bespiegelt und mit glitzernden Lichtreflexen beschienen. Noch während ich hinsah, fegte in Ufernähe eine kräftige Windbö über die ebene Fläche. Unruhig kräuselte sich ein breiter Streifen, wanderte weiter, zog sich in die Länge und flimmerte einen Moment im gleißenden Sonnenlicht, bevor er sich wieder glättete.

Als ich die Augen schloß und sie wieder öffnete, lag die endlose Wasserfläche unbewegt da wie zuvor. Und dann hörte ich Katjas Atemzüge, ruhig und gleichmäßig und für ein paar Augenblicke ganz mühelos, bevor tief in ihrer Lunge dieses leise, kaum merkliche Rasseln begann, jenes Rasseln, das, ich wußte es nur zu genau, sich mit jedem Atemzug verstärken und stetig lauter werden würde, bis es das sanfte Rauschen des Meeres übertönen und Katja aus dem Schlaf reißen würde. Katjas Schlaf, er war nicht mehr von Dauer.

Das Leben geht weiter, dachte ich, und als ich schluckte, spürte ich, wie eng mir die Kehle geworden war. *Mit ihr oder ohne sie. Aber das Leben geht weiter.*

Teil II

Wien

März 2001

Die Handbremse klemmte, und eines der Räder blockierte in regelmäßigen Abständen. Es war nahezu unmöglich, den schweren Gepäckwagen mit einer Hand zu steuern, und ich war heilfroh, als ich ihn aus dem dichten Gedränge heraus- und in eine ruhige Ecke manövriert hatte, abseits der Sperren. Seufzend schob ich Hugo auf meiner Hüfte ein Stückchen höher. Schwer und warm lehnte er an meiner Schulter, mit halbgeschlossenen Augen. Er war erst beim Landeanflug eingeschlafen und immer noch nicht wieder ganz wach; ich hoffte nur, daß er nicht gleich wieder wegdämmern würde.

„Uma, wo müssen wir denn hin? Wo ist denn der Bus?" Lucie hatte sich an mein Bein geklammert und betrachtete halb fasziniert, halb ängstlich das Getümmel um uns herum. Überall waren Leute, schoben überfüllte Gepäckwagen durch die Halle, standen mit gerunzelten Stirnen vor den Anzeigetafeln oder eilten hastig vorbei, allein oder in Gruppen. Ein Stimmengewirr aus vielen Sprachen lag in der Luft, gelegentlich unterbrochen durch laute Gongtöne, die aus den Lautsprechern an der Decke hallten und Ansagen einer künstlich klingenden Frauenstimme ankündigten.

„Ich muß mal gucken", sagte ich und versuchte mich zu orientieren. Als ich mich auf der Suche nach einem Hinweisschild umdrehte, klammerte Hugo sich an meinen Hals.

„Laß mal ein bißchen los, Hugo." Ich versuchte, an ihm vorbeizusehen, aber er klammerte sich nur noch fester an mich.

„Nei-ein", jammerte er leise. „Nich os-assen!"

„Ich will mich doch nur umgucken, du brauchst keine Angst zu haben." Ergeben strich ich ihm über den weichen

Kopf und drückte ihn an mich, während ich mich weiter umsah. Sein fruchtgummisüßer Atem stieg mir in die Nase, als ich zu den Anzeigetafeln hochblickte.

„Wir müssen aber in einen Bus, oder? So einen, wo man die Koffer in so eine Klappe reintut, oder?" Lucie schlang beide Arme um mein Hosenbein.

„Genau, wie letztes Mal."

Soviel ich mich auch umsah, ich entdeckte kein einziges Hinweissschild mit dem Busemblem. Ich wußte zwar, welchen Bus wir nehmen mußten, aber ich hatte keine Ahnung, wo er abfuhr.

Als ich den Kopf weiter nach links drehte, zog ein schmerzhafter Stich durch meinen Rücken. Mit Hugos nicht unbeträchtlichem Gewicht auf meinem Arm und Lucie, die an meinem Bein hing, konnte ich mich kaum mehr bewegen.

„Ich muß dich mal absetzen, Hugo, ja?"

„Nein!" Hugo preßte sein Gesicht fest an meinen Hals. Langsam spürte ich, wie ich zu schwitzen begann. Mit sanftem, aber bestimmtem Griff löste ich Hugos Finger. Empört sah er mich an. Seine hellen Augen unter den dichten Wimpern glänzten; nicht mehr lange, und er würde zu weinen beginnen. Jetzt half nur noch ein Trick. Ich blies beide Backen auf und setzte ihn kurzerhand auf dem Gepäckwagen ab.

„Guck mal, jetzt sitzt du ganz oben auf einem Berg und bist ein König!"

„Und ich bin die Königin!" sagte Lucie begeistert. „Ich bin die Königin und du bist der König! Guten Tag, König!" Sie stellte sich auf die Zehenspitzen, tippte Hugo an die Brust und streichelte ungelenk seine Wange.

„Nein!" Hugo verzog empört das Gesicht. Unwillkürlich mußte ich lächeln, als ich sah, wie er zwischen Wut und Neugier schwankte. Dann siegte die Faszination des Neuen, und seine finster heruntergezogenen Brauen hoben sich langsam, als er den Koffer betrachtete, auf dem ich ihn abgesetzt hatte. Dann sah er Lucie an, und seine

Augen begannen zu strahlen, als er ihr breites Grinsen entdeckte.

„Gönich!" sagte er laut. „Ugo Gönich!"

Aufatmend streckte ich mich und sah mich weiter nach einem Hinweisschild um. Wir waren schon im letzten Sommer und im Winter davor hier gewesen, und beide Male hatte ich den Weg zum Bus problemlos gefunden. Aber da waren wir auch an einem anderen Flugsteig angekommen. Der Wiener Flughafen schien umgebaut zu haben, jedenfalls fand ich mich nicht mehr zurecht.

Als ich mich wieder zu den Kindern umdrehte, stand Lucie gedankenverloren da, ihre dunklen Augen auf einen Punkt hinter mir gerichtet. Hugo saß nicht mehr auf dem Gepäckwagen. Er war hinuntergeklettert und bereits auf dem Weg zu den Absperrgittern. Nach drei Schritten erwischte ich ihn und hob ihn seufzend hoch. Zufrieden strahlte er mich an.

„Uma Hugo Arme nehm!" erklärte er ernsthaft und nickte nachdrücklich.

„Ja, ganz genau. Uma nimmt Hugo auf den Arm." Ich drückte meine Nase in seine duftende Haut und atmete tief ein, zur Entschädigung. Das half immer. Fast automatisch tastete ich mit meiner freien Hand nach Lucie und legte sie um ihren weichen Nacken. Sie antwortete, indem sie erneut beide Arme um mein Bein schlang.

„Guck mal, ein Japanesenmann", sagte sie interessiert. Ich versuchte ihrem Blick zu folgen, aber alles, was ich entdeckte, war eine Gruppe dunkelhäutiger Männer, Inder vielleicht, die sich um einen Haufen überdimensionaler Koffer scharten und wild gestikulierend miteinander debattierten.

„Japaner. Es heißt Japaner", sagte ich. „Aber ich seh gar keinen, Lucie."

„Doch! Dahinten!" Lucie deutete geradeaus, direkt auf die indische Reisegruppe.

„Wo denn?"

„Da-ha!"

„Da-ha!" trötete Hugo direkt in mein Ohr. Leicht entnervt kniff ich die Augen zusammen.

„Seh ich immer noch nicht, Lucie." Im gleichen Moment entdeckte ich die Werbung an der Wand hinter den Indern, eine riesige, illuminierte Wandtafel, auf der ein chinesisch aussehender Mann lächelnd eine Kamera in die Höhe hielt.

„Ach, du meinst das Plakat!"

Lucie nickte heftig, und die vielen bunten Spängchen, mit denen Marianne ihr am Morgen das dünne blonde Haar kunstvoll zusammengesteckt hatte, wippten auf und ab. „Ja!" sagte sie eifrig. „Das Plakat! Da ist ein Japanesenmann drauf, oder?"

„Japaner heißt das", sagte ich und ließ meinen Blick über den Menschenstrom gleiten, der sich soeben aus den Absperrungen hinter der Abfertigung ergoß. Anscheinend war eine neue Maschine gelandet. „Aber das ist kein Japaner, das ist ein Chinese."

„Warum?"

Aus der Menschenmenge löste sich eine hochgewachsene Frau in Pumps und einem gelben Kostüm, die ein Laptop über der Schulter trug und eine Reisetasche in der Hand. Zügig ging sie voran, um sich von der trägen Masse abzusetzen, die zäh aus den Absperrungen strömte.

Es dauerte nur ein paar Sekunden, bis ich sie erkannte. Mein Herz setzte aus. Es war Jane.

Erstarrt stand ich da und sah zu, wie sie auf mich zukam. Das elegante Kostüm betonte ihre langen Beine, und ich konnte sehen, daß sie sich wohl in ihrem Körper fühlte. Ihr Gang hatte sich ein wenig verändert, aus dem lässigen Schlendern war ein forsches Vorwärtsschreiten geworden, aber immer noch wiegte sie sich leicht in den Hüften.

„Warum, Uma?" fragte Lucie an meiner Seite. Ich versuchte zu antworten, aber meine Kehle war wie ausgetrocknet.

Jane kam immer noch auf mich zu. Sie war jetzt dreiundvierzig. Ich mußte nicht nachrechnen, ich wußte es. All die Jahre über hatte ich gewußt, wie alt sie war.

Lucie zupfte ungeduldig an meinem Hosenbein.

„Wa-lum?" fragte Hugo in mein Ohr.

„Weil das so ist", sagte ich heiser.

Jane sah auf und mir direkt ins Gesicht. Sie ging weiter, ohne innezuhalten, und nach ein paar Metern erkannte sie mich. Ihre Augen verengten sich, und ihr Schritt geriet ins Stocken.

„Aber *warum* ist das ein Chinese?" fragte Lucie drängend, aber ich hörte sie kaum. Jane hatte sich wieder in Bewegung gesetzt. Sie kam direkt auf mich zu, ohne mich aus den Augen zu lassen. Ein paar Schritte vor mir blieb sie stehen. Die Kinder verstummten.

„Uma?"

Es war schon schwer genug, ihren Anblick zu ertragen, ohne in Ohnmacht zu fallen, aber ihre Stimme, ihre immer noch so vertraute Stimme versetzte mir einen Schock. Ich hatte sie so oft in meinen Träumen gehört, diese wundervolle Stimme mit ihrem weichen, melodischen Akzent; all die Worte, die Jane mir ins Ohr geflüstert hatte, jedes Lachen, jedes Stöhnen hatte ich abrufen können, hundertfach, tausendfach, immer wieder, und ich hatte es auch getan. Jahrelang war ihre Stimme nur noch eine Erinnerung für mich gewesen. Und jetzt, an diesem verhangenen Märznachmittag, mitten in der Abfertigungshalle des Wiener Flughafens, jetzt hörte ich sie wirklich. Jane redete mit mir. Und ich konnte nicht antworten.

Ich nickte, dann räusperte ich mich. Janes blaue Augen brannten sich in meine.

„Hallo", sagte ich mit kratziger Stimme.

Jane lächelte schwach. Sie sah noch besser aus als früher; die Jahre standen ihr gut. Um die Augen herum kränzten sich eine Reihe von winzigen Lachfältchen, und sie hatte ein wenig zugenommen und wirkte weicher als früher, zugleich eleganter, aber das mochte auch an dem Kostüm und dem kürzeren Haarschnitt liegen. Ihr blondes Haar reichte ihr nur noch bis zum Kinn und war in der Mitte gescheitelt.

Jane sah von mir zu Hugo, der sie nachdenklich musterte, und dann zu Lucie hinunter, die neugierig zu ihr aufsah.

„Sind das deine Kinder?" fragte sie.

Ich zögerte einen Moment, aber dann, als ich Lucies aufmerksamen Blick spürte, beeilte ich mich mit der Anwort. „Ja, das sind meine."

Jane verzog die Mundwinkel. Ich konnte nicht erkennen, ob es ein freundliches oder ein verächtliches Lächeln war, das sich um ihre Lippen legte. Plötzlich dachte ich daran, daß ich keine Ahnung hatte, ob sie vielleicht einen Kinderwunsch hatte, einen naturgegebenermaßen unerfüllten, oder ob sie Kinder womöglich nicht leiden konnte. Ich wußte so wenig von ihr.

Jane nickte langsam, während sie mich wieder ansah. Ihre Augen waren auf einmal sehr dunkel. „Ja, dann ..."

„Wer bist du denn?" unterbrach Lucie sie.

Jane sah zu ihr hinunter, mit dem typischen, leicht verunsicherten Blick von Menschen, die nie mit Kindern zu tun und Angst vor ihnen haben. „Ich bin Jane", sagte sie. „Und wer bist du?"

„Schäin!" trötete Hugo dazwischen, bevor Lucie antworten konnte. „Schäääääin!"

Lucie drückte sich enger an mein Bein. „Ich bin Lucie", sagte sie schüchtern. „Und das ist Hugo, mein Bruder, und das ist Uma."

Ein winziges Lächeln flog über Janes Mund und verschwand sofort wieder. „Ich weiß", sagte sie und sah mich wieder an. „Geht es dir gut?"

Stumm stand ich da, unfähig, ihr zu antworten. Mein Mund gehorchte mir einfach nicht. Nach ein paar zähen Sekunden gelang mir ein Nicken. Vielleicht waren es ein paar Sekunden zuviel, denn Janes Augen verengten sich, und sie trat einen Schritt zurück. Panik überfiel mich. Ich wollte nicht, daß sie zurücktrat. Ich wollte das Gegenteil. Ich wollte so sehr, daß sie nähertrat, daß mir fast übel wurde.

„Woher kommst du?" fragte ich hastig. „Oder fliegst du erst los?"

Janes vertrautes Gesicht verhärtete sich. „Ich komme aus Linz und fliege weiter nach Schweden. Mein Anschlußflugzeug geht gleich." Sie trat noch einen Schritt zurück. Offensichtlich war sie nicht bereit, mehr zu erzählen.

„Uma?" Lucie zupfte an meinem Hosenbein. „Müssen wir nicht zum Bus?"

„Ja, gleich." Ich starrte Jane wie hypnotisiert an. Fieberhaft suchte ich nach Gesprächsstoff, etwas, das sie aufhalten würde. Jane wich meinem Blick aus und sah wieder zu Lucie.

„Macht ihr Urlaub?" fragte sie.

„U-laub!" prustete Hugo vergnügt. Ein paar Speicheltröpfchen trafen mein Ohr, und ich widerstand der Versuchung, sie umgehend abzuwischen.

„Ja, am Neusiedelsee, und Mama kommt nach!" sagte Lucie.

„Neusiedler See, Lucie", verbesserte ich sie.

„Das ist ja schön." Jane nickte Lucie zu, dann sah sie mich an, mit einem schrägen Blick, der mir das Blut in den Kopf trieb.

„Okay, ich muß dann mal los." Sie nickte noch einmal, lächelte den Kindern zu und drehte sich um. Ich hatte das Gefühl, sofort in Ohnmacht fallen zu müssen. Jane, ihre Schultern, ihr Nacken, so greifbar nah vor mir.

„Jane!" rief ich. „Wie kann ich dich erreichen?"

Jane hielt inne. Dann drehte sie sich wieder um. Ihre Augen waren so blau, daß mir schwindlig wurde.

„Gar nicht", sagte sie nach einem Moment. „Sieh dich doch an, Uma. Du willst doch nicht dein ganzes Leben zerstören, oder? Und meins noch dazu?"

Und dann ging sie. Verzweifelt starrte ich ihr nach. Da stand ich, mit Hugo auf dem Arm und Lucie an meinem Bein, Mariannes und meinen gemeinsamen Kindern, Frucht und Last meines Lebens. Unfähig, mich zu bewegen, stand ich da und sah Jane hinterher, die zügig davonging, ohne sich noch einmal umzudrehen.

„Findest du die gut?" erkundigte sich Lucie und sah zu mir hoch.

Ich schluckte hart. Jane schob sich zwischen einer zankenden Kleinfamilie hindurch und wich einem Gepäckwagen aus. Hugo gähnte an meinem Hals und legte seinen Kopf an meine Schulter. „Ja, die finde ich gut", sagte ich. Hugos Atem kitzelte mich am Hals. Janes gelbes Kostüm verschwand soeben hinter einer Reklametafel.

Ich nahm Hugo von meiner Hüfte und setzte ihn neben Lucie ab. „Bleibt stehen. Rührt euch nicht von der Stelle! Ich bin sofort wieder zurück."

Kurz vor dem Check-in-Schalter entdeckte ich, daß Jane stehengeblieben war und mit hängenden Schultern zu Boden sah.

Atemlos verlangsamte ich meinen Schritt. Noch bevor ich bei ihr war, drehte sie sich um. Ich sah ihr überraschtes Lächeln, bevor sie es wieder hinter einer undurchdringlichen Miene versteckte.

Ich hielt ihr meine Visitenkarte hin. „Unten steht meine Handynummer. Bitte. Ruf mich an."

Jane nahm die Karte. Für einen winzigen Moment berührten sich unsere Finger. Die Berührung war wie ein elektrischer Stoß, der durch meinen ganzen Körper jagte.

„Vielleicht", sagte Jane und legte für eine Sekunde eine Hand über die Augen. Dann blickte sie wieder auf, kühl und beherrscht wie zuvor. „Vielleicht rufe ich dich an."

Ich hob eine Hand zum Abschied. Dann drehte ich mich um und lief los, wieder zurück zu den Kindern, so schnell ich nur konnte. Ich sah ihre winzigen Gestalten von weitem; aneinandergeklammert standen sie da und sahen mir entgegen, Aufregung und Furcht in ihren kleinen Gesichtern.

Das schwache Motorengeräusch eines vorbeifahrenden Autos kam von der Straße und vermischte sich mit Lucies und Hugos gleichmäßigem Atem, bevor es wieder verklang. Das Licht der Bettlampe warf einen warmen Schein in den dunklen Winkel, wo die Dachschrägen aufeinandertrafen; vorhin, als Hugo schon schlief und Lucie noch im Badezimmer stand und sich mit äußerster Konzentration ganz allein die Zähne putzte, hatte ich den Schirm nach oben gedreht.

Eine Weile lag ich still da und betrachtete die ausgefransten Lichtränder, dann löste ich mich behutsam aus Lucies Umklammerung und richtete mich auf. Mit einem gedämpften Knall fiel das Bilderbuch, aus dem ich zuletzt vorgelesen hatte, zu Boden.

Als ich mich über die Bettkante schwang, bemüht, Hugos zu beiden Seiten hin ausgebreitete Arme nicht zu berühren, seufzte Lucie im Schlaf, rückte näher an ihn heran und griff nach seiner Hand, ohne aufzuwachen. Ich ließ die Tür offen, als ich hinausging. Das Ferienhaus war klein genug, um die Kinder hören zu können, falls sie sich regten.

Beinahe lautlos stieg ich die schmale Treppe hinunter und ging in die Wohnküche, die sich langsam zu erwärmen begann. Während ich die Heizkörper mit einer Hand prüfte – jetzt, knapp zwei Stunden nach unserer Ankunft, liefen sie endlich auf vollen Touren –, warf ich einen Blick durch das große Fenster, das über die Terrasse hinweg auf den See hinausging. Draußen war alles still, der See lag ruhig da. In der Ferne, am gegenüberliegenden Ufer, war ein schwacher Lichtschein auszumachen, und zu meiner Rechten konnte ich die glitzernden Lichter des Podersdorfer Bootsstegs sehen, der um diese Jahreszeit verlassen dalag, die wenigen Boote noch winterfest gemacht und mit dicken Ketten am Steg vertäut. Von Zeit zu Zeit klirrten sie im schwachen Wind, sogar durch die Thermopenscheiben konnte ich das schwache Geräusch hören.

Ich war immer noch wie betäubt. Nachdem ich Jane stehengelassen hatte, war ich zügig mit den Kindern zum nächsten Informationsschalter gegangen, ohne mich noch einmal umzudrehen. Am Bussteig hatte der Bus schon abfahrbereit dagestanden und war losgefahren, kaum daß wir eingestiegen waren. Aber zuvor hatte der Busfahrer zu Lucies großer Begeisterung unser Gepäck in den Seitenklappen verstaut. Während der langen Fahrt zum Neusiedler See war ich über Lucies und Hugo aufgeregtes, unentwegtes Geplapper heilfroh gewesen. Es hatte mich abgelenkt, wenngleich ich nicht in der Lage gewesen war, zufriedenstellende Antworten auf Lucies wißbegierige Fragen zu geben. Das hatte an meiner Statt der freundliche Busfahrer getan.

Nach unserem Abendessen in der ausgekühlten Wohnküche des Ferienhauses hatte ich kurz Marianne angerufen, um zu sagen, daß wir gut angekommen waren. Ihre warme, erschöpfte Stimme zu hören, hatte mir einen Stich versetzt. Nach ein paar Sätzen hatte ich den Hörer an Lucie weitergegeben, die schon die Hand danach ausstreckte, ein eifriges Leuchten auf dem Gesicht, während Hugo gerade dabei war, auf meinem Schoß einzuschlafen. Ich hatte Angst gehabt, daß Lucie Jane erwähnen würde, aber sie hatte es nicht getan. Eine schützende Hand schien sich über mich gelegt zu haben, mir noch für eine kleine Gnadenfrist die Betäubung bewahrend, die sich nach dem Schock, Jane so unverhofft wiederzusehen, eingestellt hatte. Aber ich wußte, die Schonzeit würde nicht von Dauer sein.

Plötzlich wurde mir bewußt, daß ich immer noch unbeweglich am Fenster stand und auf den dunklen See hinaussah. Mir war kalt, und ich rieb mir über die Arme, um meine Gänsehaut zu vertreiben. Eigentlich hatte ich mir ein Bier aus dem Kühlschrank nehmen und ein wenig auf dem Sofa lesen wollen, aber jetzt war mir nicht mehr danach. Langsam drehte ich mich um und ließ meinen Blick über die edel eingerichtete Wohnküche gleiten, über die maßangefertigten Einbauschränke, die bequemen Lehnstühle um den rustikalen Buchentisch, das ausladende Schlafsofa mit dem niedrigen Art-Deco-Tischchen davor.

Das Ferienhaus auf dem kleinen Seegrundstück gehörte Jacques und Annette, einem befreundeten Grafikerpärchen, mit dem Marianne von Zeit zu Zeit zusammenarbeitete. Wir waren schon zweimal hier gewesen, einmal Marianne und ich allein mit den Kindern, einmal wir vier mit Jacques und Annette, und ich hatte mich beide Male sehr wohlgefühlt. Jetzt aber, während ich fröstelnd im Halbdunkel stand, den ruhigen Atem der schlafenden Kinder noch im Ohr, empfand ich die Gediegenheit des betont schlichten und dennoch luxuriösen Ambientes um mich herum auf einmal als Inbegriff der Spießigkeit. Das auserlesene Kücheninventar, die chromblitzende Designerkaffeemaschine, selbst die lässig drapierten, bunt bemalten Obstkisten neben dem Sofa, die als Zeitschriftenbehältnisse dienten, erschienen mir als Sinnbilder einer modernen Bürgerlichkeit, die sich hinter einem leichten Deckmantel aus Kreativität versteckte. Die unauffällig zur Schau gestellte Bescheidenheit war eine künstliche, und selbst wenn das Häuschen mit seinem ausgebauten Dachstock nicht Marianne und mir, sondern Freunden gehörte – am Ende machte es kaum einen Unterschied.

Uns ging es gut. Marianne verdiente von Jahr zu Jahr besser, mein Job in der Oper war sicher, die Kinder waren gesund. Unsere Altbauwohnung in Kreuzberg hatte abgezogenes Parkett, Stuck an der Decke und ein Zimmer für jeden von uns; Marianne besaß einen geräumigen Kombi, und mindestens dreimal im Jahr verreisten wir alle zusammen. Erst kurz vor Hugos Geburt war ich aus meiner Wohnung in der Akazienstraße zu Marianne und den Kindern gezogen; ich hatte schwer damit gehadert. Das Gefühl, meine Freiheit aufgeben zu müssen, hatte an mir gezehrt, mich lange daran gehindert, loszulassen und den überfälligen Schritt endlich zu gehen. Es war immer noch in mir, dieses Gefühl. Tief in mir wucherte es vor sich hin, ausdauernd und lautlos, wie ein ungefährliches und doch hinderliches Geschwür. Ich sprach niemals darüber.

Unschlüssig ging ich zum Kühlschrank und blieb erneut stehen. Der Gedanke an Jane schob sich mit aller Macht nach vorn, jetzt, wo das Gefühl der Betäubung langsam nachließ, hatte ich keine Kraft mehr, ihn zurückzudrängen.

In den letzten Jahren hatte ich wenig über Jane gehört; Kate hatte sie ein bißchen aus den Augen verloren und kaum Neues zu berichten. Ich wußte nur, daß sie lange Zeit in New York gewesen war und dort unterrichtet hatte, am

Hunter College wie früher. Und daß sie plante, nach Wien zu gehen. Das war vor ein oder zwei Jahren gewesen.

Und jetzt hatte sie vor mir gestanden, mich angesehen, mit mir gesprochen. Sie war da gewesen, in meiner Nähe. Ich konnte es immer noch nicht fassen.

Sie hatte so gut ausgesehen, mit den Jahren gereift. Während ich blind auf die glatte Fläche des Einbauschrankes über dem Herd starrte, fragte ich mich wieder, wie so oft in den vergangenen Jahren, ob sie jemanden hatte. Ob sie jemanden liebte, von jemandem geliebt wurde. Ob jemand anders all das mit ihr tat und von ihr bekam, wonach ich mich so lange gesehnt hatte. Und immer noch sehnte.

Als ich den Kopf langsam zum Fenster drehte, bemerkte ich aus dem Augenwinkel eine Bewegung. Ich brauchte einen Moment, um zu begreifen, daß es mein eigenes Spiegelbild war, mein sich drehender Kopf, zurückgeworfen von der glatten Fläche des Schrankes vor mir. Müde schloß ich die Augen.

Die Dunkelheit hinter meinen Lidern war schwer, so weit und unendlich wie die Dunkelheit draußen über dem See. Bilder und Erinnerungen zogen vorbei. Meine gut gehütete Einsamkeit sammelte sich in einem festen Kloß in meiner Kehle; nicht mehr lange, und es würde zu schmerzen beginnen.

Ich schlug die Augen auf. Plötzlich hatte ich Angst um mein Leben, mein gutes, nicht mehr so wildes, aber immer noch aufregendes Leben in all seiner wohleingerichteten Behaglichkeit. Als ich die Luft anhielt und lauschte, war nichts zu hören, nicht einmal der Atem der schlafenden Kinder oben im Dach. Dann klirrte draußen am Steg eine Kette, und ich setzte mich in Bewegung. Im Hinausgehen löschte ich hinter mir das Licht.

Die Kinder lagen fast noch genauso da, wie ich sie verlassen hatte. Die Decke war ein Stück heruntergerutscht, Lucie ein Stück näher an ihren Bruder gerückt und hatte den Arm um seinen Bauch geschlungen, und Hugos Kopf war zur

Seite gedreht. Ein hauchdünner Speichelfaden zog sich von seinem Mundwinkel bis hinunter zum Kissen. Ich wischte ihn fort.

Ruhig betrachtete ich die weiche Haut der Kinder, ihre ebenmäßigen, vom Schlaf entspannten Züge. Während ich ihren tiefen Atemzügen lauschte, spürte ich, wie der Kloß in meiner Kehle sich langsam löste. Hugo gluckste im Schlaf und drehte sich ganz auf die Seite, und vorsichtig hob ich die Decke an und kroch zwischen ihn und Lucie, die sofort ihre Hand auf meinen Bauch schob und ganz leise seufzte. Ich küßte ihre leicht verschwitzte Stirn und drückte mein Gesicht in ihr duftendes Haar, während ich mit einer Hand nach Hugos weichem Bein tastete. Die Lampe warf noch immer ihren ausgefransten Lichtschein in das spitze Dunkel über mir. Mein Blick glitt an den Rändern entlang, wieder und wieder, so lange, bis Janes Gesicht langsam dazwischen verschwand.

Früher oder später würde sie vorbei sein, aber für eine kurze Weile war die Schonzeit verlängert.

„Guck mal, Uma, ein Fisch!" rief Lucie und zeigte auf den See hinaus, wo ein großes Segelboot, getragen von einer frischen Brise, vorbeizog. Das Knattern der blendendweißen Segel war bis ans Ufer zu hören.

„Ein Schiff, nicht Fisch", sagte ich. Seit Lucie sprechen konnte, verwechselte sie diese beiden Worte. Ich fragte mich, wie lange es noch dauern würde, bis auch dieser letzte Fehler sich verwischte. Im September würde Lucie fünf werden, ihre Sprachentwicklung war nahezu abgeschlossen. Fast fand ich das schade. Aber da war ja noch Hugo, der gerade erst zu sprechen begann.

Lucie nickte ernsthaft, ohne die Augen von dem Segelboot zu lösen. „Schiff. Ein Schiff!"

Hugo, der neben ihr stand, starrte ebenfalls hinüber, aber er verlor schnell das Interesse und hob seinen Eimer, aus dem eine Plastikschaufel herausragte. „Hugo Eimer!" erklärte er laut und kippte den Eimer im nächsten Moment um. Die Schaufel und ein paar bunte Förmchen fielen heraus und kullerten durch den naßkalten Sand. „Hugo bielen!" Er setzte sich hin und fing an, die Förmchen durch die helle Masse zu ziehen. Lucie sah ihm einen Moment abwägend zu, dann ging sie neben ihm in die Hocke und griff nach der Schaufel.

„Ich bau dir eine Burg", sagte sie und nickte bekräftigend, während sie die Schaufel in den Sand stieß. „Und da machen wir dann Kuchen rein, Hugo, oder? Und dann kommen die Prinzessinnen und essen ihn alle auf! Ja, Hugo?" Einträchtig machten sie sich an die Arbeit.

Eigentlich hatte ich noch ein Stück weiter gehen wollen, bis zum Anlegesteg, wo eine Bank stand. Aber schließlich war dieser Platz genausogut zum spielen wie jeder andere auch. Ich hockte mich auf einen angeschwemmten Baumstumpf, der vom Wasser fast schwarz verfärbt war, und zog den Reißverschluß meiner Jacke hoch. Das Kinn in die Hände gestützt, sah ich den Kindern beim Spielen zu.

Ich war froh, daß ich ihnen ihre wasserdichten Spielhosen übergezogen hatte. Obwohl die Sonne schien, die ersten Triebe bereits aus den Bäumen sprossen und der breite Streifen Gras entlang des Ufers in einem satten, kräftigen Grün leuchtete, war es empfindlich kalt. Ein kräftiger Märzwind jagte die Seevögel kreischend über das Wasser. Den Großteil des gestrigen Tages hatten wir spielend im Haus verbracht, aber heute waren die Kinder nicht mehr zu halten gewesen. Und ich selbst auch nicht. Ich brauchte Luft, und auch wenn ich fröstelte, war ich dankbar für die frische Brise, die mir die zermürbenden Gedanken aus dem Kopf blies.

„Guck mal!" rief Lucie und winkte mir mit der Schaufel zu. „Ich bau eine große Burg!"

„Toll!"

Hugo hob den Kopf, und seine hellen Augen musterten mich prüfend.

„Tomm, Uma, tomm, auch bielen!"

„Gleich. Ich komm gleich mal gucken und mach mit!"

Hugo zog die Brauen herunter und kniff die Lippen zusammen. Dann, gerade als ich erwartete, daß er seine Aufforderung wiederholen würde, stieß Lucie mit ihrer Schaufel versehentlich gegen sein Förmchen, und Hugo wandte sich wieder dem Spiel zu.

Marianne behauptete immer, daß er diesen finsteren Blick von mir hatte, und ich widersprach ihr nicht. Vielleicht hatte sie recht, auf jeden Fall sah Hugo mir – zu Mariannes großer und meiner heimlichen Freude – tatsächlich ein wenig ähnlich, und seine hellen, durchdringenden Augen mit den ausgeprägten Brauen darüber waren unverkennbar ein Erbteil meiner Familie. Sogar mein Vater hatte das, bei unseren immer spärlicheren Zusammentreffen in den letzten Jahren, verwundert festgestellt, offenbar, ohne die richtigen Schlüsse daraus zu ziehen.

Ein kurzer Schmerz durchzuckte mich, als ich daran dachte, daß mein Vater weder Marianne noch die Kinder je akzeptiert hatte. Mit dem ihm eigenen beharrlichen Schweigen ignorierte er mein Lesbischsein auch weiterhin, selbst wenn das bedeutete, daß er seine Enkelkinder nicht zur Kenntnis nahm. Er wußte nicht einmal, daß Lucie und Hugo wirklich seine leiblichen Enkelkinder waren; dabei wäre es ein Leichtes für ihn gewesen, das herauszufinden. Aber er hatte nie nach dem Vater der Kinder gefragt.

Nachdenklich sah ich zu Lucie und Hugo hinüber, die, beide die Köpfe konzentriert über ihre Sandburg gebeugt, auf ihren bunten Hosen durch den feuchten Sand rutschten. Unter Hugos Wollmütze lugten ein paar zerzauste dunkle Strähnen hervor, Lucies blonde Haare flatterten im Wind, und ihrer beider Wangen waren gerötet.

Im Gegensatz zu Hugo, der mit seinen knapp zwei Jahren noch zu klein war, als daß man in seinen Zügen den späteren Mann hätte entdecken können, war bereits jetzt klar, daß Lucie eines Tages eine Schönheit werden würde. Mit ihren dunklen, Mariannes so ähnlichen Augen, der hellen Haut und dem weißblonden Haar war sie ein ungewöhnlicher Typ, der die meisten Leute dazu verleitete, sie anzustarren; niemand wußte, woher sie das hatte, weder in meinem noch Mariannes Stammbaum gab es blonde Familienmitglieder.

Noch während ich sie versonnen betrachtete, hob Lucie den Kopf und sah zu mir herüber. „Komm mal, Uma, du mußt mal gucken! Wir haben eine ganz tolle Burg gebaut!"

Obwohl ich es liebend gern getan hätte, ich konnte nicht ewig hier sitzenbleiben und meinen Gedanken nachhängen. Ich hatte selten genug ausgiebig Zeit, mit den Kindern zu spielen, nicht zuletzt war ich deswegen mit ihnen hierher nach Österreich gefahren.

„Okay." Ich klopfte mir den Sand von der Hose, als ich aufstand. „Okay, okay, ich komme ja schon." Im gleichen Moment begann mein Handy zu klingeln, und umständlich fischte ich es aus meiner Jackentasche. Während ich zu den Kindern herüberging, sah ich aufs Display. Die Anzeige signalisierte einen unbekannten Teilnehmer, und mit einem Gefühl banger Hoffnung drückte ich auf die Annahmetaste.

„Grimm."

„Hallo, Uma", sagte Jane.

Ein Stromstoß schoß durch meinen Bauch, und abrupt blieb ich stehen. „Hallo, Jane."

„Störe ich?"

„Nein", sagte ich und schüttelte heftig den Kopf. „Nein, du störst nicht. Ich ... ich freu mich, daß du anrufst. Wo bist du?"

„In Schweden."

„Und wo da?" Ich drückte das Handy so fest an mein Ohr, daß es weh tat. Vorsichtig ließ ich ein wenig locker.

Jane zögerte. „In Uppsala."

„Wohnst du da?"

Ein glucksendes Geräusch kam durch den Hörer. Ich entschied mich dafür, es als ein Lachen zu nehmen. „Ja", sagte Jane. „Seit eineinhalb Jahren."

„Seit eineinhalb Jahren?" Ich wußte genau, wo Uppsala lag. Ich hatte es nachgesehen, damals, als Jane mir bei ihrem Berlin-Besuch von ihrem Studium erzählt hatte. Im Vergleich zu Alice Springs oder New York war Uppsala fast um die Ecke. Seit eineinhalb Jahren befand sich Jane also sozusagen ganz in meiner Nähe, und ich hatte nichts davon gewußt. Das empörte mich fast.

„Ja", sagte Jane. „Ich unterrichte hier und bereite wieder mal einen Forschungsauftrag vor. Deshalb war ich auch für ein paar Tage in Österreich."

„Ah ja. Verstehe." Einen Moment schwiegen wir, dann setzten wir gleichzeitig zu sprechen an und hörten beide sofort wieder auf.

„Entschuldige", sagte ich. „Was hast du gesagt?"

„Ich hab dich gefragt, ob du eigentlich mit der Mutter der Kinder zusammen bist."

Ich spürte, daß mir das Blut in den Kopf schoß. Einen Moment war ich versucht zu lügen. „Ja, schon", sagte ich dann und biß die Zähne zusammen.

Jane schwieg. Aus dem Augenwinkel bemerkte ich, daß Lucie aufgehört hatte, an ihrer Sandburg zu bauen, und zu mir hinsah. Ich drehte mich halb zur Seite, um dem aufmerksamen Blick aus ihren dunklen Augen zu entgehen.

„Jane!" sagte ich drängend in den stillen Hörer. „Jane, ich möchte dich treffen. Unbedingt."

Eine plötzliche Windbö kam auf, und einen Moment lang konnte ich nichts hören außer das Rauschen des Windes. Dann war Janes Stimme an meinem Ohr.

„Ich weiß nicht, ob das eine gute Idee ist, wirklich nicht, Uma."

„Doch", sagte ich und ballte meine freie Hand in meiner Hosentasche. „Es ist eine gute Idee. Laß es mich dir erklären. Du brauchst mir nur zu sagen, wo du bist, und ich komme hin."

Jane lachte leise, und auf einmal wußte ich, daß ich schon halb gewonnen hatte. Sie wollte mich ebenfalls sehen. Deshalb hatte sie angerufen. Einen anderen Grund dafür gab es nicht. Konnte es einfach nicht geben.

„Und jetzt hast du gedacht, du hast mich geschickt überredet, nicht wahr?"

„Klar", sagte ich mit klopfendem Herzen. „Hab ich doch auch, oder?"

„Mal sehen", sagte Jane weich. „Mal sehen. Vielleicht ist es wirklich keine schlechte Idee, nach all der Zeit."

„Ganz bestimmt." Lautlos atmete ich aus, drehte mich um und sah zu den Kindern hinüber. Hugo spielte immer noch hingebungsvoll mit seinen Förmchen, aber Lucie war auf dem Weg zu mir.

„Gibst du mir deine Nummer?" fragte ich hastig.

„Nein", sagte Jane. „Aber ich ruf dich wieder an, okay? So in ein oder zwei Wochen."

„Okay."

„Bis dann", sagte Jane und hängte ein.

Als ich mein Handy ausschaltete, stand Lucie vor mir und streckte die Hand aus. Ich hielt ihr meine hin, und sie legte ihre eigene kleine hinein. Wieder einmal wunderte ich mich darüber, wie warm ihre Hände waren, obwohl ein frischer Wind blies und sie keine Handschuhe trug.

„Wer war das denn?" erkundigte sich Lucie, während wir nebeneinander zu Hugo hinübergingen.

„Das war Jane."

„Schäin!" echote Hugo und patschte mit einem Förmchen auf die Sandburg.

Ich steckte das Handy wieder ein und sah zu Lucie hinunter. Als ich ihrem fragenden Blick begegnete, mußte ich plötzlich an die peinliche Situation auf dem Flughafen vor zwei Tagen denken, an den kurzen Moment, in dem ich nahe daran war, die Kinder vor Jane zu verleugnen. Ich dachte an die interessierte Neugier in Lucies Augen, ihr Abwarten, ob ich zu ihr stünde, zu ihr und Hugo als meinen Kindern.

Ich hatte zu ihnen gestanden, ich würde es immer tun. Nicht sie waren es, zu denen ich mich nicht wirklich bekannte. Es war Marianne.

Drei Tage später wachte ich um halb sechs auf, lange bevor die Kinder sich regten. Eine Weile drehte ich mich unruhig auf dem Schlafsofa hin und her, aber ich hatte vom ersten Augenblick an gewußt, daß ich nicht mehr würde einschlafen können. Leise stand ich auf und zog mich an. Während in der Küche der Kaffee durch die Maschine lief, sah ich nach den Kindern, die immer noch tief und fest schliefen, dann nahm ich einen Becher mit Kaffee hinaus auf die Terrasse.

Obwohl ich meine dicke Winterjacke trug und Thermohosen, war mir bereits nach ein paar Minuten erbärmlich kalt. Schwarz und konturenlos lag der See vor mir, immer noch mit der sich langsam auflösenden Nacht verschmolzen. Von Zeit zu Zeit blies ein scharfer Luftzug mich an, aber ich blieb dennoch stehen, breitbeinig gegen den Wind gestemmt. Der heiße Becher wärmte meine klammen Finger, Dampf stieg daraus empor und benetzte mein Gesicht. Nachdenklich starrte ich in die Dunkelheit.

Die vergangenen Tage hatten wie unter einem Schleier gelegen. Trotz meiner Aufregung trug ich ein merkwürdiges Gefühl der Leere mit mir herum. Manchmal, wenn ich die Kinder beobachtete, erschienen sie mir bedrohlich weit fort, obwohl ich mich nach ihrer Nähe sehnte. Lucie hatte mich schon zweimal gefragt, was ich habe, warum ich so traurig sei. Ich hatte nicht antworten können. Ich verspürte eine Trauer, die ich nicht benennen konnte, und so hatte ich Ausflüchte gemacht und dem Himmel gedankt, daß Lucie erst vier war und das Nachfragen noch nicht beherrschte.

Abgesehen von den Kindern hatte ich nicht die geringste Lust verspürt, mit irgend jemandem zu reden. Die meisten Anrufe auf meinem Handy nahm ich nicht an; selbst wenn ich Grits oder Markus' Nummer auf dem Display erkannte, drückte ich sie weg. Am liebsten hätte ich das Handy ganz ausgeschaltet, aber das war unmöglich. Wenn Jane mich nun doch früher anriefe ... Und dann war da noch Marianne. Wir telefonierten beide nicht sonderlich gerne, und deshalb fiel meine Wortkargheit zunächst nicht weiter auf. Aber bei unserem letzten Telefonat am Abend zuvor war sie doch mißtrauisch geworden.

„Warum bist du so komisch?"

„Ich weiß nicht, es ist nichts", hatte ich gesagt und sie schnell nach ihren Plänen gefragt. Aber ich hatte ein fades Gefühl dabei gehabt.

Mir schien, als ahnte ich bereits jetzt die Entfremdung zwischen uns, als ahnte ich unsere Trennung voraus. Eine langgehegte Unzufriedenheit begann sich Bahn zu brechen; es hatte mich vollkommen unvorbereitet getroffen. Seit Jahren hatte ich nicht an Trennung gedacht, nicht, seit die Kinder auf der Welt waren. Aber jetzt dachte ich daran. Und das machte mir angst.

Ich setzte den Becher an den Mund und trank einen Schluck Kaffee. Wohltuend rann mir die warme Flüssigkeit durch die Kehle, und ich nahm gleich noch einen Schluck hinterher. Meine Hände waren fast steif, und als ich meine Füße bewegte, spürte ich, daß die Kälte begonnen hatte, mir unter die Kleidung zu kriechen.

Ich hätte dringend einen Ratschlag gebrauchen können, aber ich wußte nicht, von wem. Obwohl ich mich in den letzten Jahren, von außen betrachtet, mehr und mehr dem Miteinander geöffnet hatte, von der Einzelgängerin zum Familienmenschen geworden war, hatte ich mich gleichzeitig immer weiter in mich zurückgezogen. Die einzige, die mir jetzt hätte raten können und deren Rat ich vielleicht auch beherzigt hätte, war nicht mehr da.

Sehnsucht nach Katja überfiel mich mit aller Macht. Katja war impulsiv gewesen und hatte manchmal auch mit ihren Einschätzungen reichlich daneben gelegen, aber trotzdem, ihre Meinung hatte für mich immer Gewicht gehabt. Sie war so verdammt zielstrebig gewesen, so energisch, bis ganz zum Schluß. Ihre Kraft, ihre innere Kraft war nicht versiegt, auch als ihr Körper schon längst nicht mehr mithalten konnte.

Ich mußte daran denken, wie klar sie sich für ihren eigenen Weg entschieden hatte, nach der letzten Operation. Abgemagert und ausgezehrt hatte sie in ihrem Schaukelstuhl gesessen, den winzigen Hugo, der damals gerade zwei Monate alt gewesen war und in meinen Armen schlief, betrachtet und dann zu mir aufgesehen, mit funkelnden Augen.

„Das war das letzte Mal, Uma. Das mache ich nie wieder mit." Mit einem bekräftigenden Nicken hatte sie mich angestarrt, einem Nicken, aus dem unumstößliche Entschlußkraft gesprochen hatte.

„Meinst du wirklich?"

Hugo hatte im Schlaf gegluckst, und wir hatten ihn beide für einen Moment betrachtet, während ich ihn in meinen Armen wiegte. Als Katja mich wieder angesehen hatte, war ihr Gesicht ein wenig weicher geworden, aber das Funkeln in ihren Augen schien stärker.

„Ich will nicht mehr. Ich mache das nicht mehr mit. Irgendwann reicht es." Sie hatte mit den Schultern gezuckt und ihre Strickjacke enger über der knochigen Brust zusammengezogen. Damals hatte ich ihren Entschluß nicht unbedingt gutgeheißen, aber ich hatte schon geahnt, daß sie ihn durchziehen würde. Katja konnte unglaublich hartnäckig sein, und das galt, so vermutete ich, wahrscheinlich selbst dann, wenn es hart auf hart käme und um Leben und Tod ginge. Weit davon war sie damals nicht mehr entfernt.

Sie hatte sich an ihre Entscheidung gehalten, auch als die Angst sie erfaßte und am Ende doch noch zermürbte, unbarmherzig und grausam. Katja war ihren Weg gegangen, gegen alle Widerstände, so schwer er auch war.

Ich vermißte sie jeden Tag. Und jetzt, am Ufer des Neusiedler Sees, an diesem frühen, eiskalten Märzmorgen fragte ich mich, welcher mein Weg sein würde. Ob es der war, den ich schon ging, oder ein anderer. Und ob ich ihn gehen würde, wenn ich ihn erkannte. Ob ich die Kraft dazu hatte. Ich wußte es nicht.

Wie blind starrte ich auf den See hinaus. Kleine Wellen tanzten auf der Oberfläche, kaum merklich, aber ich konnte sie sehen. Langsam hob ich den Kopf. Weit, weit hinten begann sich die Dunkelheit allmählich zu lichten. Ein heller Schein hatte sich an den Horizont geschoben, ohne daß ich es bemerkt hatte, ein heller Schein, der von weit, weit her zu kommen schien.

Es war Zeit, ins Haus zu gehen und nach den Kindern zu sehen. Ich trank den Kaffee aus, der jetzt fast gänzlich erkaltet war, drehte mich um und ging langsam los. Erst, als ich bei der Terrassentür angelangt war, spürte ich die Feuchtigkeit auf meinen Wangen. Sie kam nicht vom Dampf aus meinem Becher.

„Gib die her, Hugo!" brüllte Lucie mit sich überschlagender Stimme. „Gib die sofort her! Ich hatte die zuerst!"

„Meine!" schrie Hugo zurück und umklammerte meine Jacke. „Meine Jacke!"

„Gib die her!" Lucie zerrte an einem Ärmel, und Hugo riß den Mund weit auf und fing an zu heulen. Fast augenblicklich tropften dicke Tränen über seinen Wangen und auf seinen Pullover und natürlich meine Jacke. Wir wollten hinaus und Marianne entgegengehen, und die Kinder waren schon fertig angezogen. Dann hatte Lucie plötzlich ihr Interesse für das Innenleben meiner Jacke entdeckt, und Hugo war das nicht verborgen geblieben.

„Ihr spinnt", sagte ich und schüttelte den Kopf. „Das ist doch meine Jacke! Die gehört euch überhaupt nicht. Keinem von euch!"

„Aber ich hatte die zuerst!" jammerte Lucie beleidigt. Hugo weinte immer noch, aber schon nicht mehr so laut. Er weinte ohnehin nur um des Weinens willen, und eigentlich, das hörte ich an der unsicher an- und abschwellenden Tonlage, hatte er gar keine Lust mehr dazu. Aber da konnte ich Abhilfe schaffen.

„Guck mal!" sagte ich laut, mit so viel Erstaunen in der Stimme, wie ich hineinlegen konnte, und das war dank mittlerweile vierjähriger Übung eine Menge. „Was ist denn da draußen?" Ich deutete auf die still daliegende Straße hinaus.

Hugo und Lucie drehten die Köpfe und sahen aus dem Fenster. Das Gebrüll und Gezeter verstummte augenblicklich. Draußen war nichts weiter zu sehen als ein paar Bäume und das Nachbarhaus, in dem sich nichts rührte. Aber gerade, als ich ansetzen wollte, weiterzureden, schob sich die Kühlerhaube eines silberfarbenen Kombis in den Fensterausschnitt und blieb darin stehen. Einen Moment später erkannte ich das Profil der Fahrerin. Und die Kinder erkannten es auch.

„Mama!" brüllte Lucie aus voller Kehle, und dann rannte sie auch schon zur Tür, riß sie auf und stürmte hinaus. Hugo ließ meine Jacke fallen und lief ihr nach, so schnell es ihm seine kurzen Beine erlaubten.

Ich betrachtete meine zerknüllte Jacke, dann bückte ich mich seufzend, hob sie auf und zog sie mir über. Langsam folgte ich den Kindern hinaus auf den Vorplatz.

Die Tür zum Wagen stand offen, und Marianne kniete davor, die Arme um die Kinder geschlungen, den Kopf zwischen ihre gesteckt. Aufgeregt redeten sie miteinander; ihre Stimmen überlagerten sich, Lucie sprach aufgeregt, Hugo brabbelnd und stotternd und Marianne ruhig, mit unverhohlener Wiedersehensfreude.

Ich sah auf die drei Köpfe hinunter, zwei dunkle und einen hellen, und spürte plötzlich einen harten Knoten in meinem Magen. Es waren nur ein paar Meter bis zu den dreien, meiner Familie, aber die Distanz schien mir auf einmal unendlich weit. Es war, als sähe ich alle drei durch ein umgedrehtes Fernrohr, winzige, fremde Gestalten, mit denen ich nicht das geringste zu tun zu haben schien.

Dann hob Marianne den Kopf und sah zu mir auf. Ihre schönen, aparten Züge waren weich vor Freude und vollkommen entspannt, aber nur für einen Moment. Etwas in meinem Gesicht erschreckte sie sichtlich, denn ihre Augen verengten sich zu schmalen Schlitzen. Dann, Sekundenbruchteile später, begann sie zaghaft zu lächeln.

Ich sah die Angst in ihren Augen. Sie wich nicht daraus, auch nicht, als Marianne sich schließlich von den Kindern löste und zu mir herüberkam und ich die Arme öffnete und sie darin hielt, lange, viel länger als sonst.

Berlin

April 2001

Die ersten Tage lagen wie unter Nebel. Es fiel mir schwer, mich in Berlin wieder einzugewöhnen. Alles war mir fremd, die Stadt mit ihrer hektischen Betriebsamkeit, der unaufhörliche Verkehr, die bunten, angeschmutzten Reklameschilder über den Geschäften in unserer Straße, die Schnoddrigkeit der Einheimischen. Selbst meine eigene Wohnung kam mir fremd vor; als die Kinder sich kreischend auf ihr so heftig vermißtes Spielzeug stürzten, stand ich reglos daneben, verwundert über die Selbstverständlichkeit, mit der sie sich in ihrer gewohnten Umgebung bewegten, als wären sie nie fortgewesen. Ein paar Minuten lang war ich unfähig, mich zu rühren. Meine Glieder waren bleischwer, und meine Schuhsohlen schienen mit dem Parkett verwachsen, einem Parkett, das ich erst ein paar Monate zuvor eigenhändig abgezogen hatte. Es war Schwerarbeit gewesen, das Ergebnis war es wert. Hatte ich jedenfalls immer gedacht. Jetzt wußte ich nicht mehr, was ich denken sollte.

Ich konnte mich erst wieder bewegen, als Marianne mir im Vorbeigehen kurz die Hand in den Nacken legte und mich sanft mit sich zog. „Komm, laß uns auspacken. Träumen kannst du noch nachher", flüsterte sie mir ins Ohr, bevor sie mich wieder losließ.

Mein Lächeln war kaum mehr als ein Verziehen der Lippen, aber Marianne sah es nicht; sie war schon auf dem Weg ins Kinderzimmer.

Ich wartete ständig darauf, daß dieses eigenartige Gefühl der Distanziertheit allem und jedem, sogar mir selbst gegenüber, wieder verschwand, aber es passierte einfach nicht. Das Gefühl blieb einfach da, und auch, als es nach ein paar Tagen langsam von den Anstrengungen und Besorgungen des Alltags notdürftig verdeckt wurde, konnte ich es weiterhin spüren, wie die unsichtbare Anwesenheit einer geliebten, ersehnten Person, die viel zu weit fort und doch immer da ist.

Jane. Sie war andauernd in meinen Gedanken, und in den ersten Nächten nach unserer Rückkehr, wenn ich schlaflos neben Marianne lag und die Lichter der vorbeifahrenden Autos betrachtete, deren Widerschein sich in den Fensterscheiben spiegelte, in diesen ersten Nächten schob Jane sich ganz nach vorn in mein Bewußtsein, und der Wettstreit der Gedanken in meinem Kopf begann wieder von neuem.

Oder vielleicht kämpfte auch ich gegen mich selbst, gegen meine Gefühle. Mit allen Kräften versuchte ich, sie niedriger zu drehen, auf Eis zu legen. Jane, meine Gefühle für sie – waren sie am Ende nicht doch bloß ein aufloderndes Feuer? Eins, das ich löschen oder niederbrennen lassen konnte; irgendwann würde es einfach vorbei sein. Es mußte einfach vorbei sein.

Aber so einfach war es ja nicht. Ich spürte die Gefährdung, sie war elementar, existentiell. Manchmal sah ich den Weg, der vor mir lag, glasklar und unendlich nüchtern: wie ich mich wehrte und wehrte und dann, am Ende, doch nachgab, nachgeben mußte.

Und wieder, schon wieder, so viele Jahre nach unserer ersten Begegnung, in meinem weichen Bett, ein paar Zentimeter von Mariannes schlafwarmem Körper entfernt, wieder schien es mir unmöglich, mich von Jane und der Sehnsucht nach ihr zu befreien. Die Jahre hatten nichts verändert, nichts Wesentliches, zumindest nicht an meinen Gefühlen für sie. Wieder war sie da, diese nahezu unerträgliche Leidenschaft. Was ich auch tat, wieviel Zeit auch verging, ich kam immer wieder an denselben Punkt. Es hörte nicht auf. Es hörte einfach nicht auf.

Manchmal, wenn ich früher als Marianne erwachte und ihren leisen, regelmäßigen Atem hörte, dann traf mich das schlechte Gewissen wie ein Schlag in den Magen, von wo aus es sich in Wellen ausbreitete, bis es meinen ganzen

Körper mit einer Gänsehaut überzog. Es war, als ob ich sie betröge, jetzt schon betröge, vielleicht all die Zeit über betrogen hatte.

In diesen Momenten fühlte ich die Distanz zwischen uns geradezu körperlich: ein Unbehagen, wenn Mariannes nackter Fuß mich versehentlich streifte, der leichte Widerwille, sie zu berühren, mein minutenlanges Zögern, sie weich in den Nacken zu küssen, wie ich es sonst morgens gern tat, wenn sie noch schlafend neben mir lag.

Ich fühlte mich schlecht, und selbst meine eigenen Blicke auf Mariannes schlafendes Gesicht kamen mir wie Verrat vor, fühlten sich fremd an – im Schlaf war sie mir wehrlos ausgeliefert, und meine kritischen, musternden Blicke schienen sie zu verletzen, ohne daß sie es merkte.

Dann wachte sie auf, öffnete langsam die Augen, lag einen Moment still und lächelte mich an, um sich noch einmal zur Seite zu drehen und in die Decken zu kuscheln, wie sie es oft tat. Das Schweigen zwischen uns war immer behaglich gewesen, außer wenn wir gestritten hatten, was selten vorkam. Jetzt war es erdrückend – für mich. Marianne schien nichts zu bemerken, wie sollte sie auch. Und ihre Arglosigkeit machte alles nur noch schlimmer.

Jane rief in diesen Tagen nicht an, zum Glück. Vor nichts hatte ich mehr Angst, als ihre Stimme zu hören und Mariannes Blick dabei auf meinem Gesicht zu spüren. Marianne kannte mich einfach so gut. Und was sie nicht kannte, schien sie zu erspüren. Einmal, beim Fernsehen, hatte Hugo Janes Namen erwähnt.

„Schäin", hatte er langgezogen gesagt und dann noch einmal: „Schäin." Nach einem Moment, in dem ich wie elektrisiert dagesessen hatte, entdeckte ich die hochgewachsene Frau im Hintergrund des Fernsehbildes, die, angetan mit einem gelben Kostüm, zügigen Schrittes eine Flughafenhalle durchquerte.

„Schäin!" sagte Hugo erneut, und Marianne runzelte die Stirn. Als sie den Mund zu einer Frage öffnete, war die Flughafenansicht verschwunden und das feiste Gesicht des

Tagesschausprechers füllte den Bildschirm aus. Marianne legte Hugo die Hand auf den Kopf und zog ihn sanft an sich.

Minuten später klopfte mein Herz immer noch wie verrückt.

„Treu?" Cooper lachte. „Treu, was ist das?" Er trug noch seine Trainingskleidung, Trikot, schwarze Strumpfhosen und Ballettschuhe. Lässig stand er neben mir an die Balustrade im ersten Stock gelehnt, die nackten Arme aufs Geländer gestützt, mit herabbaumelnden Händen. Die milde Maisonne schien gnädig auf uns herunter.

„Du hast mich schon richtig verstanden", sagte ich. „Ich hab dich gefragt, ob du mal treu warst. Irgendwem. Irgendwann in deiner langen, langen Geschichte als Superlover."

„*Oh dear!*" Er lachte erneut und zuckte bedauernd mit den Schultern. Selbst aus seinem Lachen konnte ich seinen breiten amerikanischen Akzent heraushören. „Ich wäre es gerne gewesen", erklärte er. „Aber immer, wenn ich es ernsthaft vorhatte, kam irgendein flotter Typ daher."

Ich warf ihm einen skeptischen Blick von der Seite zu. Cooper grinste vor sich hin.

„Spinner."

„Ich weiß zwar nicht, was das heißt", sagte Cooper und fuhr sich mit der Hand durch seine widerspenstigen schwarzen Locken, „aber das klingt auf jeden Fall gar nicht nett von dir, Uma."

„Okay, okay", sagte ich in gelangweiltem Tonfall und winkte arrogant ab. Cooper starrte mich eindringlich an, so lange, bis ich lachen mußte.

„*Bitch*", flüsterte er.

„*Son of a bitch.*"

Wir grinsten uns an, dann sahen wir wieder in den Hof hinunter. Einträchtig betrachteten wir gemeinsam das rege Treiben dort unten. Ein ganzes Bataillon Arbeiter eilte geschäftig hin und her, um die monströs anmutenden Aufbauten für das neue Bühnenbild abzuladen. Ein avantgardistischer Künstler hatte mehrere röhrenartige Metallobjekte in überdimensionalen Ausmaßen herstellen lassen. Vor einer halben Stunde waren sie von einem riesenhaften Sattelschlepper angeliefert worden. Seither herrschte ein ratloses Tohuwabohu im Hof.

„Harte Arbeit", sagte Cooper mitfühlend, als einem der Arbeiter, einem jungen Typ mit Pferdeschwanz, ein großer Holzkeil aus der Hand rutschte und unsanft auf den Boden knallte. Dann sah er wieder zu mir. „Also, was steht an? Wie heißt sie?"

„Wer?" Ich wich seinem bohrenden Blick aus.

„Niemand fragt jemand anders einfach so, ob er je treu gewesen ist. Das macht man nur, wenn man gerade dabei ist, seinen Partner zu betrügen. Also, wer ist es?"

„Niemand." Ich zuckte mit den Schultern und verwünschte mich im stillen, daß ich das Thema überhaupt angeschnitten hatte. Ich hätte es wissen müssen. Cooper war erstens ausnehmend clever. Und zweitens hatte er ein ziemlich gutes Gespür für das, was in mir vorging. Dabei kannten wir uns noch nicht besonders lange.

Eines Mittags im März, kurz vor meiner Abreise nach Österreich, war er mir in der Kantine versehentlich auf den Fuß getreten und hatte schallend gelacht, als ihm dabei das Tablett aus der Hand gerutscht war. Als wir uns gleichzeitig bückten, um es wieder aufzuheben, waren wir mit den Köpfen zusammengestoßen und hatten beide schon wieder lachen müssen. Seither verbrachten wir jede Mittagspause miteinander, und nicht nur das. Cooper war einer der wenigen Menschen, mit denen ich mich regelmäßig traf. Und seit Grits und meine Freundschaft auseinandergebrochen war und nur noch so vor sich hin dümpelte, war Cooper mein einziger enger Vertrauter, wenn man von Marianne, Markus und Kate absah.

„Na los!" Cooper boxte mir spielerisch gegen den Arm. „Komm schon, wer ist es?"

„Ich will nicht darüber reden."

„Vielleicht nicht jetzt. Aber eigentlich willst du. Und du wirst. Bald sogar. Ich brauch dazu nur, sagen wir, zwei Bier. Oder drei. Und einen tiefen Blick in deine Augen."

Widerwillig mußte ich schmunzeln. „Ich wollte nur deine Meinung zu diesem Thema hören, so ganz allgemein." Unten im Hof hatten die Arbeiter begonnen, Seile über die erste Metallröhre zu werfen. Anscheinend waren sie sich endlich über die Vorgehensweise einig geworden.

„Oh Gott", sagte Cooper nach einem Moment, in dem er mich aufmerksam musterte. „Es ist etwas Ernstes. Arme Marianne!"

Ich wandte den Kopf und sah ihn an. Seine Augen leuchteten im gleißenden Sonnenlicht, das linke in einem warmen, tiefen Braun, das rechte jedoch in zwei Farben. Ein heller, zackig geformter Strich durchzog senkrecht die Iris und teilte sie in zwei Hälften, die eine ebenso braun wie das linke Auge, die andere schimmerte in glasklarem Grün. In seinem dunkelhäutigen Gesicht mit den negroiden Zügen wirkte dieses einzigartige Auge wie ein seltener, in zwei Teile zersplitterter Edelstein. Der Anblick bannte mich jedes Mal wieder aufs neue. Fast allen Menschen ging das so. Coopers Blick konnte man sich nur schwer entziehen.

„Also wenn du mich fragst", sagte Cooper und verlagerte sein Gewicht, so daß sein schmaler, drahtiger Körper jetzt halb über der Balustrade lehnte. „Es sollte sich auf jeden Fall lohnen. Marianne ist eine wundervolle Frau. Und die Kinder ..." Er küßte seine Fingerspitzen, und für einen Moment schien das Temperament seiner italienischen Vorfahren mit ihm durchzugehen. „So süße *bambini*! Du solltest sie nicht unglücklich machen." Er lächelte nach einem Moment verschmitzt. „Nur, wenn es nicht anders geht."

„Ja doch, ja ja", sagte ich grimmig.

„Okay, okay, ich quäl dich nicht weiter. Gehen wir heute abend was trinken?" Cooper zwinkerte mir zu.

„Heute geht nicht. Marianne hat heute ihren freien Abend, ich hab die Kinder."

„Dann komm ich eben zu euch. Und bring ein paar Bier mit. Für mich zwei und doppelt so viele für dich."

Ich brummte vor mich hin, während ich zusah, wie die Arbeiter unten im Hof gerade mit vereinten Kräften die erste Metallröhre vom Sattelschlepper herunterzogen.

Cooper deutete mein Brummen zutreffenderweise als Zustimmung. „Prima", sagte er und legte mir den Arm um die Schultern, was ihm nicht leicht fiel. Er war ein paar Zentimeter kleiner als ich, worüber er sich gelegentlich beklagte. Für seinen Beruf als Tänzer war seine Körpergröße durchaus von Vorteil, aber bei den Männern, behauptete er jedenfalls, schmälerte das seine Chancen. Wenn das stimmte, so hatte ich bislang nichts davon bemerkt. Soweit ich sah, flogen die meisten Leute auf ihn, Männer wie Frauen.

Mit einem lauten Scheppern landete unten im Hof die Metallröhre endlich auf dem bereitgestellten Transportwagen, begleitet von einhelligem Johlen. Der junge Arbeiter mit dem Pferdeschwanz klopfte sich triumphierend auf die Brust. Ich bemerkte, daß Cooper ihn beobachtete. Langsam nahm er seinen Arm wieder von meinen Schultern.

Hinter uns klappte die Verbindungstür zu den Proberäumen. Frau Schrader, meine Meisterin, kam auf den Balkon und marschierte zügig an uns vorbei. Sie nickte mir verlegen zu und stockte dann für einen Moment, als sie Cooper entdeckte. Cooper lächelte sie an, und sie ging schnell weiter. Ein zartes Rot färbte ihren Nacken von unten herauf, als ich ihr nachsah.

Einen Moment lang mußte ich an Herrn Kaufmann denken, der diese Gelegenheit, mich zur Pünktlichkeit zu ermahnen, niemals hätte verstreichen lassen. Jetzt konnte er allenfalls seinen Rauhhaardackel auf Gehorsam zu trimmen versuchen. Und die stets verlegen scheinende Frau Schrader würde wohl nie auf den Gedanken kommen, mich zurechtzuweisen. Sie war seit einem halben Jahr meine Vorgesetzte und begegnete mir immer noch mit unverhohlener Schüchternheit. Wahrscheinlich kam sie einfach nicht über die Tatsache hinweg, daß ich den Laden in dem einen Jahr nach Herrn Kaufmanns Pensionierung quasi im Alleingang geschmissen hatte.

Cooper stellte eins seiner muskulösen Beine zwischen die Streben des Geländers und betrachtete wieder die Arbeiter im Hof, die sich jetzt unter lauten Rufen und Befehlen daranmachten, die zweite Metallröhre von der Ladefläche des Sattelschleppers zu ziehen. Auf einmal beugte er sich vor. „Cool!" brüllte er laut und klatschte in die Hände. „Ihr seid echt cool! So starke und kräftige Männer, wow!"

Die Arbeiter stierten verblüfft zu uns herauf. Ich hatte keine Ahnung, ob sie Coopers Englisch verstanden. Aber für zumindest einen von ihnen war der Inhalt seiner Worte egal. Der junge Typ mit Pferdeschwanz starrte Cooper wie gebannt an, und noch während ich hinsah, erschien ein breites, anzügliches Grinsen auf seinem Gesicht. Neben mir pfiff Cooper leise durch die Zähne.

„Cool", sagte er wieder, aber diesmal ganz leise. „Echt cool, dieser Typ. Den will ich."

„Aber nicht heute abend!"

„Nein", sagte Cooper und lachte. „Nicht heute abend. Aber bald."

Sie rief an, als ich gerade die Kinder zu Bett gebracht hatte und auf dem Weg in die Küche war, wo Marianne saß und ihre vierteljährliche Umsatzsteuervoranmeldung machte. Normalerweise trug ich mein Handy in der Wohnung nicht mit mir herum, aber an diesem Abend hatte Hugo damit gespielt, und ich hatte es ihm weggenommen und kurzerhand vorne in meine Hosentasche gesteckt. Als es klingelte, war ich schon fast in der Küche. Ich zog es heraus und hielt es schnell, ohne aufs Display zu sehen, ans Ohr.

„Ja?"

„Uma?" Die Stimme drang ein bißchen verzerrt aus dem Hörer. Ich erkannte sie nicht.

„Ja? Hallo?"

„Jane hier."

Mein Herz setzte für einen Moment aus. Durch die halbgeöffnete Küchentür konnte ich Marianne sehen, die langsam den Kopf hob. Lautlos wich ich zurück, ins Dunkel des Flures.

„Hallo", flüsterte ich.

„Uma? Ich kann dich kaum verstehen. Die Verbindung ist so schlecht." Janes Stimme klang kühl und beherrscht. Sie würde sich keine Blöße geben. Wie gut ich das von ihr kannte.

Ich drehte mich zur Wand und bedeckte den Hörer mit der Hand. „Besser?" fragte ich leise.

„Es geht", sagte Jane fest. „Uma?"

„Ja?"

„Willst du mich sehen?"

Ich preßte die Augen so fest zusammen, daß ich Sternchen sah. „Klar", sagte ich heiser. „Klar will ich dich sehen. Wann?"

Als sie antwortete, klang Janes Stimme unsicher, so als hätte sie nicht mit meiner Antwort gerechnet und ein wenig die Fassung verloren. „Nächstes Wochenende vielleicht? Kannst du kommen? Nach Hamburg? Es gibt einen günstigen Flug, und für dich ist es auch nicht weit weg."

Ich schluckte und öffnete die Augen. Direkt vor mir war die Wand. Wir hatten Ewigkeiten gebraucht, um sie glattzuspachteln. Jetzt, so dicht davor, konnte ich kleine Unebenheiten auf der Oberfläche ausmachen.

„Uma?"

Ich schluckte noch einmal. „Ja", sagte ich. „Ja, klar. Auf jeden Fall kann ich kommen."

Wir machten nicht mehr viele Worte. Jane gab mir die Adresse des Hotels durch und den Zeitpunkt, an dem sie dort auf mich warten würde, und dann legten wir auf. Als ich das Handy ausschaltete und wieder in meine Hosentasche gleiten ließ, legte ich für einen Moment die Stirn an die Wand.

Mir war klar, woher meine Sprachlosigkeit rührte. Ich wollte nicht mit ihr reden. Ich wollte mit ihr ins Bett. Ich wollte sie spüren, berühren, sie an mich pressen, ihren Duft in mich einatmen, ihren Atem hören, ihr Stöhnen.

Erst als ich mich von der Wand abstieß, merkte ich, daß ich die Hände zu Fäusten geballt hatte.

Im Türrahmen zur Küche sah ich Marianne ein paar Sekunden lang zu, bevor sie mich bemerkte. Ich betrachtete ihren gesenkten Nacken, ihre konzentriert vorgeschobenen Lippen, die dunklen Locken, die ihr in die Stirn fielen. Dies war die Frau, mit der ich meine besten Jahre verbracht hatte. Die Frau, mit der ich Kinder hatte, eine gemeinsame Wohnung, ein gemeinsames Leben. Von der ich mich seit Wochen innerlich distanzierte, nach und nach entfremdete, ohne daß sie darum wußte. Die Frau, die ich im Begriff war zu betrügen.

Reglos stand ich in der Tür. Einen Moment lang fragte ich mich, ob es nicht doch vorbeigehen würde, wenn ich nur lang genug wartete und einfach stillhielt. Aber es war sinnlos. Ich mußte mich entscheiden. Jetzt, in diesem Moment. Ich mußte mich entscheiden, wie ich mit der Situation umgehen wollte. Ob ich die Dinge getrennt halten oder eine Verbindung schaffen würde. Eine Verbindung zwischen Jane und Marianne. Und mir.

Egal, was ich tat, es würde eine Gratwanderung sein, meinen Gefühlshaushalt in Ordnung zu bringen.

Dann entschied ich mich. Im gleichen Moment sah Marianne auf.

„Schlafen die Kleinen?"

„Tief und fest."

„Und du? War es was Wichtiges, der Anruf?"

Ich zuckte mit den Schultern, ging zum Tisch und zog einen Stuhl heraus, um mich ihr gegenüberzusetzen. „Es war bloß Cooper. Aber was anderes, Marianne. Ich muß nächstes Wochenende nach Hamburg, zum Ledergroßhandel. Nur für zwei Tage."

„Zum Ledergroßhandel?" fragte Marianne halb erstaunt, halb abgelenkt. Stirnrunzelnd betrachtete sie die Papiere, die vor ihr auf dem Tisch lagen. „Hat der denn auf am Wochenende?"

„Am Wochenende nicht, aber am Montag. Ich fahre Sonntagabend hin und komm Dienstag zurück."

Sie nickte versonnen. Ich beobachtete ihre langen, dunklen Wimpern. Wie einfach es war, sie anzulügen.

Sie sah auf. „Aber Dienstagnachmittag ist Hugos Kindergartenfest, bist du da wieder zurück?" Ihr Blick war arglos, ohne jegliches Mißtrauen.

„Ja", sagte ich und legte meine gefalteten Hände auf den Tisch. Wie eine Barriere lagen sie zwischen uns, eine sichtbare Barriere, die nur ich als solche erkannte. „Sicher. Da bin ich wieder zurück."

Das Hotel lag nicht weit vom Bahnhof entfernt in einer breiten, vielbefahrenen Straße. Zwischen modernen Bürokomplexen behauptete sich standhaft ein historischer, frischrenovierter vierstöckiger Giebelbau mit Butzenscheiben im Erdgeschoß. Ich verstand sofort, warum Jane ausgerechnet dieses Hotel für unser Treffen ausgesucht hatte. Es wirkte anonym und anspruchsvoll zugleich, und als ich das Foyer betrat, bestätigte sich mein Eindruck sofort.

An der Rezeption blickte ein junger Mann mit akkuratem Bürstenschnitt zu mir auf. Als ich nach Jane fragte, nickte er höflich, griff zum Telefon und wählte eine zweistellige Nummer. Ich drehte mich demonstrativ zur Seite und betrachtete die gediegen ausgestattete Halle, während der junge Mann diskret in den Hörer sprach. Als er aufgelegt hatte, wandte ich mich ihm wieder zu. In seinen hellen Augen lag ein winziges Lächeln, als er mit starkem hanseatischen Akzent sagte:

„Frau Madsen erwartet Sie auf Zimmer 212, zweiter Stock. Dort drüben befindet sich der Aufzug, aber wenn Sie die Treppe bevorzugen ..." Er wies auf den mit dunklem Teppichboden ausgelegten Treppenaufgang, der sich am Ende der Halle emporschwang, und ich bedankte mich mit einem Nicken und setzte mich in Bewegung.

Jane öffnete die Tür auf mein erstes Klopfen hin. Ihr kinnlanges Haar war wie früher nach hinten geworfen und betonte ihre klaren, angespannt wirkenden Züge. Sie trug ein dünnes, schwarzes Hemd mit einem enganliegenden Unterhemd darunter und ausgeblichene Worker-Jeans. Mit einem Anflug von Erleichterung registrierte ich, daß die elegante Erscheinung vom Wiener Flughafen verschwunden war. Jane sah fast aus wie früher, nur ein wenig älter vielleicht. Und angestrengter – ihr Gesicht war sehr starr, wie eine Maske.

„Hallo, Uma."

„N'Abend. Darf ich reinkommen?"

Sie trat ein Stück zur Seite, um mich vorbeizulassen. Ich machte einen Schritt nach vorn, aber im gleichen Moment stieg mir ihr Duft in die Nase. Ihr milder, leichter Duft, unverkennbar der ihre. Aus Tausenden von Düften hätte ich ihn herausfinden können, all die Jahre über. Unvermittelt blieb ich stehen. Jane sog die Luft ein und hielt den Atem an. Ihr Gesicht war immer noch starr, als sie mich ansah, mit einem fast erschrockenen Ausdruck in den Augen.

Plötzlich mußte ich lächeln. Ich stand da und lächelte sie an, und nach einem bangen Moment wich die Starre aus Janes Zügen, und sie lächelte zurück, ein bißchen verlegen und voller unverhohlener Freude.

„Okay", sagte ich und nahm ihr die Türklinke aus der Hand, um die Tür hinter uns ins Schloß zu drücken. „Da sind wir also wieder mal, wir beide."

Jane ging wortlos an mir vorbei und setzte sich auf das kleine dunkelblaue Ledersofa an der Wand gegenüber. Sie schlug die Beine übereinander, legte einen Arm über die Lehne und blickte ruhig zu mir auf. Allein zu sehen, wie geschmeidig sie ihre langen Gliedmaßen bewegte, ließ mir den Atem stocken. Um ihrem klaren Blick auszuweichen, sah ich mich im Zimmer um, das ganz in Blautönen gehalten war. Über einem großen französischen Bett lag ein hellblauer Überwurf, die nackten Wände waren bis zur Hälfte pastellblau und darüber weißgestrichen, und zu beiden Seiten der vermutlich denkmalgeschützten Fenster hingen blauweißgestreifte Vorhänge. Selbst das kleine Bad, dessen Tür halb offenstand, war blau gekachelt.

„Hübsch hier", sagte ich, stellte meine Tasche, die ich immer noch in der Hand hielt, ab und ging zu den Fenstern hinüber. Eine hohe Birke wiegte sich auf einer kleinen Rasenfläche in der sanften Brise. Rechts und links ragten graue Brandmauern in die Höhe, geradeaus schimmerten kleine, eng zusammengerückte Spitzdächer im matten Licht des dunstigen Juniabends.

„Du hast eine neue Tasche", stellte Jane fest.

Ich drehte mich zu ihr um und ließ meinen Blick von ihr zu meiner Reisetasche wandern. Sie war aus schwarzem, reißfestem und wasserdichtem Stoff; ich besaß sie seit mehreren Jahren. Während ich sie betrachtete, sah ich auf einmal meinen alten Bundeswehrrucksack vor mir, mit dem ich damals in Australien unterwegs gewesen war. Irgendwo mußte ich ihn noch haben, auf dem Hängeboden im Flur vielleicht. Ich hatte ihn schon vor einer Ewigkeit ausrangiert, aber nicht wegwerfen wollen.

„Neu ist sie nicht gerade, die Tasche", sagte ich.

Jane sah zu mir auf. „Aber ich kenne sie nicht", sagte sie einfach.

Ich mußte lächeln, aber mir war plötzlich traurig zumute. „Du kennst so vieles nicht, Jane."

Ihre hellblauen Augen verengten sich ein bißchen. „Ich weiß", sagte sie. „Ich weiß, Uma."

Einen weiteren langen Moment blieb ich mitten im Raum stehen, dann ging ich zu ihr hinüber und vor ihr in die Knie. Mit klopfendem Herzen studierte ich ihr Gesicht, ihren weich geschwungenen Mund, die gerade, strenge Nase, die hellen Augen mit den dunklen Brauen darüber. Jeden Flecken, jeden Zentimeter Haut ihres Gesichts hatte ich vor Jahren geküßt und berührt, mit unendlicher Sehnsucht, in einem Sturm aus Gefühlen. Jetzt war es, als ob ich es wieder täte, diesmal mit meinen Blicken.

Jane beobachtete mich. Ohne sich vorzubeugen, schob sie eine Hand zwischen meine beiden Hände, die locker zwischen meinen Knien herabhingen. Die Berührung ihrer trockenen, warmen Finger ließ mich zusammenzucken.

Ein winziges Lächeln zog über Janes Lippen, und nach einem Moment erwiderte ich es. Vorsichtig nahm ich ihre Hand in meine, hob sie an meine Lippen und küßte sie langsam. Als ich den Mund öffnete und meine Zungenspitze ihre Haut berührte, stieß Jane die angehaltene Luft aus. Und dann griff sie nach mir und zog mich hoch, zog mich zu sich aufs Sofa und in ihre Arme.

Lange Zeit hielten wir uns schweigend, lange Zeit, in der unser Atem sich vermischte und unsere Herzen dicht aneinander klopften, jedes in seinem eigenen Rhythmus, dem andern so ähnlich. Lange Zeit hielten wir uns, und erst als ich ihren Mund suchte und fand und Jane ihr Becken verlagerte und sich ein wenig nach unten schob, ohne sich auch nur einen Zentimeter von mir fortzubewegen, erst da verwandelte sich die stille Ehrfurcht in mir in Lust.

„Jane ...", flüsterte ich atemlos, und Jane legte den Kopf zurück und lachte leise.

„Ja, Uma", sagte sie, „da sind wir also wieder mal, wir beide."

Es war wie ein Traum, durchzogen von Déjà-vus, die sich mit der Wirklichkeit vermischten. Janes Körper unter meinen Händen, die winzigen Veränderungen, die ich nach langem Suchen entdeckte – eine Narbe am Knie, das weichere Polster auf ihrer Hüfte, die tiefer eingeschnittene Falte dort, wo das Ohrläppchen von der Wange zurückweicht. Janes Gesicht im Licht der untergehenden Sonne, die durch die Fenster hereinfiel, und später, viel später, im Schein der nächtlichen Großstadt, vermischt mit dem Mondlicht. Ihr Duft in meiner Nase, ihr Stöhnen in meinem Ohr, so vertraut und so nah. Manchmal konnte ich es kaum fassen, daß es wirklich geschah; ich schloß die Augen, kniff sie zusammen, so fest es nur ging, und machte sie wieder auf, und Jane lachte mich an. Manchmal. Manchmal auch nicht.

Dann lag in ihren Zügen ein Schmerz, der wie eine Welle auf mich zubrandete und mich überspülte. Es stand so viel auf dem Spiel, viel mehr als jemals zuvor. Wir konnten das ignorieren, aber ich glaube, es war uns beiden nur allzu bewußt. Und die Wucht unserer Gefühle tat weh.

Damals, bei unserer ersten Begegnung in Alice Springs und auch später in Berlin, damals war es nur um den Augenblick gegangen, um das, was wir wagten, und das, was wir taten, und dann noch um die Sehnsüchte dahinter, die sich nicht ausleben, nur wegschieben ließen. Aber jetzt ging es um mehr. Diese absolute Leidenschaft, die jetzt, in der geschundenen Zeit in diesem stillen Hamburger Hotelzimmer aufflammte, sie war nicht mehr nur eine Wiederholung der Lust, aus dem Moment geboren und in ihm gelebt. Sie war ein sichtbares Zeichen der elementaren Verbindung zwischen uns beiden, der weder ich noch Jane hatten entkommen können. Nichts und niemand hatte sie abschwächen können. Und so war nichts mehr da außer wir beide.

Und während Jane sich unter meinen Händen wand und langsam zur Seite drehte und auf den Bauch schob, während ich ihr langsam die Jeans herunterstreifte und mich von Zeit zu Zeit vorbeugte, um die makellose Haut ihres muskulösen Rückens zu küssen, währenddessen ging mir zum ersten Mal auf, daß es mir nicht nur unendlichen Genuß bereitete, ihren Körper zu spüren, sondern auch, meine Hände dabei zu betrachten. Meine Hände auf ihrer Haut, ihre Muskeln, ihr Fleisch unter meinen Händen: All das gehörte zusammen. Jane war die Liebe meines Lebens, und sie war es immer gewesen.

Es stand so viel auf dem Spiel, so unendlich viel. Unsere festverwurzelten Leben, allein und im Kreise anderer Menschen. Unsere unabhängigen Existenzen. Unser Seelenfrieden, wenn es ihn gab. Alles konnte außer Kontrolle geraten.

Aber ich wußte nicht, was dagegen zu tun war. Und ob ich es überhaupt wollte. Und deshalb beugte ich mich vor und legte meine Stirn auf Janes schweißfeuchten Rücken. Einen Atemzug lang herrschte Stille. Dann begann Jane sich unter mir zu bewegen. Und dann begannen die Dinge tatsächlich außer Kontrolle zu geraten.

Den Anfang machten wir beide.

Die Nacht ging vorbei, bevor ich sie überhaupt wirklich wahrgenommen hatte. Im Morgengrauen, erschöpft und immer noch bebend, lagen wir uns schweigend gegenüber und sahen uns an. Es würde ein heißer Frühsommertag werden, einer der ersten in diesem Jahr. Ein lauer Wind strich durch die geöffneten Fenster und über unsere nackte Haut und blähte die blauweißen Vorhänge auf.

„Ich habe dich vermißt, wie verrückt", sagte ich nach einer Weile.

Janes unergründliche Augen lagen ruhig auf mir, wie klares Wasser um schwarze Steine. Ich streckte eine Hand aus und berührte sanft die kleine Kerbe unterhalb ihrer Kehle. Janes weich gerundeten Brüste darunter erzitterten leicht.

„Ich hab wirklich versucht, nicht an dich zu denken", fügte ich hinzu. „Aber es hat nicht geklappt."

Jane sagte immer noch nichts. Vorsichtig schob sie eine Hand unter ihre Wange, und ich zog meine eigene Hand ein Stückchen zurück.

„Gegen Gefühle ist man anscheinend tatsächlich machtlos."

„Nein. Ist man nicht." Jane schüttelte im Liegen den Kopf, was ihr nicht besonders gut gelang. Mit einem unwilligen Lächeln stützte sie sich auf den Ellbogen auf. Ihr Haar stand ihr kreuz und quer vom Kopf ab, und eine Strähne ragte genau über der Stirn steil in die Höhe. Als ich danach griff, um sie glattzuzupfen, faßte Jane nach meiner Hand und hielt sie fest. „Man ist nie machtlos gegen die eigenen Gefühle. Man kann sie ändern. Man kann sie einfach verdrängen. Oder sich von ihnen befreien."

Ich betrachtete sie nachdenklich. Irgend etwas erinnerte mich an eine andere Situation, ganz ähnlich wie diese. Und dann fiel es mir ein. Wir hatten schon einmal darüber gesprochen, vor fast acht Jahren, als Jane in Berlin war. Auch damals hatten wir zusammen im Bett gelegen, in fast identischer Haltung, seitlich, einander zugewandt, und doch in klaren, abgegrenzten Fronten.

Janes Position war eindeutig gewesen: Aufrecht und ohne meinem skeptischen Blick auszuweichen, hatte sie behauptet, daß man gegen Gefühle nicht machtlos sei, egal um welche es sich handle und wie intensiv sie auch seien. Sie hatte die Augen zu kleinen Schlitzen zusammengezogen, als sie das gesagt hatte, und mir war ein Schauer über den Rücken gelaufen, ein kurzer Schauer der Wollust, der sich später in ihren Armen in Erfüllung aufgelöst hatte.

Aber zuvor hatte ich dagegen gehalten und ihre Argumente zu widerlegen gesucht: daß man sehr wohl gegen Gefühle machtlos sei, hatte ich in Janes katzenhaft weises Gesicht gesagt und mich angestrengt, glaubwürdig und überzeugend zu klingen. Gefühle, so hatte ich postuliert, kommen und gehen; man kann sie nicht ändern, nur lernen, mit ihnen umzugehen. Jane hatte gelacht. Ich hatte sie nicht überzeugt. Und so war es geblieben. Bis jetzt.

„Warum schüttelst du den Kopf?" Jane kniff die Lippen zusammen.

„Mache ich das?" Ich hatte es nicht gemerkt. Jane nickte unwirsch. Die Strähne über ihrer Stirn wippte und sank dann nach vorn. Ich verkniff mir ein Lächeln.

Jane sah mich immer noch durchdringend an. „Doch", sagte sie vehement. „Gegen Gefühle ist man nicht machtlos. Man kann sich immer von ihnen befreien, auch wenn man sich das kaum vorstellen kann."

Sie nickte bekräftigend. Hinter ihr bewegte ein kleiner Luftzug den Vorhang. Einen Moment lang war alles ganz still, dann hupte von Ferne ein Wagen, und irgendwo rief jemand etwas.

„Und warum sind wir dann beide hier?" fragte ich leise.

Jane gab keine Antwort. Sie sah mich nur an. Und dann blickte sie weg.

Am späten Vormittag ließen wir uns Kaffee hochbringen und zwei Croissants, aber das hielt nicht lang vor. Gegen drei Uhr knurrte Janes Magen so laut, daß ich die Vibrationen unter meinen forschenden Fingern spürte, und wir entschlossen uns, essen zu gehen.

Während Jane duschte, lag ich lang ausgestreckt auf dem Bett und sah zum strahlenden Sommerhimmel auf. Ein paar Möwen zogen weit oben ihre Kreise, über der nahen Binnenalster vielleicht. Für einen Moment dachte ich an Hugo und Lucie. Die beiden liebten Möwen, wie überhaupt alle großen Vögel, von Krähen an aufwärts. Es war ungewöhnlich für kleine Kinder; die meisten fürchteten sich eher davor, aber nicht Hugo und Lucie. Ich nahm an, daß ihre Vorliebe für große Vögel von unseren Ausflügen an die Ostsee herrührte, vielleicht auch von den Ferien am Neusiedler See. Da wie dort waren zahlreiche Möwen und andere größere Wasservögel übers Wasser gesegelt und an Strand und Ufer herumgewatet. Hugo und Lucie konnten sie mucksmäuschenstill Ewigkeiten beobachten.

„Worüber lächelst du?" fragte Jane und warf ihr feuchtes Handtuch neben mich aufs Bett. Ihr Haar war noch feucht und glatt nach hinten gekämmt, und sie trug jetzt ein kurzes, weißes T-Shirt zu ihren Jeans, das in seiner Schlichtheit ihre markanten Gesichtszüge noch betonte.

„Ich hab an die Kinder gedacht", sagte ich. Janes Gesicht verschloß sich kaum merklich. Sie bückte sich und zog ihre Schuhe unter dem Bett hervor. Es waren australische Stiefel, die gleichen, die sie bei jedem unserer Treffen getragen hatte, nur anscheinend ein neues, kaum abgenutzt aussehendes Paar.

„Du trägst immer noch Blundstones."

Jane nickte, ohne mich anzusehen. Meine Hand auf ihrem Rücken fand keinen wirklichen Halt. Ich stemmte mich hoch, sprang vom Bett auf und ging rasch ins Bad.

Mein Gesicht im Spiegel sah überraschend erschöpft aus. Unter meinen Augen lagen schwarze Ränder, und zu beiden Seiten meiner Nase entdeckte ich tiefe Kerben. Seit ich abgenommen hatte, sah man sie um so mehr, wenn ich müde oder gestreßt war. Ich betrachtete mich nachdenklich einen Moment, dann drehte ich mich um und trat in die Dusche. Als ich die Kabinentür zuzog, stieg mir Janes Duft in die Nase, vermischt mit nach Zitrone riechendem Shampoo.

Die Flasche stand in der Ablage, es war ein Kombigel für Haare und Haut, und zufrieden lächelnd ließ ich die Kappe aufspringen und drückte mir einen großen Batzen in die Handfläche. Dann fiel mir Marianne ein, und ich zögerte einen Moment, bevor ich mich einzuseifen begann. Der Geruch wäre verflogen, wenn wir uns sahen. Morgen früh würde ich mein eigenes Duschgel verwenden.

Beim Abtrocknen entdeckte ich, daß ich überraschend angefangen hatte zu bluten. Ein kleines rotes Rinnsal war auf dem schneeweißen Handtuch zu sehen, als ich es zwischen meinen Schenkeln hervorzog. Irritiert sah ich mich um, kramte ergebnislos in meiner Kulturtasche und warf einen prüfenden Blick auf Janes. Ich drückte die Tür auf.

„Jane?" rief ich durch den Spalt. „Hast du vielleicht zufällig ein Tampon dabei?"

Ein paar Augenblicke lang herrschte Schweigen. Dann, als ich schon dachte, daß Jane das Zimmer verlassen hatte, fing sie an zu lachen. Im gleichen Moment begriff ich.

„Was für ein nettes Kompliment!" rief Jane, immer noch lachend. „Danke, Uma, das war wirklich reizend!"

Wir liefen in der warmen Junisonne langsam Richtung Bahnhof. Nach der kurzen Anspannung vorhin war unsere Stimmung jetzt wieder gelöst, schweigend gingen wir nebeneinander her, beide die Hände tief in den Taschen unserer Jeans. An der Binnenalster bogen wir rechts ab und schlenderten daran entlang hinunter zum Jungfernstieg, dem noblen Innenstadtviertel von Hamburg. Das von Linksalternativen geprägte Altona oder das näher gelegene Schanzenviertel wären mir lieber gewesen, aber die Zeit war zu kostbar. Sie rannte uns davon – nur noch knapp zwanzig

Stunden lagen vor uns, viel zu wenig, selbst für das Nötigste. Was immer das hieß.

Zwischen uns herrschte das unausgesprochene Einverständnis, unseren Aufenthalt außerhalb des Zimmers so kurz wie möglich zu halten. Wir nahmen das erstbeste italienische Restaurant und setzten uns auf die Terasse, einander gegenüber, die Alster zu unserer Seite. Feine Hamburgerinnen eilten vorbei, riesige Tragetaschen aus Papier in den Händen, auf denen die Namen edler Modedesigner prangten. Touristen bewunderten die Fontäne mitten auf dem Wasser, über der kreischende Möwen gemächlich ihre Kreise zogen.

Ein italienischer Kellner mit viel zuviel Pomade im Haar kam an unseren Tisch und legte mit arroganter Miene zwei gebundene Speisekarten vor uns auf den Tisch, ohne uns anzusehen.

„*Prego*. Zu trinken, die Damen?"

Er starrte aufs Wasser hinaus, während wir unsere Bestellungen aufgaben, und ging geschmeidig davon, mit wiegenden Hüften, tuntiger als mancher Schwuler, obwohl er gewiß keiner war.

Gleichzeitig schlugen wir die Speisekarte auf. Sie war auf Italienisch, in kleiner, verkrümmter Handschrift gehalten, kaum zu entziffern. Ich war froh, als ich das vertraute Wort *Pizze* entdeckte. Die Preise waren horrend.

„Ich lade dich ein", sagte ich rasch. Jane blickte auf.

„Nein. Wir teilen."

„Ausgeschlossen."

„Wir teilen."

„Dann zahl ich das Zimmer."

Jane schüttelte den Kopf. „Kommt nicht in Frage. Ich zahle das Zimmer."

Ich seufzte auf und klappte die Karte wieder zu. „Okay, okay. Aber ich zahle das Essen."

Jane fixierte mich einen Moment, dann zuckte sie mit den Schultern und klappte ihre Karte ebenfalls zu. „Du hast immerhin eine Familie zu ernähren."

Ein unangenehmes Prickeln breitete sich zwischen meinen Schulterblättern aus. „Das stimmt nicht so ganz. Eine halbe Familie vielleicht. Marianne arbeitet auch." Es war das erste Mal, daß ich ihren Namen in Janes Gegenwart erwähnte. Ich hätte das Thema ohnehin lieber vermieden, aber Jane ließ mich nicht entkommen.

„Und ihr lebt zusammen?"

Ich nickte und wich ihrem bohrenden Blick aus, indem ich auf den Jungfernstieg hinaussah. Eine alte Dame zog direkt vor uns einen uralten Yorkshire-Terrier an einer straßbesetzten Leine hinter sich her.

„Erzähl mir von ihr, Uma."

Das Auftauchen des Kellners verschaffte mir Aufschub. Während er unsere Wasserflaschen samt Gläsern vor uns abstellte und die Speisekarten unter den Arm steckte, nahm er mit unbewegter Miene unsere Bestellung entgegen. Jane und ich wollten beide Pizza Spinaci. Ich hätte gerne gewußt, ob der Schriftzug auch für Jane der einzig entzifferbare gewesen war, aber sie knüpfte sofort wieder an ihr Thema an, sobald der Kellner außer Hörweite war.

„Erzähl mir von Marianne", wiederholte Jane.

„Warum erzählst du nicht zuerst?"

Erstaunen malte sich auf ihren Zügen, das gleich darauf von einem finsteren Blick abgelöst wurde. „Was willst du wissen?"

Ich ging aufs Ganze. „Ob es jemanden gibt. In deinem Leben."

„Nein", sagte Jane schlicht, ohne meinem Blick auszuweichen.

„Nein?"

„Nein."

Ich studierte ihr Gesicht. Obwohl ich fast die ganze Nacht und die Hälfte des Tages damit verbracht hatte, sie anzusehen, zu berühren, zu küssen, war mir, als ob ich sie erst jetzt richtig betrachten könnte. Im hellen Licht des Sommernachmittags waren die kleinen Fältchen um ihre Augenwinkel und die beiden tieferen rechts und links der geraden

Nase deutlich zu erkennen. Das Alter stand ihr, sie sah verdammt gut aus. Ich spürte, wie mein Herz sich zusammenzog.

„Du siehst gut aus", sagte ich ruhig.

Jane lächelte. „Danke. Du auch. Aber du hast einiges abgenommen, oder?"

„Och, das ist schnell wieder drauf", sagte ich. Es hatte in den vergangenen Jahren auch ganz andere Zeiten gegeben, Zeiten, in denen ich binnen einiger Wochen zehn Kilo zu- und fast genauso schnell auch wieder abgenommen hatte. Jane brauchte nichts davon zu wissen; ich dachte selbst nicht gerne daran.

„So, und war das gerade alles, was du wissen wolltest?" Janes wieder nüchterne Stimme riß mich aus meinen Gedanken.

„Nein", sagte ich. „Nein, natürlich nicht. Hat es jemanden gegeben in der Zwischenzeit – jemanden von Belang?"

Jane sah mich lange an. Die Möwen kreischten, in der Ferne hupte ein Ausflugsdampfer, ein streitendes Ehepaar mittleren Alters ging an der Terasse vorbei, und genau in dem Moment, als Jane endlich den Mund aufmachte, kam der Kellner und brachte die Pizzen.

Jane wartete, bis er wieder davonstolziert war, nahm Messer und Gabel in die Hand und blickte wieder zu mir auf. „Guten Appetit."

„Jane!"

Sie lächelte leicht, schnitt seelenruhig ein kleines Stück ab und pustete darauf. „Kommt darauf an, was du unter ‚von Belang' verstehst, aber eigentlich – nein."

Brennende Eifersucht durchfuhr mich. Ich war nicht darauf vorbereitet gewesen. Eine ganze Weile war ich unfähig zu sprechen, geschweige denn von meiner Pizza zu essen. Mit zusammengebissenen Zähnen griff ich nach meinem Wasserglas und trank es halb leer. Dann sah ich Jane an, die mit sichtlichem Genuß dabei war, ihre Pizza zu verspeisen.

„Aber sonst gab es also jemanden? Oder mehrere?"

„Mehrere", sagte Jane und blies sich eine Haarsträhne aus dem Gesicht. „Uma, seit unserem letzten Treffen in Berlin sind fast acht Jahre vergangen. Acht Jahre!"

„Ja ja", sagte ich wütend. „Das brauchst du mir nicht zu erzählen. Als ob ich das nicht wüßte!"

Jane schluckte einen Bissen hinunter und betrachtete mich schweigend. Bevor sie mir eine weitere unangenehme Frage stellen konnte, zog ich meine Pizza zu mir heran und begann ebenfalls zu essen. „Ist ja auch egal", sagte ich grimmig. „Und seit eineinhalb Jahren bist du nun also in Schweden."

„In Uppsala, ja. Vermutlich noch bis September oder Oktober. Dann geh ich für eine Weile nach Lappland. Erinnerst du dich an meine Forschungsarbeit für meine Habilitationsschrift?"

„*Hitze, Kälte, Einsamkeit*. Natürlich."

Jane sah mich mit hochgezogenen Augenbrauen an. „Genau. Du hast es nicht vergessen."

„Ich habe nichts vergessen, Jane. Gar nichts."

Jetzt war sie es, die meinem Blick auswich. Mit geröteten Wangen machte sie sich wieder an ihre Pizza. „Jedenfalls", sagte sie mit fester Stimme, „jedenfalls werde ich, wenn alles gutgeht, ab Herbst in Lappland sein, um die Samen und ihre Familienstrukturen ein bißchen genauer erforschen."

„Die Samen?"

„Früher wurden sie Lappen genannt, aber das gilt mittlerweile als diskriminierend."

„Und warum heißt es dann nicht Samland?"

Jane sah schräg zu mir auf, wahrscheinlich, um zu überprüfen, ob ich sie auf den Arm nehmen wollte. „Vermutlich war es zu schwierig, das zu ändern. Außerdem zählen die Samen nicht viel, und bestimmt nicht genug, um ihretwegen einen eingeführten Namen zu ändern. Es gibt nur noch ein paar Zehntausende."

„Und du wirst also mit ihnen leben?"

Jane spießte ein Stückchen Pizza auf ihre Gabel. „Nicht direkt mit ihnen, aber in der Nähe. Der Winter da oben in der Tundra ist einfach zu hart. Aber ich werde es sehen."

„Du kommst doch aus Lappland."

Jane legte den Kopf schief, als sie mich ansah. In ihren Augen lag jetzt ein mißtrauischer Ausdruck. „Aus Gällivare, ja. Aber dort gehe ich vermutlich nicht hin."

„Wohnen deine Eltern noch dort?"

Janes Augen waren trotz des hellen Sonnenlichts sehr dunkel, als sie antwortete. „Mein Vater ist tot. Und zu meiner Mutter habe ich keinen Kontakt."

„Schon lange nicht?"

„Seit 1982."

Das war das Jahr von Janes Operation. Ich fragte nicht weiter nach.

„Übrigens", sagte Jane, „war ich zwischendurch mal in Berlin. Vor zwei Jahren ungefähr."

Diese leicht dahingeworfene Bemerkung traf mich wie ein Schock. Sprachlos schob ich meinen Teller weg, auf dem noch ein Rest Pizza lag, und stützte die Arme auf den Tisch.

„Du warst in Berlin?"

„Ja. Ich hatte dort wieder etwas zu tun, an der Universität, diesem Institut für Soziologie. Darf ich?" fragte Jane und nahm, als ich nickte, das Stück Pizza von meinem Teller.

Ich versuchte, meinen Ärger zurückzudrängen. Außerdem hatte ich keine Berechtigung, ihr Vorwürfe zu machen, daß sie sich nicht gemeldet hatte. Sie hatte ihr Leben gelebt, und ich meins. Acht Jahre lang hatte ich versucht, sie zu vergessen. Es war mir nicht gelungen, wie wenig, merkte ich erst jetzt, da ich ihr gegenübersaß. Und was immer sie in der Zwischenzeit getan, mit anderen Menschen erlebt hatte, sie hatte mich auch nicht vergessen. Sonst wären wir beide nicht hier.

Genau in diesem Moment fragte sie mich nach Marianne. „Jetzt bist du dran. Erzähl mir von deiner Freundin. Seit wann seid ihr zusammen?"

„Seit einigen Jahren."

„Wieviele?" Jane schob ihren leergegessenen Teller neben meinen.

„Ungefähr sechs." Das unbehagliche Prickeln zwischen meinen Schulterblättern war wieder da.

Jane hob kaum merklich die Brauen. „Und die Kinder sind ihre?"

„Ja", sagte ich knapp.

„Oder ..."

„Nein. Marianne hat die Kinder geboren. Aber wir wollten sie beide."

Das Prickeln zog nach oben in meinen Nacken. Auf einmal verstand ich den Spruch vom schlechten Gewissen, das einem im Nacken sitzt. Ich hatte ein schlechtes Gewissen, ja. Ich betrog meine nichtsahnende Freundin. Aber ich betrog sie mit der Frau, die ich liebte. Ob diese Tatsache die Fragwürdigkeit meines Verhaltens minderte, war allerdings ungewiß.

„Lebt ihr auch zusammen?"

„Seit zwei Jahren, ja."

„Und ihr versteht euch gut?" fragte Jane gelassen und trank ihr Wasserglas aus.

„Ja. Wir verstehen uns gut. Aber es ist nicht die große Liebe." Es kam mir geradezu lächerlich vor, das zu sagen. Schließlich war Jane selbst meine große Liebe, und sie saß direkt vor mir. Sie mußte das doch wissen. Sie mußte es spüren.

„Und weiß Marianne das auch?"

Ich wich ihrem prüfenden Blick nicht aus.

„Ja. Das weiß sie. Aber für sie ist es anders."

Ein Muskel zuckte in Janes Wange, dann nickte sie und sah auf den Tisch herunter.

„Noch einen Wunsch, die Damen? Ein Dessert vielleicht?" Der arrogante Kellner stand wieder an unserem Tisch und nahm die Teller auf. Seine dunklen Augen sahen gelangweilt unter träge gesenkten Lidern hervor auf die Alster hinaus.

Ich blickte zu Jane. Sie hob eine Braue und fing vorsichtig an zu lächeln.

„Nein, danke. Die Rechnung bitte. Wir haben es eilig", sagte ich kühl und gab Jane nach einem Moment ein zaghaftes Lächeln zurück.

Schweigend gingen wir den kurzen Weg zum Hotel zurück, in der milderen Nachmittagssonne. Jetzt, nachdem das Nötigste besprochen, das Organisatorische geregelt war, stellte sich ein Gefühl der Ernüchterung ein, gemischt mit vorweggenommener Trauer. Nur noch eine Nacht. Morgen früh würden wir uns trennen.

Der junge Mann an der Rezeption, der vorhin nicht zu sehen gewesen war, nickte uns freundlich zu, als wir an ihm vorbeigingen und die Treppe hochstiegen. Auf dem Absatz legte Jane einen Arm um meine Hüfte und zog mich sanft an sich.

Ich hatte nicht geahnt, wie sehr mir die körperliche Nähe in den letzten eineinhalb Stunden gefehlt hatte. Ich blieb stehen, drehte mich um und schlang die Arme um sie, so fest ich nur konnte. Jane atmete schwer an meinem Hals.

„Uma", flüsterte sie. „Trag mich am besten im Herzen."

„Das reicht mir nicht aus", flüsterte ich. Und dann wand ich ihr den Schlüssel aus der Hand und schloß die Tür auf, die Tür zu unserer Zuflucht, der einzigen, die wir besaßen, seit langer Zeit, und auf lange Sicht womöglich auch.

Ich hatte nicht geglaubt, daß ich auch nur eine Minute dieser kostbaren Zeit würde schlafen können, aber irgendwann, Janes weichen, nach Lust und frischem Schweiß duftenden Körper in meinen Armen, irgendwann nickte ich doch ein. Nur schwach spürte ich, wie Jane ein wenig von mir abrückte und nach meiner Hand griff. Dann verschwamm das Dämmerlicht vor meinen Augen, und statt dessen zogen vage Traumbilder an mir vorbei, Bilder von Jane und mir, kreischende Möwen hoch über dem Wasser, Lucies aufmerksames Gesicht, Cooper, der mir eine Frage zu stellen schien, bevor er davontanzte, ohne daß ich ihn verstanden hatte, Katjas Gesicht, weit in der Ferne. Ab und zu schreckte ich auf, und dann war Jane da und sah mich an, mit ruhigem, nachdenklichem Blick, manchmal auch traurig. Ein paarmal schlug sie die Augen gerade erst auf. Aber sie war immer da, jedes Mal.

Seit ich denken konnte, schon als Kind, war ich die Letzte gewesen, die einschlief. Wenn mein Bruder schon längst im Schlaf murmelte, war ich immer noch wach und sah aus dem Fenster hinaus in den Himmel über dem Dorf und später, als wir in die Försterei gezogen waren, in den Himmel über den Baumwipfeln. Ich war immer die Letzte gewesen, die einschlief, mein Leben lang hatte ich neben schlafenden Männern und Frauen gelegen, und seit es die Kinder gab, auch neben ihnen. Aber jetzt, mit Jane, schlief ich zuerst ein.

Sie war immer da, wenn ich zwischendurch aufwachte, noch einmal aufschreckte, bevor der Schlaf wieder endgültig über mich kam. Sie war da, neben mir, wach, und sah mich an.

Im Morgengrauen schließlich waren wir beide hellwach. Jane lag in meinen Armen, das Laken bedeckte unsere ineinander verschränkten Beine bis zu den Hüften. Nach einer Weile, in der wir unserem Atem und den leisen Geräuschen der erwachenden Stadt, die von draußen hereindrangen, gelauscht hatten, löste sich Jane aus meiner Umarmung und bog den Oberkörper ein Stück weit zurück, damit sie mich ansehen konnte. Beim Anblick ihres ernsten Gesichts durchfuhr mich der Schmerz über unsere baldige Trennung mit aller Macht.

„Und jetzt?" fragte ich.

„Was, und jetzt?"

„Was machen wir jetzt?"

Jane schwieg einen Moment. „Nichts", sagte sie dann.

„Das geht nicht, Jane."

„Doch. Das geht. Du wirst es schon sehen."

„Ich kann es nicht so lassen, Jane. Dafür ist es zu heftig."

„Du lebst mit deiner Freundin und euren Kindern, Uma. Willst du sie verlieren?"

„Nein", sagte ich kläglich. „Aber so geht es auch nicht. Es geht einfach nicht." Ich spürte, daß mir die Kehle eng wurde. Dicht hinter meiner Stirn lauerten Tränen, wie ein bohrender, alles zermürbender Kopfschmerz. Ich drängte sie zurück.

Jane atmete tief aus. „Ich kann nicht sehen, wohin mein Leben geht", sagte sie ruhig.

Das schloß mich aus. Aber ich nahm es nicht hin.

„Es geht nicht, Jane. So geht es nicht mehr."

Jane sah mich lange nachdenklich an. „Weißt du eine Lösung?" Als ich schwieg, fügte sie hinzu: „Vielleicht müssen wir einfach damit leben, daß es von Zeit zu Zeit eben immer wieder so ist." Sie legte den Kopf auf ihren nackten Arm und sah mich aus halbgeschlossenen Augen vorsichtig an.

Ich streckte eine Hand aus und legte sie auf ihre Wange, und Jane ließ mich gewähren. Ihre Abwehrhaltung hatte sich verändert; da war ein winziger Riß in ihrer Mauer. Nie zuvor hatte sie mir auch nur eine Aussicht auf ein Wiedersehen gegeben, kein einziges Mal. Jetzt war da dieser winzige Riß, und ich hakte mich kommentarlos dort ein. Ich warf meinen Anker hinein und zurrte ihn fest. Was auch geschah, er würde dort halten.

„Ich komm dann so gegen acht zurück. Denkst du, du schaffst das alleine?" Marianne betrachtete mich sorgenvoll. Sie trug ihr Laptop unter dem einen Arm und einen Stapel Aktenordner unter dem anderen, und ich griff an ihr vorbei und hielt ihr die Tür auf.

„Klar", sagte ich. „Klar. Ich bin völlig in Ordnung."

„Du siehst aber überhaupt nicht so aus. Bist du dir sicher, daß du klarkommst?"

„Hundertprozentig." Ich versuchte ein müdes Lächeln. Marianne kannte mich gut genug, um dessen Gezwungenheit zu erkennen, aber sie hatte kaum eine Wahl. Ihr wichtigster Kunde wartete auf ihre Präsentation, und von deren Gelingen hing eine Reihe von lukrativen Folgeaufträgen für Marianne und ihren Geschäftspartner ab.

„Wirklich!" sagte ich so munter, wie ich konnte. „Ich bin okay. Nur ein bißchen müde. Mach dir keine Sorgen."

Marianne nickte zögernd, trat in den Flur und drehte sich noch einmal zu mir um. „Also, ich bin dann gegen acht wieder da."

„Laß dir Zeit. Bis nachher. Viel Erfolg." Ich drückte die Tür hinter ihr zu, bevor sie den Treppenabsatz erreicht hatte, und lehnte mich aufatmend dagegen. In der Küche dudelte leise das Radio, und aus dem Kinderzimmer war Lucies helle Stimme zu hören. Sie sang vor sich hin, eine selbstausgedachte Melodie, die überraschend melodisch klang. Lucie war eindeutig musikalisch begabt; ich nahm mir vor, mich demnächst nach Möglichkeiten der musikalischen Früherziehung zu erkundigen.

Erschöpft stieß ich mich von der Tür ab und ging in die Küche, um den frisch aufgebrühten Fencheltee abzugießen. Meine Glieder waren bleischwer, und der Nacken tat mir weh, schon seit gestern abend. Marianne hatte recht, mir ging es nicht gut, aber das lag an meinem schlechten Gewissen und meiner Unfähigkeit, mich wieder einzugewöhnen. Krank war ich nicht, aber wenn Marianne dachte, daß mich die Grippe erwischt hatte, die seit gestern abend Hugo im Würgegriff hielt, dann war mir das durchaus recht. Ich war heilfroh, daß ihr in dem Durcheinander nichts weiter an mir aufgefallen war. Wenn nötig, würde ich die Grippe sogar vorspielen.

Nachdem wir gestern abend von Hugos Kindergartenfest nach Hause gekommen waren – auf dem ich mich die ganze Zeit über wie ein Fremdkörper gefühlt hatte, aus einer vollkommen fremden Welt versehentlich in diese heile hinüberkatapultiert –, hatte Hugo sich mehrfach übergeben und sich dann matt und widerspruchslos ins Bett bringen lassen. In der Nacht hatte er hohes Fieber bekommen; wir hatten den Arzt holen müssen. Er hatte Sommergrippe diagnostiziert.

Ich goß den Tee ab, füllte ihn in zwei Fläschchen und trug sie zusammen mit zwei Schälchen Grießbrei ins Kinderzimmer hinüber.

Hugo schlief, zum ersten Mal seit dem Morgen, tief und fest in seinem Bett, Lucie hockte vor ihrer Puppenstube und spielte versonnen mit ihren kleinen Plastiktieren. Sie hatten biegsame Gelenke, manche besaßen sogar ein Fell oder zumindest Reste davon, und Lucie liebte sie heiß und innig. Jedes von ihnen hatte einen Namen und eine Familie, und einen Schlafplatz natürlich genauso.

Ich strich Hugo über sein leicht verschwitztes Haar, zog seine Decke ein bißchen höher und ging mit einem Fläschchen in der Hand zu Lucie hinüber. An ihrem leicht glasigen Blick und den geröteten Wangen erkannte ich, daß die Grippe auch bei ihr im Anzug war. Eine leise Furcht stieg in mir auf, die ich schnell wieder zurückdrängte. Heutzutage war die Grippe nicht mehr gefährlich. Kaum jemand starb noch daran. Meine Mutter hatte einfach nur Pech gehabt.

„Tee, Lucie?" Ich hob die Flasche, aber Lucie schüttelte den Kopf. „Guck mal, alle schlafen!" sagte sie und zeigte in die Puppenstube. Ich hockte mich hinter sie, küßte ihren weichen, ein wenig heißen Nacken und betrachtete die Gummitiere, die sie in die verschiedenen Zimmer der Puppenstube gelegt hatte.

„Schön. Die sind ja auch alle ganz müde, oder?"

Lucie zuckte mit den Schultern und sog versonnen ihre Oberlippe ein, um darauf herumzukauen. Dann ließ sie sie wieder los. „Nö", sagte sie. „Die tun nur so. Die waren ja gar nicht im Kindergarten heute, da können die gar nicht müde sein. Deshalb tun die nur so."

„Ach", sagte ich. Lucie hob den Kopf und sah mich aufmerksam an.

„Bist du auch krank, Uma?"

Ich schüttelte den Kopf. „Nein. Ich bin nicht krank."

„Was hast du denn dann?"

„Wieso?" fragte ich verstört. Wenn ich meinen deprimierten Zustand auch vor Marianne verbergen konnte, vor Lucie gelang es mir augenscheinlich jedenfalls nicht.

„Du bist so komisch. So – so weiß irgendwie."

Ich verkniff mir ein Grinsen. „Ach ja? Weiß bin ich also?"

Lucie starrte mich an. Ihre Augen glänzten. Ich überlegte, wo ich das Fieberthermometer hingelegt hatte.

Auf einmal kniff sie die Augen zusammen. „Dein Feleton klingelt!"

Jetzt hörte ich es auch. „Telefon", sagte ich und stand auf. „Es heißt Telefon, Lucie. Ich komme gleich wieder."

Mein Handy lag im Flur auf der Ablage. Das Display zeigte eine lange Nummer, die mit einer 61 nach dem Kreuzchen begann. Ich holte tief Luft und preßte den Hörer ans Ohr.

„Ich bin es, Jane. Ich bin gut angekommen, das wollte ich dir nur sagen."

Ich legte eine Hand über die Augen und stützte mich mit der Schulter an der Wand ab. „Jane", sagte ich nach einem Moment. „Jane, das war viel zu kurz. Ich muß dich noch einmal sehen. Es gibt so viel zu sagen, es war einfach nicht genug Zeit."

„Uma, hör auf."

„Jane ..."

„Uma, wir waren uns einig, es ruhen zu lassen, erst mal."

„Du. Du warst dir einig. Ich ... ich halte das nicht aus. Nicht schon wieder." Meine Stimme hatte sich gehoben. Ich bemühte mich, ruhig zu bleiben, aber es gelang mir nicht. Seit wir uns getrennt hatten, drehten sich meine Gedanken ununterbrochen im Kreis.

„Das vergeht, Uma", sagte Jane nach einem Moment.

„Aber es ist doch bisher auch nicht vergangen, Jane. Es wird nicht vergehen."

„Doch, es vergeht", sagte sie hastig, als hätte sie mich nicht gehört. „Das vergeht." Ich hörte ihren Atem. Er ging schnell, so schnell wie der Atem eines Menschen, der lügt, um seine Haut zu retten. „Bis irgendwann. Ich melde mich wieder."

Sie hatte eingehängt, ehe ich antworten konnte. Tränen schossen mir in die Augen. Ich wischte sie weg, markierte Janes Nummer, speicherte sie und legte das Handy auf die Ablage zurück. Nach einem Moment schaltete ich es aus.

„Das macht mir nichts aus", sagte ich fest. Und dann noch einmal: „Das macht mir nichts aus."

Aber es stimmte nicht. Es stimmte einfach nicht mehr. Wenn es je gestimmt hatte.

„Das macht mir nichts aus", flüsterte ich, wieder und wieder, so lange, bis Lucies helle, panisch klingende Stimme mich unterbrach.

„Uma!" rief sie aus dem Kinderzimmer. „Uma! Ich muß brechen!"

Das erste, was ich sah, als ich die Wohnungstür öffnete, war ein riesiger Strauß weißer Lilien. Der Geruch war atemberaubend. Dann tauchte Coopers Gesicht dahinter auf.

„Herzlichen Glückwunsch!"

„Ich hab doch nicht Geburtstag, sondern Marianne", sagte ich und ließ ihn herein. Cooper grinste breit, während er seinen Rucksack geschickt abstreifte, ohne die Blumen beiseite legen zu müssen, und ihn dann in die Ecke warf.

„Na eben, dazu gratulier ich dir doch. Dein Frauchen hat Geburtstag, herzlichen Glückwunsch!"

Ich lächelte lahm und zog die Tür hinter ihm zu. „Sie ist in der Küche."

Er drückte mir einen Kuß auf die Wange und drehte sich dann auf dem Absatz um. „Wir sprechen uns gleich noch, Herzchen." Zielstrebig marschierte er voran.

Ich folgte ihm langsam durch den Flur. Aus dem Wohnzimmer drangen leise Musik, Gelächter und Stimmengewirr. Seit dem frühen Abend hatten wir Gäste, um Mariannes 41. zu feiern – ihr Geschäftspartner Torsten und ihr Bruder samt ihren Frauen waren gekommen, Jacques und Annette und noch einige Freundinnen von ihr. Es waren durch die Bank weg angenehme, teilweise auch sehr witzige Leute, und bei früheren Gelegenheiten hatte ich mich in dieser Runde meist wohlgefühlt und manchmal auch sehr amüsiert, aber heute war ich nicht in Stimmung. Cooper, der mir leichtfüßig voraus in die Küche eilte, war mein einziger Lichtblick.

Marianne stand vor dem Geschirrspüler und stellte ein paar frische Gläser auf ein Tablett. Lautlos trat Cooper hinter sie.

„*Happy birthday, darling*!" Er hielt ihr den Blumenstrauß vor die Nase und küßte sie laut schmatzend auf beide Wangen, als sie sich umwandte. Überraschung malte sich auf ihrem Gesicht, und als ich die Rührung sah, mit der sie die Blumen betrachtete und dann Cooper anlächelte, drehte sich mir der Magen fast um.

„Ich geh schon mal vor ins Wohnzimmer, ja?" sagte ich schnell.

„Klar. Halt mir 'nen Platz frei!"

„Uma?" Marianne griff nach meinem Arm. Unwillkürlich zog ich die Schulter hoch, um sie abzuschütteln, aber im letzten Moment beherrschte ich mich. Ihr vor Aufregung gerötetes Gesicht, ihr freudiger, argloser Blick versetzten mir einen Stich. „Kannst du bitte noch Wein mitnehmen?" Sie lächelte mich an, und ich gab mir einen Ruck und erwiderte ihr Lächeln, wohl wissend, daß Cooper mein Zögern nicht entgangen war.

„Sicher", sagte ich und nahm die bereitgestellten Flaschen von der Anrichte herunter. „Wasser hol ich dann gleich."

„Danke, Süße." Als ich mich, einen winzigen Moment zu schnell, umdrehte, rutschte Mariannes Hand ein Stückchen von meinem Arm herunter, bevor sie sie wegnahm.

Als ich ins Wohnzimmer zurückging, den Wein öffnete und, ganz die vollendete Gastgeberin, Gläser nachzufüllen begann, konnte ich Mariannes Hand immer noch auf meinem Arm fühlen, wie eine leicht schmerzende Quaddel nach einem Insektenstich. Seit Wochen verspürte ich dieses körperliche Unbehagen, wenn Marianne mich anfaßte, ein Unbehagen, das sich zusehends verstärkte, gemischt mit Schuldgefühlen und beginnender Verzweiflung. Mariannes Berührungen erschienen mir aufdringlich und unsensibel, ihre Hände, die ich so viele Jahre gerne auf meinem Körper gespürt hatte, kamen mir jetzt viel zu groß und zu grob, manchmal geradezu unerträglich besitzergreifend vor.

Ich bahnte mir einen Weg um die muntere Tischrunde herum, nickte Jacques zu, füllte Annettes Glas voll und stellte die Flasche vor ihr ab, bevor ich mir selber ein Bier nahm und damit zum Sofa hinüberging. Während ich mich aufatmend hinsetzte, dachte ich über meine wachsende Anspannung nach. Vielleicht war das Schlimmste an der Situation gar nicht unbedingt meine nagende Sehnsucht nach Jane, mein schlechtes Gewissen Marianne gegenüber oder meine wachsende Distanz zu ihr.

Zögernd setzte ich die Bierflasche an den Mund und trank. Das kalte Getränk fühlte sich in meinem leeren, verknoteten Magen an wie Säure. Einen Moment lang bäumte sich mein Magen auf, und ich schluckte hart und nahm schnell einen zweiten Schluck hinterher. Diesmal blieb das Bier unten.

Das Schlimmste war das enorme, alles verschlingende Gefühl der Desorientierung. In den letzten Wochen schien ich durch mein eigenes Leben hindurchzuschlittern, ohne zu wissen, wohin ich steuern sollte. Nichts war mehr wie vorher. Alles war verändert, und am meisten verändert war ich selbst. Ich war dabei, mein Zuhause zu verlieren, innen wie außen. Mariannes und meine Zweisamkeit, alles, was ich mochte, worin ich mich behaglich und wohlaufgehoben fühlte, die vielen Küsse, die Kosenamen, die luftigen Zwinkereien, die zurückhaltende Art, all das beengte mich nun. Ich haderte unentwegt.

Cooper schmiß sich neben mich auf die Couch und schob sich einen Rest Gemüsequiche in den Mund. „Lecker. Willst du nichts essen?"

„Hab keinen Hunger."

Cooper legte den Kopf schief.

„Und außerdem hab ich schon gegessen."

Er nickte nachdenklich, ohne mich aus den Augen zu lassen. „Sicher. Lüg mich nur an."

Ich zuckte mit den Schultern und betrachtete Torsten, der sich mit beiden Händen auf die Schenkel klopfte, während er über einen seiner eigenen Witze lachte. Es mußte etwas wirklich Lustiges gewesen sein, denn alle anderen lachten mit, auch Marianne, die zusammen mit Cooper hereingekommen war. Sie schüttelte den Kopf und flüsterte ihrem Bruder, der neben ihr saß, etwas ins Ohr. Bevor sie wieder zu Torsten sah, blickte sie kurz zu mir hinüber. Mein Lächeln kam ein bißchen zu spät, aber Marianne griff es dankbar auf. Ich sah die Unsicherheit in ihren Augen, ein kurzes, ängstliches Flackern, und wünschte mich weit fort.

Cooper berührte mich am Arm. „Komm, wir gehen ein bißchen auf den Balkon."

Draußen war die drückende Hitze des vergangenen Tages einer lauen Abendbrise gewichen. Auf dem Klapptisch stand ein unberührter Teller mit Oliven, und Cooper steckte sich eine davon in den Mund, während er sich seufzend auf die Holzbank fallen ließ. Ich setzte mich ihm gegenüber auf die andere Bank und legte einen Arm über das Geländer. Unten auf der Straße rollte ein Wagen vorbei, die surrenden Räder bollerten auf dem Kopfsteinpflaster.

„Und, sind die Kinder wieder okay?" fragte Cooper.

„Ja, alle beide. Ich hab Lucie erst vor einer halben Stunde ins Bett gebracht. Sie war völlig aufgekratzt."

Cooper nahm die nächste Olive und hielt sie einen Moment zwischen den Fingern. „Wie beschissen geht es dir eigentlich, Herzchen?" sagte er, während er sie von allen Seiten besah.

Ich lehnte den Kopf an die Brüstung und blickte zu den Dächern auf. Über uns leuchtete der Himmel in einem sanftem Orange, das ganz weit hinten in ein dunkles Blau überging. „Es geht so. Warum, seh ich so schlecht aus?"

„Nein. Du siehst aus wie das blühende Leben." Cooper steckte sich die Olive in den Mund und zwinkerte mir zu.

Plötzlich erinnerte er mich an Katja. Und nicht nur an Katja, sondern zugleich auch an Kate, mit seiner direkten, unverblümten Art, Fragen zu stellen, seinem tiefen, schwarzen Humor, seiner in ruppige Äußerungen und Berührungen verkleideten Zuneigung zu mir. Unsere Beziehung war dabei, sich zusehends zu intensivieren. So ernst und ruhig wie jetzt hatten wir noch nie miteinander gesprochen. Auch wenn es mir schwerfiel, es tat mir unendlich gut.

„Marianne sagt", setzte Cooper in ruhigem Tonfall hinzu, „du mußt dich ab und zu übergeben. Als ob du dir doch noch die Grippe eingefangen hättest."

„Vielleicht."

„Fällt ihr sonst eigentlich was auf?"

Ich sah ihn schweigend an und nahm noch einen Schluck Bier. Bereits jetzt spürte ich die benebelnde Wirkung des Alkohols. Ich mußte aufpassen, nicht zu schnell betrunken zu werden.

„Aber du stehst doch noch auf sie, oder? Ich meine, sie ist doch wirklich cool." Coopers zweifarbiges Auge fixierte mich.

„Ja", sagte ich langsam und betrachtete das Etikett meiner Bierflasche. Es hatte sich ein Stück weit vom Glas gelöst, und ich zog es mit einem Ruck ganz herunter. „Sicher."

Es stimmte ja auch. Marianne *war* cool. Sie war cool, sie war meistens ziemlich entspannt, und sie bedrängte mich nie. Ihre zurückhaltende Art war gekoppelt mit einer wohltuenden Unkompliziertheit, die unserem gemeinsamen Leben sehr zuträglich war. Zugleich aber, und das war das Schwierige daran, zugleich wurde dadurch mein Bedürfnis nach Spannung, Dramatik und intensiver Weiterentwicklung nicht recht befriedigt. Und das war es, was von Zeit zu Zeit alles ins Wanken geraten ließ, das war der Schwachpunkt in unserer Beziehung. Die Stärke, Mariannes vermeintliche Stärke war gleichzeitig der Schwachpunkt, und ich wußte oft nicht, wie ich damit umgehen sollte. Und in letzter Zeit immer weniger.

„Aber du stehst doch noch auf sie, oder?" insistierte Cooper.

„Schon." Ich trank noch einen Schluck Bier, um Zeit zu gewinnen, und sah zu ihm auf. „Ehrlich gesagt, ich weiß es nicht mehr. Es ist so ... Ich bin verändert."

Cooper leerte sein Weinglas und brach ein Stück Weißbrot ab. „Das ist kaum zu übersehen."

Von drinnen wogte Gelächter zu uns heraus. Ich erkannte Torstens laute Stimme, dann Mariannes ruhigere, die für einen Moment alle Aufmerksamkeit auf sich zog, bevor erneut Gelächter aufbrandete. Cooper sah mit hochgezogenen Augenbrauen durch das Halbdunkel zu mir herüber. Sein schmales Gesicht wirkte hager, als er das Kinn vorschob.

„Erklär es mir. Du weißt, ich bin völlig unerfahren mit Langzeitbeziehungen." Er grinste leicht, um gleich darauf wieder ernst zu werden.

Ich drehte die Bierflasche auf dem Tisch herum, während ich überlegte. „Es kommt mir so gewollt vor, das alles", sagte ich dann zögernd. „Weißt du, als ich Marianne kennengelernt hab, da ... da war mir schon klar, daß das nicht unbedingt die große Liebe ist mit uns beiden."

„Aber du wolltest sie trotzdem."

„Ja", sagte ich und nickte vor mich hin. „Ja, ich wollte sie trotzdem. Und sie wollte auch. Ich hab immer mit offenen Karten gespielt, weißt du." Ich sah Cooper an, aber er schüttelte leicht den Kopf.

„Bis jetzt", sagte er leise und kippte die Bank auf die Hinterbeine.

Ich ignorierte seinen Einwurf. „Aber ich fand sie auch wirklich gut. Und sie ist ja auch toll. Alle finden sie toll. Und klar ist sie cool und locker drauf. Und wenn sie es nicht ist, ist sie süß. Sicher." Während ich nach Worten suchte, dachte ich unwillkürlich an Mariannes Neigung zu hektischer Betriebsamkeit, wenn sie sich unsicher fühlte. Oder ihre Eigenart, bei Erschöpfung extrem zu ermüden. Manchmal konnte sie mitten im Gespräch, in einer kleinen Pause, plötzlich den Kopf auf die Arme legen, die Augen schließen und einschlafen, um dann, wenn man sie weckte, verdutzt um sich zu sehen. Ich dachte an ihre Gewohnheit, stundenlang selbstvergessen vorm Computer zu sitzen und dann, wenn man sie nach etwas fragte, völlig unsinnige

Antworten zu geben, an die sie sich hinterher nicht einmal mehr erinnern konnte.

All das waren Eigenheiten, die andere süß und witzig fanden. Und oft genug hatte ich mich selbst dabei erlebt, wie ich mit anderen über diese Eigenheiten geschmunzelt, mich liebevoll darüber lustig gemacht, sie gar als besonders liebenswert gelobt hatte. Dabei war ich im Grunde davon genervt. Ich hatte es mir nie recht eingestehen können, aber gerade diese allgemein als so süß empfundenen Eigenheiten meiner Lebensgefährtin fand ich zu offensichtlich durchschaubar und letztendlich unreif.

„Manchmal habe ich den Verdacht, daß ich sie einfach nur süß finden *will*. Weil ich es sonst nicht aushalten würde."

„Mein Gott", sagte Cooper. „Das klingt ja schrecklich."

„Nein, so ist es nun auch wieder nicht." Ich suchte verzweifelt nach Worten. Von drinnen war plötzlich beunruhigend nah eine Stimme zu hören, und ich verharrte. Cooper warf einen raschen Blick zur Balkontür, dann nickte er mir zu.

„Verstehst du", sagte ich gehetzt, „es kommt mir einfach so vor, als hätte ich damals irgendwann die Flucht nach vorn angetreten. Als wir uns kennenlernten, hab ich nach und nach Dinge an ihr entdeckt, die ich eigentlich nicht gerade toll fand. Aber irgendwie hab ich mich dann dazu entschieden, gerade diese Dinge toll zu finden. Oder süß."

Ich bemerkte Coopers ungläubigen Blick und fügte hastig hinzu: „Ich weiß, das klingt paradox. Aber sonst hätte ich sie nicht lieben können. Und das wollte ich doch so verdammt gerne."

Cooper nickte langsam. „Das kann ich verstehen. Ich würde auch gerne jemanden lieben." Er prustete leicht, verzog verächtlich den Mund und kippte seine Sitzbank wieder nach vorn. Schräg über seinem Kopf leuchtete jetzt der Mond. Irgendwann in der letzten Viertelstunde hatte er sich hinter dem Dach des Nachbarhauses vorbeigeschoben.

„Ich hätte sie sonst nicht lieben können", wiederholte ich, um meinen eigenen verworrenen Gedankengang festzuhalten. „Und um mich darin zu bekräftigen, habe ich all die Zeit über gerade diese Eigenheiten, die mich im Grunde nervten, anderen gegenüber gelobt und als süß deklariert. Weil alle das fanden. Und finden. Verstehst du?"

„Na klar", sagte Cooper. „Ich find das ja auch." Er hob entschuldigend die Handflächen hoch, und ich mußte lächeln.

„Schon gut, ist schon in Ordnung. Sie ist ja auch süß. Nur ..."

„Du stehst nicht mehr darauf."

„Vielleicht", sagte ich zögernd. Ich fühlte mich unendlich gemein, als ich das sagte. „Ich ... ich steh schon noch auf sie, aber ich hab Schwierigkeiten, *zu* ihr zu stehen, wenn du verstehst, was ich meine. Das hatte ich immer schon, irgendwie, aber in letzter Zeit ... Einiges von dem, was ich an Marianne geliebt habe, oder vielleicht eher unbedingt lieben wollte, einiges von dem stößt mich nun richtig ab. Und irgendwie hab ich das ja schon immer gewußt. Aber ich war nicht ganz ehrlich; ich hab mir selber was vorgemacht und die Flucht nach vorn angetreten. Ich meine, ich liebe sie trotzdem. Aber diese Liebe ist so – gewollt." Bei den letzten Sätzen war meine Stimme immer leiser geworden. „Und außerdem", flüsterte ich, „ist es ja nicht nur das."

„Oh Scheiße. Wie überaus kompliziert. Da schieb ich doch lieber weiter meine heißen Nummern und fertig." Cooper grinste kurz und fuhr sich mit einer Hand durch seine dichten Locken. „Und, hast du mit Jane gesprochen?"

Cooper war der einzige Mensch, der wußte, daß ich sie in Hamburg getroffen hatte. Natürlich war sie die ganze Zeit präsent gewesen, ohne daß wir sie eigens erwähnen mußten. Aber ihren Namen zu hören, versetzte mir doch einen Stoß. Ich warf einen schnellen Blick zur Balkontür und zuckte mit den Schultern. „Wir haben noch zweimal telefoniert. Aber sie sagt immer das gleiche. Daß es vergeht." Ich spürte, daß mir die Tränen in die Augen stiegen, und ich schluckte schnell und dann noch mal.

Cooper beugte sich vor. „Und was bietest du ihr an?"

„Wie, was biete ich an?" fragte ich verständnislos.
„Schlägst du ihr vor, zu kommen, oder nicht?"
„Sie will nicht."
„Warum nicht?"
„Ich denke, sie traut mir nicht", sagte ich, und diese Wahrheit auszusprechen, tat unendlich weh. Jane traute mir nicht, wie sollte sie auch?
„Und?" fragte Cooper noch einmal. „Du sitzt also in der Patsche. Und was willst du tun?"
„Ich weiß es nicht", sagte ich leise. „Ich ..." Von drinnen drang erneut lautes Gelächter zu uns heraus. Coopers Augen im Schatten waren wie schwarzes, schimmerndes Wasser. „Ich versuche es einfach. Ich versuche, irgendwie weiterzumachen. Vielleicht wird es ja wieder gut. Vielleicht vergeht es ja wirklich."

Jane rief nicht mehr an, und auch ich rief nicht mehr zurück. Es gab nichts mehr zu sagen. Unsere beiden letzten Telefonate waren furchtbar gewesen; jedes Wort, jeder Satz, jedes Schweigen hatte mir das Herz auseinandergerissen. Der Schnitt war hart und unendlich schmerzhaft. Ich war in ein schwarzes, tiefes Loch gefallen, und ich wußte nichts mehr zu sagen.
Auch Jane hatte nichts mehr zu sagen gewußt. Unsere Gespräche waren von langen Pausen durchsetzt gewesen, in denen wir unser beider Atem gelauscht hatten, unfähig, unsere Gefühle, unsere Sehnsucht in Worten auszudrücken. Ich wollte nicht mit ihr reden. Ich wollte mit ihr leben.
Janes Brief kam Anfang August, eine Woche nach Mariannes Geburtstag. Er fiel mir entgegen, als ich den Briefkasten öffnete, und die fremdländische Marke versetzte mich in Alarm.
Janes Handschrift schien mir verändert, ich erkannte sie nicht. Genausowenig wie ich ihre knappen Sätze als Wahrheit erkannte. Ich erkannte nur, daß es ein Abschiedsbrief war, den sie mir da schrieb.

Uma,

das hier ist der schwerste Brief meines Lebens. Ich schneide mich dir aus dem Fleisch. Habe ich eine andere Wahl? Keine, die ich wählen würde. Das letzte Mal hat es auch funktioniert. Ich entscheide mich dafür, meine Träume zu behalten. Und in der Realität zu leben. In meinen Träumen aber bist du bei mir. Ich gehe und nehme dich mit. Leb du dein Leben, ich lebe meins.

Jane

Ich wendete den Brief unzählige Male in meiner Hand, suchte nach Zeichen, nach verborgenen Mustern. Ich fand keine.

Noch im Hausflur wählte ich Janes Nummer auf meinem Handy. Eine schwedische Stimme vom Band sprach unverständliche Worte, deren Sinn ich trotzdem begriff: Jane Madsen war nicht mehr erreichbar.

Es war August, und mein Herz brach mit einem gräßlichen Knirschen entzwei. Ein Knirschen, das aus meiner eigenen Brust kam und langsam durch meine Kehle entwich.

„Uma. Kommst du essen?"

Ich hatte sie nicht hereinkommen hören. Sie stand dicht hinter mir; als ich mich umdrehte, sah ich, daß sie einen Arm nach meinem Rücken ausgestreckt hatte. Langsam ließ sie ihn sinken.

„Ich hab keinen Hunger." Ich zwang mich zu einem Lächeln, aber Marianne ging nicht darauf ein; sie sah mich nur skeptisch an. Wir waren vor einer Viertelstunde zurückgekommen; wir hatten eingekauft, alle vier, eine Hose für Marianne und Sommerschuhe für die Kinder. Ich wußte, daß der Tisch gedeckt war – ich hatte die drei in der Küche mit Geschirr klappern hören –, aber ich hatte mich einfach nicht vom Fenster wegbewegen können; ich hatte ein paar Minuten für mich gebraucht. Das war in letzter Zeit immer öfter der Fall. Alles strengte mich unglaublich an, der Job, der Alltag, das Zusammensein mit Marianne. Und am meisten der zusehends schwieriger werdende Versuch, meine innere Distanz vor ihr zu verbergen.

„Was ist mit dir?" fragte sie ruhig.

„Nichts."

„Natürlich ist was." Eine leichte Sommerbrise wehte durch das Fenster in meinem Rücken und ließ ihre Stirnlocken zittern. Früher hatte ich diesen Anblick geliebt, vor allem, wenn wir nach dem Sex zusammen still dagelegen hatten, am offenen Fenster, und der Wind unseren Schweiß getrocknet hatte.

„Natürlich ist was, Uma", wiederholte Marianne.

„Nein, es ist nichts. Ich bin nur ... ein bißchen müde."

Marianne schüttelte langsam den Kopf. „Du bist nicht müde. Du bist merkwürdig."

„Wenn du meinst." Ich zuckte mit den Achseln und lächelte schief. Aus der Küche waren die Stimmen der Kinder zu hören, die sich ernsthaft miteinander unterhielten. Hugo stellte aufgeregt Fragen, die Lucie in gewichtigem Tonfall beantwortete.

„Es gibt Abendbrot", sagte Marianne.

Ich nickte. „Ich weiß. Ich habe bloß keinen Hunger."

„Du hast nie Hunger in letzter Zeit. Vielleicht solltest du mal zum Arzt gehen."

Etwas an ihrem Tonfall reizte mich. Ich haßte es, provoziert zu werden, und das wußte sie nur zu genau. „Vielleicht." Ich wollte mich an ihr vorbeischieben, aber Marianne griff nach mir und hielt mich am Gürtel fest.

Oft, sehr oft, hatte diese Geste eine erotische Note besessen. Viele Male hatte sie als Aufforderung und Einstieg zum Sex gedient, war eine unmißverständliche Einladung gewesen, der ich nur zu gern Folge geleistet hatte. Aber jetzt war mir nicht im geringsten danach. Und Marianne ebensowenig, das konnte ich sehen. Ihr Blick war scharf und aggressiv. Und sie machte keine Anstalten, mich loszulassen, auch nicht, als ich mich aus ihrem Griff herauszuwinden versuchte.

„Laß mich, Marianne."

„Ich lasse dich immer, aber nicht jetzt. Du bist seit Wochen merkwürdig, aber du erklärst mir einfach nicht, was los ist."

Sie hatte recht, mit allem hatte sie recht. Und sie hatte mich immer gelassen, mir alle Freiheiten gelassen, von Anfang an. Im Gegenzug war ich immer aufrichtig mit ihr gewesen, das war unsere stillschweigende Übereinkunft, die Basis, auf der wir unsere Beziehung gegründet hatten. Es hatte funktioniert, jahrelang. Bis zu jenem Moment auf dem Wiener Flughafen, an dem Jane aufgesehen und mich erkannt hatte.

„Es ist ja nichts los", sagte ich langsam. „Ich bin nur … nicht so gut drauf. Sonst ist nichts, ehrlich nicht." Ich haßte meine eigene Verlogenheit, aber ich wußte einfach nicht, was ich sagen sollte. Der Prozeß, in dem ich mich befand, war immer noch in Bewegung; ich hatte das Gefühl, abwarten zu müssen, wohin alles sich entwickelte. Immer noch hoffte ich, daß es vorbeiginge. Das alles wieder so sein würde wie vorher. Oder zumindest so ähnlich.

„Seit Wochen bist du verschlossen und weichst mir aus", brauste Marianne auf. „Weißt du, wie lange du mich schon nicht mehr geküßt hast? Oder wie lange wir schon keinen Sex mehr hatten?"

Mir wurde siedendheiß. „Letzte Woche. Letzte Woche hatten wir Sex."

„Uma." Ihre Augen waren auf einmal sehr hell. „Du hast mittendrin aufhören wollen, Uma. Erinnere dich!"

In der Küche kreischte Lucie vergnügt auf. „Das ist nicht gerade der richtige Zeitpunkt, oder?" Ich deutete mit dem Kinn in Richtung Küche, aber Marianne reagierte nicht darauf.

„Für unangenehme Gespräche gibt es keinen richtigen Zeitpunkt. Sag mir endlich, was mit dir los ist."

In der Küche fiel etwas klappernd zu Boden, und Hugo und Lucie lachten laut los. Marianne und ich starrten uns in die Augen. Jede von uns wußte, daß wir schleunigst nachsehen sollten, was die Kinder gerade anstellten, aber keine von uns beiden rührte sich.

Während ich Mariannes bohrenden Blick erwiderte, versuchte ich, mich auf den leichten Luftzug in meinem Rücken zu konzentrieren. Aber alles, was ich spürte, war der kalte Schweiß auf meiner Haut.

„Uma", sagte Marianne weich. Sie ließ meinen Gürtel los und schob ihre Hand nach oben auf meinen Bauch, ganz langsam. Einen Moment lang hielt ich still, dann drehte ich mich weg. Ich wollte es nicht, aber ich konnte ihre Berührung einfach nicht ertragen.

Mariannes Züge verhärteten sich. Sie trat einen Schritt zurück. „Okay", sagte sie beherrscht. „Du hast anscheinend keine Lust mehr, durch Auseinandersetzung mit mir zu einer neuen Form zu kommen, sondern nur durch Entzug. Ist das klug, oder bist du einfach nur müde?"

„Keine Ahnung."

„Du bist so zu", sagte sie leise. „Du bist so verdammt zu!"

„Und du bist so verdammt auf!"

Marianne öffnete den Mund und machte ihn wieder zu. Einen langen, gräßlichen Augenblick starrte sie mich zutiefst verletzt an, dann drehte sie sich um und ging aus dem Wohnzimmer.

Ich blieb zurück, mit dem nagenden Gefühl, eine wichtige Chance, uns einander wieder anzunähern, verschenkt zu haben. Wir entglitten uns immer mehr. Oder vielleicht entglitt ich mir selbst. Während ich meine Arme vor der Brust verschränkte und mir die klammen Finger unter die Achselhöhlen schob, dachte ich daran, daß ich bald niemanden mehr haben würde, der mich in die Arme nahm, wenn das hier so weiterging.

Ich hörte, wie Marianne in der Küche mit den Kindern redete, aber ich konnte nicht verstehen, was sie sagte. Ihr Tonfall war ruhig, und nach einem Moment hörte ich Lucie eine Frage stellen und Hugo etwas vor sich hin plappern. Die vertrauten Geräusche schnürten mir die Kehle zu.

Langsam setzte ich einen Fuß vor den anderen. Meine Beine waren wie eingefroren, trotz der sommerlichen Hitze, die durchs Fenster hineinwehte. Nach ein paar Schritten blieb ich stehen und drehte mich langsam zur Wand, an der eine Reihe von Fotos hingen. Nachdenklich betrachtete ich sie.

Es waren ein gutes Dutzend Fotos, ein paar davon gerahmt, die anderen provisorisch mit Fotokleber an die Tapete gedrückt. Die meisten Aufnahmen zeigten die Kinder, allein oder zusammen, manchmal waren auch Marianne und ich mit dabei. Lucie kurz nach der Geburt, wie sie gerade die Augen öffnete und verdutzt ins Licht starrte, Hugo als Einjähriger im Schneeanzug, die Kinder beim Baden im Neusiedler See. Ein Foto zeigte Marianne und mich, engumschlungen auf einer Party, auf einem weiteren war Marianne mit meinem Vater zu sehen, der, knorrig und mit einem widerwilligen Grinsen im Gesicht, gnädig ihre Hand auf seiner Schulter duldete, während er seine eigene fest um den Stockknauf schlang.

Ich sah die Fotos wie durch einen Schleier, und dann, als ich zwinkerte, wieder glasklar. Und plötzlich, mit einem Schaudern, begriff ich, daß wir uns trennen würden, Marianne und ich. Wir befanden uns nicht etwa in einer schwierigen Phase, nein, wir waren dabei, uns zu trennen, und meine eigene Reaktion auf die Fotos zeigte es mir. Hätten wir einfach nur Streit gehabt, dann hätte ihr Anblick mich ärgerlich gestimmt, vielleicht sogar zornig. Aber jetzt bereitete er Schmerzen.

Abrupt drehte ich mich weg von der Wand, weg von den Fotos. Die letzten Wochen waren schon schwer genug gewesen, aber es würde noch schwerer werden. Wenn es mir nicht gelang, jetzt noch das Ruder herumzuwerfen, mußte ich da hindurch, wir mußten durch die Trennungsphase hindurch, wie durch eine schmerzhafte, langwierige Krankheit. Es gab keinen Weg daran vorbei, er ließ sich nicht abkürzen oder vermeiden. Es gab kein Entrinnen. Es sei denn, ich fand einen Weg zu Marianne zurück.

„Okay", sagte ich leise und holte tief Luft. Der Flur lag in helles Sonnenlicht gebadet vor mir. Aus der Küche kam das Klappern von Besteck, ich hörte die Stimmen der Kinder, und dann, nach einem Moment, ein fröhliches Lachen von Marianne. Mein Herz krampfte sich zusammen, ein Adrenalinstoß durchfuhr mich, und dann überschwemmte mich ein vages Gefühl von Hoffnung.

„Okay", sagte ich noch einmal und setzte mich in Bewegung. Das Sonnenlicht im Flur empfing mich mit wohltuender Wärme. Noch während ich hinsah, verschwand die Gänsehaut auf meinen Armen. Ich hatte gar nicht bemerkt, daß mir kalt gewesen war.

„Hi, Cowboy! *Honey*, wie schön, dich zu sehen!"

Ich bekam kaum Luft, so fest drückte Kate mich an sich. Meine Schultern wurden zwischen ihren kräftigen Armen wie in einem Schraubstock zusammengepreßt, und meine Rippen begannen zu schmerzen. Als ich mühsam nach Luft schnappte, lockerte sie ihren Griff und schob mich ein Stück weit von sich weg, um mich ausgiebig betrachten zu können. Ihre grünen Augen strahlten. „Cowboy! Was *hab* ich dich vermißt!"

„Puh! Das hab ich gemerkt. Du siehst gut aus", sagte ich. Kate lachte.

„Du lügst. *Du* siehst gut aus."

„Jetzt lügst *du*." Ich wußte, daß ich wirklich nicht gut aussah. Bleich trotz der Sommerhitze, mit tiefen Schatten unter den Augen und mindestens fünf Kilo weniger als bei unserer letzten Begegnung, befand ich mich nicht gerade in einer Hochphase meiner äußerlichen Erscheinung.

„Uuups!" schrie Kate, die in diesem Moment an mir heruntergesehen und Hugo entdeckt hatte, der krampfhaft mein linkes Bein umklammert hielt, während er mit offenem Mund zu Kate hochstarrte. „Wer ist das denn? So ein süüüßer kleiner Boy! Ist das etwa deiner?"

„Das ist Hugo. Seine Kindergärtnerinnen sind heute auf einer Fortbildung, und deshalb mußte ich ihn mitnehmen", erklärte ich und legte Hugo die Hand auf den Kopf. Kate ging rasant in die Hocke, und Hugo zuckte zurück.

„Aber das *macht* doch nichts!" schmetterte Kate. „Hugo! Oh, wie bist du süß! Da freut sich deine Tante Kate aber sehr, daß sie dich endlich kennenlernen kann!"

Hugo starrte sie mit großen Augen an. Ich konnte mir sehr gut vorstellen, wie merkwürdig sie auf ihn wirken mußte, mit ihrer grellbunten Kleidung, dem überdimensionalen Cowboyhut, mit ihrer lauten, tiefen Stimme, dem androgynen, auffällig geschminkten Gesicht und den langen, sehnigen Gliedmaßen, die sie nicht stillhalten konnte. Wahrscheinlich hatte Hugo keine Ahnung, was dieses fremdartige Wesen von ihm wollte. Sicher war nur, daß er einen Menschen wie sie noch nie zuvor gesehen hatte. Leider. Ich wünschte mir immer, es gäbe mehr von Kates Sorte.

„Wir haben nur eine knappe Stunde, Kate. Sollen wir irgendwo Kaffee trinken?"

„Klar, sicher." Kate starrte Hugo immer noch an, und er starrte mit gerunzelter Stirn zurück.

„Da drüben gibt es einen Kinderspielraum. Ich dachte, wir holen uns einen Kaffee und setzen uns davor, dann ist der Kleine beschäftigt", sagte ich.

„Klingt prima!" Kate sprang auf und streckte Hugo eine Hand hin. „Gib mir deine Hand, kleiner Mann."

„Will nich." Hugo verschränkte die Hände auf dem Rücken und schüttelte heftig den Kopf, und ich mußte über seinen grimmigen Gesichtsausdruck lachen. Kate grinste ebenfalls.

„Ich weiß, ich sehe merkwürdig aus, hä, Baby? Aber das ist gut für dich. Eines Tages sehen alle so aus wie ich, wart's bloß ab."

„Kate, du übertreibst."

„Warum?" fragte sie mit hochgezogenen Augenbrauen. „Findest du mich nicht schick?"

Ich mußte lachen. „Doch, natürlich. Todschick finde ich dich."

„Dann nimm diesen süßen Boy und komm mit! Wir könnten eine so glückliche Familie abgeben! Stimmt's, mein Kleiner?"

Hugo gaffte sie mit offenem Mund an, während er wieder nach meinem Bein griff. Beruhigend legte ich ihm die Hand auf den Kopf und fuhr ihm durchs Haar.

„Kate, er spricht kein englisch."

„Wieso das nicht?" fragte sie in gespielter Empörung und nahm ihre Tasche auf, eine kleine, rote Reisetasche, die zum Bersten vollgestopft schien. „Kinder sollten heutzutage zweisprachig aufwachsen, weißt du das nicht? Und außerdem ist Englisch die Weltsprache. Das kann er gar nicht früh genug lernen!"

„Er spricht so gut wie noch gar nicht. Weder englisch noch deutsch. Er fängt gerade erst damit an." Ich nahm Hugos Hand und steuerte auf den Kinderspielraum zu, und Kate stelzte mit weitausholenden Schritten neben mir her.

Direkt neben dem Kinderspielraum war ein kleiner Coffeeshop, und ich holte uns zwei Becher Kaffee und ein Eis für Hugo. Mit zufriedener Miene verschwand Hugo eislutschend im Kinderspielraum, wo schon zwei andere Kleinkinder johlend eine Rutsche herunterrutschten, um in einem mit bunten Styroporbällen gefüllten Bassin zu landen. Durch die Glaswände hindurch sahen Kate und ich zu, wie er zögerlich am Rand der Rutsche stehenblieb und sein Eis lutschte, während er zwischen den tobenden Kindern und uns beiden hin- und herblickte.

„Er sieht aus wie du", sagte Kate kopfschüttelnd und ließ sich seufzend auf dem harten Plastikstuhl nieder. „Unglaublich. Ihr habt starke Gene in eurer Familie."

Ich nickte. „Stimmt. Aber er sieht eigentlich nicht aus wie ich, sondern wie mein Bruder." Evolutionstechnisch, das hatte ich mal gelesen, hieß es, daß die Kinder in den ersten Lebensjahren oft sehr stark dem Vater ähnelten, damit der auch glaubte, daß sie von ihm stammten. Was Hugo betraf, so stimmte die Theorie. Er ähnelte Markus von Woche zu Woche mehr.

„Gute Arbeit!" Kate lachte, nahm sich den Cowboyhut vom Kopf und legte ihn auf ihre Tasche. Verdutzt starrte ich sie an.

„Seit wann trägst du Glatze?"

Ihre Augenbrauen hoben sich vielsagend, während sie auf ihren Kaffee pustete. „Seit ein paar Wochen. Ist der letzte Schrei in der New Yorker Trans-Community. Gefällt es dir nicht?"

„Doch." Ich winkte Hugo zu, der sich näher an die Rutsche herangeschoben hatte. Er winkte mit dem Eis in der Hand zurück. Dann sah ich Kate wieder an. Ihr blanker Schädel wirkte erstaunlich rund, die Augen darunter schienen riesig. „Es ist nur ... gewöhnungsbedürftig. Du warst sonst ... Du hast sonst immer ..." Ich suchte nach Worten, aber Kate wußte genau, worauf ich hinauswollte.

„Ich war sonst immer so schön tussig, so eindeutig, nicht wahr?" Sie lachte vergnügt und strich sich über den Kopf. „Tja, die Zeiten ändern sich, *honey*. Ich muß nicht mehr meiner Weiblichkeit hinterherjagen."

„Aber früher wolltest du immer eine Frau sein, oder?"

„Aber ich bin es ja sowieso nicht, Cowboy. Und ich werde es nie wirklich sein. Ich bin irgendwas dazwischen, transgender eben. Warum also nicht gleich dazu stehen?" Kate grinste. „Ich kann *alles* sein, weißt du. Ich *bin* alles. Die Geschlechtergrenzen verwischen, endlich. Das hier ist meine Zeit!"

Ich glaubte ihr aufs Wort. Mehr denn je sah sie wie ein Mischwesen aus, ein Mensch, dessen Geschlecht sich nicht mehr erkennen, definieren ließ. Und auch wenn ich selbst meine weibliche Identität nie in Frage gestellt hatte – ich hatte Kates Weg lange genug verfolgt, um zu verstehen, wovon sie sprach. Die Transgender-Bewegung war ihre Heimat geworden, ihre Wahlfamilie, in der sie sich wohlfühlte und sein konnte, wie sie in Wirklichkeit war. Kate hatte ihr Zuhause gefunden, endlich, nach all den Jahren. Und seit sie sich zu einer der bekanntesten und umtriebigsten Aktivistinnen der Bewegung entwickelt hatte, war sie nur noch um so mehr aufgeblüht.

Vorsichtig setzte ich den Becher an die Lippen. Der Kaffee war nicht mehr ganz heiß, aber er schmeckte dennoch ausgezeichnet. Kate beobachtete mich schmunzelnd.

„Keine Angst, Cowboy, ich bin immer noch die Frau deines Lebens. Wenn du mich nur willst", gurrte sie und grinste mich breit an, bevor sie ihren Kaffee in großen Schlucken austrank.

„Dir geht's richtig gut, he?" Ich warf einen Blick zu Hugo, der sein Eis aufgegessen hatte und näher an die Rutsche gerückt war. Eins der Kinder, ein kleines Mädchen von etwa vier Jahren, sagte etwas zu ihm, und Hugo sah verschüchtert zu mir herüber. Ich winkte ihm zu.

„Oh ja, mir ist es nie besser gegangen", sagte Kate zufrieden und betrachtete mich lächelnd. Dann verengten sich ihre Augen. „Sag mal, wo ist eigentlich der Cowboyhut, den ich dir geschenkt hab? Immerhin ein echter Akubra!"

Einen Moment lang wußte ich nicht, wovon sie sprach. Dann fiel es mir ein. Natürlich, der Hut, den mir Jane damals bei ihrem Berlin-Besuch von Kate mitgebracht hatte. „Er ist bei mir im Zimmer. Keine Angst, ich halte ihn in Ehren."

„Du sollst ihn nicht nur in Ehren halten, du sollst ihn auch tragen."

Unwillkürlich mußte ich grinsen. „Okay, okay. Ich trag ihn. Das nächste Mal setz ich ihn auf, okay?"

Kate zog die Nase kraus. Ihre grünen Augen funkelten im hellen Licht der Neonröhren über uns. „Na gut. Dann kriegst du jetzt auch dein Geschenk." Sie hob die Tasche auf ihren Schoß, kramte hektisch darin herum und zog dann ein Buch hervor, ein schmales Taschenbuch in grellroter Aufmachung, auf dessen Cover ihr Foto prangte. „Mein neuestes Werk. Nummer drei." Sie drückte es mir in die Hand, und ich betrachtete es von beiden Seiten. *Gender Bitch – Discovering Your Real Sex* stand in dicken, schwarzen Lettern über Kates Namen. Ehrfürchtig wog ich es in der Hand.

„Danke, Kate. Unglaublich, daß dir soviel dazu einfällt."

„Ein unerschöpfliches Thema. Aber das ist wahrscheinlich normal, immerhin ist es mein Lebensthema."

„Ich werde es natürlich gleich durcharbeiten."

„Du kannst es auch zur Stimulation nehmen", sagte Kate verschmitzt und deutete auf ihr Foto auf dem Cover.

„Da hast du noch Haare. Aber ob nun mit oder ohne, du siehst wirklich gut aus." Ich lächelte Kate so betörend an, wie ich es vermochte,

Kate lachte, stellte ihren leeren Kaffeebecher auf den Boden und legte den Kopf an meine Schulter. „Ach, Cowboy, du alter Charmeur."

„Es ist mein Ernst, Kate. Und daraus liest du jetzt also in Warschau vor?" Ich schob ihr Buch in meine Jackentasche. Es paßte gerade so hinein.

„Und ich diskutiere! Mit Studenten. An der Universität. Es wird sogar gedolmetscht, stell dir vor!" Mein ganzer Körper bebte, als Kate an meiner Schulter lachte. Ich legte den Arm um sie und drückte sie an mich, während ich nach Hugo sah. Er hatte eine Hand auf das Geländer der Rutsche gelegt und blickte mit unentschlossenem Gesichtsausdruck nach oben, wo sich ein anderer kleiner Junge gerade anschickte, sich hinzusetzen.

„Oh, es ist so verdammt gut, dich zu sehen, Cowboy", sagte Kate seufzend und rieb ihre Wange an meiner Schulter. Statt einer Antwort drückte ich sie noch fester an mich. Als ich tief einatmete, roch ich ihren Duft, vertraut, aber dennoch ungewohnt. Als ob etwas fehlte. Einen Moment lang dachte ich, Kate hätte das Parfum gewechselt, aber dann begriff ich. Es lag an den fehlenden Haaren. Ihr Haarduft fehlte.

„Wie lange ist es her?" fragte Kate. „Ein Jahr, oder?"

„Nicht ganz. Vergangenen Herbst war ich das letzte Mal bei dir in New York." Es war im September gewesen. Eine Woche nach meiner Rückkehr war Katja gestorben. „Wann kommst du denn wieder mal länger her?"

Im Kinderspielraum hatte Hugo endlich die Treppe erklommen. Schwankend stand er auf der Plattform der